汴京春深

卷·伍

烽煙燃

小麥 著

好評推薦

《汴京春深》是極少見的寫實又引人入勝的史話感世情小說，在這個繁雜時代難得能讓人沉下心去讀的作品，小麥以細膩真實筆觸描寫大宋汴京千年畫卷，讀來猶如生活其間，跟著書中人物經歷他們人生的喜怒哀樂，隨著他們的情緒而共鳴，起承轉合無不有著雋永氣息，令人感受大宋文化千年來經久不衰的魅力，手不釋卷，脈脈留香。

——晉江S級作者 聞檀

著有《良陳美錦》、《首輔養成手冊》、《嫡長孫》等多部古代言情小說現象級作品

這是我看小麥的第一本小說。我還記得當時欲罷不能，不眠不休看這本小說的感覺。小麥以老辣細緻的文筆娓娓道來，營造出一種濃厚的真實感，大到時代背景、文化民俗，小到普通百姓的生活百態，一群熱血少年的故事彷彿真的讓你置身在歷史洪流之中，隨著小九娘他們一起成長，一起進入小麥打造的那個波瀾壯闊的時代……。

——網路讀者 五月

《汴京春深》讀了三次，第一次讀言情，喜歡小兒女的萌動與成長，義氣與愛情。第二次讀歷史，重新理解北宋的文官體制與庶民社會的文明高度，忍不住拿出《蘇東坡新傳》與之對照，小說出入歷史虛實之間，十分巧妙。第三次讀人性與政治，如何在汙濁的朝堂爭鬥廝殺間，不忘利民報國初心？作者從小庶女的視角出發，編織出集合情愛、陰謀、黨爭、家國情懷的精彩小說。

——網路讀者 春始

《汴京春深》像一幅優美的畫卷，借作者如椽巨筆展現宋朝的生活、社會和文明，一讀再讀之下不由佩服小麥做功課之深，每個細節都經得起推敲。小說又像一首動聽的樂曲，九娘、六郎、太初等一眾出色的孩子，哪怕賣餛飩的凌娘子甚或只出場幾次的小丫頭，都各有各的精彩，最終編織成這恢宏篇章。最讓我感慨的是小說雖以古代為背景，表達的核心卻有難能可貴的現代性，九娘對自己的接納和她在城破時保護一方百姓的擔當，這二者所呈現的智慧不相上下，同樣令人欽佩。

——網路讀者 辛夷

《汴京春深》讓我喜歡的，不僅僅是裡面描寫的主角們跌宕起伏的愛情和親情，還有更多的友情。在小麥妙筆下，徐徐展開的汴京畫卷中，九娘和身邊少年少女們的共同成長，種瓜得瓜，更讓我掩卷長歎。

如果人類確實需要某種情感關係作為安全港，在我看來，友情是不可缺少的一種，有時甚至超過愛情和親情。愛情裡面有排他，有動物性，有本能，而友情它完全取決於一個人的自由意志和本質。沒錯，我說的是太初。

生命中能存在至少一個無條件希望你好、你也無條件希望對方好的朋友，你的自我肯定與自我價值感都會爆棚吧！說實話，我的第一反應是立刻把這本書推薦給正在青春期情緒激盪中的女兒。

——網路讀者 WendyLee

這是看小麥的第一本書，就是從這本書開始成為作者的粉絲！

《汴京春深》不但文字優美，情節清新，更是妙句橫生，讓人忍俊不禁。裡面的每一個角色都塑造得栩栩如生，有血有肉：重新面對自己的王玞，堅韌的六哥，清風明月一樣的太初……一一如同親見。

在歷史脈絡上的改編，巧妙避開了正史的局限，帶給讀者爽快的故事，讓我們輕鬆地在作者開展的闊美北宋歷史背景裡，偷窺那些或許存在過的人、事、物、情！推薦大家一定要看。

——網路讀者 下午茶

已經想不起是怎麼入了麥大的坑，從《汴京春深》追到《大城小春》再到如今的《萬春街》。猶記得久不追書的我那會兒經常半夜餵奶拍嗝時看更新了沒有，彼時初為人母，讀到九娘對蘇昉的舐犢之情感同身受，常忍不住濕了眼眶……。而後隨著九娘和六郎一對小兒女的成長，隨之展開的一整幅大宋江山圖，汴京兒女英雄夢，真的把大家帶入了那個波瀾壯闊的歷史畫卷與之同呼吸共命運。

《汴京春深》是我唯一一本一刷再刷的古言重生文，每重刷一次都有新的感悟，文中每個人物都栩栩如生，常常讓我覺得自己就站在他們身邊，有時一臉姨母笑地看著他們成長，有時又為他們的遭遇熱淚盈眶，酸楚不已。

——網路讀者 黎一凡

這麼多年看過不少歷史古言。私以為一個小說作者，發表多少作品和發表形式其實不是關鍵，最重要的是當梳理宋朝背景作品的時候，這位原作者的作品是不是必須被提及，無法被繞過或者被一筆帶過。自看過《汴京春深》以來，我越來越認同這個觀點。

——網路讀者 清景無限

——網路讀者 凱羅

自序

七年前，作為一個賦閒在家的家庭主婦，我終於決定實現學童時期閃閃發亮的夢想：寫一本小說。

之所以選擇以北宋為小說背景時代，是希望吸引更多大陸的年輕人去瞭解那個時代。曾經受歷史課影響，我也認為宋朝乃積弱之朝。所謂的大宋與西夏、遼、金等諸強並存，完全不大也不強，不復大唐萬國來朝的磅礴氣象，更有歲貢之辱靖康之恥，莫須有罪名殺岳飛，奸臣一籮筐昏君無數，想想就來氣。隨著年歲漸長，我卻越來越喜歡宋朝。

起因十分好笑，論壇上有一個穿越帖，詢問大家如果穿越你選擇穿越去哪個朝代？我想來想去選擇了宋仁宗時期。為何？毫無疑問，那是歷史長河裡中國最接近民主憲政和工業革命的時代。戶籍遷移自由、女性財產繼承權、取消宵禁、商業和個體經營的極度發達、銀行業的雛形、科舉考試資格取消出身限制、出版與新聞自由、國民私有財產受到保護、老幼福利慈善制度、王在法下……以上種種都讓我心生感歎：原來中國人類文明曾經抵達過那樣的高點。

這個高點，並不是指國家或軍事力量強大，而是一種自視與包容。宋朝清醒地認識到自己這個帝國不是世界的中心，只是世界的一員，於周邊諸國的外交政策無法高高在上頤指氣使，於國內的治理上倚重士大夫集團，向三權分立靠攏，限制皇權。例如北宋的皇宮是歷朝歷代裡占地面積最小建築成本最低的，屢次擴張計畫都因為拆遷會擾民而擱置。

文明的構建基礎離不開文化，毫無疑問，宋朝的高度文明也催生出了無數自由的靈魂，在詩詞文學、書法繪畫、瓷器刺繡、飲食建築、科技醫療等全方位抵達了中國歷史的巔峰。

文化沒有高下之分，只有差異之別，但文明卻有落後與先進的鴻溝。宋朝滅亡於鐵騎之下，不只是農耕文明敗與遊牧文明，也是文明被野蠻摧毀的過程。在此之後，元、明、清，都是極為鮮明的中央集權時代。元、清是殖民時代，無論從國民的個人權益還是女性的權益來看，無論從法制還是風俗的角度去考量，都在全方位地退步。這是人類文明的落後。

這就是《汴京春深》誕生的重要緣由之一，希望讀者能喜歡我展現的北宋生活畫卷，從而對宋朝產生興趣。

其次我很想呈現一群少年的成長歷程，以及重生的女主角如何重新認知自我，如何敢於接受一段實力相當彼此滋養的愛情。出於已婚已育婦女的小心眼，我從蘇軾髮妻王弗和元祐太后孟氏身上得到了塑造女主角的靈感，但當故事開始後，角色獲得了獨立的生命，開啟了他們自己的故事，我不再是創造者而是敘述者。簡中連載兩年，經歷了國際搬家，不免有創作上的小遺憾，好在最後順利完結，也獲得了許多讀者的認可和喜歡，更多人因此購買了《東京夢華錄》等我推薦的書籍，可謂意外之喜。

寫作《汴京春深》的過程對我而言也是一場難得的學習體驗，因為追求背景的立體和真實，經常需要參考各種參考書籍，有時糾結於某個細節六七個小時，終於釋疑，在文中卻只不過用了短短十幾個字甚至一個字也沒用上，而整個探索的過程如同蜘蛛結網，從點到線到面，不得不閱讀更多的書籍，最後自己也沉迷其中，獲得了書寫以外更大的快樂和滿足。

《汴京春深》連載到第四個月時，突然登上了晉江金榜第一，二〇二一年底交由上海讀客文化在各大電子閱讀平臺上出版，二〇二二年在沒有人宣傳推廣的情況下，陸續登上了各大榜單，在番茄小說的總榜、古言榜、出版榜蟬聯冠軍超過半年之久，在微信讀書、掌閱、咪咕、七貓等平臺上均取得了不俗的成績，並於年底授權了影視版權。二〇二三年喜馬拉雅上架了《汴京春深》的有聲小說，上架兩週，前五十集便登上了小說榜第十一名。

非常高興能與時報出版合作，希望臺灣的讀者能喜歡《汴京春深》。

小麥

二〇二三年一月三十日

- 服飾參考書籍：《中國古代服飾史》周錫保著。
- 地理參考書籍：《中國歷史地圖集》譚其驤 主編；《汴京遺蹟志》等等。
- 文民俗禮儀生活參考書籍：《東京夢華錄》、《夢粱錄》、《武林舊事》、《江南野史：南唐書》、《老學庵筆記》、《蘇東坡集》、《東坡志林》、《蘇東坡傳》（林語堂 著）、《蘇東坡新傳》（李一冰 著）、《宋遼西夏金社會生活史》、《宋朝人的吃喝》（汪曾祺 著）、《唐宋茶業經濟》（孫洪升 著）等等。
- 官職參考書籍：《宋代科舉與文學》（祝尚書 著）、《資治通鑑》、《宋史》、《宋會要》、《宋會要輯稿》、《宋代蔭補制度研究》（游彪 著）、《宋樞密院制度》（梁天錫 著）等等。
- 戰爭參考書籍：《武經總要》（曾公亮、丁度 等撰）、《中國城池史》（張馭寰 著）、《中國兵器史》（周緯 著）、《北宋武將群體與相關問題研究》（陳峰 著）等等。
- 朝政參考書籍：《北宋中央日常政務運行研究》（周佳 著）、《宋代女性法律地位研究》（王揚 著）、《宋代的政治空間：皇帝與臣僚交流方式的變化》（日本平田茂樹 著）、《祖宗之法——北宋前期政治述略》（鄧小南 著）、《宋代司法制度》（王雲海 主編）。

第一百八十章

向皇后撫著官家哭了一陣，殿內眾人皆屏息無語。

「娘娘！皇叔翁！諸位相公，這是何道理？山陵崩，為何不傳禮部的人？」向皇后哭問。

高太后疲憊不堪地坐了下來，聽蘇瞻將新帝即位的爭執稟告給向皇后。

九娘聽陳青幾句話說完利害關係，暗歎幸虧蘇瞻當機立斷，更憐惜陳德妃母子三人，看著趙栩極力壓抑的殺機和滔天的憋屈，想到前世爹爹憤然和宗族決裂時的神情，她轉頭輕輕問了陳素幾句話。

陳素蒼白的面容上紅了紅，想了又想，低聲答了幾句。

九娘思忖片刻，站在陳青身後輕輕說了一番話。陳青半晌抿唇不語，看了看妹妹一眼，終還是點了點頭。

向皇后聽完蘇瞻的話，邊哭邊說：「這可如何是好？我一個婦道人家，什麼也不懂。只記得官家生前多次同我說過，六郎可當大任。蘇相公你再想一想，會不會你記錯了？那高似所言可實？」

蘇瞻一怔，向皇后一邊拭淚一邊說道：「只憑一句傳言就毀人清白，哪有這樣的道理。就是相公你再德高望重，也當慎言！大趙斷案不也一直鞫讞❶分司嗎？《尚書》不也說，與其殺無辜，寧失不經！蘇相，我們做女子的本就命苦，你可想過阿陳這樣一個本分女子，被你一句話弄得有口難辯，真是死也洗不清的冤屈啊！」

陳素實在難忍委屈，掩面而泣。趙栩看向她，雙目赤紅，見她身邊的九娘在朝自己輕輕搖頭，便深吸口氣看向蘇瞻。

蘇瞻頭一次發現向皇后平時不作聲，一開口就讓人沒法接話，被堵得胸口一悶。他歎氣道：「聖人說的道理都對。可燕王殿下不肯再用這合血法驗親，陳德妃自己也在御前承認，隱瞞了和高似有舊的事實。不是臣要冤屈德妃，而是皇室血脈，事關重大，寧枉而縱不得啊。」

陳青出列朗聲道：「聖人所言極是，崇王已自盡，當先設殯宮，安置先帝。該由哪位殿下即位一事，臣有奏請！」

定王：「漢臣快說，天都要亮了，朝臣都要上朝來了。」

「蘇相一言九鼎，故此眾人難免心中有疑。其實此事也不難查證。敢問蘇相，高似可有和你提起過私闖禁中是哪年哪月哪天？」

「這倒不曾，只說當時他從秦州軍中擅自離營，千里奔襲回京，私闖禁中見過德妃一次。」蘇瞻搖頭道。

❶ 鞫讞：由專職官員負責審與判的制度，是宋朝審判制度的特色。在這種制度下，兩司獨立活動，不得互通信息、協商辦案。

陳青點頭，朝向皇后拱手道：「敢問聖人，宮中是否有掌彤史的女官？可有德妃懷上燕王的記載？」

向皇后點頭道：「那是自然，司贊女史下有彤史女官二人，專事記錄。」

「軍中每日都有點卯，只需調取秦州當年的軍中紀錄查實。高似絕無役內出逃或亡命後自首的紀錄，否則不可能被選入帶御器械。那他所稱的擅自離營，必定是報病或報傷。兩邊日期一核對，是非黑白則一清二楚。」陳青說道：「臣這主意已經萬般委屈德妃，實乃萬不得已的下策。」

蘇瞻和其他幾位相公低聲商議了幾句，都點頭認可陳青這個提議。

定王長歎一聲：「如此自辯，已經退無可退。只是的確太委屈德妃和六郎了。」

陳青道：「京師到秦州，往來三千五百里，四百里急腳遞，十日足夠。若十日後可證德妃清白，當遵先帝遺命，由燕王即位。娘娘、定王殿下、各位相公，此話可對？」

無人有異議。高太后嘴唇翕了翕，無言以對。

「這十日內，可從權宜之計。臣奏請太皇太后、皇太后兩宮垂簾聽政，立皇十五子為新帝，先主持山陵及一應喪服制度，修奉陵墓。十日後若水落石出，新帝可遵先帝遺命，禪位燕王。若不能證明德妃清白，縱然德妃清者自清，燕王也當自請避嫌。各位以為如何？」陳青看向趙栩。

奇峰突起，眾人還來不及反應，趙栩已朗聲道：「好！」

高太后怒道：「這和讓六郎即位有什麼區別!?為何不能由五郎即位？」陳青敢這麼說，看來陳氏和高似並無苟且，這種以退為進的手段，真是可恨。

陳青神情自若：「娘娘，吳王為何會帶阮玉郎進宮面聖，還需大理寺和禮部一同過問，何以能即位？何況先帝所言，清清楚楚，若是吳王殿下安分守己，日後宗室事務會交給吳王殿下。」

定王沉聲道：「事從權宜，我看漢臣這個主意行得通。」皇十五子趙梣年方七歲，生母地位卑微，至今還沒加封過，由兩宮、二府和宗室看著，即位了也不會生出什麼事來。禪位後好生彌補他，做個閒散親王就是。

陳青轉向蘇瞻：「就看二府能否確保：十日之後證明了德妃清白，能否尊先帝遺命，讓新帝禪位給燕王？若不能確保，各位相公有何面目對天、對地、對先帝、對良心？可對得起仁義忠信？可對得起大趙萬民!?」

蘇瞻歎了口氣，不錯！與其苦苦爭執，何不另闢蹊徑！想不到陳青竟有這般心胸和智謀，二府真是當局者迷，竟被燕王吳王之爭繞得頭都暈了。若能證明德妃清白，自己也會少愧疚一些。他立刻轉頭和其他四位相公商議。

謝相第一個贊成：「陳青所言有理，我等豈可罔顧先帝遺言？」沒說出口的還有：怎麼也不能立吳王！吳王那德行，他頭一個不贊成立他為新君。

樞密院曾相點頭道：「當年太宗皇帝弟及兄位，武宗皇帝三次入宮，兩次被立為皇太子，兩次被廢變回親王送出宮，又哪裡有過先例了？陳青所言，可行。」

朱相看了看高太后，崇王之死，使娘娘威信大失，實在可惜，他問道：「萬一證明不了德妃清白，燕王十天後不肯甘休呢？」

謝相瞪眼壓低了嗓子：「虎符你和曾相掌著，陳青只是掛了個國公名頭，你怕什麼？上頭還有兩宮壓著呢。」

蘇瞻：「陳青和燕王都是說到做到之人，否則我等幾人恐怕已橫屍柔儀殿了。便這麼定了吧？」

二府五位相公沒有了異議，蘇瞻朝向皇后拱手道：「聖人，事從權宜，臣等附議齊國公奏請，還請娘娘、聖人和定王殿下酌情接納此權宜之計，為大行皇帝服喪為先！」

高太后無力地閉上眼。向皇后哽咽道：「這才是正理，快些置殯宮。」

陳青上前兩步，跪到官家遺體和向皇后面前：「陛下，聖人，臣陳青在此起誓，諸位相公若有人出爾反爾，背信棄義，辜負先帝所託，臣匹夫之怒，必令背信者血濺五步！」

他的話擲地有聲，震得殿上眾人耳朵嗡嗡響。高太后一陣暈眩，兩眼直冒金星。

九娘微微揚了揚眉，鬆了一口氣。秦州，有陳元初在呢，做大事，不擇手段又何妨？

張子厚站得筆直，微微側目，看著那個少女。如果沒有料錯，此計應出自於她。既讓太后無從反對，又很清楚蘇瞻對德妃、高似一事有微妙的愧疚，對宮內情勢十分清楚，還抓住了二府相公們最在意的東西，面面俱到，以退為進。

看著她那微微揚起眉頭的模樣，張子厚心猛地一跳，訕訕地轉開了眼。那隱藏得不太深的小得意，有些天真有些好勝，盡在眉頭一揚之中。當年喚魚池取名時，九娘就是這樣的。他最後悔的事，就是自己不經意取了喚魚池一名，卻由得蘇瞻寫下來派書僮送了過去。他不知道王山長讓眾師兄弟取名的意圖，更不知道九娘也在取名，還和他取了同樣的池名。九娘會不會因此錯覺她和蘇瞻心意共通，才應下與蘇瞻的婚約……

張子厚心驟然抽痛，倒吸了口氣，冷冷地看了一眼蘇瞻。

退一步，才有不擇手段的時間。這十天，他的人只要保住急腳遞的軍士路上萬無一失就好。秦州軍中，那是陳家的地盤，輪不到他操心。

這一夜，終於還是過去了。張子厚微微地鬆了一口氣。

四更天，宮中哭聲不絕，帝崩於福寧殿。年僅七歲的皇十五子趙栩散髮號擗，即位於殿之東楹。大內皆縞素。太皇太后披散一頭蒼蒼白髮，向皇后、燕王、吳王、魯王、宮中諸皇子公主和六宮內人全披散下左邊的頭髮，在殯宮大哭。定王令人另行將崇王遺體送回崇王府，由宗正寺少卿帶內侍省在崇王府秘辦喪事。

宣慶使韓英任大內都巡檢，殿前司軍士跟著內侍嚴守各宮殿門。閤門使王度任皇城四面巡檢，京師戒嚴。城門出入人等，嚴禁攜帶兵器。

眾位剛到東華門準備上朝的官員們火速返家，依禮按品級換常服，腰繫黑帶，除去魚袋。內外命婦換布裙、布衫、布帕頭，依禮入宮哭先帝。禮儀院、司天監、山陵按行使各司其職。禮部遣使告哀鄰國，遣使告諭諸路。皇榜唱榜人帶著士庶跪地號哭不止。汴京諸軍、庶民換上白衫紙帽，要哭足三日才停。

四位急腳遞軍士，懷揣樞密院密信，接過金牌，上馬出城，往秦州疾馳而去。刑部、大理寺幾十位精幹官差一路策馬護送。

百家巷蘇府內，蘇瞻、蘇矚皆已入宮。滿府縞素，蘇昕的兩位兄長在門前遠遠看見載著蘇昕遺體的牛車，不禁淚若滂沱。

蘇府上下既哭國喪，又哭蘇昕。不多時驚呼連連，蘇老夫人和史氏雙雙暈了過去。程氏紅腫著雙眼安排請大夫，坐鎮蘇家後院，協理蘇昕的喪事。

天色陰沉，暮春的雨如簾幕籠罩了汴京，哀傷綿綿。

九娘進了范宅，孟存和孟建抓著她問了半天宮裡的事，得知竟然是皇十五子即位，兩人面面相覷。

孟忠厚被乳母抱著，原本就折騰了一夜沒有睡好，早間喝了一點奶又被抱了出來，正抽抽噎噎地啃著自己的手，他扭來扭去，終於大哭起來，朝九娘伸手要抱：「姑姑——姑姑！」

九娘伸手接過他，孟忠厚摟緊了她的脖子。九娘的下巴蹭著他軟軟的髮絲，聞著小人兒滿身奶香，想起蘇昕，淚如雨下。

第一百八十一章

十一郎捏了捏孟忠厚肉嘟嘟的小臉，從懷裡掏出帕子塞給九娘，輕聲問道：「出什麼事了？你怎麼一個人從廟裡回來了？姨娘呢？婆婆呢？」

九娘搖著頭收了淚，把孟忠厚抱得更緊了：「官家駕崩，婆婆留在宮裡陪太皇太后。走吧，十一郎，我們回家，一起回家去。」

翰林巷孟府一早人進人出，車馬絡繹不絕。回事處的管事們連喝水的時間都沒有。九娘帶著管事從范家接回昨夜避禍的眾人，各房又開始忙著卸下箱籠安頓。

府裡除紅摘綠，上下人等皆換上素服，輪班對著皇城方向舉哭。

孟建回了木樨院，聽九娘細細說了靜華寺和四娘的事，大驚失色，不敢置信：「你四姊怎麼可能做出這種事來？你們可不要總是容不下她冤枉了她！她被打發到廟裡已經苦了兩年了——」看著九娘的眼睛，他心頭一寒，沒再說下去。

「四姊指使程之才害死了蘇昕，原本該送開封府，用不著大理寺出面。是先帝憐惜孟家的名聲，才破格讓大理寺收監的，冤枉不冤枉，大理寺自有定奪。爹爹還是去問一問阮姨娘，家中還有哪些不要命的下人，在幫她那謀逆重犯的哥哥私傳消息的吧。四姊的案子，少不得也會連累爹爹您的。」

九娘福了福：「女兒先告退了。」

孟建呆住了，什麼叫少不得連累他？謀逆重犯阮玉郎？他嚇得拔腿就往西小院去，心裡想著阮家謀逆，罪及三族，出嫁女不在其內，琴娘和自己應該平安才是，再一轉念想到四娘萬一被判謀逆從犯，他腿一軟眼一黑，險些摔一跟頭。

過了辰時，靜華寺的一應姨娘僕婦跟著杜氏等人從百家巷蘇府歸來，各房又是一陣忙。眼睛腫得像桃子一樣的林氏一看見九娘和十一郎都等在二門，就捂著嘴哭了起來。九娘對她點點頭，先給杜氏、呂氏、六娘見禮。

杜氏聽九娘說了宮裡的大概，知道孟在沒事才放了心，握著九娘的手歎道：「好孩子，幸虧有你！你娘留在蘇家打理阿昕的事，蘇老夫人看上去不大好，阿姍也留在那裡陪著。」

呂氏鬆了一口氣，緊握住六娘的手：「阿彌陀佛，十五皇子即位是大好事，說不好你不用入宮了，就算入了宮你且安心當差，出了國喪我就給你把親事定了。」一想起丈夫的叮囑，呂氏輕聲叮囑六娘：「先別和你爹說我的打算。」

六娘還在傷心著蘇昕的事，又憤怒於四娘竟利用程之才去坑害九娘，顧不上母親所言，只胡亂點了點頭。她看著一路忙忙碌碌臉有憂色的下人們，想起之前二哥成親時家中喜氣洋洋熱火朝天的景象，就是翁翁過世，大伯和爹爹不得不丁憂，這兩年家裡始終都是沉穩又安詳的氛圍，從沒這種說不出的蕭索意味。不知道是婆婆昨夜那麼大的決定引發的慌亂，還是因為婆婆不在家的緣故，又或者是其他的原因，她心裡慌慌的，懸在空中，說不出的害怕。

「阿妧？」六娘輕輕碰了碰並肩而行的九娘。

九娘握住她的手：「沒事的。六姊別擔心，家裡沒事的。」十天後，一切都會好的。接下來的每一天，都很重要。以張子厚的為人和手段，應該開始為趙栩造聲勢收民心，好給新帝退位鋪路，只是他素來激進，不留餘地，若不提醒，反而不妥。想到張子厚兩次看自己怪怪的眼神，九娘搖了搖頭。蘇瞻都看不出她什麼來，何況是張子厚。

只過了兩天，朝裡紛紛揚揚，都傳太皇太后一意孤行，不顧先帝要傳位給燕王的意願，強行扶持幼帝登基，是為了自己要把持朝政。甚至有御史臺的御史上書彈劾蘇瞻、呂相等人，指他們忘記身為臣子的本分，迎合太皇太后，罔顧先帝意願，意圖挾幼帝而號令天下。更有御史指出，禮部所準備的皇太子服都是按燕王身量所制，請兩宮和二府拿出先帝遺詔告示天下以安民心。一位諫官更以王莽曹操之流比喻蘇瞻，嚴厲要求新帝退位，讓位於燕王，以續大趙中興之路。向太后一一留中不發，也不訓斥這些言官。蘇瞻、呂相也不上書反駁。一時間，所有的矛頭都對準了太皇太后和蘇瞻。朝中如此，更不說坊間各種傳聞了。

到了第三日，群臣進宮，在東序覲見七歲的新帝趙梣。趙梣這幾天服喪不能進食，人蔫蔫的很沒精神。向太后抱著他坐下，低聲哄了兩句，趙梣才勉強坐定了接見群臣。太皇太后更是憔悴。有不少老臣見到御醫院的醫官們貼身陪著新帝和太皇太后，想起當年先帝也是七歲即位，一言一行有板有眼十分有氣勢，不由得憂心忡忡。這生下來就是太子的官家，和臨時被兩宮和二府選出來即位的官家，真是天差地別。

閣門使宣了口敕，群臣下拜三呼萬歲，大哭盡哀，還沒依禮退出，上座的官家已經暈了過去。

蘇瞻急急上前，聽到院使低聲徵求太后的意見，是不是給餓暈了的官家用一些點心。向太后猶豫了一下，太皇太后呵斥道：「胡鬧！用些參湯就好，豈可壞了禮法規矩！當年先帝即位時也才七歲——」想起先帝，太皇太后哽咽得說不出話來。向太后也落下淚來，不再多言。

蘇瞻和幾位相公轉開眼，等院使給官家扎針。趙栩醒了過來，還是不見自己的生母，想要哭又不敢哭。

二府稟報群臣上表請新帝和兩宮聽政。向太后摟著趙栩，拍了拍他的背。趙栩想起早間太后的囑咐，細聲細氣地答：「吾傷痛不已，實在不能答應眾卿所請。」又哼唧了兩聲，想起生母，終於哭了出來。向太后和高太皇太后也按禮答了不允。

蘇瞻等人退了出來，午後和夜裡將再行上表兩次，待官家和兩宮第三次按例應允，明日就可正常聽政。

廊下遇到匆匆而過的張子厚，蘇瞻出口喊了一聲：「張理少請留步。」

張子厚一皺眉頭，停了下來，拱手行禮：「蘇相公，有何見教？」

「得饒人處且饒人，我等既然答應了齊國公，自會秉承先帝遺詔，你又何必如此咄咄逼人？太皇太后一生清名，被如此作踐，難道子厚你問心無愧？」蘇瞻壓低了聲音。

張子厚挑了挑眉：「操縱臺諫是大罪啊。若無真憑實據，還請蘇相慎言。張某雖然名聲不好，可早就不在臺諫多年。難道，天下人悠悠之口都能順著張某的心意不成？」他笑了笑：「又或者，和重你生氣的是自己的君子之名，竟然被比作莽操之流？唉，怎麼有人的眼睛這麼雪亮呢？」

蘇瞻淡然搖頭：「蘇某一生起伏，從不在意旁人揣測誹謗。只是奉勸你留一線慈悲，於人於己，都是一條後路。」

張子厚拱手道別，走了兩步，和蘇瞻錯肩而過，忽地腳下一頓：「對了，蘇師兄，你是不是從未告訴過師妹，那喚魚池三個字，其實是我取的名？王山長那對雙魚玉墜，你拿著，手不覺得燙？」

蘇瞻猛然轉頭看向張子厚，這些年的好涵養再也壓不住心中一股邪火：「你這許多年的處處針對就因為這三個字？」

張子厚盯著他的眸子一瞬，挑了挑眉，頭也不回地走了。將蘇瞻比成莽操之流的那份彈劾摺子，自然出自他的手筆，除了他張子厚，還有誰敢罵蘇瞻！慈悲？他當年就是太留餘地，才害得九娘被蘇瞻所負，含恨早逝。太皇太后一世英名清名又如何？燕王說了，九娘的死恐怕和王家二房和太皇太后脫不了干係，那就是有干係。他欠九娘的，一輩子慢慢還。這些人欠九娘的，他會替九娘一筆筆算帳，一筆筆討債，一個也不會少。

見了那個神韻肖似阿玞的少女後，這幾日他也有些喜歡挑眉了。張子厚伸出手指壓了壓眉頭，肅容前行。

趙栩正舉哀畢，出來歇息片刻，站在廊下負手望天。張子厚上前見了禮：「殿下萬安，方才官家暈了過去。殿下也請用些茶水，莫熬壞了身子。」

趙栩點了點頭，並不吃驚，幾個年幼的皇子皇女昨日就撐不住了。還要過兩天，先帝的服玩及隨身御用物才會移入梓宮，向太后今晨已讓尚宮們悄悄地餵食些素點心。趙栩在太皇太后眼皮子底下，肯定什麼也吃不上，恐怕是餓暈了。

「路上可有消息？」

「急腳遞明日晚間可抵秦州，至今尚無壞消息傳來。」張子厚看著廊下的內侍們：「季甫手下人日夜兼程，昨日夜裡應已至秦州見到陳將軍了。今日蘇家昭華郡主大殮，禮部頒旨追封的人剛出皇城。孟家女眷一早就去了。那位——」

趙栩看著陰沉沉的天：「季甫，她所言有理。造勢鋪路固然必要，但無需過分激怒蘇瞻，他最看重自己的名聲，先放一放。倒是進奏院掌各路喉舌，十分要緊。」

張子厚默然了片刻：「便按殿下的意思辦。通進司的朱文泉這次也幫了不少忙。入內內侍省如今如何？」

趙栩搖了搖頭：「入內內侍省幾十年都是娘娘的耳目，不能妄動。不要緊，內東門司的韋勾當和入內內侍省的黃都知等人一貫不和，二府也一直想削弱入內內侍省的權柄，讓他們互相爭鬥去。我們只要穩住進奏院和通進司兩條路，機要文書不能遺漏，如今除了禪位一事，地方上各路動靜才是最要緊的，尤其是西邊各路。阮玉郎定然還有後招。對了，孟四娘審出什麼來了嗎？」

張子厚不自覺地揚了揚眉：「用了點刑，招是招了，沒什麼用處。」他從袖中掏出一張供狀。

趙栩垂眸看了看，胸口劇烈起伏了幾下，慢慢將供狀還給張子厚：「不用留了，乾淨些處理了吧，別牽連其家人。」

看著趙栩往殯宮走了回去，張子厚皺了皺眉，為君者，用情太深不是好事，那位日後若是做了聖人，恐怕也不會比太皇太后省事。

一位內侍輕輕跟上趙栩：「稟殿下，還沒有陳二郎的行蹤。」

趙栩腳下一慢，頭也不回地道：「赴川的水陸兩路，沿途細細查問有無命案。」

太初，你究竟去哪裡了？趙栩心中暗暗歎了一口氣。

「舉——哀——！」禮官看著時辰，見趙栩回來，大聲喊道。殯宮內哭聲不絕。

百家巷蘇府內，同樣哭聲不絕。禮部官員頒了宮中追封蘇昕為昭華郡主的旨意後，靈堂上蘇老夫人又暈厥了過去，七娘慌忙喊程氏去看。程氏派人去請大夫，讓九娘去陪著史氏。

史氏木然起身，來到棺邊，慢慢地將女使捧著的衣裳一件件放入棺中，轉頭見九娘來扶她，點了點頭：「阿妧，你來看看，這兩件夏衫阿昕會喜歡哪一件？」她手上一件鵝黃芍藥紋薄紗褙子，一件冰藍梅花紋薄綢褙子，都是嶄新的。

九娘心如刀絞，哽咽道：「這兩個顏色，阿昕都喜愛，都帶去吧。」

史氏看著衣裳，喃喃道：「好不容易她都能自己伸手穿衣了。幸好以後她就是周家的媳婦了。」她摸了摸蘇昕手中的大紅婚書，抬起頭往外張望：「我家姑爺怎麼還不來？可莫誤了吉時！」

九娘安慰她道：「周家有情有義，願意迎阿昕歸周家祖墳，享後人香火，短短兩日要準備好肯定很不容易，別急。」

周蘇兩家的婚書早在開封府備了案，雖未成親，周家還算知禮，接了喪帖就上門提出要迎蘇昕的牌位成親，蘇昕日後便是周家的人，入土周家祖墳，享周家子孫香火。蘇矚夫妻感激不盡，像蘇昕這樣已訂親或已出嫁的女兒，若是不幸去世，入不了蘇家祖墳。當年蘇老夫人和蘇瞻為了三娘鬧得天翻地覆，還是不得不另尋墓地。

外頭一陣鼓噪。史氏精神一振：「可是周家來迎親了？」

九娘頭一抬，見一身銀白素服的陳太初大步踏入靈堂，身姿依然筆挺，雙眼滿是血絲，面容憔悴，嘴唇乾裂，唇邊新破了皮，還有一絲血痕。

陳太初！

匆匆自洛陽歸來的蘇昉跟在陳太初身後，滿面怒火，方才陳太初任由他打毫不反抗，堅持要來祭奠蘇昕，兩位堂兄弟遵禮相迎，他也只能跟了進來。

蘇昉低聲喝道：「行完禮你就走！」

第一百八十二章

陳太初在靈前行禮。史氏作為喪主回禮。

陳太初看向九娘，九娘朝他點了點頭，微微福了一福，她猜得到他去做了什麼，正因為猜得到，更忍不住落淚。

他終於看見阿妧了，感覺已隔了多年，甚至恍如隔世。四日千里奔襲，前日在回京路上，他得知先帝駕崩新帝即位一事，皇榜上不過幾十個字，但六郎、父親，那一夜必定驚濤駭浪無比兇險，而他竟然不在！那一刻，他心頭沉痛，比遭受蘇昕之殤更重。他從山林間穿過，避開官道，繞開鄉鎮，躲開趙栩手下的追尋。他誰也不想見，一句話也不想說，甚至想就此遠離塵世而去。

那天夜裡山中微雨，他躍上樹頂，隨風起伏，無月無星的夜，深深淺淺的黑色。他忍不住長嘯，山中回音滾滾，驚鳥四起。滿面水痕的他，連聲長嘯，那過往的種種，似乎也隨風雨隨嘯聲遠去。剎那，他想起那年中秋，汴河邊，那曲〈楚漢〉。他錯過的，已經錯過。倘若再來一次，他還是會丟下蘇昕去找阿妧，他還是會丟下六郎去追程之才，還是會離開汴京千里追凶。因為他是陳太初。

天下莫大於秋毫之末，而泰山為小。

九娘見陳太初跪到火盆邊，從懷中掏出一塊布。她雖早有預料，還是吃了一驚。那布料的顏色花樣，分明是去靜華寺那天程之才所穿的衣衫。她淚眼模糊地背過身去，捂住了嘴。這是陳太初，他還是殺了程之才來祭奠阿昕的。

蘇昉皺起眉頭，看著陳太初輕輕將那塊染了血的綢布放進了火盆中，火苗惡舔，一股焦味彌漫在靈堂中。

陳太初看著那塊布化為灰燼，默默磕了三個頭。血債血償，阿昕，你先安心去。剩下的兇手，他一個也不放過。

「周娘子來了！」外間女使引著幾個穿素服褙子的婦人進來。

史氏含淚道：「親家母怎麼親自上門來？姑爺他——」

周娘子帶著周雍的兩個嫂子卻當堂噗通跪在了史氏的腳下，大哭起來。剛剛回轉靈堂的程氏皺起眉：「周娘子您這是——？」

周娘子從懷裡取出婚書，雙手遞向史氏哭道：「千錯萬錯都是我們周家的錯！還請夫人高抬貴手，這親事我家不成了。」

史氏腿一軟，半靠在九娘身上，嘴唇直發抖。

程氏勃然大怒，上前怒問：「哪有這樣的道理！上門求著結親的也是你，我蘇家可是都發出帖子了！」

周家三個婦人嚶嚶哭得更厲害，只一味低聲下氣地求史氏。

蘇昉一聽周雍在外院請罪，立刻拔腿往外去了。

九娘冷聲問道：「周娘子，敢問究竟是何原因，你家如此出爾反爾？總要給個說法才是。如今我姊姊剛被追封為郡主，就被你家退親拒娶，這藐視朝廷之罪，周家也願意背？還是覺得蘇家能任由你家背信欺辱？」

周娘子嚇得渾身一抖，哭道：「不不不！夫人啊，我周家小門小戶，哪裡高攀得起郡主！先前不知道朝廷要追封——」

九娘吸了口氣，悲憤莫名，沉聲怒問：「可是因為周雍做了郡馬，就得守孝三年不能參加科舉，你家才反悔？」

周家三個婦人一震，又齊齊哭了起來，搖頭矢口否認。周娘子抬頭瞥了九娘一眼，扯住史氏的裙角，低泣道：「夫人，我周家雖不是什麼世家大族，也算官宦人家，清清白白的。可郡主的死因，我家昨日才聽說了。這不清不白的——實在沒法子接郡主進門啊！求夫人放過我家！」

史氏胸口劇痛，兩眼一瞪，一口血噴出來。九娘既怒又痛，和程氏趕緊抱住史氏。

程氏抬腿就是一腳，蹬在了周娘子腰上：「什麼破落人家！好意思說清白兩個字，呸！」她朝著周娘子面上啐了一口：「你家先前想攀著我哥哥家，做個宰相家的侄女婿，眼巴巴地湊上門來，扮成情深意重的樣子，如今打什麼滿嘴噴糞的王八羔子那裡聽來些汙糟話，就敢毀我家郡主的閨譽！就敢毀婚！走！今日咱們去開封府說道說道，別以為你家有個開封府判官就厲害了，狗東西！」

「君子動口不動手，你這潑婦怎地動手打人！啊！」被蘇昉揪來靈堂的周雍襆頭歪斜，衣衫凌亂，見程氏潑辣地撕破臉打罵自己娘親，趕緊出聲維護，卻又吃了蘇昉一拳。

「三郎！」周娘子顧不得腰間疼，趕緊上前抱著兒子大哭起來：「蘇家仗勢欺人太甚！去開封府請官府斷個明白也好！我家哪裡有錯了？你家好好的閨女，怎會無緣無故死在深山裡，為何不同我家說清楚怎麼沒的？」

史氏喉間一甜，又吐了一口血，啞聲道：「我家阿昕是清清白白走的——！」程氏和九娘趕緊讓人催大夫過來。

周雍抱著鼻青眼腫的臉問氣得渾身發抖的蘇昉：「我念著兩家已經訂了親，一片好意，願意和你妹妹的牌位成親，以她為原配髮妻，可就算宰相家也不能平白折辱我啊！」

周娘子擋在兒子面前：「我家三郎可是清清白白的，如今平白多了剋妻的罪名不說，還沒法科考！日後就算再娶了好人家的女兒，媳婦還要對你家閨女執妾禮！——」

「滾！」平地一聲驚雷起。

滿堂的哭聲都停了下來。

陳太初慢慢從火盆前站了起來，轉過身，走到周雍跟前，冷冷看著他。

周雍往後仰了仰，驚懼萬分：「你——你！」一手趕緊捂住了半邊臉。

「滾。」陳太初伸手取過周娘子手中已經揉皺的婚書，冷聲道：「這親，你家不配。快滾。」

蘇昉想說什麼，還是忍住了，對周雍怒目而視：「滾！」

陳太初旁若無人，走到棺前，將蘇昕手下蓋著的婚書也取了出來，輕輕拍了拍她冰冷瘦弱見骨的手，深深吸了口氣。很好，原來他還能為她身後做點事，能為她娘做點事。真好。阿昕，對不住，太初我就是這麼自私自利的小人，為了自己心裡好過一些，顧不得你情不情願了。

陳太初——那不如你成全他們可好？

這是你唯一求過我的事。好，你莫要再哭了。我應承你了。

史氏哭著直搖頭，程氏也哭了出來。三娘，五娘，阿昕！蘇家的娘子為何這麼命苦！

「小侄陳太初，乃大趙齊國公陳青次子，尚未娶妻，慕昭華郡主高潔無瑕，求與郡主結冥親，太初求昭華為原配髮妻，親迎昭華入我陳家祖墳安葬，享陳家子孫香火供奉，乞伯母首肯，太初不勝感激！」聲音清朗，堅定不移，擲地有聲。

靈堂上一片沉寂，所有人都看向跪在史氏面前的陳太初。蘇昉凝視著他的背影，再看向滿面淚痕的九娘，心揪成了一團，疼得厲害。這是不對的！不合適不妥！可他說不出口。看著二嬸的臉，他說不出阻止的話。

史氏抱著九娘的手不敢置信：「太初？你，你說什麼？」她看向九娘，不，不行。陳家和孟家在議親啊。

九娘看著陳太初，胸口熱得發燙。

陳太初也看著九娘，目光澄清，溫和，帶著歉意。終於，兩人同時輕輕點了點頭。

身經百劫在心間，恩義兩難斷。

剛回到家中的蘇矚，慢慢走進了靈堂，扶住妻子，長歎一聲：「婚姻大事絕非兒戲，何況我家阿昕已逝。這都是她的命，怨不得人。太初你先回去吧。此事莫要再提。」

陳太初磕了三個頭：「太初一片誠心，還望伯父伯母准允。」他長拜不起。

史氏再也顧不得旁的，淚眼漣漣地看向丈夫：「二郎！求你——讓阿昕有個去處！別像三娘那樣孤伶伶的！」

念及去世多年的姊姊孤墳淒涼景象，蘇矚也濕了眼眶。程氏這才反應過來，下意識看向九娘。

傍晚時分，幾位官媒捧著周蘇兩家的退婚文書和新的陳蘇婚書從開封府出來，都鬆了一口氣。到底朝中有人好辦事，憑著齊國公和蘇相公的名帖，不過兩個時辰，事情就辦齊全了。

蘇家早將周家的聘禮堆在車上，一見官媒和管家出來了，將聘禮單子扔在周家管事的懷裡，啐了一口。過往的人指指點點，議論紛紛。

還沒入夜，陳家的聘禮已經如流水一樣抬入蘇家。陳蘇兩家冥婚的消息瞬間傳遍了汴京城。

蘇瞻得了信，匆匆從宮中告退，一出延慶殿，就見趙栩正在等著他。

「蘇相是急著回去阻止這門親事？」趙栩負手淡淡地問道。

蘇瞻深吸了口氣：「不錯！」二弟恐怕傷心過度糊塗了，這樣的關頭，蘇家怎麼能同陳家聯姻！冥婚也是婚，也一樣有婚書，開封府要入案的。陳太初再好，他姓陳，他是陳青的兒子，是燕王的母族！

趙栩笑道：「我舅舅已不在樞密院，掛著一個國公的號而已。蘇相顧忌的是我嗎？」

蘇瞻苦笑道：「臣如今已被比作王莽曹操，改日殿下事成，臣恐怕又是楊國忠韋溫之流了。」

「蘇相兩度拜相，天下人盡知蘇郎才名和為國為民之心，又怎麼會因為這樁小小婚事看輕蘇相？」趙栩搖頭道：「仁者不憂，知者不惑，勇者不懼。蘇相所憂為何？所惑為何？所懼為何？」

蘇瞻搖頭道：「殿下難道忘記了？陳家和孟家早已議親多年，在先帝跟前也陳情過。陳太初因內疚而棄孟家不顧，無禮無信也，因憐憫而娶阿昕的牌位，豈不反而陷蘇家於不義？」

趙栩上前一步，輕聲道：「蘇相放心，爹爹臨終前親口賜婚孟九與六郎，御醫院兩位醫官、孫安春、帶御器械，皆可為證。阿昕已逝，也不會再受半點委屈，因何緣故娶她的牌位，何需提起？蘇相何必多操這份心呢？」

蘇瞻一驚。

「柔儀殿那夜，爹爹和娘娘親口所言。王家二房向娘娘告密，誣陷榮國夫人是郭真人之女趙毓，她的病逝恐怕和娘娘還有令夫人有關。蘇相不如好好想一想。同樣是逝去之人，太初所求冥婚，求的是心安，是為阿昕身後事著想，顧念的是阿昕父母的心。不知道蘇相又會顧念誰，心能不能安。」

趙栩長歎一聲，飄然遠去。

蘇瞻手足冰冷，耳中嗡嗡地響。這是什麼時候的事！那夜，孟九娘和崇王見駕後，先帝召見眾臣，要立燕王為太子，要請娘娘遷去西京的事，歷歷在目。蘇瞻一個趔趄，扶住廊柱。

二房告密！難道當年他和高似的話，也是二房的人偷聽了？那時候，書院裡只有王瓔的父親，是九娘請來對外治喪的王家長輩。那些來拜祭的王氏族人，沒有留下過夜的。蘇瞻打了個寒顫。

太后的確是從那次九娘返京後不久開始頻繁召她入宮的。蘇瞻閉上眼，不可能，不會的。阿玞是在鞏義著了涼，一時疏忽了才傷了根本，是十七娘非份之念，心思惡毒故意棄藥，才使她的病反反覆覆，不見起色。太后一直待他夫妻二人極好，這許多年也常常感歎念叨阿玞的好，不會的。二房又為何要做這種事！蘇瞻掩面不敢再想下去。王方臨終前提到的隱晦往事，他一直不願回想的那些話，全都跳了出來。和柔儀殿那夜的一切都一點點重合起來，對應起來。

蘇瞻強自鎮定下來，往事俱往矣，他問心無愧，何需憂懼！

蘇相你所憂為何？所惑為何？所懼為何？他不願想，可由不得他。那些明明早就遠去的聲音笑容，如鬼魅一樣纏住了他。

宮牆深深，夜幕低垂。蘇瞻一步步往東華門走去。殿外的兩個隨從嚇了一跳，從沒看見相公的臉色這麼差！上前要扶一把。蘇瞻停下腳，搖搖頭，又慢慢一步步走著，千斤萬斤重，還是要往前走。

「和重，阿玞受我所累，從小吃了許多苦，以後就請你多看顧她一些了。她那樣的性子，看著什麼都不在意，其實什麼都藏在心底。難得你夫妻二人少年時就心意相通，還記得喚魚池是你們兩個取的名字嗎？阿玞後來還是認定了你的。你們一直這麼和美恩愛，我和她娘很放心。該交出去的，我早都交付了。阿玞再無娘家人，只有你和阿昉！請你千萬護好她！」

當年，他只顧著在意前半段話。他從來沒問起，阿玞也從來沒提起。為何第一次相看她會逃去山裡玩，第二次相看他失約一整天，她還會答應嫁給他。他從沒想過要問，他們當然只是遵守兩家的婚約而已。可是，那時他已經心悅阿玞，岳父臨終前卻說出這樣的話。他不禁想著張子厚說的欠阿玦一條命，究竟是什麼意思。一想到成親那日掀開蓋頭，阿玦笑意盈盈的模樣，可能不是因為他，他簡直要發狂。想起那夜洞房事後，她明明疼得厲害，還紅著臉從枕頭下取出雙魚玉墜給他繫上，他更要發狂。

阿玦從那次返回京城，對他就淡淡的。話也少了，笑也少了。她辦福田院、慈幼局，買田莊，他都盡力幫她，但他不敢問，不想問她究竟在想什麼。他怕阿玦已經知道了喚魚池三個字的陰差陽錯，更怕阿玦看不起他怨恨他，還怕她介意自己對五娘的情意，更怕她知道是自己自汙入獄害得她失去了孩子。他憂他惑他懼。他總以為會有個合適的時候，讓他好好一訴衷腸坦誠心意。可是他越來越忙越來越忙，她越來越淡越來越淡。

他至今也不知道，阿玦究竟知道不知道，她當年認定的不是他蘇瞻。

不對，這些細微的一閃而過的念頭，他早就忘記了，早就不放在心上了，為何今日會被張子厚和燕王幾句話弄得失魂落魄！阿玦為他高興，為他驕傲，也為他傷過心。阿玦為他孝敬翁姑，為他撫育阿昉，為他幕後聽言，為他出謀劃策。阿玦是和他過日子，是蘇王氏，是蘇家的宗婦，自然都是為了他蘇瞻。

蘇瞻越走越快，越走越快，一出東華門，上馬往百家巷疾馳。

第一百八十三章

再次舉哀後，眾皇子公主們，終於吃上了稀薄的菜粥。

趙栩和定王連袂出了殯宮，沿著長廊往拱宸門而行。夜已經深了，皇城司的親從官們見到他們，紛紛肅容退避開來行禮，一位指揮匆匆上前來行禮問安。

「劉繼恩被大理寺收監後，恐怕皇城司的各位指揮沒少巴結你吧？」定王慢騰騰地負手而行，隨口問趙栩。

趙栩點了點頭：「皇城司都知一職舉足輕重，這幾天停朝，恐怕得十來天後才定得下來。我看他們也沒少在太皇太后和娘娘跟前走動。入內內侍省也蠢蠢欲動。」

「五郎畢竟還掛著皇城司武功大夫的名頭，我看今日有兩個押班還在圍著他轉。」定王歎了口氣：「你爹爹在位三十六年，雖說和西夏沒停過爭戰，也算得上是天下太平。六郎啊，你任重而道遠哪。」

兩人邊說邊走，出了拱宸門才上了檐子，往瑤華宮而去。

瑤華宮前幾天走水後，因先帝驟然駕崩，大內忙得團團轉，只有十幾個殿前司的禁軍守在門口，還無人顧得上修繕一事。見到趙栩和定王來了，一直等著的殿前司天武衛指揮立刻迎了上去。

兩人穿過院子，在坍塌焦黑的上房前頭默然站了一會。定王想起幾年前陪官家來瑤華宮看臨終前的郭真人，他也是站在這裡，等了很久。

「都是孽緣啊。」定王長歎一聲，搖了搖頭。

趙栩卻想起了趙瑜最後說的那句：「瑤華宮那個地方不好，我娘最怕黑，最怕髒的……」他說他想看看他娘，現在應該看到了。

原以為自己會無比痛恨趙瑜的，不知為什麼，卻恨不起來。

趙栩也歎息了一聲，轉頭問屬下：「人呢？」

「在西邊置物間裡關著。殿下這邊請。」

一扇破舊木門吱呀一聲被推了開來，身後人提起燈籠。趙栩當先跨了進去，小小置物間裡有股塵土味和淡淡的黴味，幾個舊木箱子疊著，地上一老一少被捆得結結實實，靠在牆角。

那十來歲的少年披在肩上的頭髮散亂，嘴裡塞了一塊布頭，一見到定王和趙栩，先是一愣，立刻激動地扭了起來，嘴裡咿咿嗚嗚，用下巴示意他身邊的老嫗，忍不住眼淚直流。

趙栩冷冷垂首看了他片刻，才去看他腳邊蜷縮著的老嫗，看年紀已經六十有餘，散開的白髮披在臉上，看不清面容，一樣被捆著，嘴裡塞著布，卻一動也不動。

趙栩伸手將少年口中的布團取了出來，對定王說道：「這是阮玉郎的兒子，趙元永，好不容易從大名府抓回來的。」

趙元永到底只是個孩子，一雙淚眼眨了眨：「婆——婆！求你救救我婆婆！」他用膝蓋輕輕碰著阮婆婆，啞聲道：「求求你！」

定王愣了片刻：「趙玨有了兒子？」

趙栩蹲下身，撥開那白髮，肯定這老嫗不是孟家的阮姨奶奶，有些失望，再探了探阮婆婆的口鼻，將她口中布團也取了出來：「鬆綁吧。」

外面送進兩張椅子，趙栩閒閒地坐定了，一手撐在腮上，看著屬下麻利地給他們鬆綁。

趙元永托起阮婆婆的頭哭著低喊起來：「婆婆！婆婆！」

「大——大郎？」阮婆婆慢慢醒轉了過來，抬起手想摸摸趙元永。

趙元永大喜：「婆婆！大郎在這裡！」

阮婆婆動了一動：「賊人——走了嗎？你爹爹呢？」

趙元永忍著淚抓住她的手放在自己小臉上：「爹爹沒事，姑婆婆也沒事，我們——我找到我六哥了，我們，也沒事了。」

趙栩一揚眉，看到趙元永小臉上滿是哀求，伸手敲了敲扶手：「嗯，婆婆放心，你和大郎沒事了。」

定王的白鬍子動了一動。

趙元永拭了一把淚：「六哥，我婆婆兩天都沒吃過東西了，這裡有水嗎？」

趙栩定定地看了他片刻：「送點茶水糕點來。」

「多謝六哥！」趙元永咬了咬牙：「我婆婆眼睛看不見，腿腳也不便利——」見趙栩臉上露出似笑非笑的神情，他哽咽著收了聲。

定王看著趙元永細細掰碎了糕點放進阮婆婆口中，終於忍不住問：「大郎，你娘是誰？」

趙元永抬起眼：「我娘生下我就死了。是婆婆和燕素姑姑一直陪著我。」他想起為了護住他和婆婆，身受重傷的燕素、鶯素兩位姑姑，眼中又濕潤起來。

阮婆婆低聲問趙元永：「這是哪裡？他們究竟是誰啊？」

「這是金水門邊的瑤華宮，成宗皇帝愛妃郭玉真出家後住的瑤華宮。我是先帝的六子，燕王趙栩，是我請您和元永來的。剛才問話的，是我皇太叔翁定王。你又是阮玉真的什麼人？嫁給孟山定為妾的阮眉娘又和阮玉真是什麼關係？」趙栩托著腮，有些疑惑地問道。

阮婆婆的手抓緊了趙元永，側過頭，靜默了片刻，輕聲道：「玉真啊……定王？是武宗皇帝的幼弟趙宗樸嗎？」

定王一怔，看了眼趙栩：「正是我，你是哪一位故人？恕我年邁眼花，認不出來了。」

阮婆婆輕聲喟歎道：「昔日宮中瓏萃閣舊人，和你同歲，小時候總不肯喊你一聲皇叔，你還在姑母面前告了我一狀，害我手心吃了姑母五板子。你不記得了？」

定王霍地想站起身來，又重重跌回了椅中，鬚眉顫動。

百家巷蘇府門前擠滿了百姓。國喪期間嚴禁嫁娶，蘇家這樁親事卻得了太后懿旨允辦，是赫赫有名的陳太初和當朝首相的侄女昭華郡主冥婚，好奇者甚眾，不免悄悄向百家巷的街坊鄰里打聽原委。

鄰里這兩日原是熱衷傳播周家如何有情有義的，現在格外義憤填膺，周家怕自家的兒子做了郡馬，得為郡主守孝三年，又不能科舉入仕才臨時退婚，一幕幕說得有板有眼彷彿親眼所見，說到蘇家如何把周家的聘禮扔出門來堆上車，更是繪聲繪色，引來唏噓一片，也有個把別有用心之人暗暗提及郡主死得蹊蹺，周家恐怕情有可原，立刻被周遭人的唾沫噴了一臉。

「若是死得蹊蹺，陳家會寧可冥婚也要把郡主變成陳家婦嗎？那可是陳太初，那可是齊國公府那可是陳青家的媳婦！呸！兀那漢子怕是周家請的潑皮吧！虧他溜得快，周家真是不要臉！」人群中一陣騷動。

也有人說郡主和陳二郎早就情投意合，奈何兩家文武殊途，同為朝中重臣不願聯姻，郡主被另許他人才日漸憔悴，最終為了一個情字撒手人寰，陳二郎寧可捨棄仕途，這才有了今日之事，又引來眾人唏噓不已。

更有從各處趕來的「太初社」的小娘子們，傷心欲絕，有幾位宗室貴女甚至買通那地痞流氓，往周家大門上丟了許多牛糞，還覺得不解恨，守在蘇家門口一定要看上陳太初一眼。

雖不聞鼓樂，迎親陣仗卻不失隆重，一身緋紅新郎冠服的陳太初，面如冠玉，豐神俊秀，胸口一朵紅綢大花，騎馬跟著高舉燭火的前導遠遠而來。一般的朱紅花轎，八名轎夫頭上，一邊簪紅花，一邊簪白花，面上卻難尋喜氣。一行幾十人停在了蘇府門前。

周遭有小娘子扯著嗓子喊了兩聲：「太——初！陳太初！」喊著喊著有人哭出聲來。平時總會溫和笑笑轉頭抱拳致謝的陳太初，卻目不斜視地下了馬。

陳太初眼中酸澀得厲害。他今日所穿所佩的，都是娘親私下一早準備好的喜服吉飾，只不過不是去孟家親迎，而是來了此地。

圍觀的眾人漸漸靜了下來，以美姿聞名汴京的陳二郎，臉上明明帶著一絲笑意，可那笑意，令人不忍心多看一眼。

蘇矚也換上了早備好的喜服，帶著兩個兒子等在大門口，見到陳太初，三人都有些難抑的激動。沒有催妝樂，陳家的先生和兩位官媒上前念催妝詩，仍勉力念出了點熱鬧和喜氣，接過蘇家的紅封，個個都在心中歎了聲可惜。

看著陳太初進了蘇家，路人才漸漸又議論起來那各種推測。

不多時，蘇瞻沉著臉翻身下馬，一路傳入耳中的議論，令他更是憤怒。什麼情深意重，若不是陳太初棄下阿昕一人，她又怎麼會輕易被阮玉郎所害。當年阿玞是最疼愛阿昕的，當親生女兒看待的。如今這孩子人都沒了，還要成全陳家的名聲，把他捆上燕王的船，太后的懿旨竟然瞞著他出了宮，除了張子厚那廝，誰還有這種好手段，卑鄙無恥下流至極。

後院蘇昕的閨房內，少了些她常用的器物，其他都如舊。

程氏抹著淚說：「二嫂別生阿姍的氣，這個冤家！我回去再好生收拾她。」因冥婚的儀式，需女方的姊妹捧著牌位去男方家拜堂成親，但蘇昕只有一個堂妹，就是王瓔的女兒二娘，年方七歲。因避忌王瓔的緣故，史氏就開口請七娘代捧牌位去陳家，七娘卻嫌不吉利怎麼也不肯，哭著鬧著賴在蘇老夫人房裡不肯出來。

史氏含淚將蘇昕的牌位交到九娘手裡，對程氏說道：「你不要再罵阿姍了，她陪著老夫人是應該的，再說都是嫡親的表姊妹，阿妧替阿昕拜堂也是一樣的。」

程氏取過蓋頭，蓋在了牌位上，哽咽著叮囑了九娘幾句。外頭的官媒來稟報：「姑爺進了正院了。郎君請娘子們過去呢。」

正院的空地上，迎親送來的百結、清涼傘和紙紮的交椅擺在一起，衣匣裙箱也有一半是紙糊的。紅綢綠花，伴著白綢黑花，入目格外刺眼。

上房裡，陳太初沉靜如松，由蘇昕的兩個哥哥陪著，對上首的蘇矚夫妻行了跪拜大禮：「小婿陳太初拜見岳父岳母！岳父岳母萬福金安！」

蘇矚和史氏趕緊扶了他起來。蘇矚想要說幾句，看著陳太初，終只是拍了拍他的肩膀。

克擇官正要高聲唱報時辰，卻被人一把推了開來。

蘇瞻喝道：「二弟你糊塗了，這親事絕對不成！」

屏風後的九娘一愣。

上房的門關了起來，一片沉寂。

「太初你回去吧，我要先攜家人入宮謝旨告罪，改日我親自登門向你父親請罪。我家蘇昕，你陳家不能娶。這親事，蘇家要退。」蘇瞻在上首坐下，單刀直入。

史氏一手捂嘴哭了起來，一手死死拉著丈夫的衣袖。

「大哥！」蘇矚拍了拍妻子的手：「還請大哥寬諒一回，讓阿昕有個好去處。」

蘇瞻看向他，難掩失望：「二弟！你忘了平日我說過什麼？這樣的關頭，你難免糊塗，但豈可不識大體至此！」他轉向依舊沉靜無波的陳太初：「何況，太初你也知道，是你害死了阿昕。雖有惡徒行兇，但你責無旁貸。我蘇家心胸狹窄，容你不下。你回吧，我自會給阿昕另找一個好人家，讓她和她爹娘都安心。」

他沉下臉：「你回去轉告你爹爹，君子一諾重千金，他和張子厚，少用這些手段來謀算於我，連阿昕這樣逝去的女子都要利用，有失陳青一世英名！」

蘇昉一驚，他雖然也怨恨陳太初，卻沒想到爹爹竟說出這樣的話來。陳青是怎樣的人，連他一個小輩都清清楚楚，爹爹怎麼這麼糊塗！

陳太初眼中厲芒閃過，雙手慢慢握了起來。阿昕的事，怪他也好，打他也好，甚至要了他的命，他也心甘情願。但辱及父親，卻不成！

「表舅！九娘有一事不明，請表舅指點！」九娘雙手捧著蓋了蓋頭的蘇昕牌位，從屏風後大步而出。

蘇昉一滯，剛要抬的腿又收了回來，一顆心怦怦飛速跳動起來。阿妧要說什麼？還是娘親要說什麼!?蘇昉的心鈍痛無比，阿昕的離世，除了二叔一家，最心疼的就是娘親和他了！

蘇瞻皺起眉頭，看了九娘一眼：「胡鬧！」他看向屏風後：「阿程！你孟家就是如此教養女兒的嗎？」

程氏藏身在屏風後頭，只當作沒聽見。最多以後私下被多罵幾句，也好過現在被表哥當著這許多人的面訓斥。

九娘卻直走到蘇瞻身前，一字一句地說道：「陳漢臣此人，有勇有謀，忠肝義膽，不黨不朋，無欲無求，天下君子，俱不如他也！」

蘇瞻打了個寒顫，全身皮膚都戰慄起來，死死地盯著眼前身穿素服更顯得仙姿玉質的少女，終於慢慢站了起來。

「你方才說的話，」蘇瞻口乾舌燥：「何人告訴你的!?」

阿玞當年對陳青的評價，這個孟家的女孩兒怎麼可能知道！

第一百八十四章

陳太初凝目看著九娘的背影，緊握的雙手慢慢放鬆了下來。有根細細的線，把那個已經被放逐到天外的陳太初慢慢牽了回來，有岸可泊。

他明白她貿然衝出來，冒著不敬長輩的罪名，是為了維護爹爹的聲譽，為了陳蘇兩家不至於因此事翻臉。九娘，還是那個顧全大局的九娘，看她捧著牌位，應該是要代蘇昕和自己拜堂。他忽然鬆了一口氣。她不怪他。在他跪下求親時，他就明白了，她沒有怪他，她也沒有怨他。她懂他的。

「九娘曾在表舅母遺留下的手箚上見過此言。」九娘側身對蘇昉福了一福，又轉向蘇瞻：「敢問表舅，表舅母素有賢名，為何會對陳家表叔作此評價？聽表舅所言，陳家表叔連阿昕都要利用，豈不是卑鄙無恥之徒？怎麼會天下君子，俱不如他？表舅母當年又怎會一葉障目的？」

蘇瞻一怔，看了蘇昉一眼。蘇昉點了點頭，垂眸不語。

「一邊是表舅，一邊是表叔，兩頭都是親戚。若是真如表舅所言，九娘也該稟報家中長輩，親君子，遠小人才是。表舅也該讓天下人看清楚陳家的真面目，不然大趙萬民還以為陳表叔家一門忠勇，都是英雄人物呢！」九娘深深福了一福，美目中泛起光彩：「請問表舅母究竟為何說天下君子，俱不如他？」

蘇瞻胸口忍不住微微起伏，他看著九娘，又看向陳太初：「阿昉娘親在世的時候，待阿昕如親生的女兒，是我太過傷心阿昕離世。我在外頭聽見許多風言風語，一時激憤，錯怪你爹爹和你了。但親事還是要退的，你先回去，改日我必定登門向你爹爹請罪。」

蘇矚長歎一聲，握住妻子的手。史氏卻掙開來，不顧蘇矚的阻止，站起身對蘇瞻哭道：「大哥！當年你入獄的時候，大嫂一個人忙裡忙外。弟妹粗笨，沒有照顧好她，沒幫上什麼忙，害她太過勞累失去了腹中的孩子。」

蘇矚大喝一聲：「好了！娘子你不要再說了！」那件事是大哥心裡的刺，碰不得的。史氏搖頭哭道：「那日家裡沒人給大哥你送飯，你就寫了絕命書，新黨舊黨沒一個人替大哥你說話，是太初的爹爹替你把絕命書送到官家面前的，不是嗎？阿玞跟我說過的，她不會看錯人的！大哥求你了，讓阿昕好好嫁去陳家吧！二郎說了，待阿昕和太初回過門，他就辭官帶著我們回鄉去，我們和陳家的親事，不會給大哥添麻煩的！」

蘇瞻胸口被灼得劇疼，又是狼狽又是惱怒。史氏愚魯，婦人之見不識大體。兩家聯姻，又豈是這麼容易撇清的。他怒視著蘇矚：「二弟也執意如此嗎？」

蘇昉有些茫然，看向九娘。九娘神情平靜，已退回了屏風邊上。九娘問的話，原來是這個緣故。不，不對，不是九娘要問的，是九娘替娘親問的，娘在替陳家打抱不平，娘為何不怪陳太初？還有，陳青他，於爹爹有恩，爹爹也是肯定知道的。可蘇家從來沒和陳家往來過。不朋不黨，無欲無求。……蘇昉看向父親，他很少看見父親發火。

蘇矚看著長兄，又看了陳太初一眼，歎息了一聲，不得不開口道：「大哥別急。我仔細想過的。一來就算阿昕嫁去陳家，大哥你和阿昉，同燕王之間，也已出了五服。二來齊國公早已無兵權在手，今日也特地說了蘇陳兩家聯姻後，十日內他就辭爵去秦州做田舍翁，免得燕王和大哥為難。三來，太初這孩子，前程似錦，卻為了苦命的阿昕，寧願放棄仕途做個郡馬都尉，我和娘子又怎麼忍心再怪他？這幾年在朝中大哥也順當，就容二弟我不識大局一次，我也想辭了官帶著母親回眉州去，還請大哥成全。」他聲音越來越低，越來越沒底氣，又內疚又慚愧，深覺對不起兄長。

蘇瞻氣極，卻不願在蘇昉、陳太初面前失態，痛心疾首地看著蘇矚。為了一門冥婚，他竟然寧可辭官！不忍心怪陳太初，倒忍心將蘇家綁上日後的外戚的大船上！宮中爭鬥明明已經和他說得清清楚楚！

蘇瞻慢慢坐回椅中，感覺從未如此心力交瘁過。阿昉，因為他娘的緣故，不願科考不願入仕；現在二弟，為了逝去的阿昕，竟然也要背棄家族，辭官而去。蘇家嫡系原本就只有他兄弟二人！眾叛親離這四個字，從他腦海裡一閃而過。

陳太初上前對著蘇瞻拱手道：「蘇相，陳家一門誠意，還望蘇相成全小侄和昭華的親事。」連一聲大伯他也不願意叫了。

蘇瞻轉頭看向蘇矚夫妻，沉聲道：「你們不忍心責怪他害了阿昕的性命，好一個不忍心哪。我這個做大伯的，阿昉這個做堂兄的，如果還要怪他，是不是就不合情理不近人情了？」

史氏捂住嘴，靠在丈夫身上，渾身顫抖不已。她不怪那玉璜，不怪阿昉，她都不允許任何人提起那玉璜的事，免得阿昉自責，她又怎麼能怪陳太初！要怪都怪命！

蘇昉心中混沌得厲害，他看向九娘。

九娘憐惜地看著蘇昉，心裡更痛。她感激史氏不讓阿昉知道那玉璜才是害死阿昕的緣故，她有多自責，阿昉只會更自責。

「表舅。」九娘輕聲喚蘇瞻。

蘇瞻皺起眉，眯起眼：「你又有何事？」孟家盡出惹事生非的女子，生養的，娶進門的，沒有一個省心的！

九娘垂眸低聲道：「請恕九娘無狀。上次在這裡，驚聞阿昉哥哥的娘親竟然是被她一直善待的堂妹所害，也見到表舅傷心欲絕。若是阿昉哥哥的外翁外婆還在，他們是會怪表舅您害死了表舅母，還是會不忍心怪您，讓您好好照顧阿昉哥哥呢？」

堂上一片死寂。屏風後的程氏腿都軟了，打人不打臉，戳人不戳心哪，阿妧你真是膽大包天！

蘇瞻渾身顫抖起來，幾疑自己聽錯了，明明她聲音很輕，為何震得他耳中疼？誰敢對他說那件事這種話！誰敢！

九娘抬起澄清的眸子，無悲無喜：「人已經去了，有仇報仇便是，讓那行兇者血債血償，自是應當的。一味責怪那無心之失的人，若能讓死者活過來，自然要責怪。可若是不能，難道不是要先顧著死者身後事和還活著的人嗎？表舅連害死表舅母之人都能不送官，不報仇，好生養在家裡，不也是為了活著的人嗎？又為何不能放過太初呢？」

蘇瞻霍地站了起來，幾步走到九娘身前，手腕一抬，不得不停在了不避不讓的九娘臉頰邊。蘇昉緊緊握住了他的手，兩眼通紅，仰著下巴，抿唇不語。

九娘揚了揚眉：「九娘出言不遜，理應被表舅掌摑教訓。阿昉哥哥勿攔著。九娘認罰。只望表舅多加顧念。表舅母的死，最痛心最自責的人，恐怕是娶了行兇之人的表舅您啊。阿昕的死，最痛心最自責的，也是陳太初啊。」

她看向蘇昉，哽咽道：「世上又有誰能沒有過錯沒有無心之失？阿昉哥哥，你娘親也識人不明，引狼入室，她肯定怪自己害得你幼年失母，怪自己不能看著你讀書寫字，怪自己沒能看著你長大。她不知道多麼自責呢，你怪她嗎？怪不怪她？」

蘇昉忍住淚，慢慢鬆開父親的手：「爹爹！您就允了吧。」

蘇瞻只覺得萬箭攢心，他看著兒子，無力地垂下了手，頹然往身後的蘇矚夫妻、陳太初面上一一看過去。

「好，你們去吧，莫誤了吉時。」蘇瞻點了點頭，轉向蘇矚道：「你先不要辭官，先帝當年調你回京時就說過舉賢不避親，你我親兄弟也無需避嫌。戶部沒了你終究是不行的。既然陳漢臣要歸隱，你就留下。」他定了定神，又對陳太初說：「行禮吧。」

他返身往上首坐下，高大的身形竟微微有些佝僂，面上掩不住哀痛心傷。

克擇官一看門開了，陳太初和女家捧著牌位的姊妹出了門，立刻高喊：「吉時到——！」

「瓏萃閣，你是郭氏阿梧！你怎麼會？——」定王喃喃道。

阮婆婆露出一絲笑意，輕輕摸了摸趙元永的小手：「原來殿下還記得瓏梧的小名哪。」

「瓏萃閣因你和你妹妹萃桐得名，自然記得。」定王感歎道。他被接入宮的時候才六歲，兩個侄子都比他大。侄子們都畢恭畢敬地行禮稱他皇叔，只有郭瓏梧和他同歲，總是連名帶姓地叫他，氣得他去大嫂郭皇后那裡告狀。郭瓏梧吃了板子後，很久都沒理過他，遠遠看見他就跑了。他好像因為這個還被大哥訓斥了一頓。其他的都記不起來，這個他還有印象。

趙栩輕聲道：「郭氏？她難道是武宗元后郭皇后的——？」

定王點了點頭：「她們兩姊妹是郭皇后嫡親的侄女，出身於代北郭氏。我大哥武宗還沒登基時，她們就被郭皇后接到潛邸親自撫育了，和兆王、元禧太子兄弟二人是自幼一同長大的。阿梧，我記得當年你們姊妹兩個都被封為了縣君。」

阮婆婆神情柔和，露出一絲笑意：「定王殿下好記性，姑母還有表哥們都待我姊妹極好。每年金明池嬉水，表哥們都帶著我們登上龍舟的三樓，站在船舷上頭，感覺比寶津樓還高呢。在宮裡，姑母常帶著我們蹴鞠、捶丸、打馬球。那時候，好幾位長公主也經常回宮來打馬球，真是熱鬧又開心啊。」

趙栩有點出神，她聲音蒼老，有點嘶啞，說的話卻讓他不經意想起金明池救阿妧那回。幾十年前，這婆婆年紀還小，也和在船舷上站著笑著的阿予一樣高興吧。命運際遇難測，當年的她，出身名門，姑母是皇后，表哥是太子，最後哪想到卻成了眼盲的老嫗，謀逆的犯人，被困在這裡。

定王也有點難過，歎了口氣：「那時候曹皇后還只是曹婕妤呢，當年宮裡十幾個妃嬪，生的都是皇子，一位公主也沒有，你們姊妹兩個雖說只是縣君，卻是被當作公主對待的。」

他皺起眉頭：「郭皇后仙逝後，我記得你們就被郭家接出了宮——」

趙栩拍了拍頭，恍然道：「婆婆您既然是元禧太子嫡親的舅家表妹，又在宮裡住了好些年，那麼是您將壽春郡王從曹皇后手中帶出去的？元禧太子那份卷宗也是您送到武宗皇帝手裡的？」怪不得她會是阮玉郎最看重的家人。

阮婆婆咳了兩聲，就著趙元永的手喝了口水：「不錯，姑母待我和阿桐親如己出。她去世時，我們雖然出了宮，卻還在京中自己家裡住著，和表哥們也常來往。」

趙栩在心底思量著，孟家的老太爺孟山定，青神王氏的王方，是元禧太子身邊最得力之人，自然和這位郭氏也相識。阮家是孟老太爺的母族，那麼阮玉真應該和阮眉娘一樣，都是孟老太爺的表妹。而陳家又是孟老太爺的妻族，想到這個，趙栩不由得眼皮一跳。

「後來表哥出了事，虧得有玉真在。結果玉真不久竟然也出了事。我們知道得雖然晚了一些，可幸好宮裡的尚宮和女史、內侍，也有不少人是潛邸時就跟隨姑母的，對表哥忠心耿耿，她們費盡力氣才保住了玉郎的命。曹氏怕事情敗露，竟將他偷偷送出了宮。我們找了大半年，才找到玉郎。」

她想起往事渾身發抖，乾嘔了兩聲，才慢慢側頭轉向定王，毫無焦點的眼中全是淚水：「殿下怕不知道那曹氏有多惡毒，玉郎才是個四歲的孩子！——那些賊人縱被孟山定千刀萬剮，也死不足惜！」

定王打了個寒顫，那種身上散發著腐臭老朽味道的老內侍——他不願再想，合了合眼，低聲道：「原來是你和孟山定救了他……」

「只是可惜那份罪證剛送到姑父手裡，就被入內內侍省的眼線稟告了曹氏。」阮婆婆歎了口氣：「曹氏得了報應，她兒子魏王雖然做了成宗皇帝，也是不得好死的。這仇也算報了。可是玉郎他放不下啊。他還在恨，誰都恨——可你們要是想拿我威脅玉郎，我老婆子寧願一死。就是定王殿下，當年您和表哥們也是一起長大的，請給大郎這孩子一條生路吧。這都隔了多少代人了，放過他吧。」

定王默然不語，看向趙栩。

趙栩無奈地看著定王，難道他像是會殺戮婦孺之人？他不過要用她們一老一小，把阮玉郎引出來而已。

趙栩歎了口氣：「婆婆你如實回答我問的話，我就替皇太叔翁應承你，趙元永不會有事。」

阮婆婆趕緊點了點頭：「好好好，你問。但凡我知道的，都告訴你。可我真不知道玉郎在哪裡，眉娘又會在哪裡！我瞎了好些年了，都是燕素、鶯素在照顧我。」她臉上顯出緊張的神情。

趙栩輕聲道：「我不問那個，就想知道些當年的舊事。婆婆你既然是郭皇后的侄女，為何變成了阮婆婆？阮玉郎之母阮玉真，究竟是不是和阮眉娘一樣，同是孟山定的表妹？您這個阮姓，和阮玉真、阮眉娘是不是同一家？還有，你，可認得孟山定的髮妻陳氏？」趙栩問到最後一句的時候，心陡然懸了起來。

阮婆婆想了想：「說來話長。當年我八歲出宮，十六歲嫁給了陳留阮氏，自然就成了阮家的人。那時曹氏才做了三年皇后，大表哥已經瘋了兩年，二表哥剛被冊立為皇太子，時不時還能偷偷溜出宮到翰林巷孟家和我們見見面。」她頓了頓，有些哽咽：「孟山定三兄弟的娘親阮氏，是我夫君的姑母。孟山定和我夫君是姑表兄弟，原先同在表哥身邊當差，因為我，自然也都成了我表哥的親戚，和表哥也就更親近了。」

趙栩屏息等著，托著腮的手掌變成了拳頭。

「陳留阮氏？可是出過建安七子阮步兵的陳留阮氏一族？」定王站起身來，走近了阮婆婆，默默看了她片刻：「成宗駕崩時，侍衛親軍步軍司副都指揮使阮思宗謀逆逼宮，他是──？」

阮婆婆無神的眼中落下滾滾熱淚：「不錯，他便是我郭瓏梧的夫君！他要為我表哥和玉郎討回公道，才和孟山定相約裡應外合起事！只因孟二郎，才害得──」她提起幾十年前的舊事，不免激動起來，連連喘氣。

定王的背越發駝了。這件事他記得。孟二郎護駕有功，為救年幼的官家趙璟捐軀。孟三郎又為救孟二郎而死。最後孟山定臨陣倒戈，誘阮思宗入福寧殿，生擒之，就是這樣，宮中也血流成河，死傷近千人。

孟山定雖然戴罪立功，保住了自己的性命，保住了孟家，卻成了一個廢人。阮思宗謀逆，斬首示眾；父子年齡在十六歲以上的絞殺；十五歲以下的兒子，母女妻妾，兒子的妻妾，同祖父的兄弟姊妹，部曲資財田宅一併沒官。當年他是監斬官，阮思宗毫無悔意，不肯跪下，是被打碎了膝蓋壓於地上斬首的。

「冤冤相報何時了。」定王歎了口氣。孰是孰非，在成王敗寇前面，已經毫無意義。

第一百八十五章

燭火搖曳，阮婆婆轉向趙元永，歎息道：「是啊，冤冤相報何時了。這麼多年過去了，我勸玉郎放下算了，他不肯。若他再死了，大郎這輩子又毀了。」她握住趙元永的手：「大郎，若你能活著，聽婆婆的話，不要管這些了啊，乖孩子，聽話。這世間，哪有什麼公道，只有甘心不甘心。」

「公道世間唯白髮，貴人頭上不曾饒。」定王歎息道：「成王敗寇，願賭服輸。你能想開也是好的。趙璟被趙瑜毒死了，趙瑜也自盡了。算上我大哥大嫂，曹后成宗、玉真她們，三代人了，如有一個人肯放下屠刀，也不至於搭進這許多條命。」

趙元永抱緊了阮婆婆，含淚倔強地看著定王，又看看趙栩，咬著牙，無聲地說了三個字：「憑什麼？」又拭了把淚低下了頭。

趙栩歎了口氣：「婆婆，你夫君謀逆，阮家自然家破人亡。阮玉真後來應該不只是為了元禧太子和阮玉郎報仇吧？還為了阮家？」

阮婆婆苦笑道：「眉娘是我夫君的堂妹，她恨透了孟家，恨透了孟山定，為了不被株連只能嫁給他，又一心想要報仇。玉真雖然姓阮，卻不能算是阮家女，她和眉娘不同，她不願認命，她就是不肯認命。一飲一啄，莫非前定，最終依然都是命啊。」

趙栩合了合眼，握緊了雙拳，竟不敢再直接問下去。他有過一些臆測，卻不敢深想。

阮婆婆拍了拍趙元永的背，動了動腰背，仰著頭想了片刻：「你們可知道我表哥身邊有位侍讀叫王方，他是四川青神王氏的嫡長子。」

趙栩站起身，接過一盞熱茶，親自放在趙元永手中，點了點頭：「知道。元禧太子和武宗、成宗兩朝舊事的恩怨記載，都是出自他手。元禧太子的私庫，當年也是他帶走藏於青神王家的。他只有一個女兒九娘，嫁給了當朝宰相蘇瞻，可惜十年前就病逝了。」她陰魂雖然還不肯散糾纏著阿妧，可人總歸是不在了。

阮婆婆怔了片刻，再開口，聲音支離破碎：「青神王氏——王九娘，阿玞？十年前——？」

她一揮手，趙元永手中茶盞砸了個粉碎，顧不得燙，就聽她急急地問：「大郎？你爹爹不是說宰相夫人是好好的青神王氏女嗎？她還有一個兒子一個女兒？」

趙元永瞪了趙栩一眼，心虛地低聲道：「現在那個王氏，是續弦，不是原來那個，排行好像是十七。」婆婆時不時要問幾次，爹爹一再叮嚀不讓任何人說破此事，這個趙栩真是可恨！

阮婆婆呆了呆，半晌說不出話來。

「玉郎為何要騙我？」阮婆婆喃喃自語道：「他是不是生氣阿桐和王方不肯把九娘許配給他，還是怕我太過傷心？……」

定王和趙栩一愣，對視一眼，不約而同地問道：「你妹妹嫁給了王方⁉」

阮婆婆卻又問：「九娘——當真十年前就沒了？」

趙栩回過神來，放緩了聲音：「不錯，她是被阮玉郎害死的。」

「不！」阮婆婆驀然激動起來，嘶啞著吼叫出聲：「胡說！不可能！你胡說！玉郎他——！」她渾身抽搐了兩下，猝然倒了下去。

「婆婆！婆婆！」趙元永大哭起來，拚命拽著阮婆婆，又朝著趙栩大叫：「你害死了我婆婆！我恨你！我恨你！」

城西齊國公府，賓客已散。街巷裡唏噓不已的士庶也各自去了。石板路上一地白色紙錢夾雜著紅色綠色彩紙，月光下格外觸目驚心。

九娘隨程氏向陳青一家告辭。強忍心酸的魏氏攜了程氏去偏房說話，讓陳青和九娘說話。陳太初默默給九娘斟了茶。

陳青看九娘雖然面容有些腫，神色卻還平靜，歎息了一聲：「那日柔儀殿的事，還沒謝過你。又出了這事，總是太初對不住阿妧你，陳家對不住你。」

九娘起身深深朝陳太初跪拜了下去：「表叔請勿作此言，是阿妧心志不堅，對不住太初表哥在先。正要向太初表哥請罪。」

陳青一愣，低聲問：「阿妧你是——？」

九娘並不起身，以額觸地：「阿妧無顏以對，並不敢奢望太初表哥見諒。」

陳太初大步上前，手上用力，扶起了她：「你這是做什麼！你從未應承過我，何來對不住對得住一說？」

「阿妧厚顏，尚有一事相求。還望太初表哥應承。」九娘看向陳太初：「阿妧幾年前請教過相國寺住持大師投胎轉世一說。大師有言，若人逝去後，香火鼎盛，拜者誠心，那魂魄自會覓得好去處。」

陳太初點頭道：「阿昕已是我陳家婦，你放心，香火供奉絕不會斷，我自會誠心拜祭她。」

九娘抿唇點了點頭，她能還魂重生，一定是因為阿昉孝心感天動地，阿昕在陳家，說不定也能和她一樣。鬼神之說，她親身經歷，寧可信其有也不願信其無。

陳青站起身，拍了拍陳太初的肩膀，問九娘道：「阿妧以後作何打算？」他若能幫她的，總要伸手幫上一把。

九娘想了想，福了一福：「不瞞表叔，孟家族學蘇州分院已經建得差不多了。等阿昕落葬後，阿妧想隨族學的兩位女先生啟程，去我大哥那裡，為辦孟家女學略盡綿薄之力。」

陳青和陳太初都一驚：「你？」兩人卻都沒提趙栩。

九娘神情平靜：「阿妧以往總以為這條沒走過的路才是該走的，才是對的，其實依然不對。我想試試還有沒有別的路可走。」她看向陳青：「想來元初大哥都安排妥當了，如今蘇陳既已聯姻，又有張子厚在前面，向太后在宮裡，待燕王登基，緝拿住阮玉郎，大趙應可以太平許多年。請恕阿妧直言，阮玉郎一日不歸案，表叔為了蘇家避嫌要辭爵，委實不妥。」

陳青歎了口氣，剛想說話，外面管家匆匆進來稟報：「郎君，大理寺張理少突至，言有要事相商。」

張子厚一身素服，去靈堂祭拜後，和陳青、陳太初回到廳上，即刻深深作揖道：「張某特來請罪，還請齊國公和二郎責罰。」

陳青皺眉道：「張理少這是作甚？」

張子厚揚了揚眉：「既然蘇瞻答應了蘇陳冥婚聯姻，齊國公是否已向蘇家提出聯姻後辭爵一事？」

陳青定定地看著他，眼中漸漸凝聚起厲芒，他深深吸了口氣：「這一切，都是你的謀算？」

張子厚又是一揖：「不錯，子厚所用手段，確實有些卑鄙，故特來請罪。」他轉向陳太初：「二郎入深山那夜，張某手下遍尋不獲，差點前功盡棄。幸虧二郎還是想通了，能及時趕到蘇家。在下費盡心思才不讓殿下得知你的消息，此時坦誠相待，日後也請二郎替張某在殿下跟前略作說項。」

「蘇昕突然被追封為郡主，太后的懿旨也是張理少你的手段？」九娘從屏風後轉了出來，怒視著張子厚，攔住就要動手的陳太初。

張子厚也不吃驚九娘在場，淡然點了點頭：「自是有娘娘一力促成才如此順利。」

九娘顫聲問：「周家的事，難道也是你安排的？」

張子厚坦言道：「周家這等勢利人家，又怎配得上郡主？若從蘇家撈不到好處，郡主香火恐怕很快就無人供奉，還會被人怨恨。豈不辜負了她在天之靈？」

他轉向陳太初：「二郎義薄雲天，會千里追殺程之才，想來怎麼也會挺身而出的。也只有陳家才會一直誠心供奉郡主。還望二郎告訴張某，程之才的屍體何在，張某當替你處理乾淨，以免後患。」

他胸口猛然一痛，陳太初這一掌已經極力控制了力度。張子厚蹬蹬倒退了三步，背心頂在了高几上。他強壓住喉間的腥甜，喝問道：「這樣安排，二郎你難道沒有好受一些？害死一個人，欠人一條命，不該還？不會自責？不想贖罪嗎？是不是恨不得自己死了算了？難道蘇矚夫妻沒有好過一點？難道要周家一輩子埋怨蘇家，害得他家兒子背上了剋妻的名頭，最後慢待昭華郡主甚至無人供奉香火？張某哪裡安排得不妥？我也是一片苦心為大局。」

九娘搖頭道：「你連逝者的清名都不惜利用，只是為了報復蘇瞻而已。不必借燕王的名頭、借大局的名頭！日後表叔辭爵，只要禮部不收，你是不是就打算逼蘇瞻辭相？」

張子厚笑道：「孟小娘子和張某果真不謀而合，人生得一知己足矣啊。」他轉向陳青道：「張某一片誠意，不敢耽擱片刻，就來請罪。但也請齊國公好生想一想，當前局勢，是不是最有利於殿下？蘇瞻誣德妃清白，素來不支持殿下，如今不得不做了殿下的親戚，張某想到他心裡有苦說不出，心裡就舒坦。於公於私，張某只是人盡其用而已。若齊國公和二郎耿耿於懷，儘管殺了張某就是。」

堂上無人出聲。九娘心中激憤，一時間竟無可奈何。

陳青長身而起：「大丈夫有所為，有所不為。我和蘇瞻雖也算不上朋友，卻也敬重他為國為民盡心盡力，是個人物。張理少手段高明，陳家被你利用謀算了去，是我父子一時不慎。今日為了燕王，我不會傷你分毫，你走罷。但以後你想借陳某為難蘇瞻，卻是不能。他做宰相，也好過你這樣的小人為相！」

張子厚行了一禮：「多謝齊國公不殺之恩！張某特來請齊國公切勿急著辭爵歸田。阮玉郎一天不除，燕王一日不能安心。我張子厚不如蘇瞻那廝，天下人皆知，不獨齊國公這麼想！又如何！」

他語帶憤憤不平之意，一甩寬袖，揚長而去。

趙栩彎下腰扶起阮婆婆，在她人中上重重掐了下去。阮婆婆呻吟了一聲醒了過來，伸出手亂抓：「大郎！大郎！叫你爹爹來，我有話要問他。」

她抓住趙元永，又不安地東張西望：「你胡說！你什麼都不知道，一派胡言！」她喃喃道：「九娘年少時差點被賊人所害，是玉郎救了她，還派了晚詞、晚詩去護著她。他很中意九娘，說她很好，特地把飛鳳玉璜留給阿桐為信物。雖然阿桐夫妻倆不肯，可玉郎也不會害了九娘的！」

趙栩歎了口氣：「既然王九娘是你妹妹的女兒，你一口咬定阮玉郎不會害她，那興許就是太后娘娘下的手了。她死得很冤，她——好像什麼都不知道。」

阮婆婆流淚道：「王方和阿桐後來不想再幫玉郎，我不怪他們。誰願意一輩子背著仇恨過日子？那不是日子，是地獄！他們已經做了許多事了，阿桐身子不好，又只有九娘一個女兒。他們要把女兒嫁給蘇家，總有他們的道理，畢竟他們四家是有誓約的。玉郎也沒有怪他們，還把飛鳳玉璜作為賀禮留給了他們。玉郎是不會害九娘的！玉郎從來不害人，他殺的都是賊人惡人該死之人！」

趙栩靜靜等她平靜下來，重新給趙元永遞了盞茶。趙元永餵阮婆婆喝了兩口。

「你說的有誓約的四家，是哪四家？為何說阮玉真姓阮卻不算阮家女？你說明白這個，我擔保大郎無事。」趙栩從沒這麼緊張過，他怕自己臆測得不錯，又盼著自己錯得離譜。

阮婆婆久久才搖了搖頭：「孟王蘇程四家，都是百年前的舊事了。乾元年間，太宗滅後蜀，平定四川，這個你們總該知道吧？」

趙栩想了想，沉聲道：「乾元四年，後蜀國主孟敞打開成都城門，遞降表。大趙版圖才多了四川，設益州路和梓州路，轄二十五州，置永康軍和懷安軍、廣安軍。南接吐蕃，開設茶馬司，實行茶馬互市。蜀地於大趙，影響深遠，意義非凡。」他留意過孟敞，因此人繪畫書法極佳，翰林畫院就是他首創，才引入京中的。更不用說四川還是捶丸發源地，想起捶丸，一念起，趙栩又想起了九娘。

阮婆婆一呆：「這些我倒不清楚。太宗皇帝能平定四川，其實功勞最大的就是青神王氏、眉州蘇氏、程氏，還有當年還沒搬到翰林巷的成都孟家。」

趙栩一怔：「什麼!?」

第一百八十六章

夜越發深了，趙栩走出瑤華宮，負手看了看天，轉身看向步履蹣跚的定王，面上陰晴不定，思緒混亂。

定王停下腳，回頭望了望那燭火微弱的方向，長長歎了口氣。他已經太老了，妻子，兒子，女兒，兒媳，侄子，侄孫，一個個先他而去。再驚心動魄的事，包括生和死，對他而言，都不過是一件事而已。每一件事，他經歷的，看到的，和郭瓏梧所經歷的，明明是同一時期，同樣的人，同樣的結果，可偏偏好像是完全不同的事。只有那些血緣姻親，無法磨滅也無法否認。

不知道，在死去的阮玉真心裡，這幾十年又是什麼樣，在如今做了太皇太后的高氏心裡，又會是什麼樣。唉，人不為己，天誅地滅。想起趙璟、趙瑜兩兄弟的突然去世，定王搖了搖頭，盡力直起了腰身。他答應過那些人的那些事，他盡力完成。

「走一走吧，我這把老骨頭，快散架嘍。」定王跨過門檻，看了看趙栩的手，他伸出自己的手放在趙栩手中，滿是皺紋如枯藤：「年輕真好啊。」這孩子的心志和他的手一樣，堅定，有力。

一牆之隔，金水門外傳來禁軍換班的聲音，年輕的聲音同樣出自一具具有活力的軀體。

一行數十人，跟著定王和趙栩慢慢往金水門行去。

進了金水門，定王指了指西北角隱在暗夜裡的三層樓閣：「那就是瓏萃閣，當年郭氏姊妹就住在裡面，離坤寧殿很近。好像趙瓔珞住過，現在該是空著，走，我們去瞧瞧。」他信步往瓏萃閣走去。

趙栩突然輕聲道：「我想起來了，孟家先祖所著的《孟子》，曾經被後蜀國主孟敞收入十一經裡。也許是孟家百多年前在成都，影響了他。」唐太宗李世民開始，中原開始獨尊儒術，但《孟子》卻是在孟敞手中才被列入諸經的。

定王想了想：「你說的很有可能，以前崇政殿的周大學士也十分推崇《孟子》，他提起過大趙平定四川後，為了《孟子》該不該放在諸經中，朝中曾經爭論不休了一年多，最終巴蜀一派的士林還是輸了。《孟子》不僅沒有在大趙推廣，連四川一地也將《孟子》從諸經中去除了，甚是可惜。」

兩人默然走了兩刻鐘，停在瓏萃閣的前面。因為先帝剛剛駕崩，過往巡邏的殿前司軍士比往常多了許多。

有些泯滅了幾十年的記憶，好像突然打開了閘口，定王有些恍惚，依稀記得這小小的院門前，只是三級如意踏跺，最與眾不同的，瓏萃閣的門也是小小的，只有兩扇，卻不是宮中常用的朱漆，而是漆成了罕見的紫色。

小黃門提著燈籠上前和宮禁值守的內侍打招呼。

郭萃桐，他記得倒比郭瓏梧清楚些。他告狀後，郭瓏梧挨了板子。他反而被大哥武宗留在福寧殿訓了一頓，說他不該和又是晚輩又是女子的阿梧計較，失了男兒氣度。他就揣了兩瓶藥膏，到瓏萃閣來想說聲對不住，就在這如意踏跺上，遇到郭萃桐。一貫柔順的小丫頭，眼淚吧嗒吧嗒，鼻子哭得通紅，就是不願收他的藥膏。後來大嫂郭皇后病逝了，那丫頭出宮的時候鼻子也哭得通紅。沒想到她竟然做了蘇瞻的岳母，王氏九娘他倒是印象深刻，當年罵趙檀的摺子他也看過，趙瑔還誇過她筆墨殺人之能。想來，王九娘是一點也不像她娘。

瓏萃閣的門開了，裡面值守的宮女早聽見動靜，提了燈籠走了出來，見到定王和燕王，趕緊行了禮引路。

裡面兩進院子，幾個宮女忙著點燭火，燒茶水。趙栩四周望了望，他第一回來瓏萃閣，趙瓔珞出降離宮後，屋子裡空蕩蕩的，一直沒人搬進來，殿內省和尚書內省也沒有安排添置傢俱，如今都按例換上了素幔。

眾人行禮退出後，趙栩跟著定王慢騰騰在廳上轉了兩圈。這幾日，皇太叔翁看起來又老了許多。

定王在羅漢榻上坐了下來：「六郎你看，孟王蘇程四家，雖然是我大趙太宗朝平定後蜀的功臣，卻也是後蜀賣國求榮的亂臣賊子。這是非功過，當如何評述？」

趙栩坦然道：「史書記載，孟敞此人雖然才藝出眾，但好大喜功荒淫無道，導致民怨沸騰，又多次出兵關中，才引來太宗親征後蜀。他雖然推崇《孟子》，卻並未認同孟子君輕民重的說法。國君，國君，不為國為民者，何以稱君？六郎以為，孟王蘇程這四家，開成都城門迎太宗，免川民遭刀兵之災，從的是大義之道，順應的是天命。」

定王點了點頭：「不錯，順應天命，說起來容易，做起來難啊。郭瓏梧所言應是不假。孟敞後來死於非命，他的妃子們也大多被太宗納入後宮。孟王兩家是當年巴蜀的大儒，縱然開城門是為免生靈塗炭，也定然會心有不安。過不了自己心裡忠義那一關，才會偷偷把孟敞的幼子收留在孟家。」

定王審視著趙栩：「六郎，知道了孟山定的原配陳氏和阮玉真是兩姨表姊妹，又都是後蜀皇室血脈，你心裡作何感受？這天命，你要如何順應？」

趙栩苦笑道：「不瞞皇太叔翁，我也曾臆測過一二，未敢細想。聽她說的時候的確心亂如麻，不知該如何自處。現在好多了。我娘既也是後蜀皇室血脈，若是皇太叔翁覺得不妥當，就由十五弟一直做這官家，六郎也絕無怨言。但五哥這人，無志，無謀，無術，不決，極易被奸佞左右，實在不宜為君。」

定王看了他片刻，點點頭：「他們那幾家曲裡拐彎捆綁一氣的聯姻，我是搞不清楚的也不想搞清楚。阮陳兩家的親緣也算不上什麼事。這中原百年前一統，天下都姓趙。阮玉郎也清楚折騰這個沒用，我看他也沒顧念和陳青的那點親戚情分。這天命啊，勝的就是天命。你拿定主意就好。」

趙栩舒出一口氣，跪了下去：「多謝皇太叔翁！」

定王扶他起來：「那一老一小你待如何？」

「已派人給南通巷那家鋪子送了信，阮玉郎不可能棄他二人不顧的。」

定王率先跨出門，輕聲道：「拿下阮玉郎後，就都殺了吧。」

趙栩一愣：「皇太叔翁？」

定王淡淡地道：「野火燒不盡，春風吹又生。該絕的血脈，那也是天命。莫怪皇太叔翁心狠，那孩子，日後怕又是個阮玉郎。將他們好生葬到永安陵旁邊，讓他們一家團聚才好。」

趙栩默然抿唇不語。

孟府的牛車上掛著蘇府的燈籠，一路也受了好幾次盤查巡檢。沿著南門大街一路回城東，不聞弦樂之聲。雖然歷任皇帝均有遺詔：「軍人、百姓不用縞素，沿邊州府不得舉哀。」但往日熙熙攘攘的州橋夜市，只有稀稀落落的人，大半士庶還是都穿著素服。不少商家都在門前掛了白幡。

牛車裡，程氏疲憊不堪，合眼略靠了一會，忽然想起熙寧五年的清明節，她帶著三房的兩個小娘子去開寶寺給王九娘拜祭的事來。七年多過去了，明年清明，開寶寺又要多拜祭一個蘇昕。這些年來，她手裡的錢財、田地、鋪子，不知道翻了幾倍，名下也多了十一郎和九娘一兒一女。那討人嫌的小阮氏也快不行了。青玉堂也再沒人壓著她。看著日子明明是越來越好，她卻覺得又慌又亂。想起史氏花白了的兩鬢，姑母水米不進，瘋了的王瓔，還有程家那闖下彌天大禍的侄子，不省心不會看眼色的七娘，沒由來的悲從中來，程氏鼻子一酸，熱淚滾滾。她往背後的引枕裡壓了壓，偏過頭，手心裡就多了一塊帕子。

程氏略張開了眼，身邊的九娘已輕輕收回了手。

程氏拭了拭淚，想說幾句，終還是沒說。

兩人回到府裡，木樨院深夜卻還有兩位尚書內省的女官陪著貴客在等著九娘。見主人終於回來了，兩位被耶律奧野從崇王府拽來的女官也鬆了一口氣。程氏給耶律奧野見了禮，將她們請到偏房去喝茶用點心。

「公主殿下萬福金安。」九娘想起來今日崇王應該也是大殮。

耶律奧野一身素服，並無異樣。

「你家難道是要搬家？」耶律奧野來了多時，在正廳裡，眼見眾多僕婦進進出出，抬了不少箱籠走。

家裡人除了長房孟在夫妻，連二房、三房都是這兩天才知道此事的。九娘淡然道：「家裡幾年前就在蘇州置了宅子，籌辦江南孟家族學。如今都準備妥當了，便慢慢地先運些笨重的物事而已。」

耶律奧野有些吃驚：「和那夜先帝駕崩可有關係？」

九娘揣摩過，南遷一事恐怕是老太爺臨終前就定下來了，但婆婆從宮中一出來就知會全家上下，她們才知道過雲閣這兩年原來已經陸陸續續搬空了一半。她搖了搖頭：「公主殿下是來問崇王的事嗎？」

「是的，還請你不要瞞我，不幾日我就回上京去了。」耶律奧野道：「他究竟怎麼死的？」

九娘凝視著她，這才隱隱看出她敷了粉，眼皮還有些腫。想起落英潭邊她和崇王合奏，明明心意相通，如今卻陰陽相隔，九娘心中更是感慨。

「崇王殿下乃服毒自盡的。」九娘輕聲道：「他毒害了先帝。」

耶律奧野定定地看著九娘，半晌才點了點頭，眼中微濕：「他——可有提到過我？」一顆心原來可以碎好幾回，聽到他死訊時摔碎了，拼拼湊湊撿起來，見到他棺槨又碎一回，此時，竟然還能碎一回。

九娘不忍看她，轉念猶豫了片刻，垂眸道：「殿下有念一句：辜負穠華過此身。」

兩人靜靜地坐著。許久，耶律奧野才輕聲道：「任是無情也動人，也動人。」

九娘杜撰了崇王遺言，只希望能安慰到眼前這位有情人，聽聞此言，抬眸看向她：「公主請節哀。」

耶律奧野深深吸了口氣，站起身來：「叨擾了，多謝你。我也不瞞你，今日黃昏，我才得到信，女真背信毀約，完顏氏的二太子、四太子兩路夾擊，我契丹黃龍府❶兩天前失守。大趙明日應該就會收到軍報。」

九娘吃了一驚：「黃龍府在哪裡？」她雖然也略知契丹國事，對這個卻不瞭解。

「黃龍府離我上京雖然還有千里，但女真騎兵——」耶律奧野上前一步握住九娘的手，壓低了嗓子道：「我雖然不知道宮中到底發生了什麼，看這幾天大趙朝中和坊間傳言，恐怕新帝還是要禪位於燕王的。燕王待你，別有不同。若是能夠，還請九娘念在往日我對你六姊有過仗義執言，替我契丹和燕王說上幾句話。」

不等九娘答話，耶律奧野又道：「女真不同於我契丹。我耶耶他只恨自己不是趙人，大趙契丹近百年相安無事，契丹也絕無雄霸中原的野心。還請燕王殿下想一想唇亡齒寒的道理。」

九娘一凜，皺起了眉頭。牽涉到女真和契丹，恐怕朝中更忌憚契丹多一些。趙栩也一直提過身為大趙子孫，當為中原收復燕雲十六州。

「若能見到他，我定同他說。」九娘福了一福：「九娘送公主出去。」

又過了三天，朝中和坊間傳言更甚，倒沒有人再彈劾蘇瞻了，都說新帝守靈，太過勞累，聽政了半日，晚間不等到召對，就已病了。

趙栩的確在福寧殿寢殿裡起不了身，肚子疼得他滿床打滾。向太后看著院使，難掩焦急的神情。院使小心翼翼地回稟：「啟稟娘娘，官家怕是前幾天腹中空空，這幾日吃多了才——」

向太后沉下臉，轉頭吩咐：「把福寧殿的司膳、典膳都傳了來問話！」

趙栩竭力伸出小手，拽著向太后的袖子：「娘——娘！不——不怪她們！」

向太后看著他小臉都疼皺了，伸手用帕子替他拭了拭汗：「十五郎心慈，是好事，可規矩是規矩，若縱容了一個，宮裡就亂套了。」

福寧殿前殿中，人頭濟濟，正在夜間召對。平時官家坐著的御座空著，太皇太后坐在御座左下首，吳王趙棣靜立在她身後。定王坐在右下首，趙栩站在旁邊，聽著樞密院的朱相侃侃而談。蘇瞻皺著眉頭，二府其他幾位相公、樞密院的幾位院事和六部的幾位侍郎也都凝神聽著。三衙的各位都指揮使也都在。

張子厚攏著手，有些走神。按估算，他去秦州的手下應該有人抵京報信了。

---

❶ 黃龍府：今吉林省長春市農安縣，為遼金兩代軍事重鎮和政治經濟中心，是中國歷史名城之一。

第一百八十七章

兩日來，無論是垂拱殿早朝、後殿再坐還是夜間召對，眾臣說得最多的就是契丹女真一事，漸漸分了兩派意見，以樞密院朱相為首的主戰派提出趁機聯合女真，攻打契丹，收復燕薊。以蘇瞻為首的主和派提出遵守澶淵之盟，派使者往前線調解，促成女真契丹坐下和談。主和派裡又有像謝相這樣主張應幫助契丹攻打女真的。

趙栩得了九娘送的信，細細讀了幾遍，有些不服氣，心裡對蘇瞻不免好奇。幕僚們整理後的密報和建議送到他手裡，也只比耶律奧野晚了大半天。他心裡已有了定論，想著肯定不能幫女真打契丹，沒想到張子厚卻贊成謝相，力爭應該出兵攻打女真。他便也不出聲，留神聽著二府各部官員們能爭論出什麼新花樣來。

福寧殿素幔無飾，其他一如往昔。

「臣力主和女真結盟，共滅契丹！收復燕雲十六州！」朱相面色發紅，語氣激動。朱綸此人，辦事細緻周密，謹守禮儀重規矩，會站在太皇太后一邊不足為奇。趙栩自從知道他奉太皇太后旨意，調用侍衛親軍步軍司去劫持舅母魏氏一事，就對他十分戒備。

「後唐無恥，割讓燕薊等十六州給契丹。列位臣工難道忘記燕雲十六州於我大趙之意義？忘記了興國年間，太宗北伐契丹未果，在高粱河中了箭，傷心而歸？忘記了雍熙年間岐溝關大敗，死傷者壅塞沙河!?忘記了德宗時候澶淵之盟的恥辱？契丹如今每年索歲幣銀二十萬兩、絹三十萬匹，如今有機會一雪前恥，收復燕薊，蘇相卻一再反對，太過怯懦！」朱綸實在不滿蘇瞻氣定神閒的那副模樣，也顧不得忌諱了，索性大開大合直逼蘇瞻。

他的每一句話，都說得眾人面色劇變，大趙建國以來，這燕雲十六州，就不太能提。大趙契丹結盟，雖是兄弟國家，可總是家裡有點錢的哥哥往弟弟家送錢，還越送越多，這人心裡總膈應得難受。雖然成宗和先帝都和契丹壽昌帝神交已久，但眾臣被朱綸這幾句重話說得實在戳心戳肺。三衙的幾位都指揮使更是面露不忿，躍躍欲試。

張子厚抬起眼看了看蘇瞻，見蘇瞻依然不急不躁，毫無怒氣。他對蘇瞻最是瞭解，蘇瞻向來保守，當年新舊兩黨相爭，他年紀尚輕，卻已經是司馬相公的得力心腹之人。他在朝堂上極善引經據典，卻又不死板，還常去農田村縣，數據扎實嚴謹。好幾項新法推行了不少年，都半途終結在蘇瞻手裡。朱綸急切了，反而不妙。

張子厚意外的是，燕王明明是銳意進取之人，武藝謀略有太祖之風，即位後理應揮兵北上，聯合女真攻打契丹才對，竟也會反對趁此機會攻打契丹。想起那夜陳家屏風後出來的那位孟氏九娘，眼中鋒芒畢露難掩激憤，能指出蘇陳聯姻的幾處關鍵點都出自他的手段，還立刻明白了他的後手，更不似普通女子只會哭哭啼啼瞎鬧騰，的確稱得上心思敏捷胸有丘壑。他不自覺地伸手指壓了壓眉心，只希望燕王不是受了她的影響。

即便如此，她也配不上九娘兩個字。張子厚揚了揚眉，側耳聽蘇瞻說話。

「朱相莫急，蘇某最後有幾件事需請教朱相，若諸事無疑，蘇某自會鼎力支持毀約北伐。若能在我等手上收復燕雲十六州，蘇某做夢也要笑醒了。」蘇瞻嘴角露出一絲笑意，朱綸是累了才會這麼急。

朱綸剛歇了口氣，被蘇瞻一笑，背上又沁出了一層汗，才覺得站太久，後腰疼得厲害。蘇瞻一笑，通常意味著他成竹在胸勝券在握，別人心裡就發毛。

朱綸放低了聲音：「蘇相請問。」

「如今我大趙有禁軍多少人？」蘇瞻對著太皇太后、定王的方向拱了拱手，轉頭問朱綸。

「八十萬！」朱綸沉聲道：「若連雜役和各州廂軍在內，已有一百二十五萬兵力，較太祖時候多出四倍！」這也是樞密院和三衙雄心勃勃的原因。

「女真軍有多少人、多少馬、多少騎兵？」蘇瞻徐徐問道。

朱綸一愣，他倒是準備了契丹兵力的數字，卻沒想到蘇瞻掉頭問起了女真。

殿上眾人都一愣，趙栩不動聲色地垂眸不語，心裡卻又有那麼點酸溜溜的。蘇瞻和九娘倒是不謀而合，都是從女真現狀入手。

蘇瞻笑起來，果然很討厭。

「張某離開樞密院時，女真契丹剛剛在吳王調停下休戰。北面房有記載，女真完顏氏兩千五百人破寧江州，後以三千七百人，取契丹賓、祥、咸三州，破契丹十萬東征軍，應收編近兩萬契丹降兵。故兩年前，女真最多也只有兩萬五千精兵。」張子厚上前一步：「盡是騎兵。」

他看向朱綸：「還請朱相恕子厚貿然失禮了。畢竟曾在樞密院多年，情不自禁。」

朱綸擺擺手：「哪裡的話。我們幾次三番上書要調你回樞密院，都被人以皇親為由頭給擋了，我還等著看過幾天後那州官點不點燈。」蘇瞻你和陳青兩家結親，等燕王即位了，這大趙兩千多官員都等著看你是不是也得避避嫌呢。

蘇瞻點了點頭：「諸位主張北伐契丹的，皆因覺得女真軍力極少，憑一時之勇，攻下黃龍卻無人可駐紮，又退回達魯古城，面臨契丹七十萬大軍，必然背水一戰。若我大趙和女真前後夾攻，定能收復燕薊，甚至多拿下些契丹的地方。我可有說錯？」

朱綸點頭道：「契丹七十萬大軍傾巢而出，燕薊一帶兵力空虛。我大趙河北路現就有三十萬大軍，陝西路二十萬。就算秦鳳、永興軍對應西夏不動，河北路如何不能利用女真拖住契丹大軍而揮軍北上？」

「請問河北路三十萬大軍中，禁軍幾何？義勇廂軍幾何？」

「陝西籍義勇十二萬六千三百八十五人，禁軍十九萬，合計三十萬。」

蘇瞻點點頭，忽然轉頭問趙栩：「燕王殿下，和重有一事不明，殿下當年參與平定房十三之戰，開行軍神速之先河，更有奇異之事，殿下所率領的青州軍士，不過五六千人，還都是盜匪出身招安而來，不少人並未參加過正規軍中訓練，聽說都能以一當十，是何道理？」

趙栩朗聲道：「一是有先帝賜了尚方寶劍，我膽大妄為，運氣也不錯。二是先檢閱軍士，驍勇者，升一級，將老弱怯懦者留在青州，實際上隨我日夜奔襲的不過三千人而已。再就是重賞之下必有勇夫，凡殺敵取左耳為證，滿十耳者，就賞半月俸。」他頓了頓，有些感傷道：「這批軍士雖有了神武之名，可是賞俸過多，戶部和兵部都不願履諾，拖了一個半月，最後還是先帝寬宏，從他私庫出的。」

蘇瞻拱手道：「請問殿下，軍士在怎樣的年紀才能有不畏死傷之心和驍勇善戰之能？」

趙栩看著他搖搖頭：「人人都畏生死，程度不同而已，以我之見，十五至二十歲，血氣方剛，畏懼最少。二十至二十五，剛剛有了家室，必然拚死奮戰要活著見妻兒。我所選軍士，多為這兩批。」

三衙的幾位都指揮使紛紛點頭附和，他們沒想到燕王雖然只經歷了一戰，卻對兵力強弱瞭若指掌，不由得對他生出了欽佩之情。

蘇瞻轉向朱綸：「請問朱相，要以我大趙步軍去攻契丹輕騎重騎，可想而知，非驍勇善戰者不可。河北路三十萬大軍，符合殿下所言的，又有幾何？」

朱綸一愣，看向張子厚。張子厚抿唇垂眸不語。

蘇瞻接過兵部郎中手中的摺子，歎了口氣：「諸位臣工，河北路十九萬禁軍，年十五至二十五間的，不過五萬九千三百六十二人，三分之一而已。其中騎兵只有一萬一千餘人。請問如何收復燕雲十六州？這幾年軍中募兵的人數越來越多，年齡均數卻也越來越大，為何？」

朱綸漲紅了臉，樞密院和三衙都不開口了。

蘇瞻將摺子呈給太皇太后，轉身道：「西夏梁氏年後陸續陳兵於銀州、夏州、宥州、靜州、會州、蘭州、興州、靈州，總計已達二十萬餘眾，虎視眈眈，我大趙秦鳳路、永興軍路、河東路，都不能動。此時再北伐契丹，實在有心無力啊。河北路三十萬人，還有年滿六十歲的剩員兩萬餘人，領半俸，從雜役，其中五千餘人今年年底將滿六十五歲退役。」

張子厚心中暗暗歎了口氣，指望朱綸能辯論得贏蘇瞻，不如指望母豬上樹。

蘇瞻憂心忡忡地道：「各位，澶淵之盟看似我大趙要給契丹歲幣，可各位有無看到大趙和契丹的四處榷場，一年帶來數倍於歲幣的好處嗎？一百五十萬貫！又可知道河北路三十萬人若是出兵一個月，又需要多少錢？八十萬貫！是和還是戰？還請各位算一算這本帳，去歲一年，大趙國庫收入一億三千萬貫，可一百二十五萬大軍，耗費九千萬貫。八成養兵！若是西夏再侵，北伐契丹，敢問朱相，錢從何來？勝率幾何？若是像謝相所說的，反助契丹攻打女真，契丹會不會歸還燕雲十六州？還是會出這筆錢？」

趙栩凝神看著蘇瞻，雖然鬆了一口氣，心裡一股酸溜溜的滋味又湧了上來。

什麼蘇瞻會為國為民考慮絕對不會贊成北伐契丹，什麼憑蘇瞻的才能，必然能說服群臣，什麼六國論的道理。唉，九娘洋洋灑灑寫的信，沒有這些數字和道理，卻和蘇瞻的意思一個樣，沒錢，沒人，屋子外還有個強盜總在轉，你卻為了多占幾塊鄰居家的地先去打鄰居，只怕自家屋子也保不住。

竟然有這麼一個男子，被她這麼認可推崇！縱然有榮國夫人在天之靈提點她蘇瞻那一套行事風格，可榮國夫人恨蘇瞻還來不及呢。想到這個，趙栩就抑不住地難受，握拳抵唇輕輕咳了兩聲。

蘇瞻環視四周，歎道：「想來列位也不會忘記六國何以亡於秦，齊國坐山觀虎鬥，最終失去強援，不能獨存。契丹百年來和大趙交好，兩年多前趙夏之戰，縱然契丹公主還和親去了西夏，壽昌帝依然給河東路送去近千匹契丹軍馬。我等豈可辜負德宗一片苦心，先行毀約於兄弟國？不仁不義，失信於天下，又有何面目對天下人？我大趙不可無防人之心，卻也不可存心害人吶。」

趙栩一瞬不瞬地盯著蘇瞻，那股子酸意已經衝到了腦門上。蘇瞻他還真以六國來比擬！果然以仁義禮信收尾，如九娘所說，他就要以利服人了。這種又講理又動情還務實得很的說法，就算自己，恐怕也難以辯駁。趙栩看了一眼張子厚，這對師兄弟一個陽謀一個陰謀，只可惜竟會私怨頗深，但好處就是也不必費心制衡他們二人朝中的勢力了。

「再說女真部，他們和契丹素有利益衝突，對我大趙卻一直很是恭敬，這兩年都有來使朝貢，我們又有什麼道理去攻打女真？留兵力不強盛的女真牽制住契丹，大趙豈不是更安全？國與國，上兵伐謀，其次伐交。我大趙若能以此制衡女真契丹，豈不兩全其美？」蘇瞻娓娓道來。

謝相已被蘇瞻說服，點頭連連稱是：「好大喜功，要不得，蘇相所言有理。」

殿上再無異議。太皇太后點頭道：「就按蘇卿所言。」眾臣鬆了一口氣，正待告退。殿外的供奉官帶著今日留在樞密院當值的院事孟在匆匆進來。

蘇瞻一怔，孟在的為人，喜怒不形於色，能讓他滿面震怒的，定是大事！

第一百八十八章

孟在大步流星地進了殿內，行了禮，把手中軍報遞給朱相，看了一眼趙栩。

「娘娘、各位相公！秦鳳路六百里加急軍報：西夏大軍兵分五路，進犯我大趙，三日前熙州、鞏州二州失守，傷亡人數未知。西夏太后梁氏率領十萬大軍，不日將抵秦州城外！」孟在沉聲稟告。

殿上片刻死寂後一片譁然。震驚者有之，憤怒者有之，不敢置信也有。趙棣轉念間意識到了什麼，生出一絲幸災樂禍，強壓住內心的歡喜，面帶憂色地看向趙栩。

趙栩卻在想三日前熙、鞏二州就失守，從熙州到秦州，騎兵一日可到，從鞏州到秦州，半日可到。那麼兩日前秦州就可能已兵臨城下。年後西夏軍馬調動，樞密院從懷德軍調派了近萬軍士去熙州和鞏州，協助熙河路的通遠軍守衛。治秦州經略安撫使也是舅舅往日的部下，特地募召了近萬義勇廂軍駐紮熙州。自己和陳太初接手舅舅麾下的斥候，連同陳元初的人這幾年一直緊盯著西夏，還有和秦州到汴京一路的動靜也是五日一報，熙州失守這麼大的事，為何竟然一點消息都沒有！

趙栩朗聲問孟在：「秦州乃秦鳳路重兵所在地，東有鳳翔，東北有渭州，德順軍騎兵從渭州出發半日就可到秦州，鎮戎軍從原州出發一日就可增援秦州。梁氏十萬人馬豈敢進犯秦鳳路腹地？軍中斥候可有其他各路的軍情？」

眾人大驚，都想到西夏年後集結了二十萬兵馬在沿線八州，現在為何只有熙河路有動靜？

孟在搖了搖頭：「據剛剛到的急腳遞稟報，在他之前，應該連續有三批急腳遞返京送信稟報熙州、鞏州異動，卻蹤影全無。秦州甚至沒有接到熙、鞏二州的求援消息。」整個秦鳳路只到了這一條軍報，詭異至極。

張子厚皺起眉頭，他從來不相信巧合，西夏在這個時候起兵，必然早就和阮玉郎串通一氣，算算時間，恐怕西夏早就在等先帝駕崩了。張子厚打了個寒顫，雖然不想把女真攻打契丹一事也和阮玉郎聯繫起來，卻沒法不想。

蘇瞻沉吟了片刻：「來者可提到過京中去秦州的急腳遞？」

孟在聲音越發低沉：「問過了，來人說他們從秦州出發時，京中去的急腳遞一行剛到秦州，隨行的還有禮部和宗正寺的官員，還有刑部、大理寺的不少好手。」

蘇瞻和其他幾位相公默然相視不語，均意識到，大趙幾十年來最艱險的時刻怕是來臨了。

太皇太后開口問道：「諸位卿家，西夏進犯，你們說該如何應對？」

朱相道：「臣以為，當務之急，是解秦州之困，收復熙、鞏二州。若永興軍路邊境無西夏的異動，隴州、渭州可從東北兩路增援，熙河路的洮州、岷州也可從西面兩路增援，會合秦州軍士，擊破梁氏，再三軍齊發，趁勢收復二州。娘娘，幾位殿下看如何？」

福寧殿的宮女們忙著添加燭火，院子裡不斷有人出入，往都堂調文書的，去樞密院搬輿圖的，傳召兵部戶部相關人等的，都進奏院連夜準備明日皇榜詔告天下。禁軍巡邏得也更為嚴格。

四更時分，順天門的城門轟然打開，吊橋徐徐降落，吆喝聲四起。背插黃旗，腰繫金鈴的急遞鋪鋪兵，持樞密院和兵部加急文書，揮鞭打馬，往京兆府❶方向急馳而去。

第二天一早，汴京各城門的檢查更為嚴厲，兵器一律不許入城，便是那鐵鍬、鋤頭、帶了鐵的農具也只能留在城門處，待戒嚴結束了再來領用。

皇榜下的唱榜人還在唱榜，過往士庶議論紛紛，秦州離汴京有多遠，西夏打不打得過陳元初，說到陳元初，汴京人士又要對那過往的商旅費上一番口舌，順便把汴京四美都宣揚一番，多嘴的還會說到陳蘇聯姻。有人問陳青還會不會回樞密院領軍出征。就有那日日一早出門往茶社早飯鋪子混的漢子，激昂澎湃分析起軍政大局來，說得一套一套的。聽得不少人也都一愣一愣的，時而驚歎，時而搖頭。

不少青壯漢子笑著說若是齊國公掛帥，便也去應募做個義勇，回頭家中也能免些稅賦；又有人見多識廣，說起在秦州做義勇廂軍，若是考核武藝能進上番，一個月能得六斗米，如能做弓箭手，就有兩石米一個月。圍著的百姓紛紛大聲豔羨起來，兩石！要知道生一個孩子朝廷也不過給一石米。

張子厚從宮中出來，看了看天色，心裡急躁，面上不顯，在東華門外食不知味地吃了一碗茶飯，兩個油餅。回到百家巷家中，他一夜沒睡也不覺得累，將案上各處送來的消息又梳理了一遍，總覺得哪裡不對，卻一時想不出來。

❶京兆府：西安的古稱。唐朝開元元年所設的府，是府作為行政區的開始。

只能等，張子厚在書房內來回踱步，一種凝聚千般力卻無地方使的無力感，陌生又熟悉。多年前，得知九娘病重，他也有這種感覺，送藥，被退回，登門，被拒，查探不到任何線索，明明知道有哪裡不對頭，卻始終找不到線索，下不了手，隱隱又有大禍臨頭的不祥之感。

仔細回想了一下趙栩和自己商議的種種，心頭越發沉重。陳青手下的斥候不但武藝高強，更有十幾年軍中經驗，竟也會沒有西夏進犯的消息，必然是沿路出了問題。阮玉郎看起來似乎毫不在意阮婆婆和趙元永的性命，瑤華宮連個鬼影子都沒等到。今日一早派出去的四路人馬，如果半途能接應到人最好，萬一也石沉大海，就真的大事不妙了。

四月二十七，下弦月要下半夜才掛上東天，此時黑色天幕如穹頂，連星子都沒有一顆，壓得陳元初的心沉甸甸的。

今夜是圍城第三夜了，洮州、岷州毫無動靜，渭州、鳳翔也全無消息。彷彿整個黃土溝壑間，只剩下了這座東西十里、南北二里的秦州城，彷似一座孤城。

以他的目力，從廣武門城樓遠眺，秦嶺的邊緣只有一道起伏不定的弧線，極淡地鑲嵌在半空處。廣武門外沿著羅玉河駐紮著的三千禁軍早已退回城內，壕溝內屍橫遍野。今夜再也沒有了在夜空中緩緩飛升而上的火球，投石機都退回了西夏大營。城上的血，舊的已乾，無人沖洗，又被新的覆蓋，一層層，數不清了。身上的傷口雖已包紮，疼痛已漸漸麻木。

陳元初回頭望了望身邊警惕不減的守備的同袍，他們身後的城牆和石樓梯、角樓往下，處處是抓緊時間就地歇息的軍士。有些已發出了鼾聲，有些在燈火下還能看見閃閃的眼睛，甲冑上也盡是血跡，兵器已捲刃。

晚間停戰後，數以千計的秦州百姓，嫻熟地重複著百年來一代代人都做過的事。婦人們往各個城門口送來湯餅烈酒。漢子們不需要招呼，逕自幫著抬著門板，擔起傷兵，帶回軍營和城中日夜不休的醫館裡療傷。十多歲的孩子將城中散落的弓箭撿起束成一捆一捆，送到城下，又被他們笑著趕回家去。

當年，娘就是這樣和爹爹訂親的啊。

陳元初嘴角微微彎了起來，胸中自豪傲然之氣上湧。這是分列五城，歷經兵火傲立不倒的千年秦州古城！漢忠烈紀將軍祠在，城隍廟的三座牌坊在，那些柱樑飛簷斗拱、黃色琉璃瓦都在。西城的飛將巷乃飛將軍李廣家族世代居住之地，飛將石還在。最西邊的伏羲城供著唐代戰神郭子儀。五城拱衛的州城裡，儒林街上，「道貫古今」、「德配天地」兩座牌坊聳立在文廟邊，他自小就是在文廟大影壁對面的箭場裡習武練箭。外翁外婆住的羽子坑，如今垂柳依依，這是娘的家鄉，是他的家鄉，是無數熱血秦人的家鄉！從未被外敵征服過的秦州！

他在城在！城亡他亡！

驀然，一道倩影從心中一晃而過，「元初！這邊！——」那聲音再也不會有了。羽子坑柳樹下，那人也再不會有了。

陳元初心中一痛，深深吸了口氣，沿著女牆細細查看過去，還有兩個破損的半座雲梯靠在垛牆上，他伸出手中長槍，輕輕抵住雲梯頂端，嘩啦啦，雲梯撞在城牆上的聲音驚醒了靠著女牆睡覺的士兵。陳元初歉意地揮了揮手，示意他們接著歇息。

六十步一座的馬面樓子裡，值夜的軍士見到是他，都笑著行了禮，將上方敵樓裡儲備的弓箭兵器搬運進樓子裡備用。想到白日攻城的全是弓箭手、步軍，西夏的重甲騎兵鐵鷂子三千人至今還蹤影全無，陳元初皺起了眉頭。

陳元初走上敵樓，往外看出去，西夏軍營除了大營門口的兩盞氣死風燈[2]在微微搖晃，連綿不斷的營帳連輪廓都不顯，墨墨黑烏壓壓一大片。十萬恐怕不止，陳元初默默估算著這三日裡輪番攻城的軍馬，梁氏這次進攻秦州，能圍城，應在十五萬人上下。守城易，攻城難，若要切斷熙河路、秦鳳路、永興軍路三處的聯繫，甚至也在攻打這些地方，總計應不下於五十萬軍馬。這個數字遠遠多於年後斥候所打探到的二十萬。

只是不知道鐵鷂子現在何處，出城的斥候，也一去不返，他從未遇到過這種事，好像敵人在空中俯視著秦州城裡的一舉一動。只希望兩日前他親自領軍護送著殺出去的那批返京急遞鋪軍士，能在那刑部、大理寺好手的一路護送下，把高似軍中的那份紀錄安然送回汴京。攘外必先安內，只要六郎順利即位，爹爹一定能揮軍西下，西夏就算有五十萬大軍也不足為懼。

「陳將軍！」聲音略帶嘶啞，一個人濃眉大眼，身披輕甲，帶著七八個護衛從登城道匆匆走了上來，正在尋找他。

陳元初回頭，見是駙馬都尉田洗。

田洗十幾天前才到了秦州做監軍，倒也規規矩矩，對眾將都客客氣氣，每日也和經略安撫使例行碰面。他運氣不好，還沒來得及去麥積山遊玩，就遇到了西夏圍城。他雖然不懂武藝，這幾日也時不時來城樓下問一問戰況，不像上任做監軍的內侍隨軍督戰，被幾枝箭擦破皮就面如土色。

陳元初因為他是三公主趙瓔珞的駙馬，平時也只是點頭之交，看他臨近半夜還上城檢查，臉色就柔和了一些。

田洗拱了拱手：「陳將軍辛苦！今夜西夏應該不會再攻城了，林將軍既然在盯著，陳將軍不如回城稍作休息吧。其他各個城門的將軍們都換崗休息了。明日恐怕還有一場大戰，人不是鐵打的，還請將軍保重！」

陳元初也拱了拱手，笑道：「正要回去重新換紗布，田監軍怎地還不歇息？」

田洗歎了口氣：「我也派不上什麼用，不累，剛從紀城（秦州州城名）裡出來，在五城裡看了一圈，不少民宅都毀損得厲害，幸好沒什麼傷亡。經略還在州衙裡忙著呢。對了，我和經略商量過了，華清門、啟漢門、東伏羲門明早都能補上兩千義勇，西夏這幾日重兵全盯著你這裡，你這裡應該能補三千人來。」

陳元初點了點頭：「不要緊，給我兩千也可以。」他轉身交待了幾句，便同田洗一起下了城樓：「夏乾帝也算死在我手上的，殺夫之仇，梁氏不盯著我才怪。各處可都好？」

---

❷ 氣死風燈：意指風燈。因外有護罩，風吹不熄，故稱為「氣死風」。

「都好。」田洸拱手道：「將軍先回，我去看一看城門。」

陳元初望了望城門口，那邊他為防備西夏鐵鷂子萬一破了城外的甕城❸後會直入城門，堆積著許多沙包，還挖了陷坑，裡面布置了許多鉤索。此時值夜的士兵們甲冑黑沉沉，一絲反光都沒有，城牆下東倒西歪著許多人，兵器也都放在腳下。

他站在原地，看著田洸帶著那幾個人走近了守衛，心裡升起了一絲奇怪的感覺。

有什麼不對!?

不對！那幾個護衛不對！腳步太過輕捷，田洸昨日來巡查時，身邊的人步伐雖然矯健，卻絕對不是這樣像獵豹一樣的模樣。

「小心！有奸細——！」陳元初飛身撲了過去，放聲大喝。

與此同時，田洸發出一聲痛呼，仰面跌倒。城門口的士兵東張西望，或上前檢查田監軍的情況。

❸ 甕城：意指大城外的小城圍，遮擁於城門之外。

第一百八十九章

田洗一倒，他身後的七八人驟然暴起。寒光在城門火把下閃過。四五個沙包飛起，直衝著陳元初面門而來。

陳元初氣沉丹田長嘯一聲，手上長槍東挑西撥，見有兩個身影正腳下不停地將堆積的沙包填入前方的陷坑中，心中一凜，見另有人影已經直奔廣武門外的甕城裡去。

卓羅鶡子！一旦甕城城門失守，西夏重騎兵衝進來，後果不堪設想！

城外隱約有極輕微的馬蹄聲靠近。角樓上已吹響了號角，點起了烽火，通知並列往西的大城、紀城、西關城、伏羲城四城。馬面樓子裡開始往城外射箭。

馬蹄上包了軟布，才會離得這麼近才被發現！陳元初心頭劇震。

城門口瞬間已陷入混戰，廣武門的主城門寬僅有十步，深達二十步，因休戰並未關閉，一些輪班的義勇還在往甕城的箭樓裡運送弓箭、石頭、滾木。主城門連接甕城，門洞變成了通道。此時被那些人突然搶得先機占據了，頓時攻守顛倒，眾多城內軍士長兵器施展不開，被四個高手擋在門洞口再也攻不進去，更顧不上主城門，眼睜睜看著另外四人殺入甕城裡。

在甕城內值夜的軍士和義勇拚死抵抗，一個接一個倒下。四面箭樓上的弓箭手紛紛在箭樓和女牆後持弓朝地面瞄準，卻只見到自己人。那四人身法極快，貼身廝殺，很快就有兩人殺到甕城城門口。

東關城值夜守城的兩位副將帶著不少軍士衝了上來。眾多剛剛驚醒的士兵頭盔還歪斜著，隨著人流被挾裹而來，還懵懂不知發生了什麼事，本能地握緊了手中的兵器。悶悶的馬蹄聲越來越近。城門外傳來震天鼓響，遠處天空中有火球冉冉上升，投石機投出的火油巨石帶著怪嘯聲直往秦州城裡飛來。不知疲憊兇險無比的攻城戰再次開始了！

被擋在人牆外面的陳元初高聲厲喝：「全部退開！弓箭手！神臂弩手！扇形包圍主城門，防住鐵鷂子！」這時已顧不上監軍田洗的性命安危了。陳元初見身邊親衛已抬臂架弓，劈手就奪了過來。

聽到陳元初號令，城門口亂成一團的軍士頓時安靜下來，迅速如潮水般退開。

城門軍士剛往外退，不等弓箭手就位，陳元初一見露出空隙，立刻大喝：「箭！」

親衛早將箭袋捧起。

一聲弦響，四箭齊發，發出尖銳破空之聲，流星趕月之勢直奔城門洞裡而去。軍士們齊聲高聲大喝：「中！」

陳家游龍箭！一弦四箭！矯若游龍！

只要殺了門洞裡的四人，大趙軍士就能關閉主城門，西夏人進了甕城就反而被甕中捉鱉在門裡殺。

跟著不知哪裡也傳來一聲弦響，更刺耳的破空聲響起。

不等軍士們反應過來，也有四箭，疾如閃電，後發先至，將陳元初剛剛分成四路的利箭擊落，再插入兩邊城牆上，入牆三分，箭羽猶自顫動不已。

陳元初瞳孔驟地一縮，扭頭看向這四箭的來處，卻在一群還未列隊的弓箭手中。那一片的弓箭手，正震驚地四處互相看，竟不知道誰射出了這箭，不少人握弓的手中滿是汗。

天下能破陳家箭，還如此霸道的箭法，小李廣高似！

這時步兵們已列隊呈扇形圍住城門，長槍一致指向城門處，留出了一小片空地。從馬面樓子裡拎著箭袋衝下來的弓箭手們疾步上前，在步兵身後開始列隊架弓。神臂弩手在更後排，忙著架設神臂弩。騎兵在最周邊已經上馬開始集結。

火把嗶啵的燃燒聲，紛亂腳步聲和沉重呼吸聲，弓箭上弦聲、兵器相撞聲，城門洞中的廝殺聲，戰馬嘶吼聲融在一起，甕城外的馬蹄聲已幾不可聞，顯然已越過白日裡被屍體填滿的壕溝，只等甕城城門大開就衝入城中。人人心頭驚駭欲絕。東關城占了秦州城的一半，若東關城破，騎兵殺入，秦州危殆！

陳元初咬牙看了一眼門洞裡最後兩個還在拚死抵抗的軍士，橫起手中長槍大喝：「放箭！」

長槍破空劃出一聲厲嘯。

當場只死寂了一霎，數百支羽箭飛出，直往城門洞裡飛射而去。那四人急退劈擋，依然有兩個倒了下去，裡面尚在抵擋的秦州軍士來不及反應，同樣倒在了自己人的箭雨中。離得近的幾十個步軍立刻衝上前，待要關上主城門，遭到餘下兩人的極力抵抗，簇擁而上的步軍堵住了整個廣武門城門，一步步往甕城方向壓去。

主城門終於緩緩動了起來，兩扇厚重木門一分一寸地靠近。城內軍士更是緊張，大呼起來。

弓弦聲不斷，最周邊的步軍紛紛後背中箭倒地。

「還有奸細！還有奸細！」弓箭佇列裡騷動起來。

可惜只一剎那間，甕城城門口傳來吼叫聲不斷，兩道寒光閃過，吊索斷！甕城城門轟然被人慢慢地打開，城外的吊橋徐徐而下。殺聲四起，烏雲壓城，吊橋發出了吱吱呀呀的痛苦身影。

人與馬皆披重甲，只露出雙眼，百里而走，千里而期，倏往忽來，若電擊雲飛的西夏皇帝親衛——三千重騎鐵鷂子！

殺聲震天，疾馳而入的鐵騎蜂擁而至，甕城失守！箭樓上箭如雨下，有馬倒，有人亡，卻無人馬減速，直衝向主城門處。

「快關上城門！——」城內軍士目眥盡裂，嘶聲大喊。

廣武門眼看只餘一掌寬度，箭樓裡第一批箭還未射完，馬蹄已重重踢上了門，鐵鷂子手中的金瓜鐵錘隨即頂住了廣武門。

再一息間，廣武門城門已被頂開，重甲披掛的鐵鷂子坐騎轉瞬已入東關城廣武門！

「放！」陳元初舉起右手，重重落下，箭如雨下。

周邊正待射出弩箭的一排神臂弩手紛紛痛呼，倒地不起，後背上箭羽輕顫。弩手後的騎兵們一邊準備迎敵，一邊四處尋找藏在暗處的射箭之人。

鐵鷂子最先入城的中箭倒下不少，由於騎兵和馬匹死死綁在一起，人死依然還掛在馬上。馬四處衝突，也有倒下的馬匹一時堵住了入口。城門口的那幾人即刻沿著城牆兩側要往弓箭手列隊裡廝殺進去。守城的步兵立刻迎了上去，不斷有人背後中箭，已擋不住鐵鷂子重騎衝入城內！

陳元初舉目四望，千軍萬馬中，他的怒喝聲如春雷響起：「高似！可敢堂堂正正和陳元初一戰!?——」

話音未落，一聲厲嘯，一箭破空，如電光一樣射向陳元初心房。

驚呼聲四起。陳元初大喝：「破！」長槍如游龍迴旋，擋在箭前。

箭來勢不減，卻驟然分成上中下三箭，上下兩路疾奔陳元初咽喉和小腹。

神乎其技！周邊軍士駭然大喊起來：「陳將軍——小心！——」

即刻又是一聲厲嘯，三箭破空而來，到了半途齊齊再分成上中下三路九箭！

「小李廣——飛蝗箭！」弓箭手裡有些四十開外的老兵，大聲呼喊起來。當年也曾為此歡呼過，可惜，此刻的飛蝗箭卻射向自家將軍！

陳元初手中長槍水潑不入，護住自己。十二枝箭先後叮噹落地，槍影漸緩待停時，突然一個高大魁梧的身影鬼魅一樣衝入了槍影裡。陳元初雙手一折，長槍從中斷開，直刺來者咽喉。高似翻身後仰，頭幾乎碰地，以不可思議地角度原地旋轉半圈，極速挺起，手中匕首已刺出，兩人瞬息已過了十幾招，不斷有血花四濺。身邊早已是修羅場，千人混戰，亂成一團。

東關城破！

三千重騎悉數湧入後，西夏步軍蜂擁入城。東關城內騎兵對戰，步兵對戰，步騎混戰，短兵相接，貼身廝殺，羽箭亂飛，已無人在乎陣型，只有生和死！

城門內的廝殺漸漸蔓延到東關城的街巷中，投石機投落的火石如前幾天一樣砸毀民房和營帳，卻再也沒有人出來救火，拿著棍棒和菜刀的秦州老少婦孺，無人哀嚎無人求饒，不能退不能逃也無路可逃！

緊接東關城的大城西門剛剛開啟，近千軍士奔出一半，不少已和沿大街疾馳而來的鐵鷂子直接對上。忽地從廣武門不斷傳來震天的高喊：「大趙無德！吳王奪位！冤殺燕王和齊國公陳青！陳元初已降西夏——陳元初已降——陳元初已降——！」

有靠近廣武門街巷裡正在奮勇抵抗的百姓齊聲咬牙切齒地喊著：「放屁！放屁！放你們狗娘養的屁！」

他們忍不住轉頭望向高高的廣武門城樓，驚見西夏金王旗已插在廣武門高高的城樓之上，女牆後面，一襲紅色甲冑的西夏太后梁氏，正解下自己身上豔紅的斗篷，披到她旁邊那個俊俏無雙的銀甲將軍身上。他負手站在城樓上，俯瞰著東關城內，長髮飛散，朱紅髮帶和頸中紅巾迎風飛舞，在被投石機火石照亮的半空中，宛如怒目羅漢，威武天神。

「陳將軍——！陳將軍——！」千軍萬民熱淚盈眶。不會的！不會的！齊國公不會死！陳元初不會降！

血浸透了往日寧靜的小巷，一樹一草，一磚一木，燃燒的火無情地映照著人間地獄。

來不及關閉的大城西門，被颶風一般的鐵鷂子趁機殺入，半個秦州城陷入無邊血色中。

陳元初雙手被牛筋反綁著。鮮紅披風下，他雙腿上的粗麻繩深深勒入血肉中，全身傷口都在流血，他雙目赤紅，口中被塞入的麻核桃大概有毒，他只覺得面上漸漸僵硬，眼睛漸漸模糊。

一隻纖纖素手輕輕撫過他的眉眼，朱紅的蔻丹比城裡滿地鮮血還紅。

梁太后眯起眼尾上挑的狐狸眼，蛾眉輕蹙，歎道：「陳——元——初，陳元初，我又怎麼捨得殺了你呢？這樣多好，那汴京城收到消息，你這個誤信傳言獻城投降的賣國賊，你的爹爹娘親和三個弟弟可怎麼辦呢？哎呀，多少人要啖其肉，飲其血？」

她歡暢地大笑起來，身後西夏王旗在獵獵夜風中飄揚。

「梁太后請勿食言！」渾厚低沉的聲音從陳元初背後響起。

梁太后側過頭，斜睨著那從身後挾持住陳元初的高大魁梧男子，傲然道：「郎君你還是速速趕去汴京看好戲吧。我西夏兩年多來臥薪嚐膽，厲兵秣馬，如今三十萬大軍，不日將一路殺入京兆府，橫掃中原！待郎君滅了契丹，我西夏和你女真還有阮郎君，三分天下！絕不食言！」

高似搖頭道：「你倉促出兵，又沒有集齊五十萬人馬，若是小看了大趙西軍，恐怕只能止步於京兆府外。你們還是太急了。高某先行告辭！陳元初還請太后好生照顧！」

梁太后朱唇輕啟：「對了，那文書何在？」

高似沉默了片刻，從懷中掏出火漆密封的樞密院加急文書。陳元初極力掙了幾下，砰然摔倒在高似腳邊。

那是送往汴京的加急文書，能證明姑母和六郎、阿予清白的文書！兩日前就出了秦州，沒想到竟然被高似半途截了回來！

陷入昏迷之前，陳元初依稀聽見那渾厚的聲音在耳邊輕聲說著：「放心，你不會有事的。」

四月二十八深夜，因東關、大城一夜失守，奮勇抵抗了一日一夜的州城紀城被破，隨即剩下的西關城、伏羲城相繼失守。秦州百姓不肯投降竭力反抗者，盡數罹難。三萬守城軍士，傷亡兩萬餘人。十五萬西夏軍馬，連日分批佯裝進攻洮州、岷州、隴州、渭州等地的，立刻虛晃一槍，退回秦州城，至此，蘭州、熙州、鞏州、秦州連成一線，糧草從蘭州源源不斷地運向秦州，熙河路和涇原路被切斷，秦鳳路被攔腰截斷，鳳州告急，鳳翔告急，京兆府告急！永興軍路告急！

各路軍情急報，隨著金鈴脆響，連夜急急向汴京飛奔而去。沿途再無人阻截，一路通暢。

與此同時，原來為了解秦州之圍的各路援軍，被迫紛紛改變路線策略。秦鳳路剩餘的通遠軍、鎮戎軍、德順軍、懷德軍，聯同震武軍、積石軍，六軍集結五萬禁軍三萬廂軍，以秦鳳路名將王之純為統帥，調兵遣將，備齊兵馬糧草，往鳳州設大營，嚴陣以待。永興軍路保安軍六萬大軍分批自慶州和耀州出發，改往鳳翔集結。府州折家軍、麟州楊家軍、青澗城種家軍，各派出五千重騎兵，也往鳳州而來。

四月二十八深夜，順天門即將關閉城門時，兩騎飛馳至京，持大理寺腰牌，滿身血汗，一入城直奔百家巷張府。

張子厚正在書房裡焦躁地來回踱步。

第一百九十章

張子厚匆匆出門的時候，一頭一身的汗。夜風一吹，才想起再過五天就是先帝小祥❶，在京百官可以除服了。方才幕僚們七嘴八舌的分析建議和爭論，一團亂麻似的擠在腦海中，被風吹了吹，才稍微好一點。他靜了靜，揮手讓馬夫把馬牽回去，邁步往巷口走去。當下局勢，混亂至此，他該如何同燕王說？

市井坊間早已從國喪悲哀裡醒來。端午節已經近了，無論邊關烽火，還是帝位更替，汴京百姓的日子總還是照常要過下去的。

走出數十步，張子厚見亥時三刻都過了，百家巷裡不少茶坊酒莊燈火還都亮著，越靠近高頭街，越是熱鬧。京中雖然還宣稱繼續戒嚴，不過是城門檢查得緊些，街上巡邏的開封府衙役更多了，皇城周邊不允許再設攤。原先擺在東華門外，等著做值夜各部官員和禁軍生意的攤販，都搬來了高頭街這邊。餛飩湯、炸螃蟹、煎茶的攤子，熱氣騰騰，人聲鼎沸。

---

❶小祥：古時皇帝、皇太后、皇后等死後十二日舉行小祥祭。自漢文帝遺詔減喪服期，以後皇室之喪常以日易月（一天代替一月）。宋朝皇室又按舊制行喪，要舉行兩次小祥祭。

百家巷口的李家正店，門口立著一人高的琉璃招牌箱子，不知幾時換上了應節的「供應蘭湯」貼畫，隔著琉璃箱，被裡頭的一串燈籠照成了三截。畫上那熱氣騰騰的浴桶，好似當中被箍了兩道暗邊，旁邊那捧著佩蘭和雄黃酒的婦人，胸和腿，也驟然暗了一圈。

張子厚停在這招牌前駐足了片刻，才慢騰騰出了百家巷。想了想，往北一轉，忽地在高頭街轉角的餛飩攤上坐了下來。身後跟著的隨從面面相覷，只能四處站了，警惕地防備著。

那煮餛飩的娘子和幾個吃餛飩的客人，一看張子厚頭戴布頭冠，身穿大袖白練寬衫，下著練裙，繫著腰絰，顯然是服喪期間的京中四品以上官員，原先大聲的說笑都輕了下來。

張子厚看著白瓷大碗裡上漂浮著一層碎碎碧綠的芫荽，伸手取了雙木箸，想要一個小碗，把芫荽挑出來。他心事重，竟然忘記吩咐不要放這個了。

抬起頭要開口，張子厚頓了頓，輕歎了口氣，下箸挑起幾片芫荽葉子，放入口中。他實在不明白王玞為何會喜愛吃這個東西，這麼臭。當年去杭州拜訪他們倆夫妻時，幾乎每天都和蘇瞻論政到深夜。她就會煮兩碗野菜餛飩，撒著這碧綠芫荽，還會切一盤蒸得油光豔紅的眉州臘肉。蘇瞻笑著說芫荽是九娘自己種的，臘肉也是她自己醃的。他才知道九娘每夜都會在屏風後聽他們爭論，連帶把他們肚子咕嚕一響也聽進去了。

蘇瞻那時比他高一個品級，月俸不過二十貫，還正逢朝廷那兩年一直欠薪，他家連個廚子都請不起，都是九娘親自下廚，州衙後院種著菜，屋子破漏也修葺不起。蘇瞻賣字的錢，他們還拿去辦安濟坊。他心疼得厲害，面上又不能顯現，總忍著臭味將那芫荽都吃了。她不知道，以為他也愛吃，翌日還給他碗裡多放一些。

張子厚狠狠地嚼著嘴裡的草。每次驟逢變故，他就會細細想起十幾年的往事，似乎這樣心裡就平靜一些。平時他捨不得想，太奢侈。可他心裡又明白，對那個人，寢息不能忘，沉憂無可解。

他也對蘇瞻提過借住在他們家裡不方便，願意出些錢貼補，或者請個廚子。蘇瞻卻哈哈大笑，搖頭說九娘愛做這些，他也愛下廚，還帶他去看院子裡九娘種菜。

他看見九娘在菜園裡，穿著布衫布褲，繫著攀膊，戴著斗笠，身邊還跟著咿咿呀呀背詩的蘇昉。她回頭看見他們，招招手要走出來招呼，卻被腳下一個籮筐絆了一跤，一屁股跌坐在剛剛澆了水的田裡，羞紅了臉。結果蘇瞻不趕緊去攙扶她，反指著她捧腹大笑。她氣得摘下斗笠扔過來，瞪著眼大喊：「蘇瞻——！」

他差點沒被蘇瞻氣死，怕自己忍不住要揍蘇瞻，立刻鐵青著臉掉頭走了。

王玞她是青神王氏的嫡長女，嫁給他蘇家做宗婦的王九娘，不是替他蘇瞻種菜煮飯的粗使婦人！回想起在中岩書院，她穿著極好看的胡服練習捶丸的樣子，她神采奕奕揚眉得意的樣子，她在後山爬到樹上讀書眺望遠方的樣子，她對山長夫妻調皮撒嬌的樣子。他心疼，心酸，又無比後悔，和蘇瞻打什麼架，就該讓部曲直接搶親回福建去的。他不會讓她沾陽春水，不會讓她曬毒日頭，更不會讓她這般被羞辱。蘇瞻這廝真是個瞎子聾子！

張子厚只覺得這芫荽實在太臭，臭得他眼睛鼻子都發澀。他飛快吃完餛飩，掏出十五文銅錢放在桌上，忽然想起屬下曾說過，燕王殿下時常毫不避諱地去觀音院前的凌家餛飩，買上一碗餛飩讓人送去孟府。他站起身吸了口氣，看了看皇城方向，轉頭吩咐隨從：「備馬，去翰林巷孟府。」

這些日子孟家上下忙得團團轉。那邊宅子的圖，各房都在翠微堂看過，也商量分配好了各房的院子。新宅子比起這邊要小了許多，但坐落在虎丘邊上，也算蘇州寸土寸金之地，景色也佳。

剛開始，二房、三房沒想到孟彥卿悶聲不響地就做了這麼大件事，長房瞞得滴水不漏，又沒動用過公中的一文錢。呂氏和程氏私下裡倒是對著杜氏冷言冷語了幾句。但老夫人只說是老太爺臨終前安排的，呂氏和程氏才慢慢消停了。

長房的孟在走不了，二房的孟存夫妻也要留京。雖然先帝剛剛駕崩，太皇太后卻沒忘記六娘，這幾日還天天派尚書內省的女官們來孟家，教導六娘宮中的禮儀規矩。六娘明日就要入宮當差。

呂氏因為六娘不用嫁給皇子，心裡捨不得，也不那麼難過了，跟著老夫人替六娘處處思量準備，又知道老夫人竟然求得了太皇太后的恩典，讓貞娘以乳母身份隨六娘入宮，更是又感激又放心了許多。太皇太后還特意叮囑，讓六娘只管再帶兩個貼身女使進宮，這份恩寵，滿汴京還真是頭一份的。孟存心裡暗暗估量著朝中的局勢，對女兒的前程，別有一番打算和計較，也不和妻子商議，私下準備著。

三房的孟建也要留京，他去了大理寺三次探監都沒被允許，打點了幾處，都被退了回來，搖頭告訴他是張理少親自在審的案子，大理寺如今沒有大理寺卿，兩位少卿就是最大，他親自過問的案子，誰敢通融？又有一位神通廣大的，告訴他可以準備後事了，說用了刑後那女孩兒發熱了兩日，眼看就要不行了。嚇得孟建當場神志恍惚，想到四娘楚楚可憐的模樣，回到家裡哭了一回，看著阮氏也昏昏沉沉的，就開始準備她們母女兩個的後事。

深更半夜，突然接到張子厚的名帖，孟建又驚又怕，帶著一身雞皮疙瘩在廣知堂恭候，他和張子厚沒照過面，一見面倒一呆，沒想到這位赫赫有名在御史臺、樞密院、大理寺都有了不得的政績的張理少，竟然長得如此清雋秀雅，只可惜身量略矮，面色鬱沉。

兩人見了禮，孟建以為他要說四娘的案子，卻不料張子厚端起茶盞，咕嚕咕嚕就喝完後抬頭問：「忠義子，叨擾了，可方便容張某先漱個口？」

孟建目瞪口呆了半晌，雞啄米一般點頭：「哦哦哦，張理少客氣了，來人——來人——。」他眼巴巴看著張子厚就跟在自己家似的，轉到屏風後頭，隨即一陣盥洗聲傳來。孟建扭頭看了看廣知堂的擺設，和自己來不及更換的常服，確定了這是自己家，不是他在張家作客。

張子厚出來，又喝了一盞茶，輕輕嗅了幾嗅，覺得再沒有芫荽味道了。孟建也趕緊嗅了嗅，廣知堂素來不點香，只有擷芳園的各色鮮花擺放，此時堂上一股甜甜的梔子花香味，並無異味。

張子厚看向孟建：「忠義子應知道，你家孟四娘主謀，夥同謀逆重犯阮玉郎，害死了昭華郡主。」

孟建冷汗直冒：「張理少，可審清楚了？我家阿嫻會不會——是有什麼誤會？她歷來膽子最小，是家裡最柔弱可憐的一個女孩兒——」

「要是我大理寺斷案還會弄出誤會來，我恐怕早就得貶官返鄉了。」張子厚冷笑道：「你家這位膽子最小的娘子，給那程之才服用了大量五石散，使他狂性大發欲行不軌。偏偏這位最柔弱可憐的娘子，原是要程之才帶人擄掠親妹妹孟九娘，還要人將她帶去女真，送給女真的四太子。」

孟建癱在椅子上，雖然早就聽程氏和七娘、九娘說過，從這位張理少口中說出來，他的耳朵裡傳來一陣尖銳的嚣叫聲，疼得厲害。他抹了抹一頭汗，不知該怎麼應對這位笑面虎。

張子厚歎了口氣：「如今案子已轉到斷丞❷初詳刑了，還有些事，需要問一問你家孟九娘，當面印證一番，還請忠義子請她出來罷。」

孟建艱難地站了起來，走了兩步，又回頭小心翼翼地問：「請問張理少，那——那案子可會牽連——？」

張子厚放下茶盞，微笑道：「她是行兇謀害的主犯，會不會牽連父族，要看斷丞怎麼定。當然，你家九娘子的證言，也很重要。忠義子還是快去吧。」

聽香閣的廳堂裡，疊放著三十幾個箱子，九娘和玉簪鬆了口氣，明日一早還有船要往蘇州的孟府運家私，這些她庫裡的書和物件，要跟著木樨院的頭一批物事發往蘇州。

九娘看著玉簪細心地將箱子一一貼上東暖閣的封條，蓋上了她的私印，便坐下來在燈下寫禮單，玉簪看著九娘一如往日地沉靜柔和，心中默默歎了口氣，又看著她那禮單上，長房大郎彥卿一家、嫁在蘇州的三娘子一家，還有二房的四郎、五郎、六郎一份都沒漏掉，又歎了口氣。九娘子看來一心要遠離汴京了，天意弄人作孽得很，那麼好的陳家姑爺，陰差陽錯成了蘇家的姑爺，那天殺的程之才不得好死！

孟建匆匆進來：「快！阿妧快隨我去廣知堂！張子厚——大理寺的張理少要問你話！」

九娘放下筆，蹙眉看了看廳裡的漏刻。子時都過了，張子厚怎麼會登門找她？算來已經八天了，難道是秦州出事了？還是傳遞文書的急腳遞出事了？她心頭一跳：「爹爹，張理少可說了是什麼事？」

孟建圍著她轉了兩圈，只急著催她洗手出門。

路上孟建才叮囑她：「是你四姊的案子要詳刑了，說是還差你幾句證詞要問。你好好同張理少說清楚，你四姊這些事，家裡根本沒人知道——」

九娘驀地停下腳，靜靜看著轉過身來一臉莫名的孟建。

「爹爹是怕自己被四姊牽連了？」

聽著她清冷的聲音中一絲嘲諷，孟建眨眨眼，壓低聲音道：「自然怕的！不只是我，是整個三房、整個孟家！若是爹爹、十一郎受牽連出事了，你和阿姍也一樣要出事啊，傻孩子，你是不懂——」

九娘靠近他一步：「爹爹絲毫不生氣不憤怒她要那樣對我？或者都沒想過是什麼原因她才那麼恨我？」

孟建一愣：「你？你不是沒事嗎……」

❷ 斷丞：宋代的官名，屬大理寺左斷刑，覆審各地方的奏劾和疑獄大罪。

九娘靜靜看著孟建，點了點頭，默默越過他，往廣知堂方向走去。孟建皺了皺眉頭，這孩子，問的什麼傻話，沒發生的事有什麼好多想的，家裡人不被牽連才是最要緊的。

「還請忠義子迴避一下。」張子厚不動聲色地站起身，看著一身銀白色窄袖素色長褙子的九娘。

九娘道了萬福，轉入屏風後頭的繡墩上坐了。玉簪跟著孟建退出廣知堂，忐忑不安地回頭看了一眼，看到站在廊下的惜蘭，心裡安定了一些。

張子厚走了兩步，看著屏風下頭露出的銀白褶裙裙邊和水藍繡鞋，突然有種荒謬的熟悉感，不知為何竟想起王玞來。

「可是秦州出了意外？」九娘輕聲問道。

「為何不會是你四姊的事？」張子厚反問道。

屏風後靜默了一剎，少女的聲音慢條斯理：「大理寺問案，自然會來人憑票傳喚，哪有理少親自半夜登門的道理。何況，她那案子又會需要什麼證詞，既然不判謀逆從犯，必然是兇殺主犯。張理少還要考驗九娘什麼才肯據實相告？」

張子厚長長吁出一口氣：「回京的急腳遞一行，在秦州正逢西夏圍城。由陳元初親自領三千騎兵殺出重圍，護送至六十里外。未抵鳳州，又遇到三四十個高手截殺，領頭的是耶律似——秦鳳軍昔日的小李廣高似。一百四十七人，只有我家兩個部曲倖免於難，是被他放回來的。」屏風後傳來一聲低低的驚呼。張子厚歎道：「那份文書也被他截走了。」

九娘霍地站了起來，從屏風後走了出來，卻先問：「高似有什麼話要帶給你？」

張子厚定定地看著眼前少女微微上揚的下巴，強忍住想問她究竟是如何抓住這重中之重的念頭，沉聲道：「他只有一句話：要燕王殿下立即啟程，前往契丹上京！」

第一百九十一章

「上京？」九娘喃喃重複這兩個字：「上京？上京……」

張子厚揉了揉眉心，看著九娘在羅漢榻上坐了下來。她側著頭深思的模樣落入眼中，他的心忽地一慌，轉開了眼。他自問絕非是貪戀美色之人，但面對眼前驚心動魄的絕世豔光，很難忍住不多看一眼。他驀然決定不入宮跑來孟府，自然是覺得她是個可商量的人，不是為了其他。

靜寂的堂上，突然想起了篤篤篤的輕響。

張子厚瞬間頭皮一炸，猛然抬眼，見榻上斜靠著案几的素服少女，微微蹙著眉頭，肌膚在燭光下籠罩著一層流光，下頷角的線條如流雲輕折，一隻瓷白得發光的小手正擱在案几上，食指不經意地敲著。他一瞬不瞬地盯著那白玉般的手指，揚起，落下，再揚起，再落下。一下一下，敲在他心上，他心神大亂。

篤——篤——篤篤篤，周而復始，兩長三短。

張子厚如遊魂般輕輕上前幾步，像踏在棉花上一樣虛空無力，卻不敢靠得再近，怕驚動了燭光下凝神推敲的少女，更怕自己一顆心從腔子裡跳出來。

這個神情和氣韻很像王玞的孟九，為何會有此習慣！除了蘇瞻，他再沒有遇到第三個人在凝神思索時會有這個習慣！

她練習捶丸技裡的臥棒斜插花，想不出如何能讓木丸在水上多跳幾下，在山長的書房裡發愁，就是這麼一手托腮，一手敲著桌面，周而復始，兩長三短。是他夜夜練習琢磨後，告訴了山長那訣竅。他在湖邊樹林裡，見她練習時站在他夜間揮棒的同一個位置，都不禁臉紅心跳。他親眼看著她終於練出了水上漂的臥棒斜插花。

還有她約定了和蘇瞻相看那日，蘇瞻一直沒來，她也是在那張書案後，想著什麼，食指敲著桌面，篤篤，篤篤篤。他在廊下靜靜站了許久，終於決定去找山長開口求娶她，卻激怒了山長，說他暗中窺探師妹，是個無恥小人，還挨了兩巴掌。

他當然是個無恥小人。

那麼孟九娘，你從哪裡來？你究竟是誰？投胎轉世？年紀卻不對。

張子厚熱血沸騰起來，手指尖發麻，麻痹感沿著胳膊直竄到肩膀，連脖頸都麻了。

九娘眼睛一亮，回頭低呼：「秦州！」冷不防見張子厚就在不遠處，神情極其古怪，眉心皺起一個「川」字格外顯眼，眼睛也有些發紅，不由得輕輕後仰了一下：「張理少？」

「九娘？」張子厚小心翼翼地一個字一個字說出口。

九娘蹙眉看著他，點了點頭，沉聲道：「張理少！秦州恐怕出事了！你可有法子立刻帶我進宮見一見燕王殿下？」

張子厚定了定神，才領會她所說的意思，上前幾步，在羅漢榻另一邊坐了：「為何？」

九娘卻不想和他說得太多，張子厚素來最愛劍走偏鋒，若是信了她的推斷，保不准會背水一戰，一旦失敗，這樣內憂外患之下，不但趙栩、陳家、孟家、蘇家和他自己無一倖免，還會百姓人心惶惶，大趙岌岌可危。見他這般不避嫌坐到自己跟前，又如獵鷹一般緊盯著自己，無形的壓迫使她渾身不舒服。

九娘站起身，去長案邊倒了一盞熱茶，放到張子厚手邊，若無其事地退到右下首的官帽椅上坐了，離張子厚遠遠的，才高聲喚玉簪和惜蘭進來。

張子厚也不著急，細細觀察她一舉一動。

少時，玉簪急急捧了筆墨紙硯進來，在長案上攤開。九娘給蘇昉和陳太初各寫了一封信，讓惜蘭想辦法務必送到他們手中。

「張理少，還請想辦法帶我入宮去。」九娘難掩擔憂和焦慮：「即刻，晚了怕來不及！」

張子厚不動聲色地伸出手指，也在案几上敲了幾下。篤——篤——篤篤篤。他盯著九娘的面容。周而復始，又是五聲，兩長三短。

九娘一怔，心陡然狂跳起來。

張子厚這是什麼意思？不可能，除了蘇瞻和阿昉，誰也不知道她這習慣。她根本沒想到在這上頭防備張子厚！他在故意試探什麼？

九娘轉開眼，低頭走到銀盆前洗了手，接過玉簪遞上的帕子，歎了口氣：「張理少，不是九娘刻意隱瞞，只是軍情如火，我怕耽誤了殿下的大事。你帶我去，自然也會知道我要說什麼。如今宮禁森嚴，只有大理寺和那幾個要緊的衙門能出入，對嗎？」

她側頭看向張子厚。

張子厚長身而起，雙手攏入大袖內，深深看了九娘一眼：「不錯，走吧。」

趙栩正在瑤華宮，冷眼看著趙元永。

趙元永繃著一張小臉，不肯吃面前的菜粥，被抓來後就沒能洗過澡，他懷疑自己頭髮裡長了蝨子癢得厲害，又要擔心婆婆的身體，一到夜裡更擔心爹爹會來救他，可是連續幾夜都沒人來，他更怕婆婆吃不消了。

阮婆婆慢慢吃完菜粥，側頭聽了聽：「大郎，你又沒吃？」

趙元永啞著嗓子道：「我不餓，不想吃。」

「傻孩子，好歹也要吃一些。你六哥說了會放了你的，你不吃哪有力氣走得動路？」阮婆婆歎氣。

「他不會放我們的！他騙人！」趙元永狠狠地瞪了趙栩一眼：「他壞得厲害！我已經說了我們那幾個家在哪裡，他自己找不到我爹爹，就只給我們吃這麼難吃的東西！」他也不知道自己胡亂說些什麼，委屈又憤怒，伸出手背抹了抹淚，想潑掉面前的菜粥，卻還是沒動手。他既不願意爹爹上當來救自己和婆婆，可是這麼多天的確無人來救的感覺，又糟糕透頂。

趙栩淡淡地說：「這些日子，你們只有這些吃。我爹爹剛剛過世，你既然姓趙，不能去舉哀哭靈，還是要跟著服孝的。」這孩子看來很少跟著阮玉郎，平時過得也安逸，還記得在意這日常起居的事情。

趙元永咬了咬唇，低下了頭。

外面來報張理少求見，趙栩站起身：「吃不吃隨你。」

下弦月還沒當空照，院子裡沒燈火，處處墨墨黑一片，連禁軍甲冑和兵器都沒了反光。只有趙元永他們所在的置物間點了燈，微弱燈火透過窗子，堪堪照亮了廊下的一小片地方。

身後傳來那一老一小竊竊私語的聲音。

趙栩回頭望了一眼那窗內透出的光，徑直穿過院子，走進對面未被大火波及的偏房，手下人已點了兩支蠟燭，房裡桌椅俱全，後牆後窗周邊還有煙熏過的灰黑色。

趙栩大袖輕拂過椅面，轉身看了一眼張子厚，見他身後站著一人，也穿著大理寺服喪的素紗襆頭，大袖常服，方裙，黑帶，正抬起頭看向自己，昏暗燭火下一張小臉儼然有光。

「阿妧!?」趙栩一驚：「季甫糊塗！為何帶九娘來!?」

張子厚低聲將急腳遞一行人被高似截殺、高似讓人帶話的事言簡意賅地說了，見趙栩面色大變，就又轉頭看了一眼九娘：「臣有些關節想不明白，特去請教孟小娘子。她說有耽誤不得的緊要軍情，要稟告殿下——」

九娘越過張子厚：「六哥，秦州有難！陳家有難，蘇家有難，你——恐將也有難！」

趙栩垂眸看著她，柔聲問：「別急，你慢慢說。是因為高似嗎？」

九娘看了一眼張子厚：「由果推因，高似既然是契丹人，京中百官都無人知曉的事，他怎麼知道宮中諸位相公對六哥你的身世存疑？他又怎麼猜得到急遞鋪所持有的是什麼文書？張理少是否懷疑蘇相和太皇太后了？」

趙栩看向張子厚，張子厚點了點頭。高似原本就是蘇瞻的人。

九娘斷然道：「除了那夜在場的諸位，還有一個人只要稍微留心就會知道這兩點！那就是始作俑者阮玉郎！他們必定已狼狽為奸相互勾結了！」

趙栩和張子厚都凜然一驚。阮玉郎和高似？怎麼可能？阮玉郎和高似明明是兩個風馬牛不相及的人！

張子厚盯著九娘：「他們一個是元禧太子遺脈，利用過蔡佑，布下天羅地網，不惜勾結西夏刺殺陳青，處心積慮要顛覆大趙江山。一個卻是契丹罪臣之孫，藏身於蘇瞻身邊，幫助蘇瞻鬥倒了蔡佑，費盡心機要亡契丹。怎麼看，這兩個人都是對立的。你這話沒道理。」

幕僚們爭論不休的是高似和殿下的真實關係，還有高似是不是為了挑起契丹和大趙間的戰火。他的確猜想過是蘇瞻指派高似下了毒手，為的是扶植吳王登基，好對他們這派人下手。

九娘看著張子厚：「若是張理少只往高似和六哥的身世疑雲上想，恐怕會推斷這一切出自蘇相的謀算。」她搖頭道：「我表舅雖然不見得支持六哥，卻決計不會因為個人恩怨指使高似殺害大趙軍士官吏！這種心狠手辣毫不顧忌人命的做法，只有阮玉郎會如此。」

趙栩皺起眉頭，九娘這個說得不錯。他也先想到蘇瞻指使的可能，轉念就否定了。

張子厚冷哼了一聲，意味深長地道：「你小小年紀，倒十分瞭解蘇瞻？好，你繼續說。」哼，他也算君子？

趙栩心中仍有疑慮。西夏刺客勾結阮玉郎在田莊刺殺舅舅，這是確鑿無疑的事，那夜他親眼所見，高似對戰西夏刺客，手下毫不留情，全力維護阿予、阿昉、太初他們。他對自己也毫無防範，又怎會是阮玉郎的同謀？難道他對娘親鍾情至此？

「如果是阮玉郎主使，那麼時間就對得上了。汴京到秦州，善騎者六百里日夜不停，兩日夜可到，高似收到消息，才能安排在回程中截殺他們。而這個地方離秦州那麼近，可以斷定高似原本就已經在秦州！急腳鋪一眾人等的行蹤都在他掌握下！」九娘聲音越發低沉：「六哥，冒昧一問：先帝駕崩後，在秦州被圍那張皇榜頒布之前，秦鳳路有沒有其他軍情到京？」

趙栩搖頭道：「沒有，熙州、鞏州失守，那幾天裡都沒有任何秦鳳路、永興軍路的軍情稟報。我和太初手下的斥候也沒有任何消息回來。」

九娘心頭更沉重，她停了片刻才道：「我猜測高似和阮玉郎勾結，必然也和西夏勾結了，如此他們才會竭力切斷那兩路與京中的消息！看西夏出兵的時間，就知道他們是否合謀。如果我是西夏梁太后，一定還會同時派人馬牽制住秦州附近的幾路援軍，大軍主力全都撲向秦州！力求裡應外合偷襲破城——」

趙栩聲音有些乾澀：「如果高似早就潛入秦州，又在離秦州那麼近的地方截殺朝廷百多人，肯定急著返回秦州！他在秦鳳軍多年，又熟悉秦州防衛，還帶著那許多高手，一旦暗中從裡面接應西夏大軍，秦州危矣！」

張子厚眼皮直跳，看了看九娘，又算了一下日子，恨不得飛到秦州去提醒秦州守軍。

趙栩閉了閉眼睛，背後發麻。西夏年後開始調兵集結於邊境，朝中早有防備，但重兵防的是歷來最易失守的永興軍路的西安州、延安府一帶，還有被偷襲過的河東路永樂城附近。西夏所控的蘭州城這兩年一直被秦鳳軍壓得不敢動彈，陳家軍十年來的威名又極盛，根本無人想到西夏竟敢從西軍最強大的熙河路一路殺入。

高似的厲害，在青州的山上，他和張子厚都是親身領會過的。

「高似如果對上陳元初，誰的勝算更大？」張子厚有點不死心地問，一出口又覺得可笑，她一個閨中女子，如何得知。

九娘歎道：「元初大哥的本事，我不曾見過。但西夏刺客刺殺陳家表叔那天，高似和表叔比了箭法。」她看著張子厚：「表叔認輸了。」

三人都沒再說話，一時氣氛凝重。

第一百九十二章

未等燭消紅，不見窗送白。打更人從金水門裡沿著瑤華宮的青磚牆一路喊了過去。已經四更天了，瑤華宮裡聽得真切，偏房裡靜默的三個人悚然而驚，都生出日月逝矣歲不我與的緊迫感。

九娘看著趙栩：「阮玉郎、高似和西夏這番圖謀，定然是為了極快地拿下秦州！他一貫喜歡操縱人心，又愛一石多鳥。若是秦州失守，元初大哥和鎮守秦州的陳家軍將領一系，不論生死都有失守之罪！太皇太后一直不放心陳家和陳家軍，恐怕會趁機聯合樞密院，將表叔貶出京城，遠離秦鳳路，所以陳家有難，我已經寫信告訴了太初表哥，請他和表叔早些議定對策。」

張子厚眯起雙眼，一邊點頭表示認同，一邊疑心更甚。她一個長在書香世家的小娘子，不過十多歲的年紀，就算多讀些書，又如何能有這樣的眼光？就算孟家的梁老夫人傾囊相授，她又怎能有這樣機敏迅捷的反應？從靜華寺連夜入宮，從太皇太后手下跳窗救出德妃免受挾持，柔儀殿裡那般僵持局面下想出來的權宜之計，洞悉自己在蘇陳聯姻一事上的關鍵行事，還有今夜她輕而易舉跳出窠臼，一眼看穿阮玉郎、高似、西夏勾結，更如此熟悉蘇瞻和高似，對朝政局勢，對太皇太后的心病都瞭若指掌，舉一隅，以三隅反。還有這層層推進的解釋，無可辯駁的推斷——

他腦海中驟然冒出一個極荒誕的念頭，如同那兩長三短的篤篤聲，敲得他有點眼冒金星，心也似乎停止了跳動。這個念頭一經產生，就不可抑制地從一滴水變成一條河一片海，瞬間占據了他整個人，甚至每根頭髮絲都在歡呼。

張子厚垂眸盯著九娘投在地上的影子，細長，纖弱，挺拔，她戴的素紗襆頭的影子正落在他腳尖前。他悄悄前移了一步，踩在那襆頭影子上。

趙栩點了點頭：「這的確是阮玉郎最擅長的，沒有足以證明高似和娘親無關的文書，秦州再失守，宮中朝中自然無人再顧忌爹爹的意願，就會擁立趙棣或者支持十五弟繼續做官家，兩宮垂簾聽政。」

他心裡清楚，如此一來，他和娘親、阿予的境地就會極糟。就算定王也很難維護他們。高似那話，聽起來是給他指了一條生路。

九娘看著趙栩短短幾天，清瘦了不少，眼中布滿血絲，卻依然冷靜自如思路清晰，心中暗歎，繼續說道：「這必然也在阮玉郎意料之中，還有一事，高似在秦州城內做奸細，城破後如果消息傳回汴京，表舅也逃不出阮玉郎這次算計。我雖然也給阿昉哥哥寫了信，但他未必能說服表舅搶先自行請罪。若給阮玉郎搶得先機，他的相位恐怕不保。」自汙這件事，因為前世的她和那個失去的胎兒，早已經成為蘇瞻的心病，他恐怕決計不願再來一次。

張子厚接口道：「蘇瞻一旦罷相，二府幾位相公為了給西軍、給天下人一個交待，恐怕會不惜公布高似的真實身份，進而逼迫契丹交出高似。契丹自然交不出人，也證明不了契丹和西夏並無結盟攻打大趙的意圖。二府甚至會因此撕毀澶淵之盟，借與女真結盟之名，和契丹開戰。」

趙栩沉聲道：「不錯，阿妧你推斷得很對！季甫說得也不錯。秦州失守、陳家被貶、我無緣帝位、蘇瞻罷相、契丹開戰，阮玉郎要的正是這一舉五得！」

阮玉郎好一手翻雲覆雨！秦州此時，是失守還是仍在堅守？陳元初，是生還是死？趙栩的心揪成了一團，熱血澎湃不已。他來回走了兩步：「我即刻派人去上京見耶律奧野，希望她不要記恨三叔之死，能說服壽昌帝聯手大趙，共同應對西夏和女真！」

「但還有一件事，高似既然視契丹為敵，挑動大趙和契丹戰事，為何會要六哥你去上京？」九娘理了理思路：「就算沒有了那份文書和秦州軍中的證人，若是六哥和定王殿下轉而支持今上，兩宮垂簾，也不至於艱難到需要離開汴京，難不成阮玉郎還有藏著厲害的後手？」

張子厚猶豫了一下，文書被劫，這身世更說不清楚了，他這邊固然可以說阮高勾結，毀滅文書，是為防止燕王順利即位。太皇太后卻也可以說那文書必然證明了燕王身世可疑，高似才要殺人滅口、毀掉證據，好助燕王即位。己方卻又不可能明說文書已經過陳元初的手絕無問題。

他想了想，說道：「以阮玉郎的布局，說不定還有什麼能置殿下於死地的殺招，又或者高似這話就是殺招？如果只是高似自己的主意，他消失的這三年，難道已經在上京有了很強的勢力？甚至足以拿下上京？那殿下也記得要提醒越國公主高似厲害之處。契丹七十萬大軍，大半都去了黃龍府一帶。」

趙栩腦海中靈光一閃：「女真！高似投靠了女真。阮玉郎和女真、西夏結盟了。女真攻下黃龍府，牽制住了契丹大軍，就是為了等這一步！阮玉郎！」

九娘倒未想到這一點，柔儀殿那夜陳青說了個大概，並未提到高似和女真有什麼關係。但是趙栩一說，她也立刻明白過來極有道理。九娘和張子厚面面相覷，心底都對阮玉郎的智謀由衷地生出了懼意，此人心計，深不可測，算無遺策，可謂無懈可擊。如今這間偏房中的三人，都算是絕頂聰明之人，卻依然鬥他不過。

趙栩來回踱了兩步：「三叔提到過，高似的生母是女真的貴女，如果高似要滅契丹給母族報仇，除了借阮玉郎的腦、大趙的刀，還有一樣更有力的，就是他母族女真部的力。」

他看向張子厚：「他做奸細，助西夏攻破秦州城，為的是牽連蘇瞻罷相。如果我猜得不錯，秦州一破，阮玉郎一定會先行把高似契丹人的身份暴露於天下，如此才能置蘇瞻於萬劫不復之地，更能令大趙不再顧念澶淵之盟。他上次和我一同到青州後再北上，自然是幫女真打契丹渤海軍去的！他就此失去蹤影，這三年恐怕他一直都在上京部署！他必然早在三年前就和阮玉郎有所勾結！」

九娘眼睛亮了起來：「這麼說的話，才能解釋為何蘇瞻一黨根本沒有查到蔡佑什麼實質性的罪證！如果高似那時候就和阮玉郎合謀，趙昪自然徒勞無功！只是還有一個事不太對，我們在田莊遭到西夏刺客刺殺，六哥你說過高似是全力維護——」

趙栩和九娘異口同聲道：「西夏刺客難道那時候還不知道高似的真正身份!?」兩人對視了片刻，九娘沉吟道：「或者西夏刺客根本未通知阮玉郎刺殺一事？不然只從她們所劫的鞏義夏馬查起，朝廷遲早也會發現永安陵裡的兵器。」

張子厚看著九娘的眼神更加炙熱，他竭力轉開眼，看向趙栩：「如今既然知曉了阮玉郎的連環計，殿下，我等當如何應對？」

趙栩眸色越發暗沉，他不用問也知道張子厚的想法，必然是先下手為強，背水一戰，先安內再攘外。但這法子極其冒險，也未必能得到蘇瞻的支持。

「張理少，九娘還有幾句話想私下同殿下說。」九娘轉聲對張子厚福了一福，阻住了張子厚要說的話。

張子厚躬身朝趙栩行了一禮，慢慢地退出了偏房，半垂的眸子看著九娘地上的影子，燭火無聲，光影憧憧。

偏房內一時又靜了下來。

趙栩看著九娘，第一次見到她穿男裝，素紗襆頭下的髮鬐還是略有些鬆了，她的女使大概不捨得大力替她束髮。

「你要同我告別？」趙栩苦笑了一聲。他人不能出宮，但孟府的消息日日從未斷過。孟家南遷在汴京世家圈子裡也已經陸續傳了開來，因國喪才無人登門拜訪或設宴餞行。

九娘點了點頭，深深福了一福：「孟家不日將要南遷。阿妧多謝六哥這些年救了我好幾回，待我這麼好。今夜，是阿妧能為六哥做的最後一件事了。還望六哥洞悉了阮玉郎的陰謀後好生應付，力挽狂瀾。」她看向趙栩：「張理少必然會慫恿蘇、陳、孟三家攜手，和你裡應外合，搶在阮玉郎之前，挾天子以令天下，再聯合契丹，抗擊西夏和女真，六哥還請慎重！」

趙栩深深地看著她，她從來都是給他驚喜，為他著想，即使她不願意承認，不願意走近他，可他就是明白。

九娘不再猶豫：「蘇瞻那人，絕不會隨六哥行師出無名的逼宮之事，他把聲名看得比性命更重。高似若破了秦州城，他恐怕會寧可自盡以證清白。」想起阿昉，九娘有些哽咽，深深地福了一福：「還有孟家，對不住六哥！」

趙栩剛要感歎她所說的蘇瞻，和他所想的差不太多，自盡不至於，恐怕會辭去宰相一位。但是孟家？為何對不住自己？

九娘咬了咬下唇，眼中有些微濕：「大伯告訴阿妧，柔儀殿那夜，他去慈寧殿救婆婆和你舅母，原本已經都救到了，是婆婆故意絆住了他，才令劉繼恩得手的。」九娘記得孟在敘述此事的時候，語氣冷然。她能理解婆婆的做法，一輩子都對娘娘忠心耿耿的老夫人，和娘娘共過生死，為了娘娘，犧牲了情郎，為了一諾，埋葬了自己的一生。對娘娘有利的事，她那是本能的反應。若不是後悔內疚於那夜的行為，婆婆也不會那麼快地立刻著手孟家南遷一事。

趙栩伸出手，原想拍拍她，又縮了回來，若無其事地道：「不要緊，老夫人原本就是娘娘的人。既然你家要南遷，說明她也已經心灰意冷要遠離娘娘了。我不會讓你大伯去盜虎符的。就算有了虎符，三衙的將領那種情勢下，也未必都肯出兵。」他歎了口氣：「外有西夏進犯，北有女真狼子野心，我又怎麼能先讓汴京燃起戰火？怎麼能讓大趙禁軍自相殘殺？」

九娘抿了抿唇：「六哥！如果阮玉郎還有我們不知道的殺招，如果你有殺身之禍，請立刻按高似說的，去上京！留得青山在，不怕沒柴燒。」

趙栩上前兩步，凝目看著九娘的眸子：「你還知道什麼？為何說這樣的話!?」

九娘咬牙道：「阿妧推斷，高似恐怕認準了六哥你是他的兒子！他和阮玉郎勾結了，肯定知道他還有極厲害的後招要害你。高似想要保住你的性命，才會要你去上京。」

趙栩腦中一熱，如果不是九娘，說這話的人會立刻血濺當場！

看著他赤紅的雙目和起伏不定的胸口，九娘握緊了雙拳：「那夜我問過你娘，高似第一次私闖禁中的日子，很是對你們不利。」她對自己的權宜之計有把握，是因為秦州府軍中是陳家的天下，只要送來京中的文書沒有問題就行。她當時相信陳德妃說的絕對未和高似有過任何關係。

可是以她對高似的瞭解，高似是個絕對不會多說一句廢話的人，也絕對不做沒有絕對把握的事。蘇瞻出獄後仕途那麼順利，高似功不可沒。高似會說出這樣的話，一定還有什麼是陳德妃自己也不知道的事。他身為耶律興一脈僅存的男人，卻一直不娶妻不生子，也許因為他心中早就將陳素和趙栩當成了自己的家人。

趙栩掌心被自己的指甲掐得一痛。

九娘溫和地看著趙栩，沒有憐憫，沒有疑慮：「六哥，你是趙栩，你姓趙，你是大趙皇子，不可改變！你是我們桃源社的六哥，永遠都是！即便去了上京，也可以利用高似，將計就計。」她實在想不出宮中還能有什麼變故，會使趙栩有性命之憂。

趙栩深深吸了口氣，死死盯著九娘的臉：「我不走。」他和娘和阿予在一起，無論生死。他更不可能拋下即將面對大風大浪的舅舅一家，更不可能拋下大趙萬民，士可殺不可辱！

九娘沉默了片刻，點頭道：「好。」

第一百九十三章

趙栩如困獸一般在九娘身前身後團團轉，九娘那句「日子對他和娘親不利」，底下隱匿著什麼她無法說出口的話，似欲破冰而出的海底異獸，又似即將噴湧爆發的火山岩漿。高似究竟做了什麼，他不能想，不敢想。不想，都幾乎要壓垮了他。

高似待他，的確無法解釋。但，當前局勢恐怕比九娘推斷出來的還要不利。而他只能生生受著。

現在才企圖挽回大局，為時已晚。他心思通透，已然明白阮玉郎的網，悄聲無息地織了十多年，絕不是這三年之功。如果不是孟家四娘和田莊刺殺導致他行蹤暴露，恐怕三年前大趙就已經國破山河亡了。或者，從蘇瞻丁憂他就開始收網了，爹爹三年前的不治惡疾很可能出自阮玉郎的手筆，他們卻未曾警惕。女真當年突然發難，擊敗渤海軍，牽制了契丹大軍，還有西夏進犯，他們也懵懂看不透背後隱藏的危機。同樣的境況，三年前還有房十三之亂，以及從鞏義兩個時辰就能攻到汴京城下的重騎，再加上阮玉郎在京中帶著他那群侏儒手下破城。而他自己，那時根基還未穩。

是因為運氣好，大趙才躲過了三年前彈指間的亡國巨禍。不，是因為有九娘，是因為有榮國夫人在天之靈在，才陰差陽錯地治好了爹爹，窺破了永安陵之墓，逼退了阮玉郎，才有了這三年的太平中興。可他，卻白白浪費了這三年，他看得不夠遠不夠深，那些為他們而死的壯士們忠僕們，白白地送了性命。他還自以為有治國安邦之才！

半晌後趙栩才深深吸了幾口氣，有些話，現在不說，以後怕沒機會說了。他在椅子上坐了下來，抬頭看著九娘，似乎離她遠一些反而看得更真切些：「你去南方也好，至少能平平安安幾年。無論是阮玉郎、西夏還是女真，我總不會讓他們越過長江一步。」

九娘一愣，趙栩一雙眼中不見桃花，只有千山萬水滄海桑田。兩人無需多言已心意相通。九娘輕輕搖頭道：「他三年前沒得逞，如今你和表叔、表舅聯手，也不會讓他得逞的，對不對？」是了，三年前的種種，又有哪一樣是純粹的巧合？

趙栩垂首，看著膝蓋上自己的一雙手，忽地輕笑了兩聲，抬起眼：「阿妧你看，我這雙手，挽弓殺過強敵，潑墨繪過山水，持筆也可金鉤鐵劃，揮棒也必技壓汴京。可這雙手，有生以來做得最好的，是那日在桃花林裡強行將你拉到我懷裡。」

九娘面色驟然蒼白，垂眸看著趙栩膝上那雙指尖微顫的雙手，修長，關節因練功和習字稍有突出，她記得他手心的薄繭，她再努力也是徒勞，忘不了那一切，所以才會請纓南下，讓千里之遙斷絕一切。

「那次，是我唐突了你。」趙栩面上的笑意漸漸消失，眼角微微泛起了淡紅色，他想起身離九娘再近一些，甚至想替她抿一抿鬆了的髮鬢，卻還是沒動：「可是我不後悔，阿妧。」他眸中泛起萬般柔情：「因為那一夜，說不定我就死了。如果沒有合血法，爹爹盛怒之下恐怕就會賜死我娘、我和阿予。就算他捨不得，娘娘遲早也會這麼做。我不後悔。從跳下金明池開始，每一件，我都不後悔。我快活得很，高興得很，真的。」

一日生，一日死，不由他定。一顆心，一個人，他能做主。

他輕輕指了指自己的心口：「阿妧，旁人眼裡，你美貌多智，自是值得我趙六傾心。可你要知道，自你是個胖冬瓜，被我綁成只小粽子開始，我就沒放下過你了。小時候我不懂，大了也有好一陣子不懂。也想過究竟是什麼原因，你對我那般凶，說話那麼毒，將我費心做的黃胖隨意送人，我為何就沒法子不想著你呢？你先別生氣，容我多說兩句，說個明白。」

九娘的淚一滴滴凝在眼眶裡，是，若她能想明白，又會怎樣？她兩輩子都在較勁的又是什麼？心如果守得住，就不是心了。

趙栩笑道：「後來我想不明白，索性不想了，這世上，總有些事情是沒道理的。不然，也太無趣了。為何我生下就是皇子，而你就是阿妧？為何我們就會遇見？命中註定罷了。就是我這樣的皮囊、一身本事、親王的名頭、食邑三千部曲八百，在你眼裡，和販夫走卒也不見得有什麼不同。不過，我總也有一樣東西，是這天下間沒人比得上的。」

他站起身，笑著走到九娘身邊，解下頸中的紅繩，將那顆小乳牙在手中緊緊握了握，小心翼翼地給九娘繫上，手指在那潔白如玉的小牙上摩挲了兩下，輕聲道：「一片真心如鐵，終生須臾不忘。」

他手指輕顫，看著她垂眸看看那小牙，看看自己，咬著唇，努力地想笑，想說什麼，又竭力想看向別處，卻擋不住無聲的淚珠連串滾落。他想拭去她面上無聲滾落的淚珠，終還是收了手。她若能為他多流些淚，也證明她心裡有他。他不捨得，這當下，他連碰一碰她都不捨得，心會疼。

「這是你當年掉的一顆牙，還給你。」趙栩從袖中掏出私印，放入九娘手中，輕聲道：「這是我的私印，你的小牙就是我的押字。」他臉微微一紅：「你去了蘇州，萬一有急需，就去杭州找一間元旭匹帛行，東家是你的名字。我的私庫，都在那裡。憑這私印和押字，一日可調十萬貫。還有當年我自青州招安的將士，因屢遭禁軍排擠，這幾年我陸陸續續將他們安置去了杭州附近的幾大田莊裡。你憑這個，可調用三千精兵，應可護你孟家周全。」

他笑道：「你看，可不是命中註定？那時候剿滅完房十三，私下劫了阮玉郎榷場和海運的不少錢財物資，運來京中嫌麻煩，順手為之，誰想有朝一日你孟家竟會南遷？」

九娘搖著頭，這算什麼？臨終交待似的，不行！阿昕已經去了，她身邊不能再有人死！她竭盡心力，是要守護她身邊的人，不是要聽這些的！

「趙栩！你要是敢——」九娘哽咽道，他得有個念想才行！最怕的是失去鬥志，輸給阮玉郎不怕，輸給他自己，就真的沒了生機！

「今日一別，若不能再見，阿妧，我趙六此生已無憾了。」趙栩輕笑道。

九娘仰起臉，咬牙道：「趙栩！我也沒後悔過。你聽好了，我會替你收著你的錢，你的人！你若不能好好活著，殺了阮玉郎給阿昕報仇，不能趕走西夏收復秦州，你若敢——」

趙栩眼中滿是笑意，打斷了她還沒說出口的威脅：「阿妧，你再說一遍，頭一句，再說一遍！」

九娘顫聲道：「我也沒後悔過！」已經做下的事，後悔有什麼用！對和錯，有什麼可論！她何曾後悔過她兩世裡做過的每一件事？由心不由心，如意不如意，都不悔！

趙栩點點頭，眼睛一亮，似乎千斤重擔卸下，生出無窮鬥志，豪氣頓生，笑道：「好！阿妘你記著，只要我還活著，哪怕爬，也要爬去找你的。便是你嫁人生子了，我也是要搶的。我的錢我的人，可都交給你了。你放心，我自然不會放棄。無論是那個位置，還是你，娘親、阿予、舅舅一家，還有這萬里江山，黎民百姓，我趙栩，只要活著一日，就不會放棄。縱使現在已然一敗塗地，也不會放棄。」

從他開始能護著自己，他從未輸過。可對上阮玉郎，他千般對抗，萬般不服，卻的確已輸了。以他領軍的經驗，離高似截殺急腳遞一行人已經四日夜過去了，秦州失守的軍情恐怕這幾日就會抵達汴京。

「秦州只怕已經失守。」趙栩沉聲道：「陳家走不了，蘇瞻不會動，我也不能走。」

九娘急道：「總會有法子的！你不是說你不會放棄嗎!?」

趙栩點頭道：「你不用擔心我，我既然已經知道了他的計策，雖說輸是輸了，卻也不能任他宰割！我會和舅舅、季甫好好商量的。對了，榮國夫人可還糾——陪伴著你？」

九娘點頭不語，伸出手胡亂擦了擦臉上的淚，她經得起生離，卻再也經不起死別。

「我抓了阮玉郎的表姑母郭氏。」趙栩將郭家和元禧太子的因緣簡略說了，頓了頓：「她有位嫡親的妹妹小郭氏，嫁給了青神王方，生的女兒就是榮國夫人。所以，她也是榮國夫人嫡親的姨母。榮國夫人和阮玉郎還差點有過婚約，不知道夫人要不要去看一看這位姨母？」他看向九娘身後的虛空之處，問道。

九娘眼前金星直冒，半天才回過神來，顫聲問道：「你說什麼？榮國夫人的親姨母？」

前世娘親竟然有親人？她自出生從來沒見過外家的任何親戚。長大了私下也問過爹爹，爹爹總是笑著說娘親是汴京世家貴女，為了嫁給他一個落地的書生，和外家斷絕了關係。

娘親明明姓童！王童氏，墓碑上也是這麼刻的！怎麼會是元禧太子的表妹！她急急往外走：「她在哪裡？她在哪裡!?」

張子厚正看著天上那輪下弦月，忽見偏房門開了，九娘衝了出來，差點被那暗黑的門檻絆著了。他不及多想，立刻跑了上去，伸手就想去扶，卻見她身後的趙栩已經扶穩了她。

「你莫急，我帶你去看她。」月光下，她身後的少年容顏勝過月華，綿言細語，金聲玉潤。

張子厚停住腳，改成了拱手的姿勢：「殿下？」

趙栩點了點頭：「你稍等我片刻，我們再好生商議。」

張子厚看著月下兩人疾步進了對面的置物間，看了看天上的月色，緩步挪到了置物間的窗下，凝神聽著裡面的動靜。

阮婆婆一聽到門開的聲音，立刻摟緊了趙元永，緊張地問道：「誰？」

趙元永抬起頭，輕聲道：「婆婆莫怕，六哥帶了一個小娘子進來了。」還是個長得極好看的小娘子，不知為什麼會來這裡，為何直愣愣地盯著婆婆。

九娘慢慢走近阮婆婆，蹲低了身子，細細地看她的面容。一頭白髮挽著的髮髻凌亂，無神的眸子定定地還望著門口，微微側著頭，眉頭緊鎖，想聽清楚動靜。她面上盡是皺紋，肌膚上布滿了歲月的斑紋，依稀看得出五官的輪廓很秀美。她嘴唇緊抿著，驚惶中仍然微微揚起的下巴，顯示得出曾經是名門貴女的傲然。她有多大年紀了？九娘分辨不出，她的手上也滿是皺紋，緊緊摟著懷裡的少年。

九娘看著她懷裡滿面戒備兩腮微鼓的少年，細細看了又看，似曾相識。一雙極漂亮的大眼，一張極俊秀的小臉和眼前這張臉慢慢重合起來。

「原來是你——」九娘低聲道，轉頭看向趙栩：「六哥，還記得三年前咱們結社那日，我二哥帶我們去看雜技嗎？我險些被一個孩子撞上，那孩子被你的護衛拎了起來，原來就是他——」

她恍然：「你的爹爹就是阮玉郎！」

趙元永驚呼了一聲：「你就是那個很美的姊姊！」雖然那天他沒有撞到她，爹爹那天還是給他買了糖的。

趙栩吸了口氣。阮玉郎一直都盯著他們，他們卻一直摸不到他的行蹤。

九娘席地坐了下來，輕聲問阮婆婆：「婆婆，聽說你知道我表舅母王玞王九娘？」

阮婆婆轉向她，默默點了點頭，低聲道：「阿玞是你表舅母嗎？」她四周望了望，大概要找趙栩：「我說過，絕不會是玉郎害了九娘的！玉郎很中意九娘，他若要害她，當年就不會從惡徒手裡救下她了，更不會把飛鳳玉璜留給阿桐作信物！」

九娘呆了一呆，聲音都有些嘶啞：「婆婆，你說什麼？阮玉郎救過王玞？飛鳳玉璜是他給誰的！」

人影燭光相動盪，廊下獨看月滿窗。張子厚聽得真切，眼眶一熱，看向天上月。

第一百九十四章

「王九娘啊，你做得很對，做得很好。」那男子站起身，拿起那柄有血的魚叉，蹲下身塞回她手中。她記得，記得無比清晰。

在那顏色被血液染暗了田地裡，殺死那六個畜生的人，說著真心讚賞她的話的人，原來是阮玉郎。前世在田地裡替她披上外衫的男子，竟然是阮玉郎。後來到她身邊一直陪著她的晚詩和晚詞，也是阮玉郎送到她身邊的。那塊飛鳳玉璜，並不是阮玉真給爹爹的，是阮玉郎給的，他要娶她為妻，被爹娘婉拒後，他並沒勃然大怒，反而將玉璜和他的人留在了王家，留給了她。

那時候的阮玉郎，也是殺人不眨眼，也是隨心所欲。和現在的他，有何不同？

九娘心中空蕩蕩的，她遇到的平生強敵，害死阿昕的罪魁禍首，竟然是她前世的救命恩人？究竟是恩還是仇？害死阿昕的玉璜，是她前世種下的因。她重生而來又是哪裡的因？難道阮玉郎當年救了她就是為了種下今生和她為敵的果？

趙栩彎腰輕聲道：「就要五更天了，你還想知道什麼？都問個清楚。」

九娘從恍惚迷惑中醒悟過來，看著阮婆婆，柔聲問道：「婆婆，你可方便說幾句你的妹妹？我表舅母的娘親姓童，她為何要遠嫁青神又沒同你來往？還有，郭家的人都去哪裡了？」

她自小就沒有外家，也聽過其他房裡嘴碎的嬸嬸們悄悄議論，說娘親其實並不是明媒正娶的嫡長媳。她一直相信爹爹說的，外家是京中世家，只是斷絕了往來而已。

阮婆婆側耳聽著九娘的問話，想了想，輕聲道：「阿桐啊，她最是膽小怕事的性子，又體貼人，脾氣也好，什麼都想著旁人，不肯麻煩別人，再委屈都自己受著——」

九娘無意識地點點頭，抿唇想笑，又忍著淚。這是她前世的娘親！眼裡只有爹爹和她兩個人的娘親！

「我表哥被害死後，王方也下了獄。幸虧玉真警醒，把那些文書和私庫的帳本印信都偷偷送到了我們手裡。那時候我才知道，我這最柔順不過的幼妹犯起強來什麼也不管的。」阮婆婆面上浮現一抹寵溺又無奈的苦笑，話匣子打開似乎就關不攏：「她日日去大理寺探監，哪裡進得去？王方一出獄，帶她去吃了兩個鱔魚包子，還是阿桐付的錢！她就哭著喊著要嫁給他。」語氣中頗有恨鐵不成鋼之意。

九娘輕聲悶笑了起來，聲音有些堵：「白吃兩個包子還騙到一個娘子，真是划算。」

阮婆婆搖了搖頭，苦笑道：「可不是！唉，王方的人品相貌出身，自然也配得起阿桐。再後來，我夫君和孟山定約好起事。為防萬一，我們把東西都交給了他們夫妻兩個，讓他們帶回青神去藏好。誰知真的出了事。阮家完了，郭家是我母族，自然也被牽連了。我帶著玉郎和表哥的一些舊部，東躲西藏，又怕牽連他們。直到玉郎漸漸大了——」

屋內靜了下來。趙栩垂眸看著蹲在阮婆婆跟前的九娘，素紗襆頭束起了一頭秀髮，露出一片後頸，此時無力垂落著，帶著極細微的顫抖。

被一個人的魂靈糾纏住，憂她之憂，傷她之傷，痛她之痛，阿阮才是更苦的那個人吶。

風捲浮雲，淡月煙籠。打更人又走了一個來回。臨近五更天，金水門鼓樓上的鼓聲響了，開城門的聲音在瑤華宮裡聽得很清楚。因宮禁，往日一早聚集門邊的各色攤販都挪了地方，這一片依舊靜悄悄的。

張子厚在廊下思緒萬千，屋裡的聲音細碎，聽不太清晰。不知道為何他突然想起每天的這時候，汴京城待屠宰的豬應該被趕進城來，往修義坊去了。若是那些豬知道走到路盡頭就是死，還會不會老老實實被趕豬的人趕著穿過街市呢？他無緣無故，又想起了壩子橋的生魚行，城東的蟹行，對於這些活物而言，人大概就是主宰吧。

誰又會關心螻蟻蜉蝣之類的生死離愁？牠們的一生，微不足道。

天地不仁，以萬物為芻狗，可萬民又何嘗不也是以萬物為芻狗？連著人對人，又何嘗不是？

可老天爺再不仁，還是對她手下留情了吧。

張子厚仰頭看著對面天際隱隱初露的魚肚白，暗青色墨黑色的雲層層掛在宮簷上方，遠處大內的飛簷翹角隱隱露出輕盈的輪廓。總要想辦法說服燕王一搏，明日休沐，今夜樞密院恐怕就會收到秦鳳路軍情報告。若要和阮玉郎那樣的對手講規矩，只能任人宰割。今日上朝的官員應該都已經出門了，不知道蘇瞻、陳青這夜有沒有睡。

零零碎碎的各種念頭，如天邊層雲一樣開始翻滾不已。

屋內九娘已經說完了阮玉郎的種種計策，看著面色蒼白的老小，柔聲道：「有仇報仇，有冤伸冤，他已經害死了官家和崇王，卻仍不肯甘休，要將大趙江山和黎民百姓置於西夏鐵騎之下，家恨何以要用國仇來洩憤？又何至於要萬千軍民來陪葬？他沒了爹爹娘親可憐，那千萬百姓戰火中妻離子散，又要恨誰？是不是應該轉頭恨在大郎身上？婆婆和大郎若覺得他沒錯，就當我只是陪了你們一會。若是不願意他禍國殃民，遺臭萬年，就請告訴殿下他的藏身之處。殿下絕不傷他性命。」

她看向咬牙切齒小臉上滿是憤懣的趙元永，心中一動，問他：「大郎不信你爹爹勾結西夏、女真？」

趙元永咬了咬牙，大喊道：「我不信！你騙人！我爹爹憑的是自己的本事給翁翁報仇，才不會勾結異族打自己的國家！大趙本就是我爹爹的大趙，我爹爹為什麼要害自己的百姓!?他殺的都是賊人壞人！你胡說！」

阮婆婆把顫抖不已的小身子緊緊摟入懷中，抿唇不語。

九娘點點頭：「那好，他既然救過我表舅母一命，我也替我阿昉表哥報答他一次，從此兩不相欠。現在我就勸殿下放你們走。這許多天他不來救你們，是因為他吃准了定王殿下和燕王殿下是好人，不會濫殺無辜。大郎回去後不要怪你爹爹，你只問個清楚，就知道我有沒有騙你們。」她站起身，轉向趙栩：「六哥，你放了婆婆和大郎好不好？」

趙元永將信將疑地看著九娘和趙栩，心裡七上八下的，憤怒和懷疑，疲憊和難過交織在一起。

他不信！

趙栩唇角的笑意若隱若現，他點了點頭：「好。」他正有此意，既然阮玉郎有計，那他不如成全他，索性讓他喜出望外。

阮婆婆一驚，將懷裡掙扎著的趙元永抱得更緊。

朝陽在大內琉璃瓦上映射第一片金虹時，趙元永和阮婆婆踉踉蹌蹌地站在街道上，轉身看著不遠處瑤華宮宮門處的趙栩和九娘，還不太信真的就這麼脫困了。他想要回到城南的家中，卻又怕趙栩派人跟著，他不知道爹爹會否知道他和婆婆已經被放了出來。許多確定萬分的事，現在變得不可知起來。

趙元永抹去臉上的淚，分辨了一下方位，慢慢扶著阮婆婆往城南而去。走幾步他回一回頭，並沒看到有人跟著。走走歇歇一刻鐘後，才見到太平車、驢馬馱載著貨物往各行市而去。趙元永看著每一張面孔，都覺得可能是趙栩手下裝扮的，只要和他們同路走了幾十步，他就換一條街巷，分辨上半天。

看著他們遠去後，九娘轉過身。趙栩對她點點頭：「你放心。季甫和我再商議片刻就去參加常朝，我讓人先送你回翰林巷。」

九娘看了看一旁攏著手的張子厚，見他正看著自己，便福了一福。

張子厚微笑道：「今日孟氏六娘子就要入宮往太皇太后隆佑殿當差，九娘子會送她入宮嗎？」

九娘看了看天色，點頭應了聲是，不知道他為何突然提起六娘。惜蘭一身大理寺小吏裝扮，帶著七八個護衛牽了馬過來。

張子厚攏在大袖中的手，出了一層油汗，他歎了口氣：「我那女兒蕊珠，還是當年我在四川時收養的，都怪我不曾用心教導。她多有得罪令姊，還請九娘子轉告一聲，張某代她賠個不是，日後在宮中相見，還請離她遠一些。」

九娘一愣，這話裡的意思似乎大有深意，她側頭看了張子厚一眼，翻身上馬。一行人也往梁門方向慢慢去了。

張子厚看著趙栩在晨光中的背影，笑道：「對了殿下，臣聽說當年在孟氏女學的時候，年僅七歲的這位九娘子，憑藉一手捶丸絕技壓倒了蔡氏女學。不知道九娘子和燕王殿下比起來如何？」

趙栩吸了口氣，斬斷最後一絲兒女情長，轉過身不經意地接口道：「她用的是臥棒斜插花水上漂，這個後來她教會我了，但我沒她打得好。永嘉的捶丸當年也打得不錯，是跟你學的？」

張子厚卻沒有應答。

趙栩轉過頭看他，張子厚清雋的臉上似乎毫無表情，眼睛也有點發直。

「季甫？」

「殿下——」張子厚垂首，手臂卻麻得連拱手禮也做不到。不急，當務之急，是阮玉郎。

老天爺對他，也足夠厚道。這等境地下，他還能心花怒放，似乎有些不厚道。那又如何？

九娘回到西角門時，天已經大亮。觀音院熙熙攘攘，遠遠可見凌家娘子的餛飩攤上已坐滿了人。

九娘一眼就看見了等在角門處風姿特秀的兩個年輕郎君。陳太初如玉山巍峨，蘇昉如孤松獨立。兩人正商議著什麼。看見九娘這副打扮，一時都沒回過神來。

「阿妧？」蘇昉醒悟到她身穿大理寺官吏喪服，必然剛從宮中回來。

三人相互見了禮，陳太初問道：「九娘可有時間？我和寬之都還沒用朝食，不如一起去凌娘子那裡？」

九娘點頭道：「好，今日我請。」她留意到陳太初已經改了對她和蘇昉的稱呼，心底黯然。

凌娘子忙碌之中看見他們三個，愣了一愣，笑了起來：「是你們吶！當家的，再搭一張桌子出來！」她望了望周邊站著的十幾個部曲護衛隨從，沒看見那最美的郎君，對著九娘笑道：「三個表哥，今兒怎地少了一位？」

九娘抿唇笑了笑，和蘇昉、陳太初坐在了角落裡新搭出來的矮桌邊。

三個白瓷大碗很快熱騰騰地上了桌。三人互相對視一眼，笑著先吃起餛飩來。

一碗餛飩始，一碗餛飩終。陳太初垂著眼眸，舀了一隻餛飩入口，忘記吹了，立刻燙破了上顎的薄皮。不覺得疼，他舌尖輕輕掠過那一層被燙傷而半落的浮皮，似乎就是多了一層皮掛在那裡，回不去，也脫不落。

九娘喝了大半碗熱湯，從嘴到心口都燙得不行，才放下白瓷湯勺，順手點去了鼻子上的細汗，抬起頭，見他們二人正微笑著看自己。

陳太初暗暗將袖中的帕子塞了回去：「我是來道謝和告辭的。」

九娘點點頭，輕聲問：「太初表哥是去秦鳳路嗎？」

「先去城外接上我兩個弟弟，再往秦鳳路去找大哥。」陳太初道：「多謝你來信，爹爹說秦州怕已落入西夏梁氏手中，大哥不是高似的對手，若已遭不測，我兄弟三個要收好他的屍骨回京來。」他笑了笑：「大丈夫馬革裹屍，我陳家男兒自當如是。九娘無須憂心。我爹爹一早已入宮上朝，請纓出戰西夏。部曲們一早也都出了城，準備沿途攔截秦州軍報。希望能趕在阮玉郎之前領兵離京。」

陳青畢竟是陳青！用阮玉郎的法子對付阮玉郎，只要拖住一兩日，一旦陳青能領兵出京，便可戴罪立功！九娘眼睛亮了起來：「不錯！此法可行，先走為上！你娘親？」

「一起走！」陳太初沉靜地說道：「放心，我們絕不會容西夏取了京兆府。大趙西軍，非高似一人可敵。鐵鴿子，我陳家軍也不怕。」

蘇昉看向九娘，有些頹然：「我爹爹不願自汙請辭。」

陳太初一愣，爹爹看了九娘的信也覺得高似之事，蘇瞻唯有搶先公布，自行陳情請罪，依太皇太后和太后的習慣，自然要留中幾日再議，若能在今日先由都奏院發布通緝高似之令，阮玉郎之計就不能全然得逞。縱然秦州軍情到了，蘇瞻也是有先見之明，罷相是免不了的，但最多是貶到中書或者留待他日起復。他怎會不肯!?

第一百九十五章

觀音院門口煎藥的老嫗，是年輕時從潭州搬來汴京的藥婆婆，平時靠替人煎藥養活兒子，一到端午，就改煎她獨家的蘭湯藥水。不少人慕名大老遠地跑來買，一家老小沐浴時放進去，可止春日肌膚搔癢，還能驅邪氣。

藥婆婆佝僂著坐在小杌子上，不急不緩一下一下地扇著手裡的蒲扇。她那自幼就有些傻的呆兒子四十出頭了，黑墩墩的，一直蹲在她身邊，目不轉睛地盯著面前一排大陶甕。她放下蒲扇，拍了拍兒子厚實的臂膀笑了笑。他就挽起袖子，捏緊了手裡兩塊厚厚的布巾，大聲對著陶甕喊了起來：

「藥水——藥水好啦！」

那陶甕裡早就飄散出柏葉、大風根、艾、蒲、桃葉混合的濃郁藥香味。周遭一些用完茶飯吃完餛飩的人，開始拎著小桶聚集過去，沿觀音院的粉牆一溜排起了隊。

餛飩攤一下子也空蕩蕩的，蘇昉轉頭看了看，無奈地道：「爹爹不相信高似一事，因為是從張子厚那裡得來的消息。他對張子厚防備甚深——」尤其剛剛被張子厚算計成了蘇陳聯姻。

九娘微蹙眉頭，歎息了一聲。她倒忘了還有這個緣故。

「不過爹爹說了，一樁歸一樁。西夏這般無緣無故進犯我大趙，他定會力主由齊國公領軍出征的。」蘇昉道：「再過兩個時辰就下朝，便可知道結果。」他看向陳太初：「你一路保重，無論如何，沒什麼比活著更重要的。萬一對上高似——」

九娘俐落地道：「打得過就打，打不過就跑！」她真想不出高似有什麼致命弱點，如果他真的對趙栩母子那麼上心，為何劫走文書，明明知道這簡直是置陳德妃於死地！

陳太初笑著點了點頭，看了看天色。

「你且等上我片刻！」九娘輕聲道，站起身往觀音院門口疾步走去。

藥婆婆的邊上，有個貨郎擔，長長細細的橫杆上，掛著各種各樣的應節百索❶，色彩斑斕，粗長的可懸掛於門頭，細長的繫於手臂，帶著金錫飾物的可做頸飾，也有百索紐、百索方勝，還有五色絲線織就的五絲雲方帕。

九娘看了幾眼，從荷包裡掏出十文錢，買了朱黃青白黑的五色彩線，匆匆回到餛飩攤。

陳太初和蘇昉目不轉睛地看著九娘修長纖細的手指上下翻飛，須臾就打了好幾條五色百索。

九娘將手中一條百索收了個山形的絡子，用力拉了拉，才輕聲道：「太初表哥，左手。」

陳太初微笑著伸出手腕，擱到矮桌上頭。九娘低頭將百索繫在他手腕上，虔誠念道：「願陳太初萬福康安！大吉大利！」又把另外三條放在他手中：「請代阿妧送給元初大哥、又初和再初。願

---

❶百索：也稱長命縷，漢朝一種風俗，五月五日用五色彩絲繩裝飾門戶，可以避邪；後來便戴在小兒的頭頸或繫在臂上，以避不祥。

你們早日平安回京。」

她還記得當年他們桃源社一眾經過順天門時，正逢陳青大勝房十三，孟彥弼、蘇昉、趙栩他們豪氣萬丈唱著：「棄身鋒刃端，性命安可懷……」她們四個小娘子也胸懷激盪跟著吟唱著：「捐軀赴國難，視死忽如歸！」如今逝去的已魂歸天外，入宮的將提心吊膽，留守京中的身陷重圍，視死如歸的男兒郎就要奔赴疆場。

桃源未能絕風塵，不知何日再逢春。三年前跟著魏氏送陳青出征的場景歷歷在目，九娘眼圈一紅：「相見有期！生復來歸！」

蘇昉也長歎一聲：「相見有期！生復來歸！」

陳太初握緊了手中的三根百索，放入懷中，長身而起，拱手道：「相見有期！」千言萬語無從述，鐵血丹心絕不改。面前的少女和郎君，這熱鬧的街巷，傳來香火味的觀音院，這煎藥攤、餛飩攤，這汴京百姓，這城，這國，自有大趙男兒來守護！

「九娘子，翠微堂的人在角門等著呢，六娘子怕是要入宮去了。」惜蘭看著九娘和蘇昉還靜靜站在巷中，對著陳太初一眾人馬遠去的的背影發呆，低聲提醒道。

九娘轉過身，抬起大袖印乾臉頰上淚痕，想告訴蘇昉阮婆婆和趙元永的事，念及玉璜，又未再提，匆匆告別了蘇昉，回了孟家。

九娘匆匆換了衣裳，略梳洗過，到了翠微堂。眾人正圍著六娘說話。孟建見她終於回來了，趕緊上來低聲問她：「如何？張理少可都問清楚了？」想問問她有沒有見到四娘，又生生地咽了回去。

九娘點了點頭輕聲道：「家裡沒事。」孟建長長地鬆了口氣，看向程氏點了點頭。

孟忠厚在六娘懷裡蹬了兩下小胖腿，一眼看見九娘，身子直往外仰，伸出手喊：「九姑——姑！」

六娘掐了他面上的嫩肉一把，怨道：「你這小沒良心的，日後再見到定然不認得六姑母我了！」她和老夫人、娘親說了半日話，也沒哭，這當下因孟忠厚，一句話就濕了眼睛。

孟彥弼揪了揪兒子的沖天小辮，對六娘笑道：「二哥在呢，你擔心什麼。你要是想他了，我就請六郎帶著他入宮看望你就是。」

九娘掏出帕子塞到孟忠厚肉嘟嘟的小手中：「快去替六姑姑擦擦眼淚，她今日這麼好看，哭成了大花臉可不好。」

孟忠厚捏緊了帕子，轉頭又摟住六娘的脖子：「不哭不哭，不哭不哭。姑姑乖，姑姑不哭，七包包。」他扭著大頭東張西望：「包包？包包？」

六娘咬著唇忍淚笑了起來：「好，姑姑乖，姑姑不哭，三郎可要記得姑姑的模樣，姑姑給三郎買包子。」

孟彥弼看了看時辰：「走吧，我陪二叔送六妹妹入宮。」

貞娘走到老夫人跟前，雙膝跪地磕頭拜別。老夫人親自扶她起來，心中百感交集，無語凝噎。阮眉娘遠遁，孟山定自盡，太皇太后不放心陳青，如今連孟在也成了她要防備的人，她已經吃不准太皇太后心裡究竟想些什麼要什麼了。阿嬋原是能榮耀孟家、護著孟家的，現在卻更像那夜的她，成了孟家的軟肋。她已經死心了。這一輩子，她唯一對得起的，就是太皇太后。無論如何，她都要護住阿嬋。

文德殿常朝已近尾聲。因官家趙梣還病著，御座空蕩蕩的。這幾日已經習慣了的各部重臣也沒人在意這個。珠簾後太皇太后還不肯放棄，堅持要再議陳青出征一事。趙栩虎視眈眈等著即位，如果陳青再掌兵權，豈不如虎添翼？

蘇瞻揚聲道：「娘娘！熙州、鞏州已失，秦州被圍，秦鳳路、永興軍路援兵狀況如何，京中還沒收到消息。但大趙西軍三十萬大軍，素來敬仰齊國公。當年陳漢臣大旗一到，西夏就自動退兵三十里。連西夏將領們都說陳漢臣一人，可抵十萬軍！若有齊國公出征，秦鳳路和永興軍路的各將領必然能同心協力，事半功倍！秦州軍民若知道齊國公親自掛帥增援，必然士氣大振！擊退西夏指日可待！」

半個時辰後，文武官員陸續散朝退了出來。樞密院的朱相眉頭緊皺和曾相公相偕走下臺階，憂心忡忡。今日蘇瞻、謝相為首的各部重臣鼎力支持陳青出征，加上向太后、定王也認為陳青出馬，無往而不利，最終當場決議，由陳青任「征西大元帥」，儘快往西軍率秦鳳路、永興軍路兩路集結在鳳州和鳳翔的二十萬大軍，對陣西夏。秦州被圍，文書不到，這即位一事還懸著，燕王的母舅卻又要重掌兵權，手握大趙最精英的禁軍，只這麼想一想，朱相就頭疼。

陳青和趙栩見蘇瞻並無陳情高似一事的打算，也都只能罷了。張子厚卻在廊下等著蘇瞻。燕王所料不假，陳青果然立刻見機請纓離京，如此一來，陳家脫困，西夏有難，一舉兩得。就算阮玉郎有什麼後手，可只要陳青手握西軍，放眼大趙，誰能對趙栩即位說個不字？管你什麼計謀，也比不上兵權管用。再加上早間他得知上天果真有眼，竟令伊人芳魂重歸，張子厚難得地和顏悅色，眉心的川字紋都淡了許多。

「蘇相——」張子厚的心情十分不錯。

蘇瞻默默走下臺階，並不停留。

張子厚疾步跟上他，才覺得蘇瞻似乎突然就老了，腰背不再那麼挺得筆直，布冠斜巾下的髮腳閃著銀白的星星點點。他心頭一陣快意，問道：「看來和重你還是不相信張某啊。你寧可相信高似？」

蘇瞻驟然停了下來，深深吸了口氣，又繼續前行。

張子厚微笑道：「又或者，蘇相您不敢再自汙了？你怕什麼？世上可不會再有一個王氏九娘了。」

他話音剛落，不防前頭蘇瞻猛然轉身，迎面就是一拳，正中唇鼻處，立刻見了血。還有兩三個朝臣離他們不遠，都嚇了一跳，想上來勸和，又不敢，都遠遠地看著。兩個小黃門見勢不妙，拔腿就往大殿裡去稟報了，以往在朝堂上政見不和打起來的官員倒也有，或者被齊國公打的官員倒也有，可是蘇相公竟然會在垂拱殿前頭就動手，前所未見！

蘇瞻慢慢站穩了身子，一貫溫和的俊面有些扭曲，眼中抑不住的憤恨：「張子厚，你說得不錯，我不信你。」他搖了搖頭：「若是高似是奸細，我罷相流放哪怕入獄坐穿你大理寺的牢底，也是我蘇和重該受的。我做錯了事，我自擔當得起。毋需你操心。」

張子厚笑著拭去口鼻間的血，轉正了身子，走近了兩步，抬起頭看著蘇瞻：「你擔當過什麼？你只想著你自己罷了。你這宰相之位，可不沁透了九娘的血淚？你擔當什麼？假模假樣守了三年孝你就心安理得了？另娶了害她之人？對了，你一心效忠的娘娘，待你有知遇之恩的娘娘，不也是對九娘下毒手的人？你博了個君子專情人的名頭，卻留她黃土一抔孤墳一座？你壞在高似手上，自然是你該受的。還好上天有眼──」

張子厚大笑了幾聲：「你不信我才好，日後你成了階下囚，我還有一件大好事要告訴你，你才知道你該擔當些什麼。」他心中暢快無比，走得飛快，不等趙栩、陳青跟著小黃門到，就已出了文德門。

陳青擔憂地看著蘇瞻：「和重？」

蘇瞻平復了一會，疲憊地拱手道：「西軍就拜託漢臣兄了，你出征在即，今早我已讓叔夜回了齊國公府，這幾年多虧了有他幫手，多謝漢臣兄。」他轉向趙栩，行了禮：「殿下，待秦州文書一到，臣自履行諾言，若是蘇家因我出事，還請殿下看在阿昉面上，維護蘇家一二。」

他不信張子厚，可也不會再信高似。這世上，唯一可信之人，只有阿玞和阿昉二人。偏偏一個人早去了，一個心也遠了。他擔當過什麼？張子厚那樣的人，又怎麼知道他所擔當的痛。

第一百九十六章

四月三十，百官休沐，各大寺廟道觀因國喪，大小道場不斷。和千百個暮春初夏日一樣，汴京城的日頭漸漸西下，白晝又將換成黑夜。街上巡邏的衙役和禁軍比比皆是。吆喝孩童回家吃飯的聲音此起彼落，七十二家正店的招牌也都亮閃了起來。走街串巷的貨郎們也早歸了家，各家飲食零點果子雜物攤販都將青石地上掃得乾乾淨淨，才相互招呼著推車返家。京城中似乎到處飄著濃郁蘭湯的味道，混雜著雄黃酒、硃砂酒的芳香，無時無刻不在提醒著汴京百姓，端午將至。

西大街往西，大佛寺旁邊是都亭西驛，因西夏不告而戰，裡頭的西夏大使及一應官員早被軟禁了起來。北面的京城守具所，外鬆內緊，樞密院和兵部的官員每日都要來一回。故而梁門一帶的守城禁軍人數也最多，盤查格外嚴密。

離梁門不遠的深巷中，一棟民宅大門緊閉，院子裡的清水磚地上，隱約有一個用石子畫出的淺白的圓圈，裡面放著一個銅盆，一陣風過，一些紙灰紛紛揚揚，隨著風四散去了。

阮玉郎輕嘆了一聲。夜夜替趙瑜燒紙，也不知道他會不會來找，來多拿些錢去地府。他做人的時候就蠢，做了鬼興許能聰明些。誰讓他那夜自說自話從靜華寺跑回宮裡的，白白做個替死鬼，趙家宗室可沒一個人替他守靈。他活著，沒人記得他，將他孤零零一個丟在上京，如今死了，依然沒人記得他，崇王府裡冷冷清清。他還真以爲趙璟待他一片真心？那個懦弱無情的畜生不過是爲了原諒自己，拿他做個藉口而已。人蠢沒藥醫，真是活該。

阮小五靜立在他身後，看著那火盆裡最後一絲豔紅漸漸湮沒在灰燼裡，想起十年前王氏九娘死後，郎君也曾經連續四十九日夜夜替她燒紙。郎君這樣的人，究竟算有情還是無情，誰也不懂他。那位差點成了他們主母的娘子，還有這位一母同胞的弟弟，能被郎君這麼對待，也算難得了。他輕聲問：「郎君？真的不去接婆婆和大郎嗎？不如讓小五——」

阮玉郎搖頭打斷了他：「看著就好，趙栩的人盯著呢，過了今夜他們就安全了。」他看著銅盆上頭的煙嫋嫋而上：「大郎做得很好。知道繞回建隆觀投宿。我一日不露面，他們一日無事。趙栩心不夠狠。」

提到趙栩，小五的眼中盡現狠戾，沒想到兩個弟弟竟然意外地死在了靜華寺，至今還未能爲他們收斂屍首。他倒是一直想去和趙栩一決死戰，奈何郎君不准，只能先記下這筆仇了。幸好，還有四娘子給的那些信息，只要趙栩真的喜歡孟九，總有一日要讓他痛不欲生。

小五又問道：「郎君，還有在大理寺獄中的四娘子，快不行了，又怎麼辦？」

阮玉郎嘆了口氣：「日後還能派上用處，不得不費點力氣把她弄出來。張子厚還沒怎麼她吧？」

小五低聲說：「昨日又上了刑，消息說是就這兩天。」

阮玉郎道：「那就來得及。貴客臨門，蓬蓽生輝，去開門吧，算日子也該到了。」

小五走到門口，側耳傾聽，過了片刻，果然有人叩響了門環。

「難忘汴河一曲〈楚漢〉，故人特地來訪。」渾厚低沉的聲音在門外響起。

小五打開門，門外大步邁入三個布衣大漢，暗夜裡面容只有依稀的輪廓，雙眼都精光閃閃，身形高大魁梧，一步一步，有泰山壓頂之勢。

小五輕掩上門，三步就躥上了院子的牆頭，四處張望了一下，才又悄聲無息地落回院子裡。

阮玉郎迎上來一拱手：「汴河一別三年，郎君風采更勝從前，如今又立下不世的功勳，一路十分辛苦！還請隨玉郎進屋喝盞茶吧。」

高似雙唇緊抿，不動聲色，也不見他抬腕，一掌已擊在阮玉郎胸口，一聲悶響。

小五低呼一聲：「郎君小心！」

阮玉郎卻不躲不避，不退不閃，胸口微縮，卸去了一半的勁道，硬生生受了這一掌，直接跌退出去五六步，這才嘔出一口血來，正落在他替趙瑜燒紙的灰燼中。他抬手用寬袖拭了拭唇邊的血跡，低笑了兩聲：「陳娘子的事，是玉郎莽撞了，未同郎君知會過。若是郎君還不洩火，再來一掌也使得。」

高似胸口劇烈起伏著，冷冷地說道：「若不是大事未成，我立時就取了你的性命！」

阮玉郎飄逸如仙，緩緩走近：「郎君過於重情重義不是好事。若是趙栩即位，陳青重掌兵權，郎君縱然武藝蓋世也無用武之地。玉郎情非得已，才出此下策。再說，郎君多慮了。陳青若連自己的妹子都保不住，他就不配陳青這個名字了。」

「他是他，我是我。你用我去害她，就是不行。」高似冷冷的說道：「秦州依計已破。田洗已安然送到朱相府中。」

月光下，阮玉郎面上浮起傾國傾城的笑容，他意味深長地道：「郎君還需看破一些，陳德妃總有一天知道她哥哥、侄子、陳家滿門盡數都毀在你我手上，你說她會如何？」

話音未落，他胸口又挨了一掌，強壓著喉間的一口血，阮玉郎眼中厲芒一閃，緩緩抬頭問道：「你意氣用事，竟然給張子厚留下活口。張子厚也是厲害，只怕已猜到了我們的意圖。你可知道昨日陳青已任征西大元帥？沒有你親自護送，田洗能入城來？若不是我籌謀得天衣無縫，讓陳青過兩日離京西去，你一念之差，豈不令你我多年的籌謀毀於一旦！難不成，你我還有好些個三年五年!?」

高似深深吸了口氣，沉默不語。他在秦州只知道會有人接應他打開城門，他只需要對付陳元初，卻沒想到身為駙馬都尉的監軍田洗竟然會是阮玉郎的人。田洗究竟是因為趙瓔珞和趙檀兄妹二人被阮玉郎收服了，抑或那一貫熱衷花錢娶宗室貴女的帽子田家原本就是阮玉郎的屬下，他從田洗一路的言行中竟然無從判別。

他是接到阮玉郎急信要截殺急腳遞一行後，驚覺阮玉郎利用了他和陳素的往事，想來想去，該是當年的警告之語被無孔不入的阮玉郎給利用了。再想到阮玉郎後期的謀算，他才留了那兩人傳話，無論如何都要提醒趙栩一聲。

阮玉郎嘆息道：「男兒何不帶吳鉤，收取關山五十州。郎君既已護送田洗歸來，不如早日返回上京去，耶律氏一亡，郎君大仇得報，一統北疆，豈不快哉？我擔保陳氏母子三人性命無憂可好？」

高似轉身，看往宮城方向，他不信阮玉郎。他不能再錯過，他要先帶她走。

高似淡淡地道：「我自有打算，不勞你費心。」

阮玉郎眯起了眼。

五月初一，垂拱殿大起居，東華門天未亮就已經人頭攢動。

這兩日，趙梣的情況越發不好，前幾日腹痛，跟著上吐下瀉，昨日開始又發起熱來，人都有些燒糊塗了，模模糊糊喊著娘親。御醫院、御藥忙得團團轉。向太后一整夜都在福寧殿守著，愁眉不展，虧得有陳素陪著撫慰幾句。

向太后和陳素在屏風外的軟榻上用了點早膳，尚服女官帶著女史們已備好了衣裳，忽地聽到外頭腳步聲匆匆。

入內內侍省的兩位副都知帶著二十幾個內侍不等稟報一擁而入。向太后大驚：「大膽！來人——！」

太皇太后面色陰沉地緩步邁了進來，身後跟著隆佑殿的兩位尚宮，旁邊一人，卻是身穿喪服的趙瓔珞。

「娘娘？」向太后顫聲問道。

「五娘你守了官家一整夜了，就和陳氏留在這裡歇上一歇吧。」太皇太后斜睨了向太后一眼，轉到屏風後頭，詢問了醫官幾句趙梣的病情。

趙瓔珞恭敬地對向太后和陳素行了禮，退在一旁。門外又進來一批面生的女史和皇城司的女親從官。廊下傳來密集的腳步聲，陳素心驚膽顫，慢慢退到窗下，見殿內那些人似乎未留意自己，側身將窗輕輕推開一條縫，嚇得腿都軟了。

廊下全是步軍司的禁軍，福寧殿當班的殿前司軍士都被卸下兵器，押在院子中。弓箭手密密麻麻圍在外圈，閃著寒光的箭頭全都對準了入福寧殿前殿後殿相接的大門處。

六郎！陳素死死攀著窗沿，無計可施。

太皇太后緩緩走了出來，並沒有看陳素，徑自在榻上坐了下來，嘆了口氣：「五娘，我知道你是個心善賢德人，只是老身不能看著你再錯下去了。瓔珞，你同娘娘說說。」

趙瓔珞看了看陳素，眼中落下淚來：「瓔珞的夫君田洗，才去了秦州做監軍不到一個月，就遇到這樣的國難——！」

向太后一驚，秦州被圍後，還沒收到最新的軍報，難道秦州也失守了？

趙瓔珞咬牙道：「不知爲何，那守城的陳元初誤信了謠言，以爲五郎搶了官家的位置，殺了齊國公和六郎。一怒之下，和契丹人高似沆瀣一氣，開城降了西夏！秦州失守已三日了！」

陳素怔怔地看著趙瓔珞還在不停說話，卻聽不見她說些什麼，她撲到向太后身前，喊道：「不會的！元初不會的！陳家一門，忠心耿耿，元初決不會聽信謠言——」爲何還有高似摻雜在裡頭？她不懂！可是能救六郎的，只有娘娘您了！

向太后面露不忍之色。

太皇太后看了一眼匍匐在地的陳素，冷笑道：「若是趙栩能即位，陳家自然會忠心耿耿下去。怪不得陳青急著要去秦鳳路，若將西軍交到他手裡，這江山只怕是要改姓陳了！還有那去秦州的急腳遞一行人，十天了怎麼還不回京？若不是張氏告發，我們都還通通在這深宮中做著睜眼的瞎子呢！來人，拿下陳氏！」

趙栩帶著人出了會寧閣，按例先去福寧殿探視官家，再往垂拱殿上早朝。算來明日先帝小祥，除頭冠、方裙和大袖。宮中已經將新的喪服和皂鞍韉送到了會寧閣，明日他便可以出宮。

陳太初此時應快到京兆府了，昨日蘇瞻和孟在帶著禮部、兵部、樞密院一眾官員放棄休沐，將掛帥出征一應事務都準備妥當，爲的是舅舅今日朝會後就能去禡祭。京城南郊的三千重騎兵也應已裝備妥當。

從大內東北角的皇子居所，走到延和殿旁，西邊轉出來兩位皇城司的親從官，他們帶著十多個快行和司圊剛從坤寧殿退出來，自從先帝駕崩，高太后被尊爲太皇太后，遷居隆佑殿。聖人被尊爲太后，遷往慈寧殿。福寧殿後皇后居住的坤寧殿便空了出來，日常灑掃契勘巡察卻不曾停下。眾人見了趙栩，都退到了宮牆邊靜立行禮。

其中一位親從官，卻是從入內內侍省調入皇城司不久，猶豫了一下，上前幾步來對趙栩行禮：「燕王殿下萬福金安。」

趙栩大袖飄動，已一手托住了他：「免禮。」耳中已聽他極輕極快地稟報道：「福寧殿去不得。」

趙栩緩步前行，福寧殿去不得？昨夜探視趙栳後，向太后實在放不下心，留在了福寧殿，娘也被向太后留在了身邊。宮中危機四伏，向太后時時把娘帶在身邊，他心裡感激得很。這個去不得，究竟出什麼事了！和阮玉郎有無干係？趙栩負手挺胸，加快了步伐。身後的隨從見他背後的手打出的手勢，一怔，立刻退開了兩人，分頭往拱宸門和大宗正司方向去了。

從崇政殿轉向西邊，右邊是慶壽宮，左邊是紫宸殿的後閣。趙栩一步一步，又快又穩，大袖被風鼓了起來。身後人看著，微微亮起的天色下，宏偉輝麗的宮城中，他的身影，若將飛而未翔。

第一百九十七章

趙栩走到慶壽宮的宮門，就聽見前面南北向的夾道間傳來輕又急的腳步聲。

這條夾道是垂拱殿、紫宸殿之間的防雨夾道，極窄，沒有路面，只有一條雨溝，尋常宮人怕扭崴了腳或弄髒宮衫，絕不會從這裡抄近路穿過來。何況夾道南邊正對著的就是皇城最核心的地帶，大慶殿是外朝正殿，文德殿是外朝正衙。夾道東西兩邊是上朝的內殿，更是戒備森嚴。

他側耳聆聽，三個人，紛亂無章的腳步聲越來越近。三個不會武藝的女子？

趙栩便停在了慶壽宮門口，悠閒地負手望天，靜候這三個衝著他而來的人。

不遠處福寧殿門口，往日當值的兩個小黃門眨巴著眼睛，握著麈尾柄的手裡全是汗，不敢出聲不敢亂動，心裡暗暗念了好些聲菩薩保佑，這位祖宗，您千萬別來！裡頭那位老祖宗帶著刀斧手正等著您呢。他們身後藏著的幾位皇城司親從官，猶豫著要不要探頭出去望一望。

夾道裡衝出半個身子來，一見趙栩，立刻縮了回去。趙栩驚鴻一瞥，竟是六娘！他不再猶豫，身影飄動，幾步就轉入了夾道。身後隨從立刻跟上，守住了夾道口。福寧殿門口的小黃門偷偷吁出一口氣。

兩日前，六娘和孟存、孟彥弼依依道別後，踏入宮門。尚書內省的女史早就等著，六娘和貞娘，金盞、銀甌兩個貼身女使跟著女史一同先去尚書內省入冊記名，聆聽已經倒背如流的宮規，領了衣裳和腰牌、印信，見了六尚的尚書們和二十四司的各位女官，才被帶到隆佑殿。

孫尚宮親自帶人幫六娘安頓，將她安置在隆佑殿後閣的西偏房。房裡雖然按制換了縞素，一應擺設器具卻是頂好的，離娘娘的寢殿也近。

隆佑殿的兩位尚宮待六娘都格外親熱，見了貞娘也很客氣，笑言太皇太后當年身邊的女史們如今都是尚書內省的老尚宮、老供奉了，按輩分，她們該尊稱貞娘為師叔才是。連著金盞和銀甌兩個貼身女使也放下心來，原以為宮中很嚇人，沒想到是自己嚇自己，隆佑殿上下雖然在服喪中，哀而不傷，忙而不亂，看得出兩位尚宮御下甚嚴。

連著兩夜，六娘都睡不踏實，還總是夢到九娘。她任了隆佑殿的掌籍女史，因太皇太后剛剛從慈寧殿遷來隆佑殿，成箱的文書要重新歸置，忙碌得厲害，也幸虧白日裡忙得很，不然恐怕根本睡不著。

昨夜她似夢似醒間，忽然聽到後閣裡半夜傳來動靜，跟著院子裡燈火亮了起來。

「貞娘？」六娘輕聲喚道。外間的貞娘進來輕輕噓了一聲，扶她下床。兩人貼在窗口，聽外面的人正在廊下說話。

「迎兒莫氣，少不得要勞煩你們吳掌輿親自跑一趟。」聽著像是娘娘寢殿當值的女史來請住在後閣的掌輿女史。

一個口齒爽利的少女輕聲抱怨道：「這位三公主！今日可是初一，再過兩個時辰就好直接入宮覲見請安，去殯宮舉哀，偏要深更半夜地挑著宮禁日子裡來，不讓人安生！我家掌輿才睡下不到一個時辰呢！」

跟著有人輕輕拍了這說話的人一巴掌：「胡說什麼呢，快去拿東西。陸掌寢切莫放在心上，都是我平時太縱容她了，總要闖禍了才知道收斂！娘娘可起身了？」

陸掌寢低聲笑了：「這有什麼，迎兒可不說出咱們隆佑殿上下的心裡話了！姊姊也太謹慎了。娘娘醒是醒了，還未起身。孫尚宮親自伺候著呢。」

「好了，迎兒，可取好咱們殿的對牌了？記得把我的腰牌和印信都帶上！」吳掌輿笑道：「還得去輦官營調檐子，到西華門至少得兩刻鐘了，虧得不是冬天，不然三公主也等得夠嗆。」

陸掌寢嗤笑了一聲，聲音更低了下去，只隱約聽見駙馬回京幾個字。

待院子裡又靜了下來，六娘輕輕吁出一口氣，苦思冥想起來。三年前知道她要被太后召入宮後，老夫人就把長房二房留存的邸報拿到翠微堂，細細講解給她聽。雖然不明說，六娘心裡也知道這是太子妃一職理應瞭解的事。朝中各部官員派系、皇子外戚、親王宗室，她硬生生都背了下來。雖然不如九娘信手拈來，卻也養成了讀邸報記筆記的習慣。

三公主趙瓔珞，自從七年多前金明池推趙淺予一事，就是趙栩兄妹的敵人。三年前魯王出事後，她沒聲沒息地下嫁給了帽子田家的嫡長孫田洗。駙馬都尉田洗？六娘咬著唇，似乎在不久前的邸報上還看到過的。當時九娘似乎還說了什麼來著？

「田洗能去秦州做監軍，恐怕走了呂相的路子。田家能被推薦給外諸司，為百官訂做各等冠帽，還是當年任禮部郎中的呂相牽的線，曾經被御史彈劾過。」

對！九娘是這麼說的！六娘倒吸一口涼氣，田洗是秦州監軍，趙瓔珞連夜進宮和他有關，那就是和秦州有關！想到陳元初在秦州，心裡一慌，乾脆披了件褙子在房裡走來走去，偏偏人生地不熟不敢出去打聽。貞娘看著她坐立難安，便安慰了她幾句，把金盞叫來陪著六娘，自去想辦法打聽。

等五更天的時候，貞娘才面色凝重地回來，告訴六娘，駙馬田洗帶傷從秦州逃回汴京，具體什麼事實在打聽不出來，但娘娘已經傳喚入內內侍省和皇城司的人了，孫尚宮也已經帶人往二府八位去了，應該是帶了娘娘的密旨和印信。

六娘大驚，這架勢恐怕不是小事。她心裡也明白，太皇太后在宮裡唯一要對付的人，只有趙栩。她急得團團轉，一籌莫展，如果九娘在，還能有人幫著想法子應對。

待太皇太后帶著人浩浩蕩蕩地出了隆佑殿，一聽是去福寧殿的，六娘立刻明白趙栩恐怕要遭殃，她出不去，只能在太皇太后的書房裡一邊當班，一邊乾著急。

趙栩健步如飛，大袖帶風，就見夾道裡貼著宮牆站著三個神色緊張的人。六娘身後還有兩個宮女，其中一位已經白了頭髮。

六娘的心還在狂跳，方才她們被殿前司的軍士盤查，幸虧秦供奉官給了她一塊隆佑殿的對牌。她微微喘著氣，因無外人，背靠著宮牆微微福了下去：「六哥萬福金安！」

趙栩點點頭，柔聲道：「阿嬋入宮兩三天了吧？當差可順利？」

「多謝六哥關心，阿嬋當差順利。」六娘放低了聲音：「就是昨夜睡得不好，三公主連夜入宮，說是駙馬帶傷從秦州回京來。隆佑殿忙了一整夜。入內內侍省和皇城司都有人手調動。六哥？」

趙栩回頭望了一眼福寧殿的飛簷，片刻後深吸一口氣：「好，我明白了，多謝你！你自己千萬當心。」

他不再回頭，沿著夾巷往南大步走去。身後的隨從們一一擠入夾道，不多看六娘她們一眼，緊隨著趙栩而去。

六娘看著他帶著人走遠了，鬆了口氣，整個人軟癱了下去，耳中還在嗡嗡地鳴叫。貞娘一把扶住她，接過她手中那塊被故意砸壞的腰牌：「辰時大起居就結束了！我們得趕緊到尚書內省換腰牌！」

六娘穩了穩發軟的腿，感激地看向貞娘：「多虧你的好主意！」幸虧隆佑殿兩位尚宮都不在，秦供奉官一看她腰牌壞了，也沒多說什麼，就允了她們自行去尚書內省換腰牌，特意給了她一塊隆佑殿的對牌方便她宮中通行，還意味深長地攔下了要給她帶路的宮女，他那句「路，總要自己認一認的。」現在六娘回想起來總覺得被秦爺爺看穿了什麼。

今日正逢五日大起居，文武百官還未抵達。跨入垂拱殿殿門，可見大殿前的廣場上對植槐楸，鬱鬱然有嚴毅之氣。一尊尊石位，等著來參加大起居的京中文武百官，肅穆莊嚴。八級白色文石臺階上，是恢弘的垂拱殿，這是官家平日早朝和五日大起居之地，也是宴會外國使節之地，還是上壽之地。

趙栩眼睛微澀，想起上次爹爹大壽辦得極簡，如今已天人永隔。娘親此時危在旦夕，幾道宮牆後，恐怕刀斧手已拔刀，弓弩手已上弦。明明是一家人，太皇太后卻魔怔成那樣，棄家國而不顧，定要置自己於死地！那位垂簾聽政的女中堯舜，究竟去哪裡了？

他一步一步，一掌一掌擊在那一尊尊石位上頭，每一掌，都似乎發洩出了胸中的鬱塞痛楚委屈無奈和憤怒。

他踏上臺階，返身下望，又一步步走下臺階，到了一棵槐樹下，負手望著一片片翠綠的葉子，從樹下往天空望去，每一片葉子的脈絡有些透明。趙栩記得，若等日光大放，那片片綠葉就會透明得如同水色極佳的翡翠，鮮豔欲滴。

脈絡清晰，未必只能從葉子正面去看！

趙栩在樹下平靜下來，開始反覆盤算著時間、各路人馬、交錯紛雜的資訊，越是緊急關頭，越是要冷靜。阮玉郎終於圖窮匕見了，之前自己也因為趙檀、趙瓔珞留意過田洗去秦州做監軍的事，卻未想過這竟然也被阮玉郎利用，做了一步棋，的確可謂絕殺。田洗獨歸，自然會攀誣陳元初失守之責。而西軍送回來的秦州失守軍報，昨日被張子厚扣下，現在反而不妥。趙栩大步出了垂拱殿門，低聲吩咐了屬下幾句。

眼見天色大亮，一刻鐘不到，垂拱殿廣場上的石位旁邊，已按品級分文武站滿了官員，見趙栩獨自在前殿臺階上站著，都有些意外。

前幾日大多數在京官員都聽說了官家身體不適，卻不見禮儀院宣布放朝，加上關於燕王會即位的消息已經傳得板上釘釘了，眾官員紛紛恭敬地遙遙拱手行禮問安。

趙栩大步進了垂拱殿前殿。見親王、宰臣、樞密使及以下要員，都已經按班分列。御座和後邊垂簾聽政處卻依然空蕩蕩的。他不往定王身邊的空位去，卻直奔宰執一處。

「呂相公，秦州被圍，你舉薦的監軍駙馬都尉田洗，為何臨陣脫逃，獨自悄悄逃回了京城？兵部和樞密難道毫無所知!?」趙栩走到呂相面前，神情凝重地朗聲問道。

一語驚起萬重浪，滿殿一靜後，登時譁然。蘇瞻吃了一驚，下意識看了張子厚一眼。張子厚眼中卻也露出一絲訝意。

呂相被趙栩這麼冷不防地發難，吃了一驚，他全然不知此事，頓時急了起來：「殿下！這是哪裡來的消息？京中兩天沒收到西軍信報了，田洗什麼時候回來的，臣一無所知！」

樞密院朱相站了出來：「諸位！田洗確實昨夜回京，到了我府上尋求庇護，但卻非臨陣脫逃，而是他身懷極重要的機密軍情。人我已經帶來了，朱某正待面奏官家和太后、太皇太后！」

蘇瞻皺起眉頭，和陳青對視了一眼。

張子厚暗自思忖，怪不得方才被燕王屬下半路攔住他，要他立刻將截下來的西軍加急軍報送到樞密院去。更多虧了他的人和陳青的人扮成一救一搶，理應毫無破綻。

想到這個田洗突然冒出來，只怕和阮玉郎脫不了干係。田洗，高似，阮玉郎，秦州？張子厚的眼皮禁不住又跳了起來。他看向斜對面的定王和吳王，定王還是一副站著睡覺的模樣，吳王卻垂首看著地面，他心裡立刻下了另一個決斷。

第一百九十八章

這時御史臺的御史中丞鄧宛站了出來：「朱相此話大不妥！田洗既為監軍，何能離開戰場獨歸？何為尋求庇護？朱相昨夜就應該將此人移交刑部或大理寺才對！」

朱相和鄧宛一向互相看不順眼，聞言只冷笑道：「茲事體大，鄧中丞稍晚若還覺得不妥，儘管彈劾朱某就是。」

趙栩神色黯然，歎息道：「三公主連夜進宮，為田駙馬哀求太皇太后的恩典。本王擔心有人臨陣脫逃，為保住自己的榮華富貴。萬一推卸責任，甚至反咬前線浴血奮戰的將士一口，豈不叫天下將士寒心？」

鄧宛點頭道：「殿下所言甚是！也不是沒有過這樣的先例，我等還需警惕才是！」

朱相被趙栩先發制人，一肚子面奏的話窩在肚子裡成了廢話，說什麼都好像正應了燕王擔心的事。他深深吸了口氣，轉過眼看向御座，不說話了。

又等了兩刻鐘，才聽見有司高唱：「太皇太后駕到——！」

眾人按班跪倒在地。趙栩聽著向太后竟然連大起居都沒來，幾乎要按捺不住想衝回福寧殿去。

在福寧殿白等了一場的太皇太后，看見趙栩竟然已列班在殿上，冷哼了一聲，緩步入座。

朱相一抬手中玉笏，就要面奏，卻被人搶了個先。

張子厚上前兩步朗聲道：「臣大理寺少卿張子厚，有本要奏！十萬火急！」

朱相一愣。太皇太后也一愣，卻不能不讓張子厚說話。

「先前京中急腳遞一行一百餘人，奉二府令往秦州索取機密文書，取得文書後，就遇到西夏圍城。他們由陳元初將軍護送殺出西夏大軍，卻在離鳳州驛站六十里處遭遇埋伏，只有大理寺的兩個好手得以逃脫。」張子厚沉聲道：「埋伏者皆為高手，搶奪文書，殺人滅口！倖存的兩人一路仍遭追殺，昨日才輾轉回京！」

田洗歸來後，又爆出來這麼個震天動地的消息！刑部、兵部、禮部的郎中們都面色大變。這一行人裡有他們各部的精銳好手，竟然全軍覆沒，又和秦州有關！

太皇太后想到趙瓔珞說的話，隱隱覺得有些不對頭，卻聽張子厚又開了口。

「得到此信，昨夜大理寺法司胥佐們趕往秦鳳路查探此案時，於東京一百二十里外，路遇賊人截殺西軍急腳遞，遂出手援助，受傷軍士已留在附近驛站，胥佐代軍士帶回來西軍密報軍情五份！臣上朝前剛剛派人送往樞密院。」張子厚看向朱相：「敢問朱相公可去過樞密院？」

朱相昨夜問了田洗大半夜話，三更天才合了合眼，四更就開始洗漱準備上朝，這大起居的日子，誰會先去衙門裡？他悶聲道：「還未曾去過。」

蘇瞻沉聲道：「張理少所言的第一樁事非同小可，需留待後殿集議。西軍的軍情更為緊急，還請朱相速速派人去樞密院取來。」

不多時，五份軍報被送到殿上。

秦州失守，援軍轉向，各將領及麾下排兵布陣的意圖，言語不多，卻已令大趙朝堂震悚不已。

秦州！開國以來西軍防守最強的城池，從未失守過的秦鳳路十二州的第一州！殿上一片死氣沉沉，擔憂惶恐的氛圍瞬間籠罩著整個垂拱殿。

朱相仔細看了又看，五份軍報，無一份提到陳元初之事！

「娘娘，臣樞密使朱守光有本要奏，同為秦州軍情！」

「允。」太皇太后也皺起了眉。

「請允許臣傳喚秦州監軍，駙馬都尉田洗上殿！」朱相道。

按制換了喪服的田洗，面色哀痛，手臂大腿多處包紮著傷口，上了大殿，匍匐在地上哽咽起來：「微臣未與秦州共存亡！微臣有罪！然臣不能看著秦州三萬軍士負屈銜冤！臣親眼目睹陳元初聽信小李廣高似的話，認定京中吳王篡位、還冤殺了齊國公和燕王！」田洗涕淚縱橫，以額撞地：「陳元初和高似合力打開東關城城門，降了西夏，才令秦州失守，秦州才被西夏血洗五城哪——！」

陳青冷哼了一聲，雙目如電，卻沒有出手。朱相卻上前一步，警惕地看著他。

蘇瞻腦中一炸，這比張子厚的消息還要糟糕！趙栩眯起眼，阮玉郎！此招比他能想到的還要毒上千百倍！但他無暇去痛恨。田洗所說的每個字每句話，拆開又連到一起，隱藏著的資訊，重新變成真相，逐漸浮現出來。

田洗砰砰磕頭聲不斷，泣不成聲，憤恨到了極致：「娘娘！各位相公！陳元初夥同高似叛國投敵！秦州軍民半數遇難——不是我們大趙軍士守衛不力！不是我秦州百姓抗敵不勇，不是我田洗貪生怕死！總得有人要把真相帶回來！總要有人還我守城軍民一個公道！臣萬死不懼！」

垂拱殿內除了田洗磕頭的聲音和哭聲，無一人出聲。站在陳青身邊的兩個官員，默默往後退了一些些，只覺得身邊寒氣涔涔，殺氣洶湧。

殿上官員們震驚之餘，不禁都想到燕王今日一進來問呂相的那番話，紛紛暗自揣測田洗此話的真假。田洗要說什麼，燕王可不知道，秦州失守的軍情也是當著眾臣面拆開火漆封蠟的。燕王殿下疑慮的也是人之常情。知人知面不知心，比起這位帽子田家的駙馬，不少大臣覺得陳元初似乎更靠譜一些。

謝相略一思忖，出列厲聲道：「臣以為，監軍田洗擅離職守，當由刑部問責，會合大理寺同審。秦州因何失守，不能聽其一面之辭。方才這五份軍報上都沒有陳元初叛國一事！難道陳元初開城降敵這麼大的事，十萬秦州百姓三萬秦州軍士，除了田監軍，竟無一人得以逃生能知會西軍？」

不等朱相發聲，老定王抬了抬眼皮，泰山微移般出列一步，歎了口氣：「打仗的事我老頭子不懂。不過本王雖然老了，卻也記得夏，乾帝當年可是因為陳元初才身受重傷吧？西夏梁氏和陳將軍可謂有殺夫之仇啊。怎麼，陳元初投降西夏難不成還能娶了梁氏將功折罪？呵呵呵。」

他老人家慢悠悠地這番話一說，垂拱殿上劍拔弩張的氣氛鬆泛了不少。兵部和刑部的四位郎中竊竊私語起來。

謝相肅容道：「京中急腳遞離開秦州時，秦州已遭圍困，陳元初自然知道今上乃先帝十五子，怎會輕信那等荒謬絕倫的謠言？莫非當我等朝中之人全是三歲小兒不成⁉」

「好了。」上首傳來太皇太后蒼老威嚴的聲音：「難道田洗不知道自己這個駙馬都尉，比起齊國公和陳元初在大趙的地位，是天壤之別？他又哪來的膽子攀誣陳元初？正如謝卿所說，就算西軍這一兩日不知曉，軍報上沒說，難不成十天八天還沒有動靜？秦州就算被屠城了，也總有一些人能活著說實話吧？若是田洗貪生怕死，臨陣脫逃，攀誣陳元初，我大趙律法難道是擺設來看看的？還是他這幾天就能白日飛升變成神仙不見了？」

太皇太后言之有理，垂拱殿的竊竊私語又平靜了下來。

「唉，是非曲直，總要弄個明白。」太皇太后說：「田洗，你既說是親眼目睹，那就先仔細說一說你看到什麼聽到什麼了，讓眾臣聽個清楚，要有什麼疑問，也好問上一問，免得冤枉了陳元初。」

田洗趕緊收了哭聲：「回稟娘娘！罪臣並不認得高似，起初他在廣武門內偷偷摸摸射殺我大趙軍士。陳元初將軍喝破他行蹤，要同他堂堂正正一戰。罪臣親眼所見他飛蝗箭的厲害，陳將軍不是他的敵手——」

趙栩心中一動。

「臣當時被奸細突襲，就倒在陳將軍邊上，見高似擒住了陳將軍後並未殺他，反而在他耳邊說了一番話。陳將軍連連搖頭。高似就取出什麼物事遞給陳將軍看。陳將軍見了就吐了一口血，喊著大趙無道，吳王篡位殺我家人！此仇不報枉為人子——」田洗大袖掩面，哽咽難當：「臣眼看著他二人聯手，無人能擋，片刻後就打開了廣武門甕城城門，西夏鐵鷂子長驅直入——」他伏地痛訴：「臣被副將救回大城，跟著退回州城。臣和韓經略親眼見陳將軍和西夏梁太后並肩在廣武門上頭。韓經略執意命姜副將護送臣逃回汴京報信！臣帶有韓經略絕筆信！姜副將也可作證！」

朱相躬身道：「娘娘，人證物證，臣俱安排在殿外。」

張子厚雙手攏在大袖中，抬眼看向田洗。

那姜副將膀大腰粗，一臉絡腮鬍子，身上也包紮了七八處傷口，虎目含淚，所說的話和田洗說的後半段差不多，只是言語頗粗俗憤慨，說起秦州城軍民巷戰之激烈慘狀，一個身高馬大的漢子，滾滾熱淚直落衣襟，怒髮衝冠地看向陳青。

待他說完，殿上空氣都似乎凝固了。這些各部重臣，上過戰場的寥寥可數，大多數人從未親眼見過屍橫遍野血流成河的慘狀，聽得心驚膽顫頭皮發麻。等傳閱完秦州經略安撫使的絕筆信後，不由得紛紛搖頭歎息，誰能想到陳元初竟如此糊塗！

朱相上前兩步：「臣以為，陳元初叛國投敵，人證物證俱全，應立刻拿下陳青及其家眷，押往京兆府，好讓陳元初眼見為實！他若還有羞恥心，就該自盡於陣前以謝秦州軍民！」

陳青唇角彎起一絲冷笑，卻自巍然不動。殿上一片譁然。蘇瞻大步出列：「不妥！」

朱相轉過身微微揚起下巴：「蘇相你才是大大的不妥！你我都已知道，高似的真實身份就是契丹人耶律似。請問他在蘇相身邊這許多年，是否已盡得我大趙邊防輿圖？他對我大趙各路軍中布置和弱點又是否都了然於胸？各地糧倉軍備他是否也通通知曉？蘇相你識人不明，養虎成患，如今禍害大趙軍民，責無旁貸！」他拱手道：「臣奏請，當罷免蘇瞻一應官職，立刻向契丹遞交國書，請契丹協助捉拿耶律似！」

太皇太后皺起眉頭：「其他幾位相公的意思？諸卿有何說法？」

趙栩和張子厚對視一眼，微微點了點頭。

張子厚揚聲道：「臣有疑問，欲問姜副將，還請娘娘和各位相公一聽。」

定王不等太皇太后開口就喊了起來：「來來來，張理少，你大理寺只管問個清楚，若被人誣陷了陳元初，扳倒了陳青，我大趙亡國之日不遠矣。」

眾臣都打了個哆嗦，好幾個剛剛跨出來要贊同朱相的話的人，又縮了回去。

太皇太后緊緊握著扶手，忍住了怒火，沉聲道：「問罷！」她倒不信了，這等情況下張子厚一張嘴還能活死人，翻天地？她已經拿住了陳素，扣住了五娘，殿外還有三千步軍司精兵，刀斧弓弩俱全。她今日鐵了心要拿下這讓她睡不安穩的陳青，要拿下趙栩，她讓誰做皇帝，誰才能做皇帝！

姜大力粗聲道：「張理少您只管問！要有一句假話，我姜大力天打雷劈，死無葬身之地！」

張子厚走到他面前，上下打量了他一番，傷口密布，並不像田洗，看著包紮得跟粽子一樣，並無要害部位受傷。此人應當是個無腦莽漢，被利用的可能極大。

「請問姜副將，可是你把田監軍從廣武門救回州城的？」張子厚不急不慢地問。

「不是！」姜大力瞪大銅鈴般的眼，猛地搖頭：「卑職負責大城西門，可不敢冒領常副將的功勞！救田監軍的是他不是我！」

張子厚點了點頭，這點不出他所料，那就好。

「你可親眼看見陳元初打開甕城城門？」

「不曾！我眼睛雖出了名的大，卻看不到那麼遠！理少你不知道，東關城有秦州城一半那麼大！甕城又在廣武門外頭，我哪看得見？」他大聲道：「別人都這麼說！田監軍也這麼說的。」

眾臣竊竊私語起來。

張子厚轉向田洗，微笑道：「請問田監軍，你方才說親眼所見陳元初和高似開了廣武門的甕城城門，你人在廣武門內對不對？」

田洗點頭道：「我親眼見他二人聯手殺出廣武門，但並未見到他們是如何打開甕城城門，放了鐵鷂子進來的。是甕城女牆上的軍士們都在高聲疾呼陳元初投敵——」

張子厚卻又已轉向姜大力：「姜副使，你在大城西門，何以說親眼見到陳元初叛國投敵？」

姜大力憤然道：「卑職原想接應陳將軍，才打開西門，我們半路就遇到了西夏鐵鷂子，聽到周圍都在喊陳元初叛國投敵。」他看向陳青，大聲道：「卑職親眼所見！陳元初和西夏梁氏，並肩站在廣武門城樓上，背後就是西夏王旗！那梁氏還脫下自己的紅披風，給陳元初披上！呸——！這不是叛國投敵，還能有假!?」

張子厚厲聲道：「正是有假！」

殿上一片驚呼，田洗微微一顫。

第一百九十九章

滿殿譁然中，朱相大怒：「張子厚！陳家是陳家，燕王是燕王！你因為擁立燕王就胡攪蠻纏，連著叛國投敵的事實也要否認？」有些事情，不說穿了還真不行了。

張子厚哈哈大笑起來：「朱相公，請問先帝駕崩那夜，子厚有幸和諸相公在柔儀殿同聽先帝諄諄囑託，先帝有言欲立燕王趙栩為皇太子，要太常寺早些選定吉日，這可是事實？」

垂拱殿驟然落針可聞，又爆發出驚呼質疑詢問議論等等的各種聲音，雖然各部重臣都略有耳聞先帝要傳位給燕王一事，可明晃晃地在朝會上這樣說出來，簡直是打了兩宮的臉，打了二府諸位相公響亮的一巴掌。太皇太后狠狠地拍了扶手一記，手疼得厲害，殿中卻無人留意。

朱相面紅耳赤大聲道：「臣彈劾張子厚混淆視聽，移花接木！胡言亂語！擾亂朝綱！應立刻杖責趕出宮去！」後來發生的種種你張子厚明明知道，這權宜之計還是陳青的主意！竟然說出這種話，豈不讓自己這些宰相們被天下人戳著背脊罵！

張子厚朗聲道：「諸位臣工請聽張某說完，先帝駕崩後又發生了一些變故，經二府和太后、太皇太后共商議，燕王殿下、定王殿下都認同，才迎今上即位，並無不妥，依然會奉先帝遺詔的囑咐，這也是事實。」

殿上眾人被他的話弄得一驚一乍，已經有些轉不過來，聽他如此肆無忌憚妄言宮闈秘事，都心驚肉跳得厲害。一些素來厭惡張子厚恃才傲物張狂狠辣睚眥必報的官員，倒暗暗高興，覺得他很快就會獲罪。

張子厚拱手道：「朱相莫急莫慌，您看，一件事，如果我只說了自己想說的，是不是就會混淆視聽移花接木，讓您有苦說不出？可您看，子厚並未說謊對不對？我說的都是親眼目睹親身經歷的，是不是？」

殿上眾人恍然，敢情這位是這個意思啊，很有道理。

「現在朱相可容我同姜副將說上幾句？也好讓諸位臣工聽一聽為何我說陳元初叛國投敵一事有假？又或者朱相希望認定陳元初投敵為真，好讓您一舉扳倒大趙棟樑齊國公和蘇相公？」張子厚皺起眉，不等朱相開口，輕輕在自己嘴上打了一巴掌，搖頭道：「呸，讓你這張嘴胡說！朱相您的女婿范詠，在熙寧元年因背後非議陳婕妤和燕王，被齊國公在文德殿揍了一頓，還被御史彈劾貶去了鳳翔。蔡佑罷相後本就應該您直接拜相的，卻因為蘇相公起復白白耽擱了四年，直到齊國公退了您才入主樞密院。可張某記得朱相為人，最是大義滅親公正嚴明嚴守禮法規矩的，所以這全是子厚以小人之心度君子之腹！幸虧宰相肚裡能撐船啊，您清者自清，不會和我計較的。」

朱相被他氣得頭都暈了，半晌說不出話來。張子厚你這個市井無賴！怎麼會有這種人，把什麼都攤在桌面上，無法無天行所無忌？句句堵得人心塞啊！

張子厚向上首行了禮：「太皇太后女中堯舜，若要怪罪微臣口不擇言，還請朝會後斥責臣。如今朱相同意微臣說下去了，那微臣想和姜副將說道說道。還請娘娘允准。」

太皇太后冷哼了一聲：「准。」

張子厚轉向姜大力：「姜副將，敢問陳元初將軍的武藝，在秦州能排第幾？」

殿上眾人一呆，大理寺這問話的技巧，有些怪！

姜大力想也不想：「真人不說假話，這小賊雖然叛國投敵，他一身本事著實厲害，他要是在秦州自稱第二，沒人敢稱第一！卑職在他手下，從沒撐過十招！」

「陳元初的武藝要是和齊國公相比，孰高孰低？」

姜大力大聲道：「虎父無犬子，可大老虎還是大老虎！卑職在秦州二十餘年，陳元初比起他老子——齊國公，還差這麼一大截子！」他張開兩臂比了一下，又往外擴一擴：「這麼大！卑職也在齊國公手下練過，從沒走過三招！」

張子厚皺眉：「倘若這老子要教訓兒子，齊國公大概幾招能擒獲陳元初？一百招？五十招？」

姜大力認真思索了片刻：「張理少這話一聽就是外行問的，高手對陣，哪怕相差這麼一點點，也可能一招就定勝負。」他伸出小指頭給張子厚看：「齊國公十招內就能拿下他，最多不會超過五十招，陳元初必輸無疑。」

張子厚驚歎了一聲，轉頭問蘇瞻：「蘇相，張某和您不和，天下皆知，還請您別故意隱瞞事實。子厚聽聞幾年前高似還在您手下，曾經在您家別院，和齊國公比過武？」

蘇瞻早已明白他的用意，不得不佩服他這麼短的時間裡想到以此切入，抓住了機會，還一舉讓朱相戴上了挾私怨的名頭。他點頭道：「確有此事。」

「請問蘇相，齊國公和高似，武藝孰高孰低？」張子厚大聲問。

蘇瞻看向陳青，清越聲如金玉擲地：「齊國公認輸了。另外，高似在齊國公七夕遇刺案時有看過齊國公出手，曾坦然告訴蘇某，齊國公非其敵手。」

趙栩有些意外地抬眼，看了看蘇瞻，榮國夫人通過九娘說蘇瞻還算是個君子，倒也不能說她眼全瞎了。

陳青沉聲道：「陳某的確不如高似。」

殿上重臣更是心慌，大趙戰神陳青，坦承不如敵人，真是太毀士氣了。

張子厚點頭道：「這只是武藝而已，諸位臣工毋需慌亂，再高的武藝，千軍萬馬對戰中，總有力竭的時候，何況齊國公領兵布陣之強，神出鬼沒之能，高似是遠遠不如齊國公的。」

他平生一直被蘇瞻打壓著，最得意的莫過於此時，想到那被鬼神庇佑的女子，張子厚信心大振，越發自如起來。他朝陳青一拱手：「還請齊國公出手拿下姜副將。」

眾人大驚，只覺得眼前一花，來不及驚呼就都屏息盯著大殿之中。

陳青身形微動，姜大力就覺得一股勁風撲面而來，待要出拳，卻已經被人老鷹捉小雞般捏住了咽喉，不由得面色大變，嘴裡已被塞了帕子，雙手隨即被反攏在身後，明明僅有一隻手捉住了他的雙手，卻如鐵鉗般無法動彈。

陳青一轉身，挾著這粗壯漢子如挾孩童般輕鬆，已退到大殿門口。姜大力動彈不得，陳青卻輕輕替他拂了拂肩膀，又碰了碰他包紮好的傷口。

張子厚看向眾人：「諸位，請看，姜副將明明是被齊國公擒獲的，可各位若是現在才見到他二位，隔半個東闕城，數十條街巷，有誰不覺得他們二人是並肩而立，狀甚親密⁉」

眾人驚呼起來，鄧宛大聲道：「西夏好一招反間計！田洗怕是有心誣陷陳元初！」

陳青鬆開姜大力，取出他口中帕子，投擲於地上，並未多看他一眼，冷冷地大步走回自己列班之地，朝張子厚點了點頭。

張子厚看著殿門口有些發呆的姜大力：「姜副將，你可曾親耳聽到陳元初說投降西夏之話？」

姜大力慢慢走回來，搖頭：「卑職未曾親耳聽見。」

「那你可曾親眼見到陳元初殺死或殺傷秦州守城軍士？」張子厚厲聲問道。

姜大力聲音低弱，垂首道：「不曾！」

「若你已下定決心叛國投敵，你身邊十步以內就有秦州監軍還活著，你待如何？」張子厚大喝一聲。

「殺了他！」姜大力驀然抬起頭，看向田洗：「田監軍！你──你有沒有騙人⁉」

田洗站起身，慘然笑道：「好一招移花接木！好一招賊喊捉賊！田某為訴冤而來，卻反被冤枉⁉」他看著周遭眾人的狐疑目光，大聲道：「連姜副將你這樣和我一同出生入死過的人都疑心田某？甕城城門如何得開？鐵鷂子如何屠城的？姜副將你都不記得了？當時城內混戰，陳元初身邊倒下幾十人，他如何留意到我還活著？」他看向太皇太后：「娘娘！微臣不如張理少那般厲害，只有一片丹心可問天！微臣願一死以證清白！以殉秦州守城蒙難的英魂！」

陳青大袖一翻，捲住了田洗衝向楠木柱的身影，冷冷道：「你也配清白二字？你也配和秦州英魂相提並論？我兒元初的名字，你也配提？」

張子厚整容肅立，拱手向太皇太后一禮，再轉向諸相公：「臣大理寺少卿張子厚，奏請將秦州監軍駙馬都尉田洗押至刑部候審，奏請大理寺同審。奏請刑部、大理寺合派精要人員往秦鳳路一探究竟，查明陳元初被俘一事再行審案，以免以訛傳訛，中了西夏反間計。因耶律似一事牽涉洩露朝廷機密，蘇相有失察之責，臣奏請罷免蘇瞻宰執一位！」

蘇瞻看著張子厚沉靜自若的神情，突然像看到以往的自己，他什麼時候變得這麼冷靜犀利的，自己竟然沒有注意到，以後的朝堂，是張子厚的天下了。

謝相出列，舉起玉笏：「臣附議！」張子厚所言甚是公允，也不是一味偏幫陳元初。無論如何，前線監軍獨自離陣，必須嚴審；蘇瞻的失察，也不可推諉。這樣的處理，暫時穩住大局，是上策。

經此驚心動魄的一役，已無人再咬死陳元初叛國投敵的罪名，只能說此案有疑，訊息不全，必須待再查探後才能判定。眾臣紛紛附議，再無爭議。

這日大起居，已時三刻還沒結束。日頭已有烈意，垂拱殿廣場上的槐楸片片綠葉透出了翠綠，一小片一小片樹蔭下，石位旁一人一石投下重疊交錯的斜斜影子。在廣場上站了近兩個時辰的文武百官，個個汗流浹背，餓得快不行的有，被尿意憋得厲害夾緊雙腿暗暗發抖的也有，更多人預感到垂拱殿內出了大事。

終於，翰林學士院的知制誥和中書舍人趙昇神色凝重地連袂出了垂拱殿，立於高階之上。百官一見趙昇手中的白麻制書還有黃麻敕書，都心中大震，今日大事不少，竟然還有拜相或罷相的大事！一點動靜都沒有！

片刻後，趙昇的聲音猶在空中迴盪，百官還沒回過神來，朝野大震盪！蘇相被罷免左僕射兼門下侍郎一職！陳青征西一事暫緩！秦州監軍田洗無詔歸京，下刑部獄，由大理寺同審！

廣場上一片死寂，隨後禮儀官高聲宣布：「散朝——」

百官行跪拜大禮，高呼萬歲，按班退出垂拱殿門，往西南各部或東華門出宮上衙去。

蘇瞻慢慢走出垂拱殿，自上而下，能看見文武百官們看向自己的目光，有幸災樂禍，有憤慨不平，有神色平靜，也有面帶惋惜。他也不甚在意。

阿昉給他看的那封信，一手王右軍的行書極好，他記得很清楚。張子厚得到的消息也確實是真的。他卻不能如信中建議的那般自汙請罪，他做不到，他不過是一個凡夫俗子，也有碰觸不得的地方。有今日之結局，他不怨張子厚，他早有準備。入仕二十餘年來，幾起幾落，都是因為政事或黨爭，卻從未料到會由於高似而遭罷免，幸而不曾連累他人。

日光刺眼，蘇瞻眯起眼，玉笏已不在手中，他攏起大袖，慢慢走下臺階。燕王竟然如此沉得住氣，從頭到尾都沒有插手此事，難道他以前確實看錯了燕王？想到陳青以往所說的話，他心中生出一絲遺憾和疑惑。難道張子厚不是為了和自己作對才在三年前就擁立燕王為皇太子？難道他比自己看得更清楚？蘇瞻歎息一聲，想這些都已是徒然，無論是趙栩即位，還是太皇太后當政，他只盼諸法不變，當下局勢，朝廷再變政令，只會越發混亂。大趙何去何從，帝位誰來繼承，江山國民，他再操心，也無用武之地了。

垂拱殿後閣裡，另一場並無刀光劍影的爭鬥才剛剛開始。

定王老眼不再昏花，盯著太皇太后同樣蒼老的面容，沉聲問道：「娘娘，垂拱殿前後這些侍衛親軍步軍司的刀斧手，是要替娘娘收拾我等這些不聽話的硬骨頭嗎？」

太皇太后冷哼了一聲：「老身得知陳元初投敵一事，不過防備陳青暴起傷人而已。皇叔多慮了。」

定王轉向面色赤紅的朱相和臉有愧意的曾相，厲聲問道：「何時後宮能直接命令三衙了？樞密院調兵用印，謝相、呂相和蘇瞻事先可知道？內臣傳旨處分公事，並需覆奏，中書可有接到旨意，可有覆奏？」

謝相憤然道：「蘇相和臣還有呂相均一無所知！朱相，還請問這是何道理？短短十二天，樞密院兩次僅憑東院印就調動侍衛親軍步軍，皆未得到二府用印！」

太皇太后寒聲道：「皇叔是忘記成宗駕崩時出的事了？老身和先帝母子可是險些喪生於刀斧之下！那事以後，二府楊相公奏請，諸相公附議，皇叔你也未反對，憑老身飛鳳玉佩，有樞密院東院印，可急調侍衛親軍步軍司精兵三千護駕。比起皇城司五千人、殿前司大內禁軍五千人，老身就算調用這三千人，也未必能保住官家和老身的安全吧？有何不妥？」

定王寸步不讓：「娘娘可別忘記當年還有這一句：太后可用兵裁制於內！什麼是外朝，什麼是內廷？這前朝六殿是娘娘能出兵裁制的地方嗎？這文武百官各部重臣二府相公和我等宗室親王，是刀斧手能橫刀相對的嗎？自成宗帝始，我大趙宗室就立有家法：後宮不得干政！娘娘垂簾是聽政，可不是任意干政！還有，太后去哪裡了？緣何大起居不視朝？」

第二百章

後閣裡闃寂無聲。定王這一通發難，貌似要搬出祖宗家法來治太皇太后了。這話一說，就算是宰相也沒法插嘴。

屋內的四位宰執心裡都清楚，德宗皇帝設置大宗正司是幹什麼的？掌糾合族屬而訓之以德行、道藝，有罪則先劾以聞，法例不能決者，同上殿取裁。第一任知大宗正事是濮王殿下，也就是武宗皇帝和定王的生父。第二任就是定王殿下。這位老殿下是歷經四朝的位高尊者，就算是太皇太后，也照樣得領這位老殿下的訓斥。

太皇太后氣結道：「皇叔！五娘在照顧官家脫不開身。老身疼了她幾十年，難不成還會將她如何？何況老身人在何處，何處就是內！自身難保時還不能便宜行事？陳青的身手您也看到了，不能不防！又怎會是對著皇叔和眾卿家呢？」

她掩面而泣：「皇叔！老身一個婦道人家，杯弓蛇影一些，也是因為前車之鑒，只求自保而已！您這是何用意？侄媳何嘗干政過了，您竟搬出成宗遺訓來訓斥於我？難不成要侄媳去地下見成宗辯解？」她心裡也發慌，連自稱都改稱侄媳了。

定王吹了吹白鬍子，嘿，這婦道人家見識短手段多，動不動哭哭啼啼的。前車之鑒？她當年怒斥成宗的時候勢如猛虎，抱著還是太子的趙璟找自己訴說時，哭得那個憤慨委屈；後來宮變時她踩著屍體走出來的時候鎮定自若，要處置阮玉真時被他責怪了兩句就淚如雨下；再後來垂簾聽政時一味打壓趙璟，屢勸不聽，要還政時就當朝哭得母子情深。現在又來了？

朱相上前一步，輕聲道：「殿下怕是誤會了。娘娘所為，確為自保。如今秦州陳元初一事尚未水落石出，張子厚所言也非定案。娘娘防患於未然，並無過錯。當務之急，是秦州文書不見一事該如何處置，還有秦鳳路、永興軍路，兩處援軍當以何人為帥對敵西夏，契丹耶律似一事又當如何決斷。此時殿下和娘娘切勿再起衝突了。三衙調兵一事，臣日後再緊急也會通知中書和殿下一聲，還請娘娘和殿下平息心情，共同商討。」

定王豎起眉毛瞪起眼：「可不全是你們的錯！一點小事毛毛躁躁，來不及似的。一代不如一代！以前陳青在樞密院可從來沒出過這種事！」

朱相一噎，眼前一黑，這——還不是為了防備陳青？他算看出來了，這位老殿下，和張子厚一樣不講理，心還都長偏了。

一直垂首肅立的張子厚突然抬起頭，朝著朱相微笑了一下。朱相眼前不由得又一黑。

張子厚沒有看定王身邊的趙栩，他知道朱相在想什麼，也知道定王說的那毛毛躁躁的人裡也有他，他更明白趙栩從大殿轉入後閣時看向自己那一眼的意思。

他的確操之過急了，陳青因陳元初一事要避嫌今上禪位的商議，無論如何他應該留下蘇瞻，等燕王即位後再解決他。直到此時，那力壓群臣掌控大局、挫敗阮玉郎的毒計、鬥倒一生勁敵的興奮感成就感才慢慢褪去。

如今只憑自己和定王，要爭取謝相、呂相或曾相過來一同支持燕王，十分之難。呂相是個不倒翁，哪一方都不肯輕易得罪。謝相和蘇瞻同屬舊黨，和自己素來道不同。曾相又是一貫不太肯出頭的。

謝相歎了口氣：「臣以為，至少要等田洗案水落石出後方能定下今上禪位一事。如今西夏攻占了秦州，還當以擊退外敵為先，只是不知道娘娘和兩位殿下的意下如何？」

趙栩深深地看著太皇太后：「若是娘娘不再軟禁娘娘和我生母，並保證置伏兵於福寧殿這等事不再有，六郎並無異議。」他也是不得不退，缺少了蘇瞻，二府的平衡一下子被打破，再少了舅舅參與，己方立刻失去了優勢。張子厚畢竟還是過於激進了，如今局勢，求穩為先，多虧皇太叔翁那番說話說得正是時候。

朱相曾相都吃了一驚。太皇太后竟然軟禁了向太后和陳太妃？難怪定王殿下動了真怒。眾人都沒了聲音，紛紛看向太皇太后。

太皇太后陰沉著臉：「六郎這說的什麼話，五娘和陳氏好好地在福寧殿陪著官家呢。」

趙栩轉向定王說道：「皇太叔翁，既然太皇太后這麼說，還當請太后前來垂拱殿共議政事，才合乎禮法規矩。六郎願去福寧殿請娘娘。」

眾人皆無異議，各懷心思，默默盤算著當下局勢。

向太后扶著趙栩的手進了垂拱殿後閣，眼圈還是紅的，一見定王更是忍不住落下淚來。她性子溫和，嫁給先帝這些年，從未和先帝紅過臉，侍奉太皇太后也一直恭順溫良。這十多天連逢巨變，雖然在皇子即位一事上她謹遵先帝的心意，和太皇太后相左，卻料不到今日竟會突然遭到軟禁，那一刻，她才發現自己貴為太后，依然可能朝不保夕，想到趙栩說的話，不再猶豫。

向太后既不入座，也不對太皇太后行禮，立於堂中，看向一邊：「請問諸位相公，今早入內內侍省、皇城司眾人，還有侍衛親軍步軍司的刀斧手，忽至福寧殿，將我和官家、陳太妃一併軟禁，可是二府的主意？諸位相公是要廢黜皇帝，廢我這個太后？」

太皇太后一怔，隨即大怒：「五娘你說什麼!?」真是反了！向五娘哪裡來這麼大的膽子當面和自己對峙？必然是趙栩搗鬼！

四位相公立刻跪地高喊：「臣不敢——！」

朱相後背冷汗涔涔，看來今日太皇太后不只是捅了定王殿下這個馬蜂窩啊。太后這話比起定王殿下，可厲害太多了，那是祖宗家法，這是謀逆造反！

向太后這才看向太皇太后，緩緩跪倒：「五娘嫁給先帝數十年，若有不是，還請阿姑教導。如今先帝屍骨未寒，太皇太后對妾身和十五郎兵刀相向，今日大起居，妾身被軟禁在福寧殿裡膽戰心驚，不知生死。」她轉向定王：「若不是二府相公們的主意，請皇叔翁替侄孫媳婦做主。這太后，五娘不敢當，不如廢了我，送我去瑤華宮清修，也好保住性命！」

太后一跪，旁邊的張子厚和趙栩、趙棣三個也趕緊跪了下去。

二府的四位相公心中哀歎一聲，兩宮決裂，不欲共存！屋漏偏逢連夜雨啊。張子厚垂眸不語，心中那份自責和不安稍退，對趙栩拿捏局勢之準更為佩服。若能靠向太后和定王殿下合力打壓二府，將太皇太后送去西京，即便蘇瞻不在，前路也能大好。

太皇太后氣得渾身發抖，卻極力抑制著自己。這樣的話，向五娘可不會說，趙栩竟敢操縱五娘來脅迫她！這個關頭，一個處理不好，就會出大事。

她當機立斷，不等定王開口，立刻起身去攙扶向太后，大哭起來：「都是老身一時不慎，五娘你就算受了委屈，你我不都是為祖宗江山嗎？何至於此！老身被陳元初叛國投敵一事驚到了，才想將你們幾個護在福寧殿，未及同你交待清楚，倒讓你誤解了。」

趙栩微微抬了抬眼，自他記事起，頭一回聽見這位後宮第一人如此低聲下氣。他也才明白為何這許多年來，經歷了廢后、宮變、垂簾聽政、還政、黨爭等等內廷外朝各種大事，唯獨她能巍然不動。他見定王眼風掃向自己，右手微動，擺了個手勢。

向太后原等著太皇太后發怒或強詞奪理的，不知所措地被她拉了起來，不知如何是好。聽她哽咽道：「五娘，你是老身當年親自選出來的皇后！老身又怎會對你不利？你說那樣的話，置阿姑我於何地！老身這一輩子，為先帝操心，為趙家操心，為這江山操心，旁人不懂，難道五娘你也不懂？」

太皇太后又轉向定王，拭了淚：「皇叔，若是五娘不肯見諒，容不下我，我原本也沒兩年好活了，不如早些去見成宗，這大趙宗室萬里江山就都由皇叔和五娘做主，只盼你們好生照顧十五郎！」

趙栩眉頭微微一動，太皇太后竟以命相脅！娘娘擔不起不孝二字，皇太叔翁擔不起擅權罪名，看來只怕依然會功敗垂成。

向太后咬牙不語，她雖有逼走太皇太后之意，卻無應變之能，被這番話壓下來，竟無言以對。

定王長歎一聲：「好了，你們婆媳二人，向來和睦，何必如此。如今西夏大軍直逼京兆府，兩宮若再不和，你們叫二府如何是好？這政事如何決斷？不如在此立約，太皇太后日後不可再擅自調兵，有京中十萬禁軍效忠陛下，何懼宮中安危？還有，皇城司不如交給太后掌管，也好讓她安心。」他早看懂趙栩暗中的手勢，能爭一分是一分，趙栩眼下不能出宮開府，他母子三人毫無屏障。近萬大內守衛者裡，殿前司將領雖然大多偏向趙栩，可皇城司和入內內侍省卻是很大的麻煩。只憑趙栩會寧閣裡的幾十號人，一旦出事，毫無自保之力。若能把皇城司從太皇太后手裡奪過來，那就踏實許多。

太皇太后卻毫不猶豫，爽快應了：「就按皇叔說得辦，日後調用三衙，老身必知會中書和皇叔，也一併告知五娘。皇城司便由五娘掌管，日後交還給皇帝就是。五娘，你可還有心結？若心裡還難受，那老身給你賠個不是。」

向太后頗為意外，隨即掩面大哭起來：「妾身不敢！求娘娘垂憐！十五郎適才又發起熱來，卻無人能出入福寧殿，連取藥都不能！若有個三長兩短，五娘怎麼向先帝交待？」

太皇太后大怒：「哪個大膽的狗東西，老身再三交待好生照顧官家！」她氣得雙手發抖，若是趙栩因此出了事，她再低聲下氣，恐怕也沒法挽回局面。

年事已高的她連續十幾天日夜操勞，強壓著喪子之痛，竭盡心力，全靠參湯吊著，今日先受制於張子厚，再連續被定王和向太后氣得不輕，此刻再也壓不住血氣翻湧，只覺得頭目森森，眼冒金星，一個站立不穩，竟迎面栽倒在向太后身上。

向太后大驚：「娘娘——娘娘！」趙棣哭著撲了上來：「御醫官！快宣——！娘娘娘娘——」後閣裡亂成一團，有人歡喜有人憂。張子厚暗暗在心裡喊了聲：南無大慈大悲救苦救難廣大靈感觀世音菩薩，這不該死的已經死了三個，這該死的也死了兩個，死而復生的，也有一位，剩下那老而不死的，菩薩還是趕緊收了吧。他看向趙栩，見趙栩面上陰晴不定，看不出喜憂。

直到午後，侍衛親軍步軍司的精兵才依次退出皇城。還在東華門附近的酒家茶坊裡的京官們，更是各自揣測宮中怕是又發生了什麼大事。

到了黃昏時分，汴京市井坊間不少消息靈通的人都已經聽說了蘇瞻罷相，秦州失守，陳青暫緩出征的幾件大事，很快一傳十十傳百，百姓人心惶惶。

夕陽影裡東風軟，百萬人家起炊煙。

後院廊下突出的一方木臺上，阮玉郎一襲玄色道袍，背倚廊柱，正垂首在手中一支洞簫上刻字，他左手握著的紫竹簫身滑澤節勻，看起來宛如白玉搭在紫玉上。他持著刻刀的手極穩，簫身上的「如夢懶思量」五個小篆字已將近完工。這一句詞字字急回疾下，筆致玲瓏，舒捲自得，深得琅琊臺刻石的秦代李斯篆書的字意。

小五輕手輕腳走到廊下行了一禮，不敢說話，靜靜待他刻完最後一筆。

阮玉郎輕輕拂去身上細碎竹屑，轉了轉洞簫，仔細端詳了片刻，歎了口氣：「如何？」

小五輕聲稟報完畢，又補了一句：「大郎和婆婆剛剛到家，鶯素幾個在服侍他們梳洗沐浴。趙栩的人著實了得，要不是高似出手，只怕一個也回不來，已經驚動了開封府，這裡恐怕也不能久待。」

阮玉郎看向夕陽，眯起了眼：「夕食前就走，去城南，那邊已經熬好了婆婆愛喝的湯。大郎這次也吃了不少苦啊。」又微笑道：「田洗竟然未能盡功，看來我小瞧了趙栩啊，這孩子，有些意思。陳青——張子厚——」

他搖了搖頭：「高似既然肯出手幫忙，咱們也少不了幫他一把還個人情。對了，小五，你可知道這天下人都是什麼人？」

小五一愣，他熟悉郎君，有時候郎君問話，並不需要他答，何況這問題，以前郎君也問過，說什麼為利來為利往的。他抿了抿唇，沒開口。

阮玉郎試了幾個音，看著院牆邊榴花勝火，笑道：「天下人，不是聾子，就是瞎子。」

他看著小五一臉的拜服，歎道：「這天下人，只信兩句話。一句，是朝廷說的，朝廷說什麼就是什麼。一句呢，是旁人說的，眾人說什麼就是什麼。至於他們自己，看不清也聽不見。那讀了些書的迂腐之人更甚，尤其會推波助瀾，還自以為耳聰目明。眼下，是要用天下人的時候了。」

小五若有所思，郎君胸懷天下，必然是有他的道理，他只管去做就對了。忽地聽到後邊傳來急急腳步聲，小五笑了：「大郎急著來拜見郎君了。」

阮玉郎面上露出柔和之色，側過身來。

趙元永急匆匆地奔了過來，濕漉漉的長髮在身後甩下一連串水珠，匆匆行了禮，站到阮玉郎身前，看了小五一眼，咬了咬牙，大聲問道：「爹爹！你沒有勾結西夏人打我們自己！對不對？」

第二百零一章

夕陽越過粉牆，透過榴花，流連忘返在廊下，輕撫在趙元永小小的精緻面孔上，他沐浴後的臉容緋紅，肌膚上一層細細絨毛，被夕陽染成金色，瞳孔中似乎也泛起了一片金色海洋。

阮玉郎細細看著他，柔聲道：「大郎瘦了許多啊，多虧有你照顧婆婆，我家大郎長大了，可生氣爹爹不曾去救你們？」他微微笑了起來，帶著些歉意，眼角的細紋皺了起來，眼波瀲灩瀲灩，朝大郎伸出手：「來。」

趙元永小胸脯劇烈起伏了片刻，眼中漸漸濕了，猛地撲進阮玉郎懷裡，小手緊緊摟住他的腰，死死揪著他的道袍，背脊抽搐著，哽咽道：「我不怪爹爹，爹爹不能來。」

阮玉郎輕撫著他濕漉漉的長髮，眼中閃過一絲諷刺，柔聲道：「不要緊，你看著啊，過些日子，那些人個個生不如死，悔不當初。」

趙元永在他懷中僵了僵，片刻後才悶聲問：「爹爹，我們才是好人對不對？我們拿回自己的東西，給翁翁、太翁翁、婆婆一家人報仇，天經地義對不對？」

阮玉郎的手停了一瞬：「自然如此。」

趙元永慢慢鬆開他，整了整衣裳，跪坐在他面前，仰起小臉：「爹爹，你會和西夏、女真一起打大趙嗎？會讓百姓受苦嗎？」

阮玉郎深深地看著他，似乎要將他心裡那不該有的萌芽拔除。他淡然道：「大郎，敵人的敵人就是朋友。西夏和女真，沒有爹爹也會攻打大趙。」他伸出手中的洞簫，指向院牆邊的榴花：「蜜蜂總要採蜜，虎狼總要進擊，擋不住。我們能做的，是利用他們得到最大的利益。當年秦國一統天下，也是如此。等我們拿回這江山，總有一日也會再和西夏、女真為敵，天道輪迴，權力紛爭，弱肉強食，爭天下沒有是非好壞善惡之分。」

趙元永看著爹爹，覺得爹爹說得沒錯，可是九娘那些話依然在心中徘徊不去。爭天下真的沒有是非好壞善惡之分嗎？學堂裡的先生、同窗，那些個慈祥笑容的翁翁婆婆，賣香引子的貨郎夫妻，沒有好壞善惡之分嗎？

阮玉郎不經意地問：「大郎聽誰說起西夏、女真一事的？趙栩？」

趙元永低下了頭：「不是，是那個長得極美的姊姊。」他抬起眼猶豫了一下：「那年看完雜技，我要撞沒撞上的那個姊姊。她——還記得我！」

阮玉郎看了他一眼，輕輕舒了一口氣：「過目不忘，孟氏九娘？她還說什麼了？」

趙元永聲音更低了：「是她要六哥放我們走的，還讓我別怪你不去找我們。還有——」他細細將那夜九娘問阮婆婆的話都說了。

阮玉郎認真側耳聆聽，時不時問上幾句，面上浮起一抹詭異的笑容，他轉頭看向那落日餘暉。她竟然知道飛鳳玉璜？還打聽小郭氏的往事？知道小郭氏藏在青神改姓童？還打聽自己救過王玞的事？

「我九妹她自幼聰慧過人，過目不忘……」

他突然大笑起來，趙元永怔怔地看著他。

阮玉郎笑著搖頭：「我竟然疏忽大意了，趙栩和張子厚的智囊，應該是她才是。靜華寺那夜我就該想到的，趙瑜一定是不得已才跟著她回京的。原來是她啊，怪不得總那麼不順利。」

原來是你啊，九娘，你做得真好，可你這就做得不對了。阮玉郎笑得越發歡暢起來。一飲一啄，自有天定。就是不知道那取了趙璟性命的玉璜，現在何處了。

他從寬袖中掏出一些已經封好的信箋，擲向小五：「養兵千日用兵一時，讓他們都動起來吧。那封了紅蠟的送給趙檀。」

小五躬身應了。

阮玉郎笑道：「等解決了趙栩，記得將孟九娘接來家裡，切莫傷了她。」他長身而起，在廊下看著天盡頭浮雲盡染緩緩飄過，白雲蒼狗，世事變幻無常，誰可料？雄豪亦有流年恨，況是離魂易黯然。

第二日一早常朝，禮院宣布：先帝小祥，百官除頭冠、方裙、大袖，改戴布四腳襆頭、直領布衣，繫藍腰絰，著布褲。

上朝的百官心裡嘀咕的是，昨日大起居，太皇太后來了，太后沒來。今日常朝，太后來了，太皇太后又沒來。官家還病著，來不了。二府的幾位相公個個面有憂色。

等黃昏時分，都進奏院的皇榜貼到各處時，秦州失守給汴京百姓帶來沉重的一擊，連端午節的氛圍也不那麼熱烈了。

孟府的牛車從開寶寺返回城中，在東十字大街路口同魏氏道別。杜氏和程氏感歎陳家雖然陳太初不在，給蘇昕辦的法事仍然十分隆重，蘇矚和史氏也算放心了。看起來兩家也沒因為蘇瞻罷相的事有什麼不和。眼看著到了南門大街，杜氏想起孫子一直念叨的包子，就吩咐車夫往西轉，去鹿家包子鋪買些包子。

九娘和七娘頭戴帷帽，玉簪和惜蘭陪著她們進了鹿家包子鋪，裡頭依舊人頭攢動。九娘見鹿家娘子端著堆得高高的籠屜走了過來，趕緊避讓開來。

鹿娘子狠狠地將收回來的幾個籠屜砸在桌上，朝著裡頭靠牆的幾桌低低呸了一聲。

鹿掌櫃看看她，歎了口氣：「一整天都黑著臉，你就是愛瞎操心。」

鹿家娘子憤憤地回頭道：「你懂什麼！那些人空口白牙，說咱們汴京四美的陳元初叛國投敵，說是他開了秦州城門給西夏梁氏！放屁！放屁！」

九娘一驚，趕緊湊近了他們，掀開帷帽問鹿娘子：「娘子你說什麼？」

鹿家娘子看到她，一怔：「啊——是你啊？」她氣囔囔地低聲告訴了九娘。

見九娘拔腿就往裡頭去了，鹿掌櫃搖搖頭怪自家娘子：「真金不怕火煉，你急什麼急？齊國公一家子還用得著你擔心？」

「這都好幾撥人在我們家鋪子裡瞎嚼舌頭了吧？怎麼不急！外頭還指不定傳成什麼樣了！」鹿家娘子狠狠地道：「再有人敢胡說，我——！」

「你怎麼？你拿包子塞住人家的嘴？」鹿掌櫃看看外頭排著長隊的客人，瞪眼道：「快些！真是，這天塌下來，還有齊國公撐著呢，輪到你個小老百姓瞎忙乎？快點去外頭招呼去！客人都等不及要走了。」

九娘裝作找人，聽那牆角的幾個書生模樣的人尚在互相辯駁。

「那田洗貴為駙馬都尉，隻身回京報信，卻被關在刑部大牢裡，你們想想，若不是那位真的叛國，他爹爹早就該出征了吧？有時候啊，這關在刑部，也是保護證人呢。」

「不可能，齊國公一家忠勇滿門，必然是有人誣陷他家大郎。你們切勿輕信，如果是真的，朝廷皇榜早就公布了。」另一人搖頭道。

「朝廷怎麼敢輕易公布這麼大的事？可你們知不知道，蘇相也是被這個連累罷相的！蘇家才跟陳家結了親就被牽連了。何況，齊國公如今怕是被軟禁起來了。你們不懂，這京中十萬禁軍，好些人都是陳家軍。萬一——嘖嘖嘖。那些市井粗漢哪裡能看到這其中的要害之處!?」

「今日國子監都翻天了，知道嗎？好些太學的學生都來說呢，還有太皇太后今日都沒上殿聽政！」

「好了好了，切莫妄議朝政！咱們好不容易進了國子監，可不要跟著太學那些人去太廟鬧事，來來來，吃包子吃包子。」

九娘壓住怒火，深吸了口氣，快步走到外面，見玉簪已經拎了兩手的油紙包，催促七娘趕緊回去。一路細細留意，果然不少人竊竊私語都在說此事。

牛車停在第一甜水巷角門口，孟家眾人下了車，就見南邊觀音院門口一片混亂，嘈雜怒喝聲不斷。

九娘福了福，低聲同程氏說了幾句，就帶著惜蘭和玉簪往前去看個究竟。她只希望不會真的像她想的那樣，千萬不要糟糕成那樣。

九娘走到第一甜水巷觀音院前，見石板地上湯汁四濺。周邊的攤販三三兩兩在幫忙收拾殘缺的桌椅和狼藉一地的碎瓷片。

凌娘子含著淚，替坐在缺了一條腿的矮桌上的丈夫擦嘴角的血：「你這漢子！為何這般忍耐不得！疼死你活該！」

凌大郎憨厚地笑了笑，搖搖頭：「不疼！這幾個潑皮敢往齊國公身上潑髒水，我就敢潑湯水！不疼，都沒怎麼打到我。」他見到走過來的九娘，一把接過妻子手中的汗巾捂住半邊紅了的臉：「就是那一碗銅錢給那幾個無賴搶了走，對不住娘子了。」

凌娘子紅著眼搖頭：「不打緊，也該打。那陳大郎還帶著孟家兩個小娘子來吃過我家餛飩呢，是個好孩子。」她突然笑了：「奴嫁的漢子也是個頂天立地的，好著呢！」

九娘在她身後聽得清清楚楚，朗聲道：「不錯！凌大哥是條好漢！孟氏女多謝凌大哥、凌娘子維護我家表叔、表哥！」她解下腰間裝了半貫錢的香囊，放在凌娘子餛飩攤上，福了一福，快步離去。

凌娘子趕緊拿了香囊，喊了一聲小娘子，卻見九娘和女使們已經走遠了，只能轉頭無奈地看向丈夫。

凌大郎一愣，臉更紅了。

這時，一個小甕輕輕放在凌大郎腳邊。佝僂著身子的藥婆婆站直了一些，笑著說：「這蘭湯你帶回去洗臉，消腫得快些。」她招手喚過自己的傻兒子，從他腰上繫著的五毒荷包裡掏出一大把銅錢，塞在凌大郎手中：「這是你替老婆子打的幾拳頭，謝謝你，痛快啊。下回記得喊上我家狗子，同你一起打，他人不聰明，一把死力氣還是有的。」

凌娘子夫妻哪裡肯收。藥婆婆搖頭不理，支使兒子推起太平車，身子又漸漸佝僂了下去，慢慢往巷口挪去。

凌娘子返身收拾攤頭，卻見上頭散散落落放著不少銅錢，她四處看，那賣蜜餞的老伯，賣乾果的大娘，都笑眯眯地看著他們夫妻兩個，有人喊了聲：「凌大哥！兄弟敬你是條漢子！下次動手記得喊一聲，那些個王八羔子跑得快，下回老子見到了，非打得他們紅白不分腦漿崩裂！」

凌娘子哽咽著捂住嘴，她擦了擦淚，轉頭看見觀音院門檻裡跨出兩個戴著斗笠的少年郎，直直走到自己面前。

「對不住，小郎君，奴家今日沒有餛飩了。」凌娘子歉然說道。

「陳元初和陳青這麼好嗎？」那少年郎卻低聲問她。

凌娘子用力點點頭，指著旁邊都在各自收攤的人們說：「公道自在人心，小郎君可別聽那些胡話！齊國公父子這麼多年護國保民，奴家的漢子能出一分力，高興著呢！」

趙元永默默看著一邊被打得鼻青眼腫的凌大郎滿臉通紅喜笑顏開的模樣，呆呆地站了一會，便走了。他身邊的小五一雙精光四射的眼睛，透過斗笠謹慎地看著周圍。孟家附近始終有趙栩的護衛在，今日竟沒遇上幾個，看來昨日傷在高似手下的也都是趙栩的精銳。

更漏將闌時，魏氏在床上翻了個身。陳青輕輕替她掖了掖薄被，大手搭在她小腹上，緩緩地摸了幾下。

魏氏沒睜開眼，往後略挪了一挪。

「醒了？」陳青索性舒展左臂，將妻子摟入懷中。

「嗯」。魏氏兩手攀住丈夫的手臂。昨夜他們就知道了汴京市井各處流傳出的謠言，陳青只說了句傳謠一張嘴，闢謠跑斷腿，不需理會。魏氏原本就牽掛元初生死未卜，又擔心太初三兄弟一路安危，虧得她是個通達的人，還能勉強睡上一兩個時辰。

「沒事的，過些日子西軍總會有確鑿消息回來。」陳青放在她腹上的大手一圈一圈摩挲著：「這些日子，你就別去福田院了，有什麼事讓叔夜去處置。」

「嗯。」魏氏將臉靠在他手臂上，印去眼角濕潤：「這兩日家裡包了許多粽子，等天亮了，讓叔夜帶人送去福田院給婆婆她們，還有蒲酒和雄黃酒、各色果子，也一併送過去。」

「好，你有了身子，莫要太操勞了。我看你怎麼包了那許多粽子。」陳青柔聲道。

「太初他們幾個都說要我給他們營裡的弟兄們送一些粽子。」魏氏哽咽道：「你讓叔夜跑一回。又初那邊的愛吃角粽和錐粽，再初那邊喜歡筒粽和茭粽。我都分好了——」這些絮絮叨叨的瑣事，以為說著心裡會好受一些，不想卻更難受了。

陳青笑了笑：「哪有這些講究，那些個猴子，有的白吃就不錯了。今年婆婆她們是不是還編了許多百索？讓叔夜拿上和粽子放在一起送過去。」

魏氏翻過身，摟住丈夫的腰，埋在他胸口低泣道：「都怪我容易忘事，他們兄弟三個出遠門去，我都沒想著給他們編個百索！」

陳青輕歎道：「這有什麼要緊，都怪我提起來，惹你多思了。」他拍了拍妻子的背，想著趙栩晚間讓人送來的信，太皇太后已經醒了，征西的人選還未定，給契丹的國書已經擬了，明日開始通緝高似。當下京中謠言四起，應該也是阮玉郎之計。宮中朝中趙栩能穩住局勢就已很不易。這殺人於無形的謠言，恐怕才是阮玉郎秦州一計上一直等著的最後一擊。他想了一夜還未想出化解之策。

院中兩盞燈籠急急地晃蕩著越來越近。魏氏的女使在廊下站定了，發顫的聲音極力壓抑著憤怒和委屈：「稟告郎君！娘子！有賊人剛剛砸了家門上的牌匾！那廝被部曲擒住後，竟來了許多惡徒，在門口鬧事！」

陳青翻身而起，按住面上淚痕未乾的魏氏：「你再睡一會，我去就好。沒事。」

第二百零二章

齊國公府四扇黑漆大門敞開，二十多個陳家部曲個個面露怒色，好幾人手中弓已上弦，朴刀已出鞘。三個身穿皂衫的粗漢紗帽歪斜，面上已吃過兩拳，被押在門檻邊上。朱紅牌匾橫墜在六級如意踏跺上頭，敕造齊國公府金字在燈火下清晰可見，牌匾上好些拳頭大的洞，邊上裂紋縱橫。

另有二十幾個大漢，歪歪斜斜在臺階下，應是喝了酒，舌頭有些大，吵嚷起來聲震街巷。

「賣國賊！快放了俺兄弟幾個！別人怕你陳青，俺費老八可不怕你陳青！你可記得俺？」一個袒胸露乳的大漢一見陳青大步跨了出來，高聲大叫起來。

「對！陳青——把你兒子交出來！」幾個喝得醉醺醺的壯漢七嘴八舌高聲附和著：「你這廝當年在城西就橫行霸道！看兩眼你妹子是看得起你，就將俺們打個頭破血流！老天沒眼，還給你混成太尉，如今是報應——！呸！」

「賣國賊人人得而誅之！——」

陳青冷笑了兩聲，這為首的正是當年被他打殘的費老九的親哥哥，倒也算冤有頭債有主，幾十年沒敢在城西露過臉，今日竟敢犯到家門口來。他揮手讓部曲們停住，自己大步下了臺階。那些大漢見他不怒自威，好不容易趁著酒意壯起來的狗膽不知道去哪裡了，嚇得連連往後退。費老八喊了聲：「雙拳難敵四手！你們怕什麼!?啊——」

卻是面上啪啪啪啪吃了四記耳光，打得他頭暈腦脹，自己的拳頭還沒找到，已經趴在石板路上，背上被陳青一腳踩住。

「打人啦——打人了——陳青仗勢欺人！賣國賊還敢打人——！」幾十個漢子蹬蹬又退了好幾步，扯開嗓子大喊起來，卻沒一個人敢上前的。

不遠處鄰里有些人家的門咣啷咣啷開了，一些街坊提著燈籠，舉了大掃帚和門閂衝了出來，直接朝這些潑皮身上招呼：「哪裡來的賊殺才！打的就是你們這些狗東西！」

「用得著齊國公動手！是咱們動的手，你們看清楚些！」那竹枝大掃帚從臉上忽喇喇掃過去，那挨打之人狼哭鬼嚎起來：「直娘賊，你們不知道陳元初那狗賊降了西夏？陳家叛國——」面上又挨了好幾口唾沫。一個老伯劈頭蓋臉地用門閂砸在他背上身上：「殺千刀的！豬狗不如！還不下地獄拔舌頭！敢說陳家叛國？放你娘的屁！你個王八蛋自小偷雞摸狗，打的就是你個腌臢無賴貨！」

陳青看著這些街坊鄰里，老的已經五六十多歲，有好幾位可算是看著自己兄妹長大的，只是他性子冷清，從來都不苟言笑，更不和鄰里來往。年輕的十七八歲，還有十二三歲的少年，大多面生，素日遠遠見了他，也都只是恭恭敬敬避讓行禮。如今這些人卻衝出來維護他陳青，維護他的兒子，維護他陳家。想起妻子所說那夜被步軍司軍士押去皇宮，也是這些他冷淡相待的鄰里街坊們一力維護，陳青低下頭，胸口熱血翻滾，仍然面無表情，腳下又加了三分力。費老八啊呀慘叫一聲，覺得自己肋骨恐怕是斷了。

這些鬧事的無賴們平白挨了一頓慘揍，毫無還手之力。有幾個懷裡揣著備好的匕首，竟不敢掏出來生事。又見巷口有鑼鼓聲大作，開封府的衙役們舉著火把跑了過來。

「何人膽敢在開封府聚眾鬧事——！」

衙役們將這些鬧事的無賴們鎖上鐵鍊，把群情洶湧的鄰里百姓慢慢勸平息下來，這要是激起民變，是大禍。轉而才對陳青行禮賠罪，留下七八個衙役在附近巡邏，收隊回衙。

街坊鄰里們這才互相問好，又看向如高山巍峨一般立於陳府門口的男子。有位老伯揚聲道：「郎君莫要擔心，俺老漢信你家大郎！」

「對！我們都信元初——！」眾人紛紛嚷了起來。

話音正落，一個少年喊了起來：「讓魏娘子好好養胎！」引得人群爆出一陣大笑。

陳青默然無語，抬手團團作揖：「多謝。」不再多語，轉身走到臺階上，一彎腰，單手輕鬆拎起那塊大牌匾，幾步跨進大門。

黑漆大門緩緩緊閉上。鄰里們笑著各自散去了。

又過了兩天，通緝高似的皇榜貼滿了京中各處。市井裡謠言更甚，朝廷各部也無聲音。陸陸續有從京兆府來京的商旅，諱莫如深地說些秦州東關城大戰，西夏鐵鷂子血洗秦州五城的事。那甕城城門從內而開，梁太后為陳元初披上披風的事，漸漸都被傳得有鼻子有眼的。這信以為真的人遇上那不信陳家叛國的，一言不合就動手，開封府府衙門口一日要進出百來號人，個個面上掛彩。

不少身穿圓領大袖白苧襴衫的太學生們聚集在太學門口，商議著如何要求朝廷公布秦州失守真相；又有許多國子監的學生們跑去湊熱鬧。因為這些士子大多是京官子弟，過往的士庶百姓看著聽著心中不免更加疑惑。

這幾百個士子從城南太學出發，直奔南門大街，浩浩蕩蕩，一路引來許多人跟隨，到了都進奏院門口，剛開始鬧，就被禁軍叉下臺階，好些人在推搡中受了些輕傷，就有人振臂高呼著：「殿前兵馬雖驍雄，縱暴略與西夏同！聞道殺人秦嶺下，奸細原在官軍中！」

頓時眾士子跟著呼喊起來，嚷著官官相護罔顧民意之類的話，又返身去和禁軍撕扯。禁軍們也不敢對他們動武，只能推來擋去。混亂之中，不遠處傳來擊鑼的聲音。

「曾參殺人！曾參殺人！曾參殺人——！」

「三人成虎！三人成虎！三人成虎——！」

眾士子都一愣，都進奏院前圍著看熱鬧的百姓也好奇地看向那鑼響之處。卻見一群幾十個七八歲的孩童，在一個濃眉大眼的少年帶領下，敲著鑼喊，從東邊一路吆喝這兩句話而來。

他們來到都進奏院亂糟糟的門口，那少年手中銅鑼一陣急敲，待四周安靜下來，手一揮。

幾十個孩童就齊聲高唱起來：「元初斬殺夏乾帝，怎會開城又投敵？鐵血丹心好兒郎，眾口鑠金為哪樁？」

這段反覆唱了三遍，眾孩童又高喊起來：「西夏梁氏反間計，毀我大趙棟樑材，三尺小童尚明白，可笑你等看不穿！」

圍觀百姓紛紛議論起來，點頭稱是，指責那班士子們是非不分。

一眾孩童不等太學生和國子監的學生們反駁，一路敲著鑼往西邊開封府和御史臺喊著唱著去了。

章叔寶黃昏時分帶著孩子們回到慈幼局，裡頭早已經點上了燈火。一路暗中護衛他們的趙栩屬下才鬆了口氣。當頭的正是靜華寺那夜護送九娘回京之人，他和章叔寶說了幾句話，進屋拜見九娘。

正屋裡，九娘和蘇昉埋首寫著什麼，旁邊已經堆了厚厚兩沓三尺斗門大小的宣紙，一旁羅漢榻上攤滿了等墨乾的宣紙，上頭有畫有字。

「九娘子，孩子們都安然無恙地回來了，城西確實遇到好幾起潑皮無賴要尋他們麻煩，幸好開封府也派了衙役跟著，屬下們並未出手。沒有見到阮玉郎的手下。」他恭恭敬敬地稟報著。

章叔寶聲音都啞了：「姊姊你真是了不起！這法子管用！我看很多人都聽進去了。巷子裡也有孩子跟著我們邊走邊唱呢。我們好些人嗓子都啞了，沒事，明天還去唱！」

九娘微笑著說：「玉簪和曹大娘她們準備了調理嗓子的藥湯，你們都趕緊去喝一些，明日不用傳唱，只要把這些畫紙都發到各大瓦舍勾欄和夜市去就好。」

章叔寶見她從容淡定胸有成竹的模樣，用力點了點頭，信心大增地去了。

九娘謝過那位護衛，將一封信交給他，讓他帶給趙栩：「還請六哥明日繼續讓開封府衙役們跟著孩子們。」

蘇昉看那人接信離去，微微鬆了口氣，想了想又道：「阮玉郎明日會再出什麼花招？今日孩子們一攪和，他必然不會坐視不管。」

九娘面上的笑容驟然不見，她看了看天色，歎道：「論機變，我等遠不如他。只盼著汴京百姓能不失是非善惡之心。」

他們不只是在和阮玉郎鬥，還在和時間鬥，和人心鬥。日子拖得越久，越是不利。趙栩這幾日天天盯著都進奏院和樞密院，朱相卻總以等西軍回音為由，不肯先發邸報澄清陳元初一事。

蘇昉每每回憶自從靜華寺之殤開始的一步一步，甚至從阮玉郎三年前的假死遁走，他們這許多人，彷彿都被一張大網黏住，縱有掙扎，卻依然還在網中，不知道怎麼才能徹底掙脫。每次他們竭盡全力反擊，甚至離他咫尺之近，卻依然被他脫身。雙方縱然皆有死傷，可阮玉郎依然牢牢掌控著天下局勢。

一想到阮玉郎不知在何處，悠哉悠哉地看著他們幾家人幾代人被他玩弄於股掌之上，想到皇帝太后、宰相親王、將士和萬民，無人能逃脫出他布下的天羅地網，蘇昉總有種不寒而慄的感覺。他歎了口氣，看向面前趙栩繪的原畫，三幅圖栩栩如生，又不過於複雜難描。他們手裡的都是翰林畫院的畫師所繪，他和九娘只要將那童謠添上去就成。

蘇昉取過小銀剪，剪了一小截燭芯，將蠟燭湊近了九娘，提起筆又問道：「阿妧，我娘親的在天之靈當真已經很久沒有出現了？」

九娘手中筆不停，頭也未抬，默默點了點頭。

「是從靜華寺那夜後，她就再沒同你說過話了？」蘇昉聲音驟然暗啞下來，是因為阿昕去了，娘親太過傷心？抑或娘親幫阿昕去尋屬於阿昕的通靈之人了？九娘說她不知道不敢妄自猜測，他總覺得似乎有什麼事，九娘隱瞞了他。

九娘寫完一張，起身將畫紙放到羅漢榻上晾著。她總覺得張子厚怪怪的，放走趙元永時也沒想到那許多跟著他們的高手，不但沒有抓到阮玉郎，反而又被高似傷了那許多人。她對阮玉郎不敢有一絲懈怠，總擔心阮婆婆和趙元永會讓阮玉郎察覺到什麼。

恩也好，仇也罷，前世事已了，王玞再無牽掛。她孟妧和阮玉郎，今生只有仇。

翌日端午節，天一放光，陳家大門口已堆了許多菖蒲，臺階上擺滿了辟邪的艾人兒，還有那一個個竹籃子裡的各色粽子，一罈罈的蒲酒、雄黃酒，門口臺階下的空地和角門口的車馬停歇處，滿是朱砂酒和雄黃酒的香味。陸陸續續還有不少汴京百姓提著籃子抱著菖蒲，往陳府而來。

有幾個孩子還大聲唱著昨日學來的歌謠：「……三尺小童尚明白，可笑你等看不穿！」

有漢子喊道：「俺看穿了！這不給齊國公家送俺婆娘自家醃的鹹鴨蛋來了？別笑俺啊。」

眾人大笑起來，熱鬧非凡的巷子中，真有了端午節的模樣。

到了烈日當空時，金明池往年的龍舟競渡賽今年自然是停了，汴河上的龍舟賽卻照舊熱鬧非凡。兩岸一溜的看棚，沒了披紅掛綠，少了笙歌弦樂。歌伎舞女今年也沒了生意，只有那競渡時的鼓聲，響徹雲霄。

京中五侯勳貴們的看棚緊緊挨著京官家眷們的，眾人一看齊國公家今年竟然沒有看棚，不免聯想起京中傳言，各自議論紛紛起來。那些京中貴女們，有一些人向來看不起連封號都沒有的三公主，又有一些是元初社、太初社、四美社的社長、副社長，聽到有人背後議論陳元初叛國投敵，便立刻上前反唇相譏，爭吵起來，甚至動上了手，汴河邊又引發了一場混亂。

帶著發完畫紙的孩子們走到汴河邊看龍舟賽的章叔寶，看著自己空空如也的雙手，有些不明白，為何方才瓦子裡有人認出那畫是出自翰林畫院畫師手筆後，就會被一搶而空。

好處是，人人爭先傳閱。九娘子說了，看的人越多越好。那就好！

第二百零三章

那龍舟賽才賞了彩頭，適才豔陽高照的天上，轉瞬烏壓壓飄來大片黑雲，遮了日頭，蔽了半城，一陣大風刮過，滿城飛花飄絮，鳥雀驚飛，竟是要落雨的樣子。

端午日雨，鬼旺人災。汴河邊的百姓們看著那驟然變臉的天，都想起這句俗語來，來不及唉聲歎氣，已是半輪日昏昏一城新雨急，眾人紛紛奔走避雨。

城南蒹葭巷的民房裡，窗口羅漢榻上還有三寸日光，屋簷上已傳來密密雨聲，轟隆隆一個雷炸在當頭。

阮婆婆側耳聽了片刻，喃喃道：「五月五日雨，鬼曝藥，人多病。玉郎，這算是春雷吧？這世道要大亂了啊。」

阮玉郎輕輕打著蒲扇：「立夏都過去一個月了，這是夏雷了。莫要多想，你睡吧，我陪著你。」

阮婆婆無神的眼睛落在阮玉郎面上，忽地輕聲問：「玉郎，我最後問一回，阿玞的死，不關你的事，是不是？」

阮玉郎看著她眉頭眼角的細碎深紋，喟歎道：「我若要殺她，當初何須救她？若不是晚詩、晚詞不得力，我又何必將她們發配到薊州去。是我沒留意，害她丟了命，我怕你難過，才瞞著你。」

阮婆婆半晌才點了點頭，合上眼。

看著榻上的阮婆婆終於呼吸均勻了，阮玉郎將手中的蒲扇交給一旁的鶯素，緩緩站了起來。婆婆這次回來後更虛弱了。

他殺了王玞？阮玉郎搖了搖頭，或許她以為自己是死在他手上的？那些背信棄義之徒，一個個都死在他謀算中，只有她，跟著蘇瞻走錯了路，他僅僅是稍加懲戒而已。他救過的命，就不會再取走。可惜她不懂，趙瑜也不懂。

阮玉郎慢慢踱出房門，廊下的竹簾已經被雨打濕了，簾底下滴滴答答的水珠，染濕了廊下半邊青磚地。他垂首看見身上的天青道袍，腰腹間因為坐久了，有些褶皺，看一眼，倒像婆婆面上的皺紋，再一眼，玉蛇躑躅流光卷，似已藏盡百年事。他伸手輕輕撣了撣，又哪來的灰塵？那皺褶卻是再撣不去了。

走了幾步，他遠遠地見趙元永從外頭進來，收了傘隨手一擱，站在廊下迫不及待地從懷裡掏出一份東西，埋頭細細看了起來。阮玉郎走到他身後，見他看得出神，絲毫沒發覺身後有人，伸出手將他手中的畫紙抽了出來。趙元永嚇了一跳，轉過身來，低聲說：「是燕素姊姊買菜帶回來的。」

阮玉郎展開小報，見上頭竟然畫著三幅畫。一幅畫，畫著一銀甲小將怒斬夏乾帝，他身後一面大旗上寫著陳字，豪氣狂放。那西夏皇帝被他一槍刺在胸口，身後西夏王旗斷成兩折。又有一幅畫，畫著那小將被俘後滿面血汙，在秦州古城牆向東泣血。最後一幅畫著許多沒有眉眼面目之人圍著陳家，卻有一群孩童護衛在陳家門口，大哭著。旁邊配著的就是昨日大街小巷傳唱的那四句歌謠。字字有出紙之意，滿是憤慨。

阮玉郎看了趙元永一眼，笑道：「五月初五，陳元初今日應該在攻打鳳州了。讓大趙軍民看一看。很快京中就都知道了。拖了這許多天，也該塵埃落定了。」

趙元永一愣，想說什麼又沒敢說。

阮玉郎朝他眨眨眼：「你說那個長得極好看的小娘子啊，很是聰明，就是總愛給爹爹惹麻煩，抓了來，是不是該好好打她屁股？」

趙元永小臉騰地紅了。阮玉郎揉了揉他披在肩上的頭髮：「這人呢，性本惡。她再費力氣，也是沒用的。」

看著趙元永規規矩矩地行了禮回房去了，阮玉郎轉過身，廊下那把隨意擱著的油紙傘，雨水順著傘面流下，也沁濕了一小片地面，他握著紫竹傘柄，撐開油紙傘，朝著廊外輕輕旋轉了一圈，看著些微雨點落在廊下的一叢梔子花上頭，他才發現雨中除了微微的塵土洗滌的味道，還夾雜著極淺的甜香。他垂目看著那早間還白玉粉嫩的花瓣在陽光下焦黃捲起，被雨一打，殘敗零落不堪。

念胸中百慮，何物能消。君休問，千年事往，聊與永今朝。阮玉郎輕歎一聲，走入雨中，當年他冷眼旁觀她用手中魚叉殺人，那眼神狂熱堅定，恨毒了那些畜生不如的東西，毫無膽怯懦弱恐懼。就是那眼神讓他心中一動，想起自己幼時用磨得很尖利的竹箸猛然刺入那個老畜生咽喉中，抬起頭，看見一旁孟山定驟然放大的瞳孔中的自己，似乎和王玞重疊在一起。

他留下玉璜，只是覺得，這世上大概只有她才能跟著自己，見證殺戮，不為之動。誰知道她醒轉後卻忘了真正的她，藏起了那個兇狠無懼的王玞，不好玩了。

現在的孟九娘，似乎又伸出了自己貓爪子，露出了那股狠勁兒，又有趣起來了。阮玉郎抬起頭，眯起眼看向那日光，陡然生出了一絲期待之情，這世上，竟然還是有這麼個女子和他勢均力敵，見招拆招，不肯坐以待斃，那就再試試。九娘，你還會做什麼？

雨水不停敲打在福寧殿垂脊上的嬪伽頭上，琉璃瓦上雨水如小溪水面直鋪而下，沖下饕餮紋瓦當，沿著蓮花紋滴水，在大殿廊下拉了一片雨簾。

趙栩坐在床邊，看著無精打采的趙梣。他的病反反覆覆，時好時壞，小臉已經瘦得削尖，看誰都帶著懷疑和懼怕。向太后正柔聲細語道：「先前服侍你的那幾個，不懂這裡的規矩，犯了錯，就不能留在官家身邊。如今這些福寧殿的女官們，都是尚書內省精心選出來的人。你要是不喜歡，可以同娘娘說，或是讓供奉官去處置，但無緣無故責罰她們，這不合規矩。」

趙梣眼神閃爍，低聲道：「我不喜歡她們。」

「是她們做錯了什麼？惹得官家不高興了？」

趙梣搖搖頭：「我就是不喜歡她們。」

向太后吸了口氣，壓下心裡的煩躁，她沒有親自撫養過皇子皇女，從沒想過這七歲的孩童如此難弄。

趙栩微笑道：「可是因為她們攔住了姜太妃？官家是想姜太妃了？」

趙梣抿唇不語。自從那次他多吃了幾塊娘親偷偷塞給他的糕點肚子疼後，原先服侍他的女官就都不見了，他也已經好多天沒有看見他生母。他急得很，也害怕得很。

向太后歎了口氣：「待官家身子好了，自然就能見到姜太妃。」

趙梣咬了咬唇：「娘娘，是我太餓了，才讓太妃去拿糕點給我吃的，是我的錯。」

向太后點頭道：「官家，太皇太后和我都沒有責罰姜太妃，你且安心。明日無論如何都要上朝聽政了，可好？」

「我上朝了，就能見到太妃嗎？」趙梣滿懷期盼。

向太后默默搖了搖頭。

趙梣一把拉起被子蒙住自己，哽咽著喊了一聲：「那我不要去！我也不要做這個皇帝！我要太妃！」接著委屈地悶聲哭道：「又不是我要做皇帝的，我不想做！你們不要逼著我做！我只想要太妃！」

他大概憋了許久，一哭起來竟然再也忍不住，蜷縮在被子裡嚎啕起來。

向太后一愣，看向趙栩，搖了搖頭。

趙栩看著那被子縮成蠶蛹一般，想不起來自己七歲的時候在做些什麼，大概是白天拚命讀書，晚上拚命練武，每日只睡一兩個時辰，為的也是娘親和妹妹。無論幾歲的孩童，心裡總清清楚楚，誰才是真心疼愛自己的那個人。

他提防著阮玉郎對趙梣不利，借著整頓皇城司，把殿前司精銳都調入了福寧殿，聽著趙梣這句話，忽然心中一動。

阮玉郎要的是什麼？他們一直被他步步算計，應對得艱辛無比，為何總不能搶得先機？他想要的，讓他得逞又如何？如果先把他要的結果送給他呢？置之死地而後生，不破不立！

趙栩長身而起，行禮告退。雨越來越大，汴京城籠在煙雨間，迷濛不清。

千里之外，黃土飛揚，鳳州城內百姓依舊在過端午節，一早就有不少人推著太平車往城外的軍營而去，車上滿載著雄黃酒和各色粽子。

鳳州僅治梁泉、兩當、河池三縣，卻和鳳翔府成犄角之勢，一旦失守，南面利州路和東南方的京西南路將直面西夏鐵蹄。王之純率領八萬大軍，支援秦州不及，只能就地改駐紮在鳳州，這幾日三縣百姓大多已遷入鳳州城內安置，還有些轉往京兆府而去。

陳太初烈日之下跟著統帥王之純巡營後轉回鳳州西城門，見城門前壕溝的拓寬加深已完工，義勇們正往裡頭倒黑色石油。

「太初啊，你調來的這幾十桶石油威力巨大，只可惜數量太少，只能大多用在此地了。」王之純比陳青年長五六歲，指著壕溝裡陽光下閃閃發亮的石油對陳太初笑著說，又問他身旁的錢副將：「用這石油做的那種火箭可完工了？」

錢副將趕緊點頭道：「今晚能趕出三千支來！這次還多虧小陳將軍帶來了飛山雄武軍的五位砲手！咱們的雙梢砲可算能派上用了！那些個蒺藜火球、毒藥煙球、震天雷、霹靂炮，頂個三天三夜沒問題！」

王之純搖頭苦笑著告訴陳太初：「你是不知道，我這軍中，僅有十一名砲手，會用雙梢砲的不足一半，就這五六個，三發未必能中一發！能擊中敵方全靠老天爺幫忙。」

陳太初拱手道：「先帝每年都巡視飛山雄武軍，必會演練發砲。爹爹很熟悉這幾位的本事。也虧得雄武軍指揮使崔叔父高抬貴手，才能讓他們和太初同來。太初不敢居功。」

王之純歎了口氣，進了城門：「我記得當年成宗帝時，雄武軍還有考核砲手和區分一等二等三等的各種規定。後來蔡佑當政，因演習耗費錢財太過，便取消了，實在可惜。」這文官管武事，哪裡能想到對陣時所需的方方面面！

陳太初笑道：「伯父營中有十一位砲手已屬難得，小侄在大名府時，大名府不過只有四名砲手，三發也只能中一而已。」他也知道秦鳳軍有三位好砲手，都在秦州，如今和大哥一樣，生死不明。

王之純帶著陳太初上了登城道，沒幾步路就站在了西城門之上。

「太初，不說我秦鳳路六軍，就算加上永興軍路保安軍，我們大趙西軍的將帥，沒有一個相信你哥哥陳元初會投敵叛國的。」王之純看著城樓下密密麻麻的人頭，淡然道：「我們和你爹爹，都曾並肩作戰過。他最多時身中八箭，剛回營，一聽敵軍又來，箭都不拔，轉身上馬再戰。每次作戰，他必定衝在第一個。陳家男兒，我們信得過！這西軍每日送回京中的軍報，必然無一句會提陳元初投敵五個字！京中來鳳州和鳳翔的兩路刑部、兵部、大理寺等人，絕無一人會聽到軍中傳言陳元初投敵！」他輕撫自己的五縷長鬚，傲然道：「西夏梁氏未免太小看我等了！」

陳太初來了兩日，雖然訝異這位伯父絲毫不疑自己，卻頭一回聽他說起緣由，還有爹爹的往事。他心中激盪，熱血沸騰，拱手就要下拜：「小侄代爹爹和兄長謝過各位伯父叔父！」

王之純扶起他，歎道：「只可惜蘇相離開了朝堂，京中之人，卻不如邊陲之地的我們看得清楚，恐怕你爹娘要受委屈了。」

陳太初坦然道：「我爹爹受得住！」還有，他相信六郎、九娘、張子厚、蘇昉，他們定會全力以赴對抗阮玉郎。只要等在鳳州的各部精銳親眼見到他擊退西夏大軍，見不到他哥哥，自然會回京稟報實情。

「太初，可知道為何我要在城外紮營？」王之純正在視察女牆後的床弩，忽然轉身問陳太初：

「無需顧忌，想什麼說什麼。」

「小侄看這鳳州城的城池遠比不上秦州城牢固，四大城門內外甕城俱無，難守易攻。伯父依託鳳州城，在城西城北設立大軍營帳，綿延數十里，擋住秦州方向而來的西夏大軍，圍護住了鳳州城，您從西邊成州和南邊興州的調用軍糧軍備，再有五千精兵保證和東北的鳳翔府軍情暢通互通有無，如此一來，無險可守的鳳州城，西連成州，背靠興州，東連鳳翔，便能將西夏大軍擋在利州路和京西南路以外。」陳太初觀察了兩日，對王之純布陣調兵之能十分欽佩。

王之純哈哈大笑道：「不錯！後生可畏，陳漢臣真是讓我羨慕啊！」

咚咚咚腳步聲響，兩名斥候被帶了上來。

「稟報王將軍！西夏大軍來犯，離我中軍營帳尚有三十里！三個時辰將至鳳州城城西！」

王之純點頭道：「傳令——迎戰西夏——！」

角樓上終於響起應戰鼓聲，烽火燃起。王之純抬起手臂，身邊旗兵躍上牆垛，打出各色旗語。

城樓下的軍營內立刻如沸騰的油倒入水中忙碌起來，處處人頭攢動。

陳太初轉頭看向王之純，請纓之情，溢於面容。王之純看著眼前的少年郎，點了點頭，用力拍了拍他的肩膀，大聲道：「先鋒官陳太初，還不回營準備領軍殺敵!?」

陳太初深深吸了口氣，抱拳揚聲道：「末將陳太初得令！」

他手腕上九娘送的那根百索驟然滾燙起來，可這裡人太多，他不捨得看一眼或摩挲一下。

第二百零四章

陳太初大步走出鳳州西城門，轉身仰首看向城樓上，烈日正灼，他眼睛熱辣辣的，心頭也火辣辣的。六軍統帥王之純正在同幾個副將說話，並未留意他。

軍營之中，各處高臺上的旗兵已登上高臺，陳太初一路走入中軍，不遠處前軍那飛鳥為號的緋旗在風中招展著。處處戰馬嘶吼，五十人一隊的軍士跟著押官和隊頭前往各處集結。

後軍正將幾十座各種床弩往前軍運送，一輛輛太平車上堆放著一匣匣的寒鴉箭、鐵羽大鑿頭箭。四門五梢砲在砲車上也緩緩向大營門口移動。砲手和六七百位拽手緊隨其後，近千名身披步人甲手持步兵旁牌的盾牌手慢慢跟著移向前軍。

「二郎！秦鳳軍已經用上了您和燕王殿下改製的旁牌！」身邊的親衛有些驚訝。

陳太初疾步越過這群軍士，細細看了幾眼，的確是他和六郎去年改製的欒竹穿皮長牌。

當頭的幾位砲手，正是隨他一同西來的飛山雄武軍砲手，見了陳太初和他手中寬三寸長六寸的黑漆中軍權杖，都高聲喊了起來。

「二郎！今日你做先鋒官了？」

陳太初舉起手中曬得發燙的權杖，上頭金色的「先鋒」二字在陽光下折射出耀目光芒：「正是！」

「好！殺他個直娘賊！」

「二郎替弟兄幾個多殺幾個！回頭趕走西夏狗，咱們多喝幾罈子！」

陳太初拱手笑道：「太初領命！今日守營有勞各位哥哥了，每發必中！」

「每發必中——！」雷聲一般的呼喝此起彼伏，那六七百個拽手也高聲應和，信心十足地看向前面這幾位砲手。

「二郎，你做的這個長牌好，比原先那個桐木漆牌輕得多！」一位砲手走快幾步和陳太初並肩而行：「昨日我試過了，這竹質的面更有韌性，比木製的難刺穿。你改進的步人甲也好，兵部那幫孫子看見你和燕王殿下，跟真孫子似的！記得回頭讓這幫孫子也給我們飛山配備上才行。」

陳太初笑答：「去年年底軍器監才製成第一批，今年年底京中應該都會換上了。」

自從他改進了步人甲以後，兵部尚書對他和趙栩在軍備上的試驗極為支持，軍器監的幾位侍從官也配合得很好。這次調用京中的砲手，也是兵部尚書特批的。秦鳳路和兵部一向關係甚密，第一批用上這批新旁牌也不稀奇，用這批竹質旁牌，保護砲手和拽手和施放火藥的掛搭軍士，應該比以往更有效。

砲手抱拳和轉向中軍營帳的陳太初道別：「好，我們弟兄都等著！祝二郎百戰百勝！」

陳太初回到自己營帳中，屏退親兵。營帳外的正午日光透過幕布，落下半圓的金黃色，照在帳中最顯眼的一副黑漆瀕水山泉甲上面，似乎給這套戰甲鍍了層暗金色，格外輝煌。

他慢慢走到戰甲前頭，端詳著，這是父親臨別贈給他的先帝御賜之物。在四川吐蕃相交之地的雪山上，用冰雪水漂洗過的整張南越犀牛皮所製成，用油浸泡得柔軟，普通刀劍砍上去，只會留下淺淺痕跡。

陳太初伸出手輕輕觸碰鎧甲沿邊的十字形花，一朵朵菱形排列得十分工整。一旁衣架上掛著兄長三年前送給他的銀白色繡衫，上頭桃花暗紋，十足是陳元初的風範。朱紅髮帶和領巾，是娘親特地給他準備的。他不是頭一次上陣，更不是頭一次殺敵，卻是頭一次不知道歸期，料不到生死。

腕上的五彩百索露出了小半截，陳太初仰首看看天光，還來得及再想片刻。他修長手指摩挲著那山形的絡子，想起餛飩攤上垂首編織百索的九娘，想起雨中廊下坦誠相待的九娘，想起州西瓦子暗巷雨夜中令他面紅耳赤的九娘，還有掀開車簾如晨露般璀璨的九娘，含著淚替他包紮傷口的小九娘，歪著頭塞給他西川乳糖想用糖抵債的小九娘，餛飩攤上悶頭吃餛飩的小九娘。

他所記得的九娘，未必都記得他的一言一行，但無妨。她的牽記，他一直都隨身攜帶。

相見有期，生復來歸！

陳太初換上戰甲，套上繡衫，額繫髮帶，頸繫紅巾，捧著朱紅盔纓的頭盔大步走出營帳。帳外的親兵已捧著幾種牛皮箭袋等候著。陳太初從一個箭袋中抽出一枝箭，此箭比軍中所用的鐵骨麗錐箭更長更粗，箭頭經過點銅，閃著寒光，箭頭下方接著火藥筒，箭桿用的是弩箭的竹片，雁鶩箭翎。

「就用這個穿雲箭，把燕王送的射日弓帶上！」陳太初沉聲吩咐。

這兩年趙栩根據高似的長弓特點，研製出的射日弓和攜帶火箭的穿雲箭，因材料極少，製弓技藝過難，趙栩的要求又極高，兩年來才製成了兩張弓，配了不到一千枝箭，陳太初此行帶來一半。

陳太初走到自己的戰馬前面，摸了摸牠的鬃毛，看著親兵替牠披掛上馬身甲，他接過馬甲面簾，替愛馬繫上，拍了一拍：「乖，你好好的，回來給你吃糖。」家中的西川軟糖，他都帶來了，不愛吃糖的他，有時含上一顆，就不會覺得這路太苦。

種家軍重騎兵的指揮使種麟大步走了過來：「陳二郎——！」

陳太初抬起頭，笑了：「種大哥！」

種麟和陳元初頗有淵源，種家唯一的小娘子種十二娘到過一次秦州後，就宣稱非陳元初不嫁。種麟誤以為是陳元初始亂終棄，跑到秦州問罪，後來才知道陳元初壓根就不認識種十二娘。兩人不打不相識，倒成了生死之交，這次增援秦州，他自動請纓而來。

「我家三千兒郎託付給你了！」種麟大聲道。

陳太初的笑容比陽光更烈：「太初必不負所託！」

種麟伸手摸了摸他身上的鎧甲，流著口水道：「若是你哥哥安然無恙地回來，記得把這個送給哥哥做謝禮。」他眼睛瞄到馬兒右側的射日弓和穿雲箭，大步推開幾個親兵，上前拿出來細細摩挲了一番，眼睛發直：「餓賊！殘貨得很！二郎，你那鎧甲哥哥不要了，這套弓箭送給哥哥可好？」

陳太初笑道：「若掃平西夏，送給哥哥又何妨！」

「嫽的太太❶！」種麟高興得在馬背上大力一掌擊下。陳太初的馬嘶鳴一聲，就要抬蹄，被陳太初抱住了馬頭。

四周眾人哈哈大笑起來，那大戰前緊繃的弦也鬆了不少。

夕陽已落，天色仍有微光，遠方旌旗招展可見，沙塵中馬蹄聲震天動地。鳳州城上，火把已燃起，更將周邊照得亮如白晝，城下軍營中肅然無聲，中軍大營前的瞭望臺上，王子純面容無波。身邊的傳令兵、旗兵、副將、親衛、鑼鼓手數十人手持長牌，團團將他護衛住。帥旗在空中飄揚。各軍都已謹遵將令，各就各位。

大營前的壕溝寬三丈，深一丈，底下鋪滿乾枯樹枝草屑，隨時燃成一道烈火屏障。壕溝後面幾十座床弩呈犬牙交錯形排開，四座巨大的三弓斗子弩在最後面，近三百名負責張發的軍士嚴陣以待，斗子弩旁邊堆滿了斗子箭。二十人就可張發的手射弩散開成扇形，更多兩人張發的大合蟬弩、小合蟬弩穿插貼在床弩之前，身旁堆積著大鑿頭箭。

大營營門兩側空地上，一百五十七位拽手方能拉動八十根拽索的五梢砲，黑夜裡已準備就緒，一旁堆積著七八十斤的石彈。

穿插在床弩間的雙梢砲旁，是一籮筐一籮筐的蒺藜火球、毒藥煙球、雷震子、震天雷。掛搭們

---

❶種家軍老家在青澗城，屬於陝西延安。種麟的部分土話是陝西土話，「餓賊」表示驚訝的意思；「殘貨得很」表示厲害得很；「嫽的太太」意思為好極了。陝西土話很多取自古漢語。嫽字，出自《詩經》。

正在最後檢查各色火藥，飛山雄武軍的幾位砲手面色凝重。近三百神臂弩弓弩手們列陣於床弩和砲車之中，身後堆放著一批批三停箭。

最靠近壕溝的，是兩千弓箭手。弦已上，箭袋滿，只等敵來。

大營營門吊橋未落。飄揚著的五色旌旗上，分別繡著「趙」字和「種」字，還有一面大旗上，一個「陳」字如驚雷出雲。鐵甲森森的三千種家軍重騎兵，作為先鋒，靜靜等待著鼓聲響起的那一刻跟著陳太初衝出去殺敵。他們手持長戟，腰繫流星錘，全副重甲的馬匹左掛加厚斬馬刀，右掛種家軍專用的金線烏梢弓和出尖四楞箭。有些馬兒不安地刨著前蹄，被主人輕輕拉了拉韁繩後，靜止下來，豎起了耳朵。

先鋒重騎兵的後頭，是身穿步人甲的千人破陣開山斧步軍，每人都和持步兵旁牌的步軍相互依靠。開山斧一擊可碎盾牌，可截殺騎兵。這些從軍中選出的最年輕力盛的步軍，大多都在十八歲左右。火光下一張張年輕的甚至略帶稚氣的面孔，有緊張，有興奮，有期盼，有人看著前面的種家軍，熱血沸騰，也有人抻長了脖子，想看一看傳說中的陳太初。他們後面才是前軍主力：近萬名步軍，個個手握鴉項槍，腰繫劈陣刀。

風越發大了，陳太初不動如山，任由朱紅髮帶風中獵獵聲響，靜靜聽著越來越近的西夏大軍，胸口有氣吞山河之勢。他垂目看著橫在馬背上的銀槍。

大哥！你在哪裡？生還是死？

飛揚的塵土捲捲而來，轟隆隆的馬蹄踏地之聲。來了！

不出王之純所料，西夏大軍急行而來，不等紮營，直接衝擊鳳州城八萬守軍。瞭望臺上看出去，遠處黑壓壓盡是敵軍，成尖刀形狀逼近，當先幾千人的速度極快，宛如利劍，直衝向營門而去。

「鐵鷂子！」兩位副將倒吸一口涼氣。西夏出兵，全然無賴，偷襲、奸細破城，此時又不待對陣喊話直接殺來。

王之純沉聲道：「放吊橋！讓西夏鐵鷂子也試試我大趙西軍種家軍的厲害！」

旗兵打出旗號。天色終於昏沉暗黑下來，被火光映紅的半邊天幕上，不見一顆星子。

營門吊橋緩緩落下，陳太初抬腕又輕輕落下，那張如玉容顏被藏於陳青往日所用過的青銅面具之下，只露出他如電雙目。

陳太初回轉身，看向身後萬千大軍，高舉銀槍，舌綻春雷，厲聲喝道：「眾將士！可願隨陳某同赴生死！」

「誓隨將軍共生死！共生死！」萬軍高呼，震天動地。戰鼓聲隨之密集響起！

陳太初策馬飛奔而出，銀白色繡衫，黑漆鎧甲，朱紅髮帶和領巾，暗夜中如一道閃電劃過，三千重騎蹄聲如雷，緊隨他如潮水般而出。

劍尖對劍尖！

和對方越來越近越來越近，陳太初手中韁繩越捏越緊。

黑雲一般的西夏鐵鷂子，竟也有一面大旗，上頭也有一個「陳」字！這面大旗旁邊一片白色長幡飄揚。

最當先的一匹重甲戰馬上，一人身披銀色戰甲，未戴頭盔，朱紅髮帶風中飛舞，紅色領巾在火光中如一片紅雲，手握銀槍。遠看正是陳元初！

第二百零五章

陳太初胸中怒火翻騰，阮玉郎和梁氏惡毒至斯！竟派人冒充兄長！

他掛槍，反手抽出射日弓，戰馬速度更快，兩百步！一百八十步！一百五十步！穿雲箭上弦，瞬息點火，一道火光破空而出，直射向對面的陳字大旗。

對面騎兵絲毫不受影響，一百五十步，弓箭不達。只有當先那人慢了一瞬，剛舉起手中銀槍示意減速，穿雲箭的火箭已在半途中炸開，箭頭加速如電般穿過旗面，射中旗杆。

豁喇一聲，西夏軍中的那面「陳」字大旗旗杆半折，燒了起來。

「好！——」大趙八萬守軍齊聲高喝，高亢之聲穿雲裂石，似要撕開這蒼茫夜幕。戰鼓雷動，士氣大振。

西夏鐵鷂子緩緩減速下來，最終鐵蹄翻騰，列成長陣慢慢壓近。他們身後黑壓壓漫山遍野大軍在塵土間也隨之慢慢減速。只有當先那人獨自策馬加速疾馳而來。

陳太初眯起雙眼，舉手示意身後重騎兵減速，自己一提馬韁，加速迎向來者。

眨眼間，銀色戰甲之人忽然引弓，抽箭，上弦，一聲弦響，三箭齊發，直射向陳太初身後不遠處那面「趙」字大旗。

陳太初瞳孔猛然收縮，他無需回頭，已聽見身後傳來旗杆折斷的聲音。西夏軍中也傳來雷鳴般的喝彩。

陳家游龍箭！大趙將士們騷動起來，西夏出戰之人，果真是陳元初？

雙方越來越近，終於馬首交錯而過，各自轉了一圈，勒馬橫槍停住，蓄勢待發。

同樣的朱紅髮帶和領巾，同樣的銀色繡衫。兩張一模一樣的青銅面具在暗夜中閃著光，兩雙眸子同樣精光閃閃，兩人手中的銀槍，朱紅槍纓風中微動。

唯一不同的是，一人黑漆戰甲，一人銀色戰甲。

緩緩靠近的兩陣重騎兵，都不禁譁然，進入了彼此射程中，竟然無一人引弓，不知不覺停了下來，千軍萬馬皆矚目在這兩人身上。

陳太初仰天長嘯，喝問：「陳太初在此！你是何人？膽敢冒充我兄長！」

對方卻只是將橫在馬背上的銀槍交付右手，微微斜向上挑，他毫無應答，彷彿只是一具征戰沙場的殭屍。

「陳太初在此！——！」陳太初眼眶發紅，再次嘶聲高呼，握緊了手中槍桿。大哥！如果真的是你，若是你被迫出戰，至少讓我知道！

回答他的卻是閃著寒光的精鐵槍頭一抖，三朵槍花呈品字樣驟放，還有風中徐動的血紅槍纓。陳家槍起手式：三花兩蕊！

陳元初！陳太初！一母同胞兩兄弟的陳家兒郎即將沙場決戰！

大趙軍營瞭望臺上的王之純也不禁深深吸了口氣，難以置信。身邊眾人鴉雀無聲。一息之後，王之純陡然鬚髮飄散，他劈手搶過鼓手手中漸漸遲緩下來的鼓槌，奮力擊向牛皮大鼓上。一下，一下，一下下！越來越密，越來越重！

悲憤填膺！怒髮衝冠！此戰之後，京城陳漢臣處境之難，他不願多想。西夏梁氏如此狡詐陰險惡毒！他征戰三十年，見慣死傷，卻從未遇到這樣慘烈之事！

王之純氣沉丹田，大喝：「戰！」

八萬趙軍齊聲振臂高呼：「戰——！」

陳太初五內俱焚，殺氣頓時瀰漫開來，手中銀槍瞬間挑起萬千槍影，將對面人馬皆籠罩其中。好！王之純手中鼓槌越發沉重密集。陳家槍，暴雨疾風之勢！雷霆萬鈞之力！虛中有實，實中有虛。

「啊！——」對陣雙方齊齊驚呼出聲，瞬間又屏息無聲。

同樣萬千槍影當頭迎上陳太初的槍影，暴雨疾風之勢，雷霆萬鈞之力。也是陳家槍！戰馬交錯，兩人瞬間已過了百招，他們身後眾騎只聽見緊貼槍頭急速撞擊之聲。兩人皆人馬合一，俯仰自如，槍影神出鬼沒。

鳳州城頭觀戰的各部精銳面面相覷，紛紛扼腕歎息。陳元初！你究竟中了什麼邪！鳳州刺史胸口起伏不定，目眥盡裂，眼中熱淚滾滾而落，不停地搖頭，不停地否認：「不可能！不——那不是陳元初！他連陳太初都不認，假的！」

刑部一位官員被他撕裂了半幅衣袖，一把將他甩開：「胡鬧！我等不管陳元初為何投敵，不管他為何不認自己的親弟弟！我等只親眼看見陳元初代西夏出戰！這是不是游龍箭!?是不是陳家槍!?」

兵部一位年長些的拉住他，長歎道：「刺史莫怪，實在是京中已經等了我們多日，不可再白白耗費時間！我等也會據實稟報陳元初認不出親弟弟的怪異事。」

鳳州刺史涕淚縱橫：「他興許被下了藥！心智迷失——！諸位——諸位！」

大理寺的三位能吏對視了一眼，心中十分疑慮不安，不知道西夏梁氏竟然用了什麼厲害的藥物，能讓陳元初變成這樣。

鳳州刺史眼睜睜看著各部的人匆匆下了登城道，一拳擊在女牆牆垛上，痛心疾首地看向沙場上依然激戰在一起的兩人。

王之純奮力一擊，大喝：「戰——！」

身邊旗兵咬牙抬起手中緋色飛鳥前軍旗直指向西夏大軍方向。

沉浸在觀戰中的三千種家軍重騎接令，立刻拔箭上弦，雙腿一夾馬腿，衝向敵陣，箭如雨下。震天動地的呼喊聲鐵蹄翻飛聲在夜幕下震得大地都在顫抖。

西夏鐵鷂子也才如夢初醒，紛紛抽弓拔箭迎上。沙場這百來步的距離，雙方不過射出兩三箭，已近身廝殺成一團。

鐵甲對鐵甲！鐵鷂子對種家軍重騎！西夏和大趙的最強武力對戰，霎那間場上已鮮血四濺。馬匹鐵甲相撞，西夏金錘和大趙長戟互擊。中箭而亡的鐵鷂子軍士還掛在馬上東撞西衝。戰馬嘶鳴，戰鼓擂動，精鐵相撞，兵器擊碎盔甲甚至骨頭的輕微悶響，空中暗月已不忍再看，扯過一片雲遮住了臉。

陷入混戰的陳太初，連挑殺四名鐵鷂子後，又和對手錯馬而過，戰到一起。他深吸一口氣，驟然離鞍，銀槍和人倏地不見。

那人一怔，暗叫不妙，就見陳太初馬腹之下如毒蛇出洞，一條銀光貼著地面暴起，已刺中自己胯下戰馬鐵甲護不到的馬腹。

戰馬吃痛，長嘶一聲，高高抬起前蹄，本應交錯而過的陳太初戰馬卻以小到不可思議的轉彎距驟然急轉，陳太初怒叱一聲，手中又一道銀光疾刺向那人面上。

浮雲散去，半闌月不忍看卻不得不看這殺聲震天的血腥沙場。

戰馬緩緩倒下，人卻已經騰空而起，一個後仰，避過這刺向咽喉的致命一槍，一張青銅面具應聲而落，連髮髻都被銀槍挑散。

那人在地上滾了兩滾，躲過亂踏亂踢的翻飛馬蹄，手中銀槍吞吐，已挑落一名種家軍騎兵，翻身而上，韁繩一勒一提，直朝陳太初撲來，月光下一張劍眉星目英氣勃發的玉面，如嚴霜，如寒冰，烏髮飛揚，眉心滲出一絲血痕，越發襯得人決絕狠厲。

陳太初一怔，這冒充大哥之人，竟然是個女子!?可放眼四周，人人狀若瘋虎，奮勇砍殺，無人留意這個會陳家槍會游龍箭的是假陳元初。種家軍偶有看上一眼的，卻都未見過陳元初本人，更沒發覺這是個女子。

陳太初心中疑慮叢生，兩人已再度在亂軍中戰到一起，戰馬交錯。

「想要你哥哥活命，跟我來！」那人一個側身，幾乎橫在馬背之上，架住了陳太初的銀槍，沉聲喝道，她聲音嘶啞，說的卻是地道的秦州話。

陳太初一愣，那人已策馬往西夏大軍的方向退去。他不及細想，立刻緊緊跟上。銀槍如狂風暴雨，硬生生殺出一條血路，往漸漸靠近的西夏大軍衝去。這一退一追，陳太初身後很快彙聚了近百名種家軍鐵騎，士氣大振齊聲高呼：「鐵鷂子已敗！鐵鷂子已敗！——殺啊——！」

混戰成一團的重騎兵們來不及細想，丟下敵手，轉往陳太初身後，由橫變縱隊，如尖刀一般往鐵鷂子後陣插去。鐵鷂子陣型被陳太初這隊人從中切成兩半，竟無一人能擋得住陳太初片刻。王之純遠遠看見那被陳太初撕開的缺口，缺口越來越大越來越大，心中大喜。

旗兵再次舉旗，開山斧軍和身穿步人甲的步軍們加快了速度，跟著最後重騎兵衝缺口往內衝殺而去。

西夏步軍尚在前移，突然見前面鐵鷂子橫矩陣型大亂，騷動之中，已方的「陳元初」長髮散亂，急退而回，排山倒海般的殺聲越來越近。一面「陳」字大旗席捲而來。

一路奔襲而來的西夏步軍，本就疲乏，此時雖有將領喝令迎戰，卻有些慌亂。陳家軍!?誰來了——？

不多時，剛剛列穩陣型的大軍，就見一人一馬率眾殺出了鐵鷂子最後幾排，身上銀白繡衫已通紅，猙獰的青銅面具在月光下火把下閃著寒光，手中銀槍一閃，已轉而抱弓在懷，利箭直指西夏中軍將旗。

火光一閃，呼嘯而過。西夏大軍只見中軍大旗忽地著了火，劈里啪啦斷了下來，紛紛膽戰心驚大喊起來：「面涅將軍——！陳青——！陳青——！」不等後軍變前軍，二十幾年來對陳青的恐懼，使得步軍中眾多人已習慣性地返身後退。

緊隨陳太初一路殺入的種家軍重騎，此時才真正見識到傳說中「陳青一人可抵十萬大軍」的威力。方才憑一個勇字旋風般殺將出來，還擔心己方大軍來不及跟上，會陷入西夏大軍重圍，誰想到還沒接觸，對方已亂成一團。

西夏領軍大將朝著撥轉馬頭往西而去的「陳元初」喊了幾聲西夏語，又拔刀砍了幾名掉頭跑的軍士，依然擋不住已亂的大軍退軍的頹勢。

他驟然一個激靈，一抬眼，就見百步外那一箭射斷中軍大旗的黑甲面涅將軍，手中弓箭正指向自己。

三箭齊發，直發直往，破空而來的火光令人魂飛魄散。

火箭在西夏軍中炸開，不少人抱頭或就地打滾。

西夏大將身子一僵，來不及抬手摸向胸口，已墜下了馬。

副將立刻派人去救，高呼：「退兵十里！」旗兵打出旗語，傳令兵鳴鑼收兵。剛剛對陣上開山斧步軍和大趙重甲步軍的鐵鷂子，紛紛別轉馬頭往回退。

陳太初卻毫不停留，持槍殺入西方的西夏步軍之中，眼見大勝在望的種家軍更無一絲猶豫，毫不畏懼，呼喝著尾隨其直衝而入。

這支千餘人的尖刀重騎，又一次撕扯開橫列數里的西夏步軍陣列。瞭望臺上的王之純一揮手，旗手揮舞起繡著蛟龍的青色大旗，左軍將領一聲令下，西軍營的八座吊橋轟然落在壕溝之上，三千輕騎，八千重甲步軍高聲吶喊著直往陳太初殺入的方向衝去。

陳太初一條血路殺到底，在萬千步軍之中，前面那女子一人一馬絲毫不減速，被她戰馬踢飛的不少，被她銀槍挑開的更多。

此人是敵不是友，卻對西夏兵下手毫不留情？

一刻鐘後，前方驟然黑了下來，地勢開闊，灰塵方息。眼看一人一馬越來越快，若不是銀色繡衫在月光下閃光，很快就會湮沒在黑夜裡。

陳太初大吃一驚，勒韁慢行。斥候所報明明是西夏主力大軍至少十五萬人來犯，他卻這麼輕而易舉殺了出來，這支「大軍」最多只有兩三萬人而已，又橫列陣勢數里，才會被他輕易殺穿到底。難怪連營都不紮，直接襲擊鳳州守軍。

是有重兵埋伏在前？還是另有企圖？西夏主力究竟在哪裡？陳太初回頭一看，隨他殺出來的幾百重騎兵有不少轉了個彎，就要去截殺朝西北秦州方向退去的西夏步軍。

陳太初高舉手勢，喝道：「西夏派了一人冒充我兄長，若不生擒回營，恐怕無人相信。我去追她！你們原路殺回，會合大軍，切莫繞到前面去。恐有埋伏！」他點出一個九人中隊：「你們結隊從最西邊繞回中軍，速速稟報王將軍，西夏只來了三萬人！」

就算身後幾百人都相信他，可京中那些人又怎麼會相信兩軍對陣中射出游龍箭、刺出陳家槍的「陳元初」不是陳元初，是一個女子!?

陳太初見遠處那人已漸漸成了一個銀色小點，那銀點忽地停了下來，似乎在等他。他朝眾騎揮了揮銀槍，掛槍取弓，雙腿緊夾馬腹，急追上去。

第二百零六章

春草馬蹄輕，角弓持弦急。

陳太初不敢輕敵，策馬疾馳時眼觀四面耳聽八方。轉眼二十里路已過，不見伏兵，再轉過一個山坳，他急勒轠繩。戰馬長嘶一聲，硬生生前蹄踢向虛空，直立了起來，原地打了半個轉，陳太初像黏在馬背上一樣，巍然不動，看向前方二十步開外。

一匹戰馬除去了馬面簾，正在半山坡上悠然吃著草。那人盤膝坐在山下一塊大石頭上，正在束髮，口中銜著一物，一把流光浮動的烏髮在她手中左盤右旋幾下，她抬眼看了一眼陳太初，取下口中的小半根箭身，插入髮髻之中，忽地手一揮，一塊石頭帶著嘯聲朝陳太初面上直飛過去。

陳太初不躲不閃，右手握拳直擊向前，石頭粉碎成幾小塊，跌落在地上，幾聲悶響。他警惕地四處望了望。

女子拍了拍身上的銀甲，踢了踢腳邊的銀槍，看了一眼夜空。初五了，蛾眉月早已落下，夜幕低垂，銀漢迢迢，星河凝流。

她轉向緩緩策馬靠近的陳太初，視那瞄準了自己咽喉的穿雲箭如無物，柔聲道：「還帶著面具？你不是最怕被悶住的嗎？」她語氣柔和，聲音卻依然嘶啞難聽如破碎的胡琴聲。

陳太初一滯，除了家人再無人知曉他這個秘密，他向爹爹討要這個面具時，爹爹再三叮囑用不了就不要用。

女子的面容輪廓越來越清晰，她挑眉問道：「三歲的時候，你和阿辛被紗帳繞住頭臉，扯不開來，差點被悶死。你不是最怕這種鬼東西的？」

提起阿辛，她眉眼間少了幾分狠厲，嘶啞的聲音中帶了戲謔的意味。

陳太初手中射日弓一沉，掛在馬上。人已側身而下，飛奔到她面前，抬手取下面具，就聞到一股青草味。離近了，星河影落有無中，女子右眼下一個淡淡傷疤，宛如花痕。

「穆桃！你是穆家的大姊!?」陳太初沉聲喝問，右手已握上了劍柄。

是，他早該想到！天下間還有一人會陳家游龍箭和陳家槍，是爹爹和大哥教的，羽子坑垂柳林邊的穆桃！

女子笑了兩聲，笑聲如破鈸般刺耳沙啞難聽得很：「你還記得我？你爹爹娘親可好？」一日為師，終生為師，她須臾不敢忘恩。

陳太初輕輕搖了搖頭：「不必敘舊，毋需多言！你冒充我大哥，我要拿下你回鳳州大營。」

劍吟星光寒。

女子不防他說動手就動手，劍氣已近雙肩。她擰眉下腰，雙膝著地，避過一劍。手已握上槍桿。

陳太初去勢不改，手腕下壓，改刺為劈。

鏗鏘一聲，劍身堪堪劈在槍桿上頭，火花四濺。

星光璀璨下，兩人在山石亂草中鬥成一團，時分時合。

啪的一聲，陳太初手中劍斷成兩截，半截斷劍順著槍桿撩下去，女子低哼一聲，撒手丟槍，欺身而上，大喝一聲：「梁氏去攻鳳翔了！你還盡跟我瞎糾纏！」

陳太初大驚，手中斷劍已被她劈手奪去。他腳尖一挑，那女子棄的銀槍已握在手中。

女子退開了幾步：「陳元初還活著，你要不要救？」

陳太初橫槍在手：「救！」一定要救！

女子點點頭：「你幫我收拾梁氏，我幫你救元初！你放心，我冒充你哥哥害陳家的，我會還給你們。」十多年不見，當年那個瘦弱懂事的鄰家小童，竟已經這般出色，可惜她妹妹阿辛卻是那樣子。

陳太初胸中激盪更甚，半晌才咬牙切齒道：「還？你能怎麼還！」兄長清白，陳家名譽，還有京中的爹爹娘親要面臨什麼！你如何還得起!?

女子手腕一翻，斷劍在自己掌心輕輕劃過，星光下一行熱血灑落在山石上：「我同你立個血誓！還你陳家清白，還你一個好好的陳元初，再送上梁氏的性命一條！熙河路三州原封不動還給大趙！若再不夠，我西夏興平長公主李穆桃的命也奉上！」

陳太初背上發寒，噌地一聲輕響，劍已出鞘。西夏興平長公主！穆桃？李穆桃！

羽子坑垂柳林邊，隔壁穆家的穆桃。

他一歲多，才第一次見到爹爹。去洮州打仗，失蹤兩年多的爹爹從蘭州輾轉回到秦州，要不是娘親認定他還活著，軍中早就把爹爹定成陣亡了。穆娘子就是那時候帶著兩個女兒跟著爹爹來秦州的。爹娘給她賃的宅子就在隔壁，鄰里都以為是爹爹在蘭州娶了外室還生了女兒。

從他記事起，大哥日日要去穆家搗亂，有次用竹箭差點射瞎穆桃的右眼，被爹爹吊起來打了個半死。娘親才悄悄告訴他們穆娘子是西夏人，在蘭州救了爹爹一命，被西夏人追殺，才跟著爹爹來了秦州。後來爹爹親自教穆桃練武。大哥不知道是因為怕了她眼下的箭傷還是怕再被爹爹打，不再叫她爛桃酸桃臭桃，改叫她阿桃。

他還記得大哥每次陪她練武，總會被打得很厲害，也不生氣。以前他不懂，現在懂了，心疼得厲害。

「我大哥他——知道嗎？」陳太初眼眶微紅，聲音也嘶啞起來，槍頭紅纓微顫。三年前，大哥來汴京，娘曾經小心翼翼地提起過，大哥抱著酒罈笑著搖頭，說快了，再過些年就能忘了，總會忘的，最後抱著酒罈在他房裡睡了一夜。

大哥，從來沒忘記過她。

「幾天前見過了。」李穆桃坐到山石上，將斷劍隨手丟開，淡然道：「若沒有我，三年前他怎麼傷得了那畜生？」她暗中給陳元初送輿圖，送信報，好讓他偷襲得手，自然沒有其他緣由，不過是想借刀殺父為母報仇而已。

陳太初一震，劍又落回鞘中：「是你!?」長公主，當今西夏皇帝的姊姊，夏乾帝的女兒，稱呼夏乾帝為畜生？三年前大哥傷了夏乾帝竟然有她暗中相助？

李穆桃轉頭看向璀璨星空：「羽子坑的穆娘子是我的乳母。我娘是衛穆氏。」

「衛穆氏？夏乾帝的結髮妻子？」陳太初和趙栩七年前就搜集西夏、契丹、大理、吐蕃各國消息，依稀記得這個姓氏。夏乾帝生母也是衛穆氏，死於他手。

「我娘既是他的表姊，也是他的皇后，只因哭了一哭自己的姑母，就被他殺了，我弟弟當時剛出世，有人說不像他，就被他一劍刺死。」李穆桃看著那銀河宛轉，他弒母殺舅、殺妻殺子，那人怎麼配稱作人？稱之為畜生都玷汙了畜生。

她淡然道：「陳元初被俘，寧死不肯出戰。我答應梁氏扮成陳元初，也算救了他一命。梁氏一個月前就把我妹妹阿辛抓走了——」

她轉過臉看向陳太初：「你可還記得我妹妹阿辛？」星光下她面上浮起笑意：「她叫穆辛夷，阿辛！」

陳太初走近了兩步，喉頭一陣發緊：「小魚——？」

李穆桃嘴角翹了起來，十分高興：「她想做一條魚，非要我們叫她小魚。原來你還記得。」

「她後來，還好嗎？」陳太初輕聲問道。

她的笑容清冷下去，歎息道：「做個傻子有什麼不好？乖巧著呢，吃得下睡得著。」那次被紗帳纏繞到窒息的兩個孩童，陳太初被救後只是怕悶，依然長成這樣出色的男子漢。可阿辛掙扎時摔了一跤，身子長大了，人卻一直是三歲的心智。也好，就算被梁氏藏了起來，她也不會害怕，梁氏既然早就算計到自己身上，應該也不會為難阿辛。只是梁氏這幾年太過得意，忘了她李穆桃也是個睚眥必報心眼極小的女人。

陳太初垂眸不語，他是記不太清了，離開秦州時那個跌跌撞撞追著，哭著喊陳太初的小魚，他答應過很快會回秦州看她的。何時淡忘的，不記得了。

後來大哥寫信告訴過爹爹，說穆家的人找到了她們，派人將她們母女接走了。他人在軍營裡，知道的時候已經人去房空，片言隻語都無。外翁外婆也只說那日她家來了好些女眷，穿著華貴，高頭大馬的車駕，看著就是富豪人家，她們母女走的時候還和鄰里一一道別，並無異樣。

遠處傳來追殺聲，李穆桃站起身：「我有一計，聽不聽隨你。」

陳太初默默看了她片刻：「願聞其詳。」

汴京的雨停了，藍黑色的夜幕被洗過後，拉出一片璀璨星河。初五是最好的觀星夜，汴河上雖不聞絲竹之聲，卻小舟如織，吟詩說笑聲不絕。隋堤上柳林中，也不乏相約而來的郎君娘子，送百索，贈香包，你儂我儂，遠勝那遙相望的牽牛織女，真是星漢西流夜未央。

翰林巷孟府，大半院落都熄了燈火，星夜下隱約見花影樹影重重，移上迴廊，映上欄杆。

「九娘子，早些安歇吧？」慈姑柔聲道，指了指一旁的林氏。

九娘轉過頭，見林氏手托著腮，撐在羅漢榻的矮几上，架不住睡意，眼睛早合上，頭慢慢地掉下去又抬起來一些。她膝蓋上的針線活，針還插在上頭。

九娘點點頭，將手中的筆擱了下來，走到林氏身邊，將針線收了，輕輕拍了拍她：「姨娘，回去歇息吧。」她上次一夜不歸，嚇壞了林氏，這幾夜早早地就來東暖閣陪著，似乎看著心裡就踏實了。

林氏迷迷糊糊地張開眼：「九娘子！你在就好！嚇死奴家了！」她看了兩眼四周，拍了拍心口：「原來是在東暖閣啊。」

玉簪輕手輕腳地端了水進來，伺候九娘洗手，輕聲道：「阮姨娘剛剛沒了。」

九娘一驚，還沒說話，榻上的林氏打翻了手中的針線籮筐：「什麼？」

她們到木樨院的時候，程氏已經去了回事處安排諸事，只有孟建一個人在堂上站著，面上神情古怪，手中捏著幾張紙。看到九娘，孟建嘴唇翕了翕，忽地抬起手，喃喃道：「她給阿嫻留了好些銀錢做嫁妝。」他點著頭，想笑又笑不出來：「阿嫻——還活著嗎？還回得來這個家嗎？」大理寺一點消息都沒有。

九娘行了禮，輕聲道：「爹爹請節哀。」她雖然不知道阮琴娘究竟是何來歷，卻肯定不是阮玉郎的妹子，恐怕只有她所謂的姑母阮眉娘才知道了。人死灰飛煙滅，這個女子，匆匆離世，所生的兩子一女，卻沒有一個在身邊。

孟建頹然坐下，看著手中的幾張交子，手背上還有琴娘臨終前死死掐的指甲印，疼得很，有些血絲滲了出來。他心跳得又慌又急，他待琴娘不好嗎？她為何那麼怨恨自己，她不是心裡只有自己的，最柔順的，為何說出那般可怕的話！他搖搖頭，似乎可以甩掉剛才聽到的那些話。

他才是老夫人親生的兒子？她說這話的時候眼裡都是笑，又都是恨。他是和二哥同年同月生的，他是老夫人親生的兒子，那二哥呢？二哥又是誰？

姨娘當年做了什麼？還是爹爹也知道？小時候爹爹最疼愛他的，他要什麼就有什麼，他不想去學堂，就能躲在青玉堂一整天。他和二哥吵架，總是二哥挨爹爹罵。他只是稱讚了阿程好看，爹爹就給他娶到了阿程。他沒考上禮部試，爹爹還是想法子給他在鴻臚寺謀了差事。就連九郎、十郎，也是這麼寵大的。

她竟然說她這輩子最後悔的就是嫁給自己？說自己命中註定一輩子沒出息？害得她的兒子女兒也沒有好去處？

孟建打了個寒噤，茫然看向九娘。這個是自己親生的女兒吧，不會錯的，她這麼聰明，是因為自己本來就是孟家嫡子吧？

「阿妧——？」孟建猛然站起身，嚇了林氏一跳。

九娘抬起眼，站起身來行禮應了一聲。

孟建揮手：「你們都出去，我同阿妧有事說。」

林氏和慈姑相視一眼，還沒行禮，孟建已經暴跳起來：「出去！出去！我的話聽不見嗎!?我才是這府裡的郎君！」

他面容扭曲，卻又似笑似哭。

九娘柔聲道：「爹爹，你先坐下，有話好好說。」

第二百零七章

地濕莎青雨後天，春深意濃花樹間。

幾盞燈籠從木樨院出來，到了院子裡，兩盞往東廊下去了，還有兩盞停了停，卻出了木樨院的院門，往北面青玉堂緩緩移去。

青玉堂自從老太爺逝世，便上了鎖，只有兩個婆子上夜，因端午節，她們夜裡領了節裡犒賞的酒食，此刻早吃飽喝足，熄燈倒頭睡了，哪裡留意到外頭的燈籠和人聲。

玉簪敲了兩下門，不見回音，回到廊下取下自己的披帛，折了幾折墊在美人靠上頭，請九娘坐了，心裡不是滋味，家裡的規矩如今越發散了。

九娘靠著欄杆，見池塘的水面粼粼碧波微微泛白，才抬起頭望了望夜空，倒呆了片刻，撒天箕斗燦，明明正當是良辰美景，偏偏心底生出無限惆悵感慨。

木樨院燈火驟然大亮，人聲鼎沸起來，十幾個婆子匆匆設了步障，梅姑領著外院的七八個男子，抬了一口薄棺進來，不多時，燈火引路，一群人往東角門而去。不過小半個時辰，木樨院的燈火又暗了下去。

水底的錦鯉聽見人聲足音，以為有人來餵食，顧不得天光不對，紛紛翻騰著上來，互疊互攘，游了片刻，卻是白等一場，沉下去許多，只剩幾尾不肯死心，在池面盤旋了好幾圈，金色鱗片在夜裡也閃著亮。

九娘想起初見到阮姨奶奶的時候，也是春日，見她坐在此地餵魚。阮眉娘和阮玉真，大概年少時和前世自己的娘親、姨母常來孟家，也一起餵過魚摘過花，那樣的幾個女子，走的路，截然不同，卻又似乎是同一條路。

怎樣的際遇，遇到了怎樣的男子，才令她們各自做出截然不同的決定？才被推向如今的結局？曾經的她們，如今的自己和四娘、六娘、七娘，一代一代的女子，又有什麼不同？隨波逐流抑或逆流而上，又能怎麼選？瞻前顧後也好，不顧一切也罷，誰又稱心如意了？

三年前那個大雨夜，她們四姊妹也曾在一張床上，說著，笑著，哭著，吵著。那樣的嫉妒又何以變成刻骨的恨毒，又是怎樣一樁樁一件件的事，變成了這般境況，九娘已經回憶不出來。此刻獄中不知生死的四娘，宮中不知安危的六姊，木樨院裡固執彆扭的七娘，她們四個，每一條路都是自己選的，也有旁人在推，卻沒法比較另一條路會不會好一些。

她比她們三個多活了二十五年，走過別的路，可此番走來，依然跌跌撞撞。多走一回，不是應該更省心省力才是？知道得越多，竟越是惶恐，無路可退。

方才孟建告訴她那許多語無倫次的話，千頭萬緒，似乎有了另一條線，又好像亂成一團。九娘看看漸漸平復的水面，輕輕拭去眼角的淚。她看向翠微堂，一聲歎息。

燈籠搖搖晃晃，回了木樨院，穿過迴廊，往聽香閣去了。

過了端午休務，翌日常朝。四更天，福寧殿燈火通明。按祖制，官家在黎明十刻前盥洗。趙栩抵達福寧殿問安時，趙楷已換好了大衣裳：「娘娘，太皇太后今日視朝嗎？」

向太后看了一眼趙栩：「娘娘身子還沒康復，受不得勞累。今日不來。」

趙楷鬆了口氣，對趙栩笑了笑。向太后心稍微定了定，對趙栩點了點頭。

崇政殿內，眾臣跪拜後，依次由中書、樞密院、開封府、審刑院和請對官上前奏事。

到了辰時散朝的時候，塵埃落定，不少官員上前恭賀趙昪。也有人暗中窺察張子厚的神情，見他並無異色。議了好幾日的拜相一事，大多數人都覺得會是張子厚重回二府，都沒想到竟然會是趙昪。

官家隨太后返福寧殿進食，稍晚到後閣視事。趙栩等殿上沒了人，才慢慢走出崇政殿，在廊下果然見到張子厚，兩人慢慢往後閣走去。兩個小黃門知情識趣遠遠地跟著。

張子厚看著趙栩挺直的背，突然意識到這位不再僅僅是自己相中的未來君主，而是真正要掌握天下之人，他的心思似乎已不是自己可捉摸的。

「季甫可失望你未能拜相？」趙栩淡然問道，作為親王和開封府尹，他和定王也支持了趙昪。

「殿下英明！先前是臣魯莽了。朝中舊黨沒了蘇瞻，若有趙昪在，尚能維持原先的政令不變，內政既穩，相信舊黨一派也能領會到殿下的示好之意。」張子厚毫不猶豫答道，只從向太后對趙昪的突然被舉薦絲毫不覺得驚訝，他就領會到趙昪拜相一事必定有趙栩在掌控，幾念間就領會到了他的意圖，頓生敬畏之情。

自從蘇瞻罷相後，幾次集議，他回樞密院重任副使一事，始終未得到二府諸相公的認可，無論是太皇太后一派或是舊黨，都忌諱他重掌兵權支援燕王。今日太后突然提議謝相升任參知政事，一時間竟無人有異議。跟著向太后依然提出自己重回樞密院任副使，而謝相卻出面推薦中書舍人趙昇接任右僕射兼中書侍郎一職。在張子厚和趙昇之間，幾乎無需討論，二府和各部重臣一邊倒地共同舉薦趙昇拜相。

趙栩腳下不停，轉身看著張子厚一笑，毫不掩飾對他的信任和欣賞：「季甫心胸，傳言有謬，世人多誤會於你了。」張子厚苦笑起來。

「這次多虧了謝相。」趙栩返身繼續前行：「若我料得不錯，再拖幾日，前線有軍報回來，不會是好事。蔡佑一黨恐怕將死灰復燃。」

張子厚一凜：「殿下的意思是？」

「阮玉郎的連環計，謀劃不下十年，數次因細微破綻未盡全功，他在朝中又怎會沒有後手？」趙栩淡然道：「趙昇拜了相，即便日後趙棣登基，這二府中也不能留有蔡佑的位置。」

張子厚大驚，急走了兩步：「殿下這是何意？當下內廷外朝，殿下均已占優——」

趙栩越走越慢，終於在廊下停了下來，他看向遠處堆積的厚重雲山，忽然慢慢問道：「季甫，本王可能夠信任你？」

張子厚一愣：「殿下？」

「我欲以性命相託——」趙栩轉過頭，微微一笑：「季甫待如何？」

張子厚的心突突跳，眼皮也跳了好幾下：「臣粉身碎骨也要護殿下周全！」

趙栩眼中的寒冰漸漸化作春風，他點了點頭：「好，那就有勞季甫你保住我不死。」

「殿下！——」張子厚嘶聲低喚了一聲，胸口被燙得灼熱。

趙栩深吸一口氣，笑得粲然：「我信你。」

張子厚就要下跪，已被趙栩扶了起來。他眼眶微紅，沉聲道：「殿下欲以身飼虎，季甫肝腦塗地，必維護殿下周全！還望殿下三思！」

趙栩看著他，點了點頭，一字一字地說道：「我，信，你。」

端午節過後，木樨院草草辦完小阮氏的喪事，做了一場法事。孟建夫妻也沒提要小郎君小娘子們為庶母服喪的事，翠微堂也無人說起。

因范氏突然提前破了水，躺了一日卻也沒有腹痛，大夫看了幾次都說母子均平安，不幾日就要生產。闔府上下頓時都手忙腳亂起來，忙著范氏將要生產的事情。呂氏也打起精神，好生整頓。眼看著家有喜事，孟府上下也一掃之前人心渙散的情形，盼著最有福氣的二娘子再生個小郎君，好多拿一個月的月錢。

九娘暗中觀察，孟建去翠微堂請安比往日更勤快了，時常神情怪異地看著老夫人或孟存發呆，被問起時又匆匆退避。倒是程氏在木樨院盯著他追問了好幾回，孟建只是搖頭喝悶酒。想來無憑無據空口白牙的事，他也說不出來。

到了初八這日，范家幾個哥哥嫂嫂親自登門催生，送了裝著粟稈的銀盆來，上頭用錦緞覆蓋著，用榴花插了五男二女的圖案。又送了臥鹿羊，另有一百二十枚五顏六色的鴨蛋齊整整裝在食盒裡頭，其他生棗、栗果一樣不少，更有各種繡繃、肚兜、鞋履、彩衣等嬰童服裝，比起孟忠厚出生前只多不少。范娘子親自帶著裝著饅頭的銀盤，送到女兒手裡：「分痛分痛，你這第二胎肯定順順利利的，菩薩保佑你少痛一些。」

杜氏早備下了各色回禮，又留范家人用飯。長房自從范氏確診有孕，兔肉、雀肉早就不在食單子上頭，羊肝、鴨子、鱉驢肉通通不見，就連薑蒜也沒有。范娘子攜著杜氏的手感慨萬千：「當初你家二郎登門，我就知道他是個好的。如今更是放心了，也是我家女兒運氣好，嫁到孟家，得了這麼體貼她的婆婆！」又說起陳家的事，畢竟都是扯著親的關係，范娘子憂心忡忡地問了幾句，說京中百姓如今為了陳元初一事爭得越發厲害了，就連她家街坊鄰里，也日日有人上門來打聽。杜氏草草應付了幾句，要將話岔開。范娘子認真地道：「不說親戚不親戚，我們范家是沒人信這種事的。你且放寬心。」杜氏便趕緊謝了幾句。

初九晚上，范氏突然發動起來，幸好穩婆早就住進了府裡，有條不紊地安排起來。九娘牽著孟忠厚在翠微堂陪著老夫人等信。

七娘閒得無聊，捏捏孟忠厚身上的胖肉，有一搭沒一搭地問起六娘可有信來。

呂氏歎道：「昨日才來信詢問你二嫂生養的事，她當差一切都好，就是不知道宮裡如今怎樣了。」能寫信回來自然也是太皇太后的恩典，但宮中一應事，隻字不能提，這也是規矩。

九娘從惜蘭那裡早收到了趙栩傳出來的音信，知道六娘幫了他大忙，他才能在大起居那日逃過一劫還扳回一城，既感激六娘，又心疼擔心她，聽出呂氏的言下之意，便柔聲道：「二嬸莫擔心，官家這幾日開始臨朝聽政了。如今皇城司由太后娘娘掌管著。太皇太后身子才康復，隆佑殿應無大事。」

呂氏舒出一口氣，小心翼翼地看了看不知在想什麼的孟存，如今孟存起復的事還沒有音訊，他每日在家中也不去吏部走動，宮中的事只有阿妧還消息靈通一些。

孟存忽地轉頭問孟在：「大哥，你說謝相升成參知政事後，為何會輪到趙昪拜相？」堂上眾人都靜了下來，孟存從來不在後宅談論朝中政事，此時突然開口，不知道是不是說給老夫人聽的。

羅漢榻上的老夫人手中數珠一頓，卻未開口。

堂上端坐著的孟在抬了抬眼皮：「不知。」這幾日趙栩幾乎日日都出宮在外，和張子厚似乎在籌謀著什麼大事，也不和他通氣，恐怕是柔儀殿那夜後，怕連累孟家。他轉眼看了正在羅漢榻上繼續念經的老夫人一眼，垂眸看著自己擱在膝蓋上的雙手。

當年的爹爹，曾經是元禧太子的不二之臣，起事發動宮變時，面臨親弟弟的叛變，是怎樣的一念，才會臨陣倒戈，拿下了阮思宗。是為了全族性命？還是面臨生死關頭貪生怕死了，他不得而知。他只知道爹爹幾十年裡活得不像個男人，甚至不像個人。

他那夜身不由己，接下撲向自己的老夫人時，眼睜睜看著魏氏被劉繼恩一把搶過去，也有剎那念頭想要起事。可他沒有。孟在忍不住看了黏糊在九娘懷裡的孟忠厚，暗自歎息了一聲。也只有張子厚那般對自己狠毒到不留子嗣的人，才會毫無牽掛不留餘地吧。

不到一個時辰，杜氏的女使笑眯眯地來報信，說二娘子又生了一位小郎君，母子平安。

「阿彌陀佛！」梁老夫人雙手合十，舒出一口氣來，不管時局如何，這添丁才是最旺家的，范氏果然是個有福氣的。

呂氏、程氏心中說不出的羨慕，紛紛合十謝過菩薩保佑，扶著梁老夫人，跟著孟在三兄弟去家廟告廟祭祖。回事處十幾位家僕喜氣洋洋地捧著帖子，往翰林巷族長家和京中各家親戚去報喜。又有兩位管事親自準備了帖子，往城西齊國公府來。

遠遠的，兩位管事就看見火光沖天，走近了大吃一驚，巷子裡的潛火兵推著雲梯正高聲呼喝著，開封府的衙役們三五人扛著大水囊跑得飛快。

「齊國公府走水了——！」前頭傳來許多人的呼喊。

第二百零八章

孟府眾人告廟祭祖後，眾人又回到翠微堂。說起後日洗三的事，呂氏笑著請老夫人放心，槐條和艾子都備好了，又說長房早準備好了客房安頓收生姥姥。

梁老夫人點頭道：「甚好，你早些訂上三條船，等二郎辦了滿月洗兒會，六月十五是個吉日，除了留京的，都隨我南下罷。」

呂氏趕緊應了，眾人心裡雖也都早就有了準備，聽到出發的日程已定，不免都感慨萬千，一時翠微堂裡就靜了下來。

等眾人依次告退，九娘親了親眼皮都抬不起來的孟忠厚好幾口，才把他放到乳母懷中，要跟著程氏、七娘回木樨院。

孟在卻開口道：「阿妧留一留，大伯有話同你說。」指了指自己身旁，侍女趕緊將繡墩搬了過去。

九娘一怔，對孟建和程氏行了禮，轉身到繡墩上坐了。

程氏看了欲言又止的孟建一眼，拖了他就走：「那些個宮裡朝中的事，你不用管！」還有一個月就要走，她手中的產業還有許多要處置，又不想都留給孟建打理，怕再出么蛾子，還有七娘的親事看來要等去了南邊才能再找。團團亂剪不斷理不清，樁樁件件都要商量呢。

堂上伺候的眾人被孟在遣了出去，梁老夫人還在摩挲著數珠，口中念著《往生咒》。
「六郎近日在做什麼？你可知道？」孟在單刀直入地問九娘。
九娘輕輕搖頭道：「六哥好幾日沒有音信了，我告訴二嬸的都是從這幾日的皇榜推斷的。大伯，出什麼事了？」
孟在頓了頓，看向上首的老夫人：「明日或後日，我就要調回殿前司任都點檢。」
梁老夫人手中一停，睜開眼看向孟在。
九娘蹙眉問道：「殿前司都點檢，似乎沒聽說過有這個職官？」如果是趙栩的安排，說明他懷疑阮玉郎要對趙梣下手甚至嫁禍給他，才要將孟在調回宮中整肅禁衛掌宿衛之事。
梁老夫人默然了片刻後沉聲道：「殿前司都點檢和副都點檢，均在都指揮使之上，入則侍衛殿陛，出則扈從乘輿，大禮則提點編排——伯易，大趙最後一位殿前司都點檢，是你爹爹。」孟山定當年以殿前司都點檢的身份，安排宮內成宗山陵宿衛。先帝登基後，裁撤了這兩個職官，使得殿前司和侍衛親軍一樣只有都指揮使統領，互相牽制。如今復設，眼看殿前司又要壓在侍衛親軍上面了。
孟在點了點頭：「母親，那夜柔儀殿，阿妧也在，伯易就不避開她直言了。太皇太后年事已高，母親您一生對娘娘忠心耿耿，又不忘顧念孟家上下，伯易對您不敢有怨言。但無論在私在公，伯易和孟家都只能也只會站在六郎身後，吳王一豎子爾。下個月母親帶著家人去蘇州，就請好好頤養天年，享天倫之樂吧。」他頓了頓：「您放心，六娘是我孟家人，我會護著她的。」
梁老夫人凝目看著他，這位孟山定和陳氏的兒子，她盡心照顧了好些年的孟家嫡長子，不苟言笑，也不親近她，這些話大概是他這些年和自己說過的最多的話。她突然想起先帝山陵那夜，太皇太后死死拉著她的手，笑得滿臉是淚：「阿梁，你知道嗎？大郎竟然要打發我去西京賞花呢！」

「那夜——」梁老夫人翕了翕嘴唇，無需解釋，無可解釋：「家裡的大事，你看著辦就好。」她看向門口，歎息道：「伯易，你記住了，沒什麼比活著更重要的。不只是你，還有家裡這許多兒郎們呢。」

孟在淡然道：「我和爹爹不同，有些事，我不會做。」他骨子裡的那一半陳家的血會沸。

九娘起身告退，孟在也站了起來。

退出翠微堂時，九娘看了一眼婆婆，見她又合起了眼，開始摩挲著手中的數珠。一旁的琉璃燈，將她的影子投在地上，有些扭曲，身邊沒了貞娘的婆婆，看起來這麼孤單。

院子裡忽然傳來幾聲新蟬初唱，薰風拂處，綠槐搖動。

「大伯，婆婆她——」九娘看著廊下提著燈籠就要大步而行的孟在，輕歎了一聲。

孟在慢了下來，橫過燈籠，看著月華下如水沉煙一般的少女，點了點頭：「阿妧，那夜你做得很好。大伯還沒謝過你。」

九娘抿唇微笑著搖搖頭。

孟在看看翠微堂：「你婆婆沒得選，卻還是定了南下。她先是孟梁氏，才再是太皇太后身邊的梁老夫人。她記得這個，我就依然敬重她。」

九娘點了點頭。

兩人正要離開，外面急匆匆來了位管事娘子，對孟在和九娘行了一禮：「郎君，去齊國公府報喜的兩位管事回來了，說齊國公府遭賊人放火，走水了！」

九娘心一沉，孟在鎮靜地吩咐：「將他們傳到外書房——不，傳到廣知堂去。」

管事娘子看了看翠微堂。孟在道：「不用勞煩老夫人了，你去傳人，再去稟報二夫人。」

管事娘子福了一福去了。

孟在轉頭問九娘：「你跟我去廣知堂，聽一聽。」彥弼這一輩裡，文有彥卿，武有彥弼，原本不用他多費心。可大局已亂，家裡以後恐怕只有靠阿妧才能應變。想起柔儀殿那夜種種，他提起燈籠：「走，看看阮玉郎又出了什麼花招。」

兩位管事進了廣知堂，一見是大郎君親自問話，眼風再掃過大郎君身後的水紋三折屏，趕緊恭恭敬敬站定了。

聽了他們的大致敘述，孟在皺眉問：「你們不曾見到齊國公？」

「稟郎君，不曾見到。小人們進了國公府，只見了陳家的管家，喜蛋送了，帖子也遞上了，陳管家還給小人們一隻公雞回禮——」

屏風後似乎有人輕輕舒出一口氣。

「府裡可雜亂？」

兩個管事對視了一眼，搖頭道：「不亂，府裡就西邊外院那排在救火，不算亂。部曲們也都還在巡夜。」

「都有誰去救火了?」孟在又問。

一位管事趕緊回稟道:「小人們去的時候,見陳家大門敞開著,半邊天濃煙滾滾,還有很刺鼻的氣味。好幾部雲梯的梯子已架了起來,上頭站著的都是潛火兵。嗯——還有許多潛火兵扛著水囊,還有廂軍也來了一些人,還有開封府的衙役們都在幫忙救火。」

「你們說的那七八個壯漢,是陳家部曲抓住的?」

另一位管事點頭道:「那些個賊人還矢口否認一味賴帳呢!小人特特問了,自打費老八鬧事之後,陳家巡夜就比往日嚴,一見外頭扔了燒著的火油罈子進來,就有人跳出去捉賊了——嗨!那些賊人還有幾個是丟東西的姿勢呢!」

「開封府衙役如何說?」孟在也鬆了口氣。

「鎖了!全鎖回開封府了!」管事又氣憤又有些驕傲:「差役們倒爽快得很,還說青天在上,不可能冤枉他們,讓進了開封府再去說。」

「小的聽幾位差役說了,開封府尹燕王殿下,日日去府衙,見了少尹總要交待一聲,齊國公府什麼事也不能出。這些狗東西膽敢作死,少不得一進去先挨上幾棍子。」

等兩位管事退出去了,九娘從屏風後頭出來:「表叔不曾中計,是好事。」

孟在點點頭:「京中謠言好不容易稍微平息了一些,阮玉郎是要激他出手傷人?」

九娘想了想:「六哥看來已有了準備,只是表嬸有孕在身,若是再有這種事,不知道表叔還能不能忍。」

管事娘子進來稟報，呂氏已經派人給陳家送了不少慰問的物事，杜氏也特意給魏氏寫了信，多備了一份禮。

孟在又細細說了說宮中禁衛和朝中的事，才讓九娘回木樨院，他在堂上坐著，看一眾人在外頭接了九娘簇擁著她回後院。方才九娘雖然有幾句說得有些含糊，他卻聽得明白。他被調回殿前司，不只為了保護趙栩，不只是能照拂到六娘，六郎這是將陳素交給自己了，為何九娘暗示高似可能會再次闖宮，他不知道也不想知道。

既然六郎信他這個表舅，他就會護住她，護住她們。

第二日，九娘讓玉簪去找燕大，遣了他各處去打聽，確認是開封府出面，陳家沒人動手。這幾日如燕大所說，京中百姓已經很多人不信陳元初投敵一事了，那幾句歌謠滿城傳唱，西夏使者所在的都亭西驛每日都有人往門上丟臭雞蛋，甚至牛糞、馬糞。

費老八鬧事，陳家走水。九娘幾乎能看見阮玉郎一臉戲謔的笑意，帶著殘忍和毫不在意。所有的人都似乎是他逮住的老鼠，被他隨心所欲地戲弄著。可懸在空中的利劍何時落下，無人知道。甚至，她有一種微妙的感覺，陳家最近遇到的這兩樁事，是做給她看的，回應那關謠的歌謠和畫紙。

到了夜裡，玉簪帶了燕大的口信進來，說好幾十騎從封丘門入城，風塵僕僕，直往皇城去了，有刑部、兵部的人，還有大理寺很有名的那幾位胥吏，正是前些時去秦鳳路的一批人。玉簪輕聲說大郎君剛剛出門去宮裡了。九娘心一沉，賞了燕大兩百文錢，讓他再去城西陳家門口徹夜守著，特意叮囑要有什麼動靜，不要等到白天再報，想法子送信進來，越快越好。

不多時，玉簪從二門回來，手中多了一捧梔子花，屋子裡頓時一股甜香彌漫開。

九娘想事情想得昏沉沉的，聞了精神一振，從羅漢榻上下來，仔細看了看她手裡的花：「玉簪姊姊今日還有這份雅致？」

玉簪笑道：「是燕大娘特意送的。這些年小娘子您給燕大的跑腿費可真不少，聽說燕家在城外置辦了二三十畝水田呢。」時下旱地一畝不過百餘文，水田一畝卻要兩貫錢。

九娘一怔：「燕家不跟著去蘇州吧？」

玉簪搖頭道：「她家不去。」

九娘讓她把外間高几上頭的哥窯葵瓣口盤拿進來，倒了淺淺一些清水，將梔子花剪得短短的，取了禿頭無用的兔毫筆，輕輕拂去花瓣上黑色的小蟲，將花擺入盤中。玉簪在旁將那些小蟲按死了，指腹上黏了一個個小黑點，笑著出去洗手。

九娘看著這一盤花，有些出神。這個哥窯盤是趙栩送的，前些時收拾庫房，一應瓷器她怕跟車會碎，都留著日後跟船走，就取了一些出來用。盤子是六瓣葵花口，小圈足，大平底，青灰色釉面厚潤如脂，開片紋金絲鐵線，襯著那微微捲起的雪白梔子花，實在好看。她記得，這個盤子底下印了元旭兩個小篆字。以前她還納悶，怎麼沒聽說過這家燒哥窯燒得這般好，現在才明白。

胸口那根紅繩掛著的小牙，明明是她自己的，卻像烙鐵一樣滾燙，時時提醒她想起那夜趙栩的話。

元旭匹帛行，他的私庫、私兵，都交給了自己。他那樣的人，取了個這麼無趣的名字，還將元字放在旭字的前頭。

九娘手指從盤沿輕輕滑過，聽見玉簪進門的聲音，手指輕抬，拭去眼角清淚。從案几上取了一本書垂頭看了起來。

玉簪進來，將琉璃燈湊得離九娘近了一些，輕手輕腳地要去搬那盤子，九娘子不愛濃香，夜裡這梔子花的甜香聞著太濃了一些。

「放著吧。」九娘頭未抬，輕聲道。

玉簪一怔，福了一福，去裡間鋪床，聽著九娘子聲音有些悶，雖說入了夏，夜裡還是有些涼，她從櫃子裡又取了條薄薄絲被。

到了半夜，九娘半夢半醒，恍恍惚惚間，只覺得日光曜曜。

「阿玞快跑——！」

她有些模糊茫然，可她依然捏緊了魚叉，開始在溪水中狂奔，腳底被碎石劃傷，不覺得疼，只有急和怒，一直瘋狂燒到心底眼底。她跑上岸，農田裡的地是硬的，燙的，燙得她的心就要炸開來。

她被揪住了頭髮，頭皮劇痛，狠狠摔倒在滾燙的田地裡，聽見衣裳撕裂的聲音，她毫不猶豫刺出了手中的魚叉。殺——！

血噴進她眼中。她看見血紅的太陽。

熱的血，似乎讓她滾燙的心好受了許多。她手中的魚叉被奪走，挨了一巴掌，她也不覺得痛，只有怒，她如果能變成猛獸，定要用獠牙和利爪撕碎這些連畜生都稱不上的人。

她暈過去了，卻聽得見，眼中還是一片血紅。她想撕碎一切，包括她自己。

六郎！趙栩——趙栩！你怎麼不來救我！她心底大喊，血沸騰得要爆裂！

忽然有別人的血灑在她身上，令她的狂躁稍微平靜下來。

「九娘啊，你做得很對，做得很好！」

他來了！六郎他來了。

九娘鬆了一口氣，她睜開眼。

一片紅色中，一雙桃花眼瀲灩蕩漾著靠近，在她額上輕輕吻了吻：「你和我是一樣的人啊。」

忽地一雙手扼住了她咽喉，那溫柔的聲音瞬間變得冰冷：「九娘，原來你和他們才是一樣的啊。」

「阮玉郎！——阮玉郎！」

九娘驚叫著坐了起來，昏暗裡一身冷汗，大口地喘著氣，喉嚨乾疼，腿腳麻得厲害，她想伸手摸一摸，手指也抖得不行。似乎那雙和趙栩極相似的眼睛，還在紙帳外頭看著她。九娘打了個寒顫，摸了摸滿是汗水的脖頸，又摸索到床邊的銀鈴，死命地搖了起來。

外間上夜的玉簪卻沒有回音。

九娘心中發寒，立刻摸出枕下的短劍，捏在手裡，警惕地看看四周。

第二百零九章

劍柄冰冷，一聲輕響，一泓秋水在暗夜裡亮了起來，映出了九娘秀致的下頷。

似乎有衣袂輕拂過的聲音，九娘側耳傾聽，卻又靜悄悄的無聲息，她疑心是自己幻聽了，可暗室中有人在窺視自己的感覺那麼清晰。她雙腳一有知覺，就立刻下了地。

外頭傳來腳步聲，槅扇輕輕被人推開又關上。玉簪提著燈籠進了東暖閣，點亮了桌上的琉璃燈，低頭吹熄了燈籠紙罩裡的燭火，輕輕放到靠牆的架子上，見那北邊的窗不知何時開了小半扇，她舉了琉璃燈，上前輕輕將窗關了，返身推開裡間的門，轉過屏風，一呆，床上被褥凌亂，卻沒了人，放在瓷枕下的短劍，只有劍鞘隨意丟在如意紋腳踏上。

「九娘子!?」玉簪驚呼出聲。她猛然轉頭，見那山水紙帳後隱約有一個黑影。

「玉簪——！」九娘慢慢走了出來，渾身還在發抖。

玉簪嚇了一跳，放下燈去扶她，見她額上密密麻麻的汗，兩鬢也濕了，黏著幾根散亂的髮絲，半露的豔粉牡丹肚兜的頸帶鬆鬆垮垮掛在纖細鎖骨上頭，一眼能看到鎖骨窩裡盛著豆大的汗珠，玉簪問：「小娘子是魘著了？」

她伸手去取九娘手中的短劍，九娘搖搖頭：「是做了個夢。」手上還緊握劍柄，心還吊著。

玉簪倒了盞溫熱的蜜水進來，九娘接過來，一仰脖子，咕嚕嚕一口飲盡，喉嚨間不再燒得灼痛，這才慢慢鬆緩了下來，還劍入鞘，放回瓷枕下頭：「什麼時辰了？」

「寅時剛剛過了一刻。」玉簪彎腰整理好被褥，輕聲道：「燕大娘託了值夜的盧嫂子送了信進來，惜蘭喚了奴出去說話，小娘子打鈴沒人應，可嚇到了？」

九娘頭剛剛挨上瓷枕，心猛地一抽，急忙坐了起來：「陳家出什麼事了!?」

玉簪跪在腳踏邊，取過枕邊的喜鵲登梅釵，黯然道：「陳家又走水了，這次是後院——」

九娘咬牙問道：「表嬸可有事？賊人可抓到了？」

玉簪搖頭道：「燕大說，魏娘子應該只是受了驚，有御醫官進去後，不多時就出來了。開封府和禁軍把附近十幾條街巷都搜遍了，沒捉到賊人。」她眼眶紅著：「這些殺千刀的，做些沒天理的事，遲早有報應！」

九娘想起田莊見駕那天魏氏的笑容，那般開心，還帶著一絲甜蜜的羞澀，還有陳太初臨別時溫和的笑意，還有她前世初懷上阿昉時的欣喜，一天天的等候，還有她小產時全身血都流空的感覺，一陣劇痛驟然刺中她心。九娘猛然跳下床，像方才魘著的時候，暴躁急怒如颶風捲過，全身血發燙，幾乎感覺得到沸騰到開始冒出一個個泡泡。

阮玉郎！阮玉郎！九娘咬牙切齒地在方寸之地不停地轉了幾十個圈子。玉簪眼睛跟著她轉，幾次想喊停她給她穿上繡鞋，卻不敢開口，只能慶幸地上鋪著厚毯。她從來沒看見小娘子這個樣子，無論是林氏被七娘弄傷，還是靜華寺蘇娘子之逝，小娘子也沒有這般像被困住的小獸一樣，眼睛在冒火，全身都在冒火。

「喚惜蘭進來！」九娘忽地停下腳。

齊國公府再次走水的消息送到都堂時，正在集議的眾官員舉座皆驚。老定王氣得一手砸了手中的茶盞，跳了起來：「天子腳下，還有沒有王法了！」

開封府少尹看著上首如冰山一樣的燕王趙栩，心中叫苦不迭，這位祖宗看向自己了！他趕緊出列：「臣即刻安排人手前去查探！」昨夜有人放火，今夜再有人放火，他這開封府少尹的位子也要著火了。

御史中丞鄧宛沉聲道：「朝廷尚無定論，不法之徒膽敢連續縱火國公府，當按賊盜律處置！」

朱相歎了口氣：「開封府已關滿了鬧事之人，秦州和陳元初一事需儘快合議裁決，我等離西北千里之遙，鞭長莫及，再拖延下去，恐怕延誤戰事。」

今日都堂的緊急集議，由御史中丞鄧宛、右司諫范肅、審刑院、大理寺、天章閣侍制共同發起，向太后和官家宣詔，二府批狀送各部。議題並未像往常那樣提前三天發送各部，也無需各部先上疏。二府的宰執們，宗親的親王、中書、門下、宗正寺、大宗正司，翰林學士院四十位官員齊聚，議的只有一件事：陳元初代西夏出戰鳳州，大戰陳太初，該如何定罪，齊國公陳青又該如何處置。

謝相和呂相低聲說了幾句，站了起來：「諸位，陳元初一事，當如實告知天下。大理寺張理少所言有理，他連親兄弟也不認，心智必然遭控，不能以叛國投敵論之，更不能牽連齊國公。梁氏狡詐，佯攻鳳州，實取鳳翔，若沒有陳太初浴血奮戰發現敵情，連夜馳援鳳翔，此時諸公恐怕還要收到鳳翔失守的軍報了。陳家就算陳元初有失守之過，也有陳太初的軍功，功過可相抵。」

右司諫范肅揚聲道：「謝相所言，甚是有理。然而前線將士要拚死對抗這位失去心智的猛將陳元初，而他們自己的父母妻子在鄉間勞苦作業，所繳稅賦還要供給敵將的爹娘食用俸祿，軍心如何齊整？士氣如何激昂？范某以為，當褫奪陳青的國公封號，將之軟禁起來，以定民心和軍心。否則，日後一有將領投敵，都說自己心智迷失，又當如何處置？豈可因陳青乃國戚而法外開恩？」

鄧宛點頭道：「范司諫的話，很中肯。陳太初的軍功，也自當按功論賞。但陳元初失守秦州，代敵出戰也都是事實。還請宗正寺、大宗正司和禮部參議。」

宗正寺卿和兩位少卿走到大宗正司的兩位司丞身邊，湊在一起商量了片刻，又和禮部侍郎們商議起來，才出列對定王道：「臣等合議，當褫奪陳青齊國公封號。」

定王冷哼道：「既然合議了，便同二府說去，跟本王囉嗦什麼！」

張子厚鬆了一口氣，只要陳元初不定為叛國投敵就好。多虧了陳太初能鳳州大捷後連夜率軍去增援鳳翔，拖住了西夏大軍。那些個主張定罪陳元初的官員，確實有不少是新黨官員，和蔡佑有沒有關係他還要再仔細去查。但殿下所言非虛，阮玉郎出手，一招毒過一招，若一直這等被動應付，總會輸得一敗塗地。想到今夜集議的結果也不出他所料，張子厚眼風掠過端坐在上垂眸喝茶的趙栩，有種說不出的安心。

以前的燕王，是一把絕世名劍光芒四射。柔儀殿一夜後，劍飲了血，卻收入了鞘中。

翰林巷孟府門口，晨光熹微中，幾輛牛車緩緩而來。孟氏一族的好幾位娘子喜氣洋洋在二門陪著呂氏迎客，不忘讚美呂氏頭上的玉簪，頭綠根白，正是應景的「蔥簪」，配她一身綠沉綾梅花瓔珞紋長褙子，更顯得膚白貌美，十分年輕。

今日長房的小郎「洗三」，外家范家到得最早，舉家出動，翠微堂裡多了范家的好幾個孩童，熱鬧得很。孟忠厚啃著手，咿咿呀呀靠著兩個七八歲的表姊，正拚命舉著小胖胳膊去撈她們手中的乳糖。小衣裳的繫帶一鬆，肚兜都掀了起來，露出了胖乎乎白花花的小肚皮，還一鼓一鼓的，一屋子的女眷們笑得不行。九娘看到他的傻樣，也忍不住笑了，上前抱了他坐在自己膝上，給他吃了一顆糖。

不多時，呂家、杜家、孟彥卿的岳家，也都紛紛帶著禮登門。翠微堂裡又坐了七八位頭戴蔥簪，腰佩銅錢長縷的娘子們。

等贊者高唱吉時到，杜氏抱著小小的孟忠德進了翠微堂，一片賀喜聲中，收生姥姥仔細地給小郎君落臍炙囟。滿堂人喊著：「蔥使兒聰！錢使兒富！」孟忠厚被九娘高高舉著看弟弟，喊了兩聲：「聰——聰——！」忽地叫了一聲：「醜——！」

孟忠德早了十多天出來，紅紅小小一團，又因為被艾灸熏著難受，小臉皺成一團，不知道是太難受還是聽見哥哥說的醜字，竟用盡全力在杜氏手中蹦噠了一下，哇地嚎啕大哭起來。

這一哭，眾人又紛紛道喜，說小郎君雖早生了幾日，力氣倒不小，少不得將來子承父業。范家的幾個嫂子笑著說孟忠厚：「你才多大？就知道醜了？三郎你說說誰美？大表姊美還是二表姊美？」

孟忠厚烏溜溜大眼轉了一圈，直接摟住九娘的脖子，吧嗒在她面上親了一口：「九姑姑——美！美！」口水蹭了她一臉，還轉過臉挑釁地看著三個舅母：「姑姑美！」九娘哭笑不得，索性湊過去要將口水反蹭到他小臉上。孟忠厚竟嫌棄地拚命躲著，小胖手捧著九娘的臉喊姑姑姑姑美。

眾人哄堂大笑，梁老夫人笑得直不起腰喊著：「乖孫孫，來，到太婆婆這裡來，莫給你九姑姑得了逞！」

范娘子看著兩個外孫，忽地眼睛就濕了，摸了摸孟忠德的小手：「親家母，快些抱進去罷，別受涼了。」

到了午間，廣知堂設了宴席，孟在三兄弟作陪。蘇家、陳家都未有人來，只派了管事送了禮。翠微堂邊的宴息廳席開四桌，杜氏三妯娌陪著親眷們都喝得面色緋紅。九娘和七娘陪著范家、呂家的女眷也喝了幾盅。

「你們曉得嗎？我們來的時候，外頭都在說陳元初的事呢。朝廷一早就張貼了皇榜！」呂家小一輩的三娘喝了兩盅果酒，小聲地問七娘。按輩分要叫七娘、九娘為表姑，卻也已經十二三歲了，也是元初社的一員。

九娘給她又斟了一盅果酒：「這幾日家裡忙著，還不曾出過門，說我家陳表哥什麼事呢？」

呂三娘悄聲道：「說陳元初心智被西夏所迷，替西夏攻打鳳州，被陳太初擊敗了。鳳州大捷！」

九娘手一顫，立刻問：「皇榜可說了我家陳表叔如何？」

呂三娘尚顯著稚氣的臉露出一絲不平來：「說了！明明不是我們元初哥哥的錯，卻要褫奪他爹爹齊國公的封號，這不還是在怪罪他嗎？」

她姊姊二娘年長兩歲，擰了她一下：「娘說了不許妄議軍國大事！」這桌上都是陳家的親戚，她呂家關係最遠，說這些豈不讓主人家和范家的人不痛快？

呂三娘不服氣地哼了一聲，見九娘站起了身微微福了福就走開了。呂二娘看著七娘和范家三位娘子的面色都不好看，趕緊代妹妹請罪。

九娘卻是看到玉簪在窗外朝自己示意才出去的，她聽到只是褫奪了陳青的封官，倒鬆了一口氣。若沒有陳太初及時守住了鳳州，沒有趙栩和張子厚前些時朝堂上的微妙平衡，恐怕今日皇榜上就是陳元初叛國投敵，陳青入獄的消息了。

九娘帶著玉簪往邊上走了幾步。玉簪輕輕說道：「燕大方才送了皇榜的消息進來。」

九娘吸了口氣：「我已經聽說了。」

「還有──」玉簪艱難地說：「西夏使者今日早朝覲見官家遞交國書去了，說陳元初做了西夏興平長公主的駙馬，乞大趙賜西北八州為聘禮，還要迎陳家遷往西夏去──」

九娘閉上眼，她早就知道阮玉郎不會就此甘休。向來西夏、契丹有國書到闕，只有兩制兩省御史中丞才能參與機密，就算侍從供奉之官也不知道內容。如今竟然尚未入宮就市井皆知，自然是阮玉郎和西夏特意散播的。

「京中都翻天了。」玉簪低聲道：「燕大回來的時候，許多人將觀音院凌娘子家的餛飩攤砸了，說他們是西夏走狗。凌大郎、藥婆婆的兒子還有好些人都被打傷了，開封府的衙役們去了，擋不住他們好幾百人，還有不少士子，個個理直氣壯地喊著國將不國，要嚴懲叛國賊呢。」她想到二門口燕大那驚恐的神情，不寒而慄。這些人是不是遲早也會來孟府鬧事的……

九娘咬著唇，低聲吩咐道：「你從我帳上取兩貫錢，讓燕大送給凌娘子，請她這些日子先歇在家裡罷，莫出來了。」

玉簪福了福：「那些人還要去砸鹿家包子鋪，因為鹿家娘子端午給陳家送了好些酒。」

九娘猛然轉頭，盯著玉簪。

玉簪只覺得眼前的小娘子又變成了一團火。

第二百一十章

午後送走賓客，翠微堂這一片靜了下來。初夏的暑氣熏熏，孟忠厚人來瘋，折騰了大半天，在乳母懷裡打了好幾個哈欠，梁老夫人見他眼淚汪汪的小可憐樣兒，心疼地對杜氏道：「別抱回去了，索性就讓阿妧帶他去後頭綠綺閣睡上個把時辰。」

雖說六娘入了宮，綠綺閣卻沒裁減人手，一應照舊。守屋子的女使正帶著兩個侍女在院子裡湃梅子，見九娘帶著一群人來了，喜出望外道：「九娘子可來了，六娘子還說要請您常來替她守著人氣暖著房呢。奴日日都讓人熏好被褥等著呢。」

九娘有些心酸：「好，待我和婆婆說，搬來住上幾天。」她見綠綺閣院子中芭蕉分綠與窗紗，樹蔭底下竹方床，微風習習，不熱不冷，索性讓她們把竹方床收拾了，墊了一張薄毯，把已經睡著的孟忠厚放下。看著小人兒不知人間憂愁的睡容，夢到什麼開心的事，口水順著笑得微微咧開的嘴角流到肥嘟嘟的臉頰上，九娘愛憐地俯下身，輕輕親了親他的額頭，摸了摸他的小耳朵，柔聲叮囑乳母：「三郎才在長牙，梅子酸牙，少給他吃幾顆。」

她留了玉簪看著，帶著惜蘭回前頭翠微堂，見老夫人和呂氏剛說完了話，要去午睡，就趕緊上前行禮，把皇榜和京中有人借機鬧事的事情稟報了。

梁老夫人看著九娘，歎道：「阿妧，婆婆明白你的意思，按理，孟家和陳家是最親的舅家親戚，你表嬸又有了身孕，該接他們來家裡安頓——」

九娘深深看著老夫人，抿唇不語。

呂氏猶豫道：「連開封府都拿那些人沒法子。娘，您想想，若是跟著鬧到家裡來怎麼辦？家中老的老，小的小——唉！」不說陳青的本事能通天，就是陳家的部曲僕役都一身武藝，孟家那些個護衛，和他們可沒得比。再想起丈夫最近總說起長房不該不和他商量就站了燕王殿下，自家的女兒卻在看燕王不順眼的太皇太后身邊。雖說分家了，過繼了，可這種大事一旦出了事，同祖的兄弟或伯叔父兄弟之子一樣要入刑。她見老夫人面上露出猶豫的神情，忍不住再次提醒道：「如今家裡就要搬去蘇州，郎君起復一事也還遲遲沒有消息呢。」

九娘垂下眼睫，她雖有預料當家的呂氏和老夫人不會伸出援手，但真聽到了，依然心底有說不出的難受。

梁老夫人長歎了一聲：「阿妧，你二嬸說的也是大實話。阿嬋在宮裡日日提心吊膽，婆婆和你二嬸在家裡又何嘗不是？現在時局亂得很，你是個明白人，無需婆婆多說。孟家上下幾百口人，孟氏一族上千人，實在要謹慎行事。需知國有道，其言足以興；國無道，其默足以容。我們舉家南遷，正是為了避禍。」

九娘抬起眼：「天下溺，援以道。阿妧只知道，家裡大伯和陳家、燕王是撇不清干係的。婆婆您也知道，阮家和孟家更脫不了干係。縱然孟家今日想明哲保身，只怕以後獨木難支身不由己。倘若人人都想著保全自己，任由那惡事橫行，他日輪到我孟家有難，又有誰會站出來說話？就算陳家和孟家不是親戚，連那賣餛飩的凌娘子、賣包子的鹿家尚且知道大是大非，守著仁義行事。我等孟軻後人，卻只想著獨善其身，又置仁義於何地？」

「大膽！」一聲怒喝從門外傳來。

孟存喝了些酒，風一吹就有些上頭，原本想到翠微堂和母親商詢自己起復一事，卻聽到九娘的這番話，不由得怒從中來。

梁老夫人見他怒衝衝地進來，擺了擺手：「仲然你這是做什麼，別嚇到阿妧。」

孟存幾步跨到九娘身前，見她毫無懼意地和自己對視，更氣了：「你才讀了幾天書？就敢妄議軍國大事，還拿著先祖的名頭逾矩教訓起長輩來了？」

九娘福了一福：「二伯萬安，侄女不敢。」

孟存冷笑道：「不敢就好。我當你能言善辯，連先帝都敢駁，在家更是無法無天了。老三連自己的女兒都管教不好——」

「我怎麼管教不好了!?」孟建扯著嗓子在廊下喊了起來：「二哥你人前兄友弟恭，背後總要踩我幾腳才高興？」

九娘暗歎了一聲，恐怕這位是再也按捺不住了。無論是不是阮玉郎的安排，這個家，早在幾十年前就千瘡百孔，雖勉力維繫著世家大族的風貌，其實輕輕一擊就會支離破碎。

孟建心裡頭，比孟存還要鬱悶，還有說不出的委屈，喝得更多，等散了席，看著二哥往翠微堂來，身不由己地跟了過來，結果被他一句話踩著尾巴了，立時跳了出來。

「你會管教，怎麼一個進了大理寺獄，一個在這裡大放厥詞？」孟存呵呵了兩聲：「我倒說錯了，你不是管教不好，是從來就沒管教過！」

梁老夫人提高了聲音：「好了！你們這是要讓小輩看笑話不成⁉」

孟建還沒想出撅回去的話，被梁老夫人一聲喝，他怎麼聽都覺得是維護孟存的，在堂上氣呼呼地站了片刻，看看孟存，看看老夫人，點點頭：「可不是笑話！可不就是笑話！」

九娘上前輕輕拉了拉他的袖子：「爹爹——」

孟建一把甩開九娘的手，蹬蹬蹬走到孟存跟前。孟存瞪了他一眼，不想和他計較。

「你占了我的位子幾十年，還看不起我，好！孟仲然，咱們今天就來說個笑話！」孟建酒勁上頭，指著孟存對老夫人道：「娘——！我同你說個笑話，琴娘，阮琴娘走之前告訴我，我才是您親生的兒子！啊？好笑不好笑？」

新蟬的唱鳴聲，在翠微堂內響極了，明明是初夏天，堂上卻悶熱無比。

梁老夫人看著孟建，心中翻江倒海，卻淡淡地道：「叔常你喝醉了。阿妧，陪你爹爹回木樨院，喝兩碗醒酒湯，睡一會。」

孟存瞪著孟建，嘴唇翕了翕，忽地冷笑了兩聲：「小阮氏臨死還不忘挑撥離間，老三你不只是不會教女，你那後宅真是一塌糊塗！」

呂氏捂住嘴，將驚呼掩了回去，看著孟存，眼眶就紅了，想說幾句，當著九娘的面，還是忍住了。

九娘見孟建脖子上青筋暴起，顯然想不到他糾結數日的驚天秘密竟然被這麼輕描淡寫地忽略了。孟建眼冒金星，正要大叫，卻被九娘差點拽了個趔趄。正要發火，卻見九娘肅容朝老夫人跪拜下去，倒愣住了。

「婆婆多年來悉心關懷阿妧，阿妧不敢忘懷，應當遵循婆婆的教誨才是。」九娘朗聲道：「只是太初表哥當年替阿妧擋刀，燕王殿下幾次三番救過阿妧的命，陳表叔也救過阿妧。如今陳家有難，阿妧實在不能袖手旁觀，只能向婆婆請罪，請恕阿妧不能隨家族南下。今日孫女一意孤行，既出孟氏門，如有行事不當，怕連累了家裡，還請婆婆將阿妧逐出孟家。」

她轉身對著孟建又砰砰磕了三個頭：「爹爹生養之恩，阿妧難以為報，還請爹爹照顧好娘親、姨娘、十一弟！」

孟建怔了片刻，看看欲言又止的老夫人，沉默不語的孟存夫妻，一伸手將九娘拉了起來：「你這是要做什麼！你一個小娘子又能做什麼，真是！誰允許你出門了!?」

外頭廊下傳來惜蘭沉靜的聲音：「九娘子，大理寺張理少親自來了，正在廣知堂等您。」

「阿呂——」梁老夫人歎道：「你調十個最好的護衛給阿妧，務必護著她好好地回府來。阿妧，你別怪婆婆就好了。」

呂氏趕緊點頭應了。孟建卻追著九娘出了翠微堂：「張理少來找你何事？他怎地又來了？」

九娘停下腳：「我要去陳家，爹爹可要一起？」

孟建看著她，轉開眼：「今日爹爹不行，還要去城南見中人，你娘有兩間宅子要賣——哎——哎！你怎麼就走了？」

翠微堂裡一片死寂，那蟬鳴聽起來振聾發聵。梁老夫人的目光落在打起又落下的竹簾上頭，久久也挪不開。

張子厚負手站在廣知堂廊下，看著坡下的明鏡湖。孟家當年遷入京城時倒還有不少這麼好的老宅子。他入京的時候哪裡還有這樣的大宅，百萬貫也無人肯出手。百家巷的蘇府，當年是他替蘇瞻找的，為了兩家能離得近一些，他暗地裡貼給了屋主五萬貫。結果王玞疑心賃價為何比市價低，反而猶豫了好幾天。

後來兩家雖然都在百家巷，因為蘇瞻外放，他從未見過王玞一面。只有年節裡，他會收到蘇家的禮，還有她親自寫的帖子。他按規矩親自挑回禮，不多不少，不輕不重，怕被蘇家人疑心，怕給她添麻煩。他自己寫回帖，一個個字落筆當成寫信似的慎重，卻不知道她有沒有親自看過一眼。

想起往事，張子厚輕輕搖頭笑了自己一回，他這魔障入得不輕。

湖邊綠樹陰濃，荷葉田田。湖上曲橋倒影，遠遠十幾個人上了曲橋，往廣知堂走來，當先那人撐了一把藕荷色油紙傘，走得不快不慢。

雖在日頭曬不著的廊下，張子厚背上突然沁出許多汗來，還未及換下的朝服厚重得很，他才想起來自己急著過來，還沒用過飯，大概餓過了頭才會覺得胸口翻騰得厲害。

他一顆心怦怦跳，既盼著那傘下的人立刻就到了跟前，又盼著那橋一直走不到頭，就讓他這麼遠遠看著她灼若芙蕖出淥波。今晨意外收到九娘的口信後，他不知道她要做什麼，也沒有告訴燕王。反正不管她要做什麼，他總會全力相助。

離近了，張子厚只看了一眼，便垂下眼簾。

九娘將傘交給惜蘭收了，轉入廊下，福了一福：「有勞張理少拔冗親至，多謝了。」

張子厚忽地口舌笨拙起來，一時想不出答什麼才好，模糊不清地嗯了一聲，看著侍女打起竹簾。

九娘轉身，見張子厚面上似乎泛紅，只當他在外頭等久了被曬著了，帶著歉意道：「張理少？請──」

張子厚抬手將竹簾打得更高一些，讓她先進，想起眼前的人不再像以前那麼高，便又收回了手。

兩人坐定後，九娘見張子厚還穿著朝服，便輕聲安排侍女再去上些梅子糕來。

「張理少可是一下朝就過來了？還請將就用些點心。」九娘溫聲道。

張子厚滿眼熱切脫口而出：「季甫！你隨殿下稱呼我的表字即可。」

讓她隨趙栩稱呼？九娘臉一紅，搖頭道：「殿下是親王，九娘是民女，不妥。您是我表舅的同門師弟，我當稱呼您一聲叔父才是。」

張子厚一怔，當頭被澆了一盆冰水，那少年時期往昔綺思頓消，苦笑道：「別，還是稱呼官職算了。你找我有何事？是為了民亂和陳家的事？」

會寧閣裡，趙栩聆聽完屬下的稟報，皺起眉頭：「張子厚去了孟家？惜蘭沒說出了什麼事？」

「稟殿下，惜蘭只說九娘子有要事請張理少商量。」

趙栩停下手中的筆，給陳太初的信才寫了一半，他沉吟了片刻：「無妨，趙檀可有動靜？」

「已經出門往炭張家去了。京中民變已逾三十起——」

趙栩點了點頭：「盯著趙檀，如果他去陳家了，即刻回來稟報。」

「是！」

趙栩提起筆，龍蛇飛動，鐵劃銀鉤，力透紙背。

第二百一十一章

五月裡過了芒種，大雨一場連著一場。方才陽光耀眼，這時亂雲飛絞，午後看著如黃昏，眼看又要潑下豪雨。

趙栩在會寧閣裡仔細轉了幾轉，確認沒什麼要緊的物事遺漏。昔日阿予喜歡來這裡嘰嘰喳喳，自從爹爹駕崩，她就不怎麼愛說話了。他這個做哥哥的，也沒能好好寬慰她。再看到案几上的琉璃碗裡還有半碗蘇州進上的楊梅，累累如紅紫玉。趙栩拈了一顆放入口中，甜得厲害，回味時才有一絲微酸。

成墨輕輕走了進來：「殿下，四主主去福寧殿陪娘娘和陳太妃說話了。」

趙栩抬手把琉璃碗拿了：「對了，這楊梅不錯，可——」

成墨笑道：「殿下放心，都送了，陳家送了一筐，孟家也送了一筐。」七年來只要是時鮮的進貢果子，總是要送一些去這兩家的。

趙栩點點頭：「好，你帶著人看好屋子，別讓人碰書房裡的東西，回來我好好賞你。」

成墨一怔，殿下這話怎麼像是要出遠門一樣？偷偷抬起眼，卻見寬袖拂過，神仙一樣的殿下已經出了門。

福寧殿裡，向太后坐在羅漢榻上，陳素侍立在一邊，看趙淺予和趙楷在下象棋。見趙栩來了，向太后道：「六郎來看，阿予對著十五郎還要悔棋。」

趙楷抬起頭：「六哥來同我下棋吧，四姊棋品不好。」

趙栩行過禮，把手中琉璃碗擱到趙淺予面前：「這個連楊梅帶碗都給你了。」他轉頭朝趙楷笑道：「小心哦，阿予還會趁你不注意藏你的棋子呢。」他拈起一顆楊梅笑著塞入張大嘴要說話的趙淺予口中。

趙楷仔細看了看棋盤，爬起來拽著趙淺予的袖子：「四姊！我在你這裡的車呢？」

趙淺予扯開袖子，趕緊往他口中塞了一個楊梅：「你幾時有車來我家了！牛車還是馬車還是驢車？莫不是先前打瞌睡記岔了？」

向太后笑道：「阿予調皮使壞，十五郎快搜她袖子裡。」

看著趙楷猴到趙淺予身上，兩人鬧作一團，和平常百姓家的姊弟沒什麼兩樣。趙栩笑著和陳素說了幾句家常。

不一會，外頭電閃雷鳴起來，大雨如期而至。尚寢女官來請趙楷去睡午覺。趙楷依依不捨的鬆開趙淺予：「四姊，你明日早點來找我可好？七姊她們都不來看我。我一個人忒無趣。」他看了向太后一眼：「就來兩刻鐘也好，我未正要午睡，申時就要去延義閣聽課——」做皇帝實在太苦了，他在宮裡年紀最小，生母地位卑微，原本還沒正式進學，這幾天頂著月亮起床，戴著星星還不能睡覺，苦不堪言。

趙栩拍了拍他的小肩膀：「爹爹以前同我說過，他自三歲啟蒙，從來不知道還有午睡這等好事呢。倒是裝病逃過視朝，還挨了板子。」

提起先帝，向太后紅了眼眶，對趙栩說：「不說先帝，就是你五哥六哥，也從沒有午睡的——」

趙棈依偎到向太后身邊，仰起依然尖尖的小下巴：「十五郎知道，是大娘娘憐惜我病了好些天，我才能有午睡的。多謝大娘娘！」

人心都是肉長的，向太后這大半個月幾乎每天都和趙棈在一起，又對他有些歉疚，看到他這麼懂事，就側身抱了抱他：「好了，待身子好了，可照常要去資善堂聽經了。今日呂相還問起呢。」

趙栩兄妹退出福寧殿，天色已近黑暗，大雨傾下來，激起地面尺把高的雨霧。趙栩彎腰親手替趙淺予換上木屐，披上蓑衣，想好好叮囑她幾句，看著她巴掌大的小臉，霧濛濛的眸子，最終只是輕輕彈了彈她的額頭。

趙淺予輕聲呼痛：「哥哥！你怎麼捨得把那只琉璃碗給了我？」

趙栩拍拍她的箬笠：「因為阿予長大了，懂事了，送你。」

趙淺予若有所思，看著手裡的琉璃碗，想起驟然離去的爹爹，還有明明發生了許多事卻什麼都不肯告訴自己的娘親和哥哥，眼淚吧噠吧噠地直落下來。

趙栩輕歎了口氣：「阿予記住，哥哥沒事的。回去吧，記得把那幾個人帶在身邊。」

趙淺予抬起淚眼：「哥哥？」

趙栩嘴角勾了起來：「乖，回去吧。」

趙淺予抽泣道：「阿昕姐姐被害了，太初哥哥去打仗了，阿妧又要去蘇州，我成天都見不到你，也不知道你在做什麼。我們桃源社怎麼變成了這樣了？還有爹爹！我都沒見到爹爹最後一面！還有三叔——我不喜歡現在的日子！討厭死了！我想回到過去！回到三年前，哪怕回到一個月前也好的！」她索性蹲了下去，抱著那還有好幾顆楊梅的琉璃碗嗚嗚哭了起來。

趙栩看著她一抽一抽的肩膀，由著她哭了會兒，才扶她起來，接過箬笠，替她戴上，取出帕子在她臉上胡亂抹了抹：「唉，我家阿予哭成花貓了，這大趙第一美女的寶座眼看保不住了。」

趙淺予拉住他的手不放：「哥哥你不會有事的對不對？」

趙栩點點頭：「不會的，還有娘、舅舅、太初，都不會有事，哥哥保證。」

雨霧騰騰，暗無天日。

黑沉沉的大雨天，廣知堂裡亮起了燈火。雨聲太大，說話聲音聽不清楚，九娘挪到張子厚下首坐了，替張子厚續了盞茶，繼續說她對民亂一事的想法。

張子厚正在吃梅子糕，見她離自己這麼近，渾身不自在起來，生怕自己進食的樣子不夠優雅，又怕咀嚼下嚥甚至喝茶的輕微聲音會惹她反感。見她隨手倒茶的姿勢也極美，更有種珠玉在側自慚形穢的感覺，硬著頭皮吃完了那塊梅子糕，連茶都不想喝。至於九娘說些什麼，他十句只聽了最後兩句。

張子厚「咦」了一聲，皺起眉：「你是說阮玉郎掀起了這場民亂？」

「不錯！」九娘點頭道：「上次謠言散播，京中人心大亂。我和蘇家表哥以童謠壓制謠言，陳家就出了費老八砸匾牌一事。這次陳元初攻鳳州，先是陳家兩次遭人縱火，跟著西夏國書刻意被洩漏，不到兩個時辰，就起了民亂。若說無人操控，張理少你可相信？」

張子厚稍作沉吟道：「謠言、砸匾和縱火，燕王殿下也認定是阮玉郎所為，更認為這是他的戲弄之作，只是想激怒陳青出手。但民亂一事，今日下朝時開封府少尹已至二府呈報，不只是你家旁邊，京中數十處皆有爭執打砸，受傷者甚眾，大相國寺收留了不少傷者。參與者怕有三五千人，士庶皆有，各行各業也都有，並非都是費老八那種潑皮無賴。若這許多人都是阮玉郎操縱，他豈不是有通天之能？」

九娘喟歎道：「他只是看透人心罷了。夫子步亦步，夫子趨亦趨，百姓們有多少人讀過聖賢書能看得明分得清？亦步亦趨，人云亦云者眾多。西夏攻下秦州，百姓人心惶惶。張理少您想想，那馬群受驚，可有一匹馬會不隨著馬群狂奔？高似、秦州、陳元初，種種事，都是為了激起朝臣譁然，汴京民變。雖然朝中他不曾得逞，未能將表叔定罪，若是群情激憤，民亂找上陳家，表叔又該如何應對？何況，阮玉郎的目標，應該是激怒六哥。」

張子厚眼皮一跳，忽地想起來最近幾日燕王的反常之處，置之死地而後生？殿下難道早就預料有這樣一日？他是想將計就計？

「開封府早間抓了一些帶頭鬧事之人，不少都是官宦人家的子弟，又很難定罪，他們大多不直接動手，都靠一張嘴煽動無知百姓，且熟知《大趙刑統》。開封府少尹擔心民亂愈演愈烈成為民變，才入宮稟報的。」張子厚聰明一世，卻也第一次遇到這樣的難題。

九娘並不驚訝：「律法，難以責眾。阮玉郎早有預料。百姓打百姓，只是亂，不牽涉朝廷各衙門，二府是否不肯出動禁軍保護這些遭殃的百姓？」

張子厚點頭不語。今日開封府少尹還被朱相、呂相訓斥了一番，一旦出動禁軍，引發京城民變，直接對著開封府或皇城來，難不成全部抓起來治罪？哪裡有這許多牢獄關這些人，還是直接就地殺了？

「你說，我能做什麼？」張子厚站起身，大步走到九娘跟前問道：「你要我做什麼？」

九娘站起身斬釘截鐵地道：「九娘有三請：一請張理少攔住殿下，不可意氣用事。二請借給我一些人手，隨我去陳家把表叔、表嬸安然接出來。」她抿唇看著張子厚，猶豫了一下。

張子厚笑了笑：「都是小事，還有一樁呢？」

「敢問張理少您是不是有些厲害的部曲？」

張子厚毫不隱瞞道：「不錯，我手上有兩百多倭人，是倭國內亂戰敗後逃至福建的，跟著我多年，極少露面，只替我辦些見不得人的事。他們都會說官話。」

九娘心中一熱，當今就算勳貴，所能養的部曲人數皆有定數，就算是一等國公陳青那樣的，也只能百人而已。張子厚如此坦誠相待，她真是疑心自己前世對他的看法是偏見。

「第三請，請這些人以暴制暴！」九娘從袖子中取出一張字條：「請他們冒充成民亂的百姓，引人去攻擊三個地方！」

張子厚一怔，接過字條一看，太陽穴別別跳了幾下。她可真是膽大！也真是妙計！

都亭西驛西夏使者所在之處！

都亭西驛之南的京城守具所！那是京城守衛器具的倉庫，弩床、擂木、火油、大砲，是太祖以來百多年的儲備。

竟然還有靠著潘樓街的五寺三監！這三處都有禁軍把守，尤其是京城守具所。

九娘指著字條說：「我們借阮玉郎造出來的勢，只要攻擊了這三處，二府就不可能不出動三衙禁軍平息民變。照理說，百姓激憤，首當其衝的就該是都亭西驛遭圍攻，反而無人問津，豈不奇怪？所以我們先砸此處。」

張子厚點頭道：「守衛那裡的禁軍必然不願保護西夏人，就會往南退向重兵把守的京城守具所？」

「不錯，只要趕著西夏人也退向那裡，就能趁雨打劫！要讓禁軍疑心有人趁亂謀逆！」九娘點了點五寺三監：「此處離皇城極近，又有宗正寺、太常寺在，周圍多是商家。只要造成亂局，我大伯已經在殿前司任都點檢，自然能借著護衛皇城為由出兵！」

張子厚將手中紙條細細收了起來，看向九娘：「以暴制暴，出動禁軍後，那些跟著鬧事的百姓也不免會有死傷，你——可忍心？」

九娘迎向他的目光：「不這麼做，難道就沒有百姓死傷了？難道阮玉郎就肯罷手？大義所在，縱然不擇手段又如何!?」

張子厚深深看著她，露出一絲微笑，轉而哈哈大笑起來：「說得好！甚合我意！深得我心！時隔十多年，又聽到這話，好！」

九娘愣了片刻。

張子厚已舉步往外：「好！我即刻返回宮中求見殿下。你何時去陳家？」

九娘看了看外頭的大雨：「半個時辰後可方便？」

張子厚點頭道：「你記住，若是暴民過多，就死守在陳家，不要出來，千萬別讓陳青出手傷人。」

九娘點頭應了，送他出門。

廊下侍女備好了雨具，張子厚匆匆穿戴了，跨下臺階，踩入水中，走了幾步，大雨中他忽然轉過身，見昏暗廊下明珠般璀璨的少女微微低下了頭，侍女正在給她戴青箬笠。

「阿玞——！」張子厚胸中滾燙，朝她大喊了一聲，他將要同她一起力挽狂瀾，這樣的時候，她想到了他！先想到了他，只想到了他！她信他！他從未這般快活過得意過滿足過！

九娘悚然抬頭，幾疑自己聽錯了。雨聲太大，還有轟隆的雷聲，誰在喚阿玞!?

暗黑天色下，那人在雨中，滿面雨水，滿面笑容。

轉瞬間，地上雨水四濺，那人已跟著管事遠去了。

御街頭上的州橋邊，大雨澆不熄千百人的怒火。雷聲如鼓聲。

一片狼藉的鹿家包子鋪門前，裂開的金字招牌、碎木屑、包子、毀壞的蒸屜、散亂的算盤珠子四處都是，還有一些未被大雨沖走的血跡，無人注意。

鹿掌櫃倒在地上，死死拉著抱著他大哭的鹿娘子。十幾個夥計都受了傷，圍在他們身邊，手上拿著擀麵杖、菜刀、桌腿，雖然也有怯意，可憤憤不平和怒氣支撐著他們不退不讓。

幾十個開封府的衙役圍成半圓，卻不敢拔出兵器，只喝著：「不許打人！不許傷人！」

他們四周，是近千拿著木棍甚至掃帚的人們，比他們更憤怒。

一個身穿監生白襴衫的少年舉起手臂，大雨也蓋不住他的怒吼：「鹿家包子你們靠誰才發了財！竟敢把揭穿陳元初真面目的士子推出鋪子？竟然處處替陳家說好話！你們睜大狗眼看看，陳元初做了西夏駙馬！索取西北八州！你們這些陳家走狗滾出我們開封府！滾出汴京城！」

「滾出開封府！滾出汴京！」吼聲壓過了雷聲。

鹿娘子放下暈過去的丈夫，猛然衝到衙役們前頭，一臉的雨水和淚水，嘶聲大喊道：「憑什麼！沒天理嗎？沒王法嗎!?」

眾人不防她一個女子還敢衝到前頭來，倒都靜了下來。

鹿娘子指向身後的鋪子：「這是我鹿家幾代祖產！包子是奴帶著夥計們一個個包出來的！奴掙的是辛苦錢！對得起良心！陳家怎麼了？陳家就是滿門忠勇！你們上西夏人的當，還不許旁人不上當？總有一天你們才要睜開眼看看自己的良心！——啊！」

一個雞蛋砸在她臉上，蛋殼粉碎落地，蛋液混著蛋黃，黏在她頭髮和臉上。鹿娘子抹了把臉，顧不得疼，忍著淚喊道：「你們這些有種的漢子，不去前線殺西夏兵，卻欺負一個女子，真是本事！」

「陳家走狗滾出開封府！滾出汴京城！打這個雌老虎！打到她不再胡說八道！」此起彼伏的聲音再次響起。不知道誰推了誰，終於上千人往前擁去。

對面炭張家的二樓包房中，趙檀一聲素服，手執金刀，往面前烤得恰到好處的小羊羔身上刺去，唱道：「啊——！這民意——不可違呀！」

第二百一十二章

「風雨淒淒，雞鳴喈喈。」趙檀吟唱著，手中金刀不停，把小羊羔從中剖了開來：「風雨瀟瀟，雞鳴膠膠。啊呀，外頭風大雨大聲勢也大呀——」

他割下幾片肉，放在鼻下聞了聞：「嗯，真香！」轉手扔到地上：「小六，來，賞給你了。」一隻哈巴狗搖著尾巴趕緊湊了過來。趙檀伸腿將牠踹了個跟頭，看著小狗渾身發抖縮到一旁嗚嗚咽咽，兩隻大眼含著淚還盯著地上的肉，他心裡爽快，哈哈大笑起來。

屋內靜立一旁的內侍和侍衛都見多了，只當什麼也沒看見什麼也沒聽見。

趙瓔珞推門進來，皺起眉頭：「哥哥糊塗，還在服喪中，竟來此地吃羊肉，被御史臺彈劾了是大事！」

趙檀笑得眼淚都出來了：「誰吃肉了？哪隻眼睛看到本王吃肉了？三妹來看，我在餵小六吃肉呢。」

趙瓔珞看了角落裡匍匐著發抖的哈巴狗：「你總是拿牠出氣作甚？早知道你這般折騰牠，我就不送給你了。」

小狗看見舊主，搖了搖尾巴，卻不敢上前。

趙檀笑道：「放心，我怎麼捨得弄死牠呢？總要讓他也嘗嘗這腿腳不便的滋味啊。來來來，小六，來，哥哥疼你。來吃肉！」

趙瓔珞別開臉，窗外雨大風大，她從車上下來，在雨棚下頭走了這幾步路，鞋底還是有點潮氣，不舒服得很。想到田洗還在獄中，她拿起桌上的金刀，往羊羔上插了幾刀。

「怎樣？解氣一點沒有？」趙檀瞥了瞥她。

門外傳來腳步聲，一個女子在外頭輕聲問：「燕素前來拜見郎君。」

趙瓔珞皺眉道：「那人自己不來，卻派個婢女來打發我們？」

趙檀揮揮手：「先生神機妙算，誰來都一樣，不礙事。」

兩人聽完燕素的話，雙眼放光，相視而笑。

鹿家包子斜對面的唐家金銀鋪生怕遭池魚之殃，早就緊閉店門，貼了東家有事，歇業三日的告示。三樓的窗口開了半扇，趙元永看著鹿家娘子吃了不少拳腳後被衙役們死命拉開護到旁邊，不少夥計們遭到毆打，鋪子的大門轟然倒在了雨中。滂沱大雨下人頭簇擁，罵聲哭聲喊叫聲不絕，他看得見刺目的鮮紅色被雨水沖刷，瞬間變成淡粉紅，又很快消失不見。

他有些噁心想嘔，霍地轉過頭，看向正在打棋譜的阮玉郎，打了個寒顫。

阮玉郎修長的手指拈起一顆墨玉棋子，又放了回去：「大郎不舒服？」

趙元永胸口起伏不定，半天才說：「不舒服！不好！他們都瘋了！瘋了——」

阮玉郎輕歎了一聲，起身走到窗口，漠然看下去。

「只是螻蟻而已。」阮玉郎轉頭看著自己身側的趙元永，有些失望，這個孩子自己一時猶豫，沒帶在身邊長大，太過婦人之仁了，又或者天性裡帶著他生母的痕跡。

「你想用，就用他們，不想用，就由得他們自生自滅。卻不能將自己的喜好放在這些螻蟻身上。他們只配仰視著你，跪在你腳下。」他看向雨霧中的御街，伸手將窗全部推了開來，大風呼嘯著，將他的寬袖鼓如風帆。雨珠濺入趙元永的眼中，火辣辣的。

「我要風，就有風。我要雨，就來雨。我要這江山傾覆，滿天神佛也扶不住。我要定人生死，十殿閻羅也攔不住！」他仰首望著烏沉的天空，聲音冰冷：「天命所歸？我就是天，我就是命！」

趙元永咬著唇，抬頭看他，卻怎麼也看不清楚。底下的喊聲蓋過了一切。人群洶湧著往城西移動。

風大雨急，州橋這個路口只剩下蜷縮在水中的鹿家夥計，一些也遭了不少拳腳的開封府衙役嘴裡罵著娘，慢慢地把鹿掌櫃和鹿家娘子扶進屋裡。幾把破了的油紙傘像殘花一樣被風吹得四處飄落。

「左軍巡使！——」幾個渾身濕透的衙役飛奔而來高聲呼喊著。

「都亭西驛遭民亂襲擊，驛使帶著禁軍還有西夏使者往京城守具所退去了！少尹吩咐軍巡使速速召集人手前往解圍！」那幾個人大雨裡匆匆傳完話，又往城東跑去。

阮玉郎沉思了片刻，轉頭吩咐小五：「你去炭張家，跟著趙檀去陳家，下手無需顧忌。讓燕素去吳王府，請趙棣入宮去等著。遲則生變。」

趙元永退回羅漢榻邊，看著那即將結束的棋局，占棋盤大半的白色通天巨龍已被黑子刀刀削肉奄奄一息毫無生路。

東華門外的車馬處屋簷下，趙栩端坐馬上，一手持韁，一手卻執了把芥黃油紙傘。大雨中他容顏似暖玉泛著微光，白涼衫下襬已濕透。身披蓑衣的張子厚拽著韁繩苦苦相勸：「殿下！去不得！」

趙栩垂眸看著張子厚一臉雨水，俊逸的臉上全是焦急，誠心誠意地為他著急，他點了點頭：「你在宮中等消息，萬一有事，方紹樸可以信。」不等張子厚再開口，他一夾馬腿已衝入雨中，身後四個下屬趕緊打馬跟上。

張子厚嘶聲道：「殿下——！」

大雨的街道上沒有行人，趙栩一行策馬揚鞭，和吳王府入宮的車駕錯身而過。趙棣笑著放下車簾。

雨勢絲毫不減，竟成了汴京年後最大的一場豪雨，不少街巷積水已過尺餘，遭淹的民戶開了門往外舀水，開封府十八縣二十四鎮的六百多官吏們，下田的下田，查堤的查堤，戶曹、工曹的官員更是全體出動。

開封府少尹接到都亭西驛和京城守具所被暴民衝擊、禁軍和暴民打了起來的消息，焦頭爛額地往宮中趕。

城西陳家所在的街巷裡，擠滿了人，喧聲震天。大多數人未穿蓑衣全身濕透。緊閉的陳家大門宛如沉默的城池，眾人鼓噪不已，卻沒人敢輕易踏上那臺階。開封府的衙役們站在屋簷下頭聲嘶力竭：「退散——！速速退散！不可聚眾滋事！」

「叛國賊陳元初——斬！父陳青——絞！」一個身穿圓領襴衫的監生高喊道：「陳青——你可敢出來！」

隨之高呼的聲音震天動地。

不知是誰，忽然往大門口的衙役們身上投擲起石頭來，大喊著：「你們吃著大趙的錢糧，卻守著西夏走狗的大門！滾——」

不少衙役吃痛，就要拔刀，被當頭的軍巡使喝住，一旦見血，民變更不可控制，禁軍不出動，自己這批弟兄們就先沒命了。

陳家街坊鄰里不少人站在自家門下，那夜打了費老八的一個少年放眼望去，是一張張憤憤不平的臉，一聲聲怒火沖天的斥責。他有些無措，陳大郎竟然做了西夏駙馬！陳家要去西夏？如果不是真的，陳家為什麼無人出來否認？朝廷又為何褫奪了齊國公的封官？陳大郎鳳州大戰陳二郎，游龍箭、陳家槍，朝廷那麼多官員親眼所見。他看向身邊的爹爹，卻看到一張一樣迷茫的臉。

「讓開讓開！讓開讓開！」巷口傳來呼喝聲，一些侍衛用刀鞘隔開一條路，幾把油紙傘緩緩挪入人群之中，慢慢地到了最前面。

「魯王！是魯王殿下！」被擠開的人群一陣騷動，有人猜測，更多人興奮不已，連親王都出面反陳倒陳了！

「眾鄉親靜一靜！魯王殿下說幾句公道話！」四五個侍衛扯著嗓子在雨中高喊。人群漸漸靜了下來，朝廷派親王來了！開封府的衙役們也鬆了一口氣。陳家街坊鄰里們也打起精神，生怕雨聲太大聽不清楚。

油紙傘下的趙檀腿腳不便，慢慢地挪上了第三層臺階，轉過身來大聲道：「諸位父老鄉親愛我大趙護我大趙，一片赤誠吶！朝廷上下看得清清楚楚，本王代趙家宗室先謝過我大趙百姓——！」他彎腰行了個深揖禮，抬起頭後，離得近的百姓能見到他熱淚盈眶。

人群轟然喊了起來：「愛我大趙！護我大趙——」

趙檀興奮得渾身輕微顫抖起來，他忍不住高高抬起雙手，向民眾示意，一個重心不穩，差點滑了下去。身邊的阮小五立刻扶住了他的胳膊，手中的傘舉得更高了些。

「諸位！請聽我一言！回京的各部官員都說了，陳元初是攻打鳳州了，是殺了許多我大趙種家軍的將士！西夏國書也說陳元初娶了西夏的興平長公主——」他停了停，任由民眾騷動議論了一剎，抬起手示意道：「可朝中不少人說他中了西夏的藥物，神智不清，說連自己親弟弟陳太初都不認得。究竟陳元初是被西夏公主美色所迷，還是被藥物所迷，只有問了他爹娘才知道，對不對？陳家總該有個人出來說句話，對不對？」

「對——！」

「正是！」

「朝中有人包庇陳家！」

趙檀抬手壓了壓：「本王這就去請陳青出來，和諸位當面說個清楚！若是陳元初真做了叛國賊，本王第一個饒不了陳家人！」

群情更是洶湧。

「陳青出來——！陳青出來——！」轟然的喝聲四起。

開封府衙役們面面相覷，這位親王您是來滅火還是澆火的？想攔又不敢攔他。

「你是什麼東西！憑你也配!?」一聲冷冷的呵斥，蓋過了風聲雨聲雷聲和眾人呼喝聲，震得在場人耳朵裡嗡嗡響。

幾個人未從人群中擠出來，卻從一旁民房的屋簷上飛躍了下來。

那站在自家簷下的少年，看著一個穿白涼衫的人，手執芥黃油紙傘，斜斜地從天而降，輕輕落在陳家門前，遠看翩若游龍，恰似天外飛仙。

眼尖的人已經喊了起來：「燕王！燕王——！」

趙檀轉過身，雙眼發亮。這種時候他還能好看得不像話，呸！來得也好！陳青縮頭不出，釣到趙栩更好！

趙栩卻不理會趙檀，腳尖輕點，一個旋身，已站在了臺階旁的石獅子頭上。他居高臨下，手持油紙傘，面容無波，冷冷看著面前上千暴民。被他刀鋒一樣的眼神掃過的人，氣焰都矮了三分。眾人見他如仙姿容，衣袂翩翩，暗生自慚形穢膜拜之心，漸漸靜了下來。

這些人裡有國子監的監生，有商販，有官宦子弟，更多是無數平日默默無聞之人，這些人無一個認識元初，更不認識舅舅，卻甘願做了阮玉郎手中的利刃，刺向和他們同樣的百姓。鹿家的慘狀他看到了，沿途被棍棒打殺倒斃街頭的夏馬，還睜著大眼不明白為何突遭屠殺，甚至一家掛著「夏衫」的成衣鋪子，只因有個「夏」字也慘遭打砸。

這樣的人，何止眼前這些？成千上萬的他們，甚至百萬之眾，看不見，聽不到，如雜草，如螻蟻。哪裡值得他趙栩守護？他為何要護著他們！他只想護著娘、妹妹、舅舅一家，阿妧而已！天下關他底事！

一聲憤然長嘯，穿透風雨，直入雲霄，刺得眾人耳鳴不已。

寒光如電，眾人來不及反應，隨即驚呼高喊聲震天。後頭的看不清發生了什麼，冒雨直往前擠去，大亂陡生！

陳家後宅裡，九娘一驚：「六哥!?」她的心直沉下去。

陳青霍地站起身，往外走去。

九娘一把拉住陳青：「表叔！不能去——！」

陳青輕輕拂開她的手，笑道：「放心，千軍萬馬又能奈我陳漢臣如何！」他轉頭看了鎮定如常的妻子一眼：「阿妧，多謝你能來，你表嬸身子不便，你看顧著她。」

看著丈夫大步離去，再看著九娘憂慮的神情，魏氏淡然一笑，拍了拍九娘的手：「不要緊，我和你表叔已經多活了好些年，一時一刻都是白賺到的。只要他在，我總陪著他，無論生死。」

九娘怔怔地看著魏氏走回羅漢榻邊坐下，接過侍女手中的針線，繼續縫那件小夾襖。寒冬臘月，就能見到她腹中胎兒了。

只要他在，我總陪著他。

無論生死。

九娘轉過頭，慢慢走到外間廊下，看著黑雲如龍爪，白雨如博棋，眼中染上了濕氣。

第二百一十三章

阮小五沒想到趙栩眾目睽睽之下，一言不發就動手。毫無徵兆，如電劍氣已抵喉。按計畫一旦起衝突，他應該躲到趙檀身後，這時卻已完全來不及，本能地極力一偏，右肩已中了趙栩一劍。

趙栩一到這裡，就發現趙檀身邊童子絕不是魯王府的下人，身高體量又和死在靜華寺的那兩個侏儒極似，所以下手極狠，一劍得手，立即下刺，左手傘卻順勢擋住了眾人視線。

阮小五在一片驚叫聲中做了滾地葫蘆，滾下臺階，胸口衣襟已被劃破，他一刻也不敢停，抱頭滾入人群之中，大喊：「殺人了——殺人了！救命啊！」

後面的人群往前簇擁：「燕王殺人了？」

前面的士子們大怒：「燕王動手了——！」有人去扶阮小五，見他眉清目秀，身高不足五尺，大雨裡滿肩都是血痕，衣襟破裂，更是義憤填膺：「燕王維護舅家，連一個無辜孩童都不放過！」

趙檀措不及防淋了一身雨，狼狽不堪，他雖然做好了主動受傷的準備，見到趙栩的劍法和氣勢，嚇得腿一軟，自己欺負了他好些年，是不是要謝謝這十幾年他的不殺之恩……他退下臺階，被眾人扶住後定了定神，抖抖索索拔出腰間所佩短劍，指著趙栩大喊：「你濫殺無辜！來人——拿下燕王送大理寺——不！送刑部！」

他似乎意識到一絲不妙，皇子宗親有罪，一律由大理寺或大宗正司定奪。這兩個地方，一個是張子厚那傢伙管，一個是老定王皇太叔翁管。趙栩他是有恃無恐肆無忌憚？

趙栩抬起手中傘，鬢髮皆濕的他轉頭號令開封府衙役們：「方才那侏儒，就是謀逆重犯阮玉郎的手下。魯王趙檀勾結阮玉郎，即刻動手擒拿他們歸案！」

衙役們一愣，聽誰的？

燕王趙栩，兼開封府的府尹啊，這位是祖宗！不能不聽！

魯王趙檀，身後有鼓噪激憤怒喊的千百人，是被護著的孫子。他們不敢動啊。

衙役們走了幾步，靠在趙栩身後，被大雨澆得透心涼：「殿下？殿下？」

一個炸雷，一道閃電，轟然落在眾人頭頂，嚇得不少人高聲驚呼，那雷電劈在陳家車馬處前一棵老槐樹上，老槐樹樹幹頓時焦黑，燒了起來，大雨一時澆不熄。那樹周圍的不少人也遭了殃，鬢眉皆糊。

陳家大門轟然打開。陳青雙手各持一根齊眉棍大步而出，身後四名護衛也都手持齊眉棍，曾隨著他千軍萬馬中衝殺過，煞氣十足。

「陳青出來了！陳青出來了！——」

「陳元初叛國投敵可恥！」

「西夏走狗！大趙罪人——！」群情洶湧，後面的人再無顧忌，拚命往前推搡。

趙栩轉過頭，和陳青對視一眼，輕輕點了點頭。

「誰勾結謀逆重犯了？你血口噴人！」

「啊——啊啊啊別別別推！」趙檀身不由己，被身後人牆直推往前，衝上臺階。他還沒反應過來，手中劍已直奔臺階上的趙栩腰腹間而去。

噗嗤一聲，鮮血濺了趙檀一臉。

不對，完全不對了！趙栩怎麼不躲？應該是他佯裝攻擊趙栩，趙栩一動手，他就故意撞上趙栩的劍倒地裝死才對——而且他的劍，根本鈍得連一隻雞都殺不死的！

趙栩連退三步，被身後衙役們扶住，腰腹間插著趙檀的短劍，猶自顫巍巍地抖動著，鮮血被大雨染得他白涼衫上一片紅，觸目驚心，他手中的油紙傘飄然墜地。趙栩冷然看向驚嚇過度的趙檀，再垂眸看向還在汩汩流血的胸腹間，趙檀這劍夠鈍的，不知道等他以後試過自己的劍，會是什麼表情。

瞬間棍影如山，隔絕開趙檀身後眾人，倒地者滾下臺階者無數，被後面擠上來的眾人踩踏，卻再無人能上臺階一步。

開封府衙役們急紅了眼，再怎麼喊破了喉嚨也沒用，現場一片混亂，鬼哭神嚎，誰也顧不上誰。他們把趙栩放平在簷下，不敢拔劍，軍巡使咬著牙脫下外衫去堵傷口，又有幾人趕緊上前揪住趙檀：「魯王殿下得罪了！」

「趙檀！你竟敢殺害燕王！」陳青高聲大喝，如雷鳴般炸在每個人耳邊：「納命來！——」嘈雜聲頓時輕了許多。

趙檀渾身發抖，轉身茫然往人群中張望，三妹妹！先生！事情不對了！他怎麼殺得了趙栩！怎麼會被推上去殺了趙栩？

千重棍影不停，被打中的無不倒地慘呼。有看見趙栩中劍的都紛紛大叫起來：「燕王死了——燕王死了——！」

「魯王殺了燕王——！」

最後頭的一些人在大雨中聽清楚前面傳來的喊叫後，確認剛才耳邊嗡嗡響的那句話不假，不由得停下了腳。鄰家少年在屋簷下緊張地踮起了腳，燕王死了!?

「大理寺辦案！擒拿謀逆重犯阮玉郎！無關者速速回避！大理寺辦案！——」巷口近百大理寺胥吏，身著雨具，手持朴刀，大理寺牌高舉，一路衝了進來。張子厚遠遠就聽見陳青的怒喝，事到關頭，他心反而定了。方紹樸已在宮內候著；樞密院虎符已出，三衙禁軍城內城外齊發兵，鎮壓暴民民變；宮內殿前司將士跟著孟在將皇城圍得水泄不通；向太后召集皇城司人手護住了大內各殿。

萬事俱備，只欠東風！阮玉郎和吳王不動則已，一動即敗！

人群中的阮小五早已草草將自己肩膀上傷口包了，身影閃動，從一側民房的屋頂上，幾個起伏縱躍，昏沉大雨中，雷鳴電閃之時已躍入陳家院牆，與此同時，十幾條人影相繼越牆而過。陳青果然被引了出去！郎君的妙計，豈是趙栩小兒能明白的！

大雨中他們的雙腳還沒落地，呼嘯箭聲已至。

強將手下無弱兵，陳家軍名不虛傳！阮小五腰間軟劍在手，身形驟然加速，幾個旋轉，如鬼魅一般穿過箭雨。那十幾個人中有三四個中箭，即刻倒在了雨中。

阮小五毫不停留，帶著餘者直奔後院。一路刀劍相擊，陳家眾護衛奮力搏殺，卻擋不住阮小五，眼睜睜看著他衝了過去。那剩下的來敵，有幾人手上連連往房屋內丟擲小瓶，有的擊中帳幔，火光頓起。

站在正堂屋頂的斥候，立刻敲響金鑼，示意有敵來犯。

九娘在廊下正凝神聽著外頭隱約傳來的人聲，雨聲太大，她聽不清楚，誰殺了誰？誰死了？她一顆心跳得極快，極力想鎮定下來。

金鑼聲乍響，院子裡的章叔夜抖了抖手中厚背朴刀上的雨水，轉頭道：「九娘子請回房！」陳將軍把妻小交給了自己！章叔夜胸口火熱，虎目凝視著垂花門。

惜蘭躬身行禮道：「九娘子請隨奴退回房中。」她手腕輕抖，腰間的銀鞭已在手中，伸手撮唇，一聲尖利的呼哨，八個濕淋淋的玄衣漢子輕輕從屋頂落下來，守在了門口。

九娘看了看院子中廊下密密麻麻的護衛，眼眶一熱，立刻帶著惜蘭退回房內。

魏氏沉聲道：「阿妧！到我身後來。」她將手中針線放入籮筐內，從籮筐內取出一把精巧的袖珍連弩和幾盒弩箭。她身旁的四個侍女飛奔到屏風旁，搬開了屏風。

九娘一呆：「神臂弩!?」她看著侍女嫻熟地將一匣子三停弩箭裝了上去，寒光閃閃的精鐵箭頭對準了門口。

陳青早斷定了阮玉郎會趁機不擇手段對付後宅婦人？
院子裡傳來兵器相接的聲音，怒喝聲不斷，卻無人衝進來。
九娘緊握短劍，想到張子厚也派了近五十好手保護她，卻不知道他為何沒攔住趙栩。
阮小五衝入後院，卻沒想到又遇到另一批高手，招式極怪異，個個不要命，他衝了幾次，都靠近不了廊下，身上又多了好幾處傷口。而廊下還有幾個人看著也是高手。他心中一急，出手狠毒無比，瞬間三四個人咽喉中劍倒地不起。再晚，前面亂民恐怕拖不住陳青等人！
九娘和魏氏並肩站在神臂弩旁邊，惜蘭警惕地盯著各處門窗。

趙栩甫一中劍，會仙樓正店三樓的窗戶內就躍出一條身影。
趙元永看著阮玉郎破窗而出，玄色道袍在一片民房間稍縱即逝，消失在如晦風雨中，呆了片刻才喊道：「爹爹！爹爹——！」
鶯素壓住他的肩頭：「大郎莫急，郎君不會有事的！」這裡和陳家隔了一條巷子，恰好能居高臨下地把陳家門口看得清清楚楚。從趙栩突然向小五出手，似乎就有什麼不對勁。趙檀為何會莫名其妙刺中趙栩？郎君為何會說那句「不好」？
陳青聽到金鑼聲起，手下更不留情，再聽到張子厚來了，棍勢更猛，人群潮水般的往後避讓，那些倒在地上的又被踩踏過去，躺在雨中奄奄一息。
後面已有人往巷外奔出去，紛紛鳥獸散。

大理寺眾人已擠開一條路，簇擁著張子厚進來。

遠處屋頂上慢慢站起一個高大的身影，昏暗中如山。陳青似有感應，舉目望向大雨中模糊不清的那人。

高似只覺得雙手在發顫。阮玉郎說得很清楚，只要趙栩傷了趙檀，背上殘害手足、對抗民意的罪名，自己於混亂中出面帶走他，坐實兩人的關係，趙棣就能順利即位，一切就塵埃落定。

阮玉郎信誓旦旦他可以安然帶走陳素母子三人！

他們只要返回女真部，就能橫掃契丹，一統北方！他說過要帶陳素馳騁草原，要帶她去長白山興王之地看冰天雪地。陳素說來生有緣再會，他不想要來世，只要今生！他要告訴陳素，趙栩明明應該是他的兒子！趙璟的兒子，沒有一個是適合練武的骨骼！

但趙栩為何竟會不躲閃——！

「六郎——！」高似摸了一把臉，甩去一手雨水，看向人群中趙檀的身影，滔天殺意頓起。

陳青退上臺階，守在趙栩身前，已能看見張子厚的身影。他握緊手中雙棍，甚至比在戰場上更緊張。六郎所料極準，高似果然在一旁窺伺！

高似，你待如何!?

憑他的目力，看見那高大的身影，舉起了弓。

陳青瞳孔收縮，蓄勢待發。臺階下混亂吵鬧哭喊瞬間像被隔離開來，他全神貫注，等待那一聲弦響。可他心裡，希望高似一箭射向自己，甚至射向六郎。起碼高似和妹妹和六郎就絕無關係！

一聲弦響，一箭破空，穿雨，飛過人群頭頂，驟然下降，像自己有眼睛有生命一樣，尖銳嘯叫著直奔趙檀後心。

陳青一聲怒喝，衣袂翻飛，手中齊眉棍擊向來箭。

高似你以為你是六郎的誰！趙檀不能死！張子厚要靠他審出阮玉郎勾結他和吳王的口供，還元初的清白，都要從這貪生怕死的趙檀身上著手！

第二百一十四章

雨花盛放，棍頭直中箭頭，木擊鐵，近對遠。

烏龍鐵脊箭從齊眉棍頭上插入三寸多，陳青虎口一震，棍頭迸裂開，數道裂紋瞬間已到他手握的棍身之處。

趙栩倒在地上，側目望向遠處那高大身影，胸口一團火，整個人卻如墜冰窖。

高似的箭，對的是趙檀！他是機變過人立即明白了自己的意圖要殺趙檀滅口？還是那個他連想也不願想的原因！

高似眉頭微皺，右手抽出六枝箭，身端體直，拈弓架箭。

「掉刀——！」陳青大喝。

他一腳踢在還在和衙役糾纏不清的趙檀的膝窩裡，反手接過身後親衛遞上的長柄上闊雙面開刃的掉刀。陳青一步下了兩級臺階，凝神盯著高似。大雨劈頭蓋臉撲向他，雨水順著刀身流淌成一束，無聲匯入地面。

趙檀只覺得一陣劇痛，整個人噗通跪在了趙栩身旁，他涕淚交加尖叫起來：「啊——！我的骨頭斷了！」無人理睬他。他抬頭看到趙栩火一樣的眼神，掙扎著挪遠了點：「我沒——沒有要殺你！

是你自己撞上來的！」

混亂的人群奔走退散踩踏，堵住大理寺眾人來路，張子厚已看見屋簷下高處的趙栩、趙檀等人，還有臺階下陳青高大的身影。

順著陳青的目光，張子厚扭頭。高似!?

「開出路來——！擋者格殺勿論！」張子厚漠然看向前方擁擠不堪的人群。

這等無眼無耳無心的廢物，死不足惜！

大理寺胥吏們心一緊，不再用刀鞘推搡，掩月刀紛紛出鞘，齊聲高呼：「阻路者格殺勿論！」

那些哭喊的怒罵的人群剎那靜了一靜，更大力地拚命往兩邊退讓。

弓滿，靠弦，一聲響，篷起一團箭雨。

陳青雙腳一蹬，臺階上一塊青石板中心碎成齏粉，凹陷下去，大雨立刻填滿，成了個窪坑。

刀影如白色匹練倒捲而上，斷箭落地。陳青身形剛剛下落，又是九箭跟著到了眼前，後頭還是箭，一眼望去，箭雨勝過了大雨。

箭如飛蝗！陳青改劈為擊，長刀用了劍法，刃首連擊來箭，叮噹聲不絕。

兩箭歪了準頭，卻還是撲向了趙檀的後心。衙役們紛紛舉刀去擋。

趙栩咬牙，一抬手揪住趙檀衣襟，將他一把壓低在自己胸口。

一箭從趙檀頭上呼嘯而過，射入站在後面的衙役大腿上。另一箭擦過趙檀右肋，擊中趙栩胸腹間還插著的那柄劍，才落在了趙栩身上。

趙檀呆怔怔地看著自己眼前不斷激晃的劍身，魂飛魄散。

誰要殺他？六郎這是救了他一命？

趙栩嫌棄地甩開他，趙檀那劍雖然很鈍，為了有真傷口，劍頭卻是他控制著真的入肉了兩分。高似這一箭力度十足，現在劍頭偏移，倒將傷口撕拉開了三分。他看向陳青，微微搖頭示意自己沒事。

趙檀顧不得斷腿的痛，死死抱住一個衙役：「擋住擋住！有人要謀害本王！」

大雨如注，不再有箭來。高似如鐵塔般站在屋脊上，緩緩放下了弓。六郎沒死，還救了趙檀!?他心念急轉。

張子厚已大踏步往前，十幾步開外，就是陳青。

後院裡，阮小五陷入重圍，對手中那個年輕人，一刀一刀貼身廝殺，毫無花式，極快極狠，刀刀致命，這是沙場上殺出來的刀法！

殺不了魏氏，弄不回陳太初幾兄弟，鳳翔久攻不下，若讓西軍纏住西夏大軍，郎君的天下何時才能到手！

金鑼聲越來越近，不少房屋從裡頭燒了起來。

魏氏和九娘手心全是汗，屋內七個女子屏息凝神，聽著外頭院子裡的動靜。

北窗下突然傳來幾聲悶哼和重物倒地聲。惜蘭一驚：「來人——！」她手中銀鞭如毒舌吐信，直擊北窗。

窗破處，一條黑影帶著雨水直衝了進來，寬袖一展，將鞭尖的利刃捲了進去。一聲輕笑，銀鞭陡然被拉得筆直，惜蘭身不由己被拽得往前挪了兩步。

神臂弩卻還對著門口來不及轉向，門開處，廊外八個趙栩的手下衝了進來。魏氏毫不猶豫，對準窗口的人，扳下手中連弩的機關。

阮玉郎手腕抖動，銀鞭鞭身寸寸碎裂，射向趙栩的手下和朝他怒射而來的弩箭。有人怒喝聲中倒地。

院子裡的章叔夜立刻丟下阮小五：「攔住——！」猱身撲向門口。

「原來是你啊，怪不得——」阮玉郎身形急閃，聲音柔美動聽，帶著笑意。一隻寬袖翻捲如黑雲，往魏氏頸中纏去，他另一隻手已經和其他人過招不斷，硬生生把他們和魏氏、九娘隔了開來。

九娘搶先擋在魏氏身前：「惜蘭！護住我表嬸！」她毫無懼色，手中短劍直直刺出。「哧」的一聲，阮玉郎寬袖已破了一個洞，垂落下去。

阮玉郎頗覺意外，眉頭一揚，笑意更濃：「劍好！人更妙！」他袖中足以擊斃九娘的一掌倏然消了七分勁道，改掌為指，點向九娘手腕。

九娘眼睛還沒來得及眨一下，手腕劇痛，劍已經到了阮玉郎手中。冰冷手指隨即扼住她咽喉，恍如夢中的感覺。

剎那寒光大盛如水銀瀉地。章叔夜手中刀悄聲無息地斷成兩截。門外湧進更多張子厚的屬下。

阮玉郎手中劍氣縱橫，腳尖連挑起地上弩箭，厲嘯著飛向章叔夜和周遭人等，吟道：「既得佳人，又得寶劍，云胡不喜？」

章叔夜和惜蘭手中小半截兵器上下揮舞，兩人同時被阮玉郎劍氣所傷，幸而護住了魏氏。

阮玉郎挾著九娘，人已從北窗騰身而出：「小五，走——」

章叔夜和惜蘭帶傷追了出去。

魏氏紅著眼嘶聲喊道：「快！快去告訴郎君！有人擄走了九娘！」

阮玉郎擊倒數人，翻牆而出，不往會仙樓方向，卻飛身上了南邊民房一排的院牆，高躍低縱，直奔陳家大門而去。

惜蘭、趙栩手下、章叔夜、阮小五、張子厚的部曲相繼一溜地全力跟著前頭那大雨中的玄色身影。

九娘被阮玉郎淩空攔腰倒扛在肩膀上，頭臉朝下，渾身濕透，高高低低直發暈。她抬起逐漸有些知覺的手腕，想去拔頭上的喜鵲登梅釵。阮玉郎輕笑一聲，像背後長了眼睛，反手啪啪兩聲，劍身拍在她腕骨上，九娘痛得悶哼一聲，雙手無力垂落。那劍身忽地又輕拍在九娘臀上：「阿玞還敢搗亂？我讓你多活了一世，方才也不捨得殺你，你倒救了魏氏，該怎麼賠我？」

九娘聽著他不可思議的話語，親昵的調笑語氣，渾身血液都停止了流動，牙齒格格打起顫來。

阮玉郎知道了！

他讓自己多活了一世!?自己得以重生難道是阮玉郎所為？

忽然整個人離地而起，阮玉郎挾著她已站在了一戶人家的院牆上。九娘勉強扭著脖子往陳家大門看去，見下面民眾亂成一鍋粥，雨中被踩踏受傷的人在呻吟或呼救，咒罵陳青的聲音也多，張子厚帶著屬下已將陳家大門團團守住。她看不見趙栩，只看見了陳青。她甩了甩頭，眼睛眨了幾眨，看見斜後方的高似，正飛奔而來。

張子厚到了門前，不許人前去緝拿依然屹立在遠處屋脊上的高似，免得他們白白送死，再等片刻，禁軍就能到了。

「魯王刺殺燕王殿下，拿下！」他垂目看著抱著衙役大腿不放的趙檀，吩咐道。

趙檀一個激靈：「沒有！六郎他沒事！他還救了我呢——！」

張子厚不理會他，蹲下身問趙栩：「殿下？三衙禁軍已出兵鎮壓民變，待禁軍一到即可回宮！」

趙栩忽地坐了起來，看向張子厚身後，殺氣凜冽。

「趙栩——你還要繼續裝死？」阮玉郎柔美的聲音不疾不徐，帶著戲謔，大雨中清晰無比傳了過來。

張子厚霍地轉身，大雨中五十步開外的民房牆頭，那穿黑衣的人——阮玉郎？前面的陳青已經丟下掉刀，換回兩根齊眉棍，當作高蹺，衝進人群中，或踩頭，或踏肩，飛速衝了過去。遠處的高似，也正朝著牆頭黑衣人而去。

「九娘！——」縱然見不到那被扛著的人的頭臉，衣服也濕透，張子厚脫口而出。

「郎君！——」大門裡也衝出十多人：「娘子平安！有人擄走了九娘子——！」

趙栩瞬間已做出決定，長身而起，他腰腹間的劍墜落在地，沉聲道：「季甫，拜託你了。」

趙檀愣怔怔看著趙栩，忽而大喜若狂：「你假死！你陷害我！你們都看見了!?大理寺應該抓你才對——來人——！」先生果真神機妙算！

聲音戛然而止，他看看毫無表情的趙栩，再低頭看看沒入胸前的劍，不鈍啊，很鋒利——。

「你！——」趙栩怎麼敢殺他？這裡千百人看著呢。趙檀茫然抬起頭，看向周圍，一張張臉比他還要吃驚的樣子，真是荒謬！

趙栩瞬間抽回自己的劍，有些事，他根本無需想。只是瞬息萬變的情勢下，殺趙檀還是留他一命，他要衡量一下利弊。

張子厚眼看著他斜斜衝了出去，轉瞬飛身躍上一側的屋頂，翩翩如鶴，極速衝向阮玉郎。

「速速跟著殿下擒拿謀逆重犯阮玉郎！」張子厚一把推開軟軟倒向自己的趙檀，大步跑向人群，大喊道。

一家鄰里的大門砰地打開來，趙瓔珞帶著十幾個侍衛冒雨衝了出來：「四哥——！四哥！」

高似輕輕落在阮玉郎他身側，看向大門口。

北側趙栩來得快如閃電。南側的章叔夜和惜蘭等人沿著一排相連的院牆飛奔過來，阮小五的劍已到了章叔夜身後。張子厚的幾個部曲手中朴刀也劈向了阮小五背後。

阮玉郎輕笑道：「郎君關心則亂，看不出他將計就計？請隨我走。」高似猶豫了一下。

陳青的雙棍已到，帶起如山風雨，橫掃向阮玉郎和高似。

混雜一片人群中，不知從哪裡爆出幾篷弩箭。趙栩速度不減，手中劍光如瀑擊落弩箭。

阮玉郎不敢怠慢，他前些時在高似手上受了點傷還沒好透，但對上陳青卻必須全力出手。

劍光閃過，雨幕似乎被截成了兩半，一截斷棍落在九娘背上，九娘只覺得一切都停了一瞬，背上劇痛，胸口一悶，哇地吐出了一口血。

阮玉郎收劍，腳尖輕點牆頭疾退向巷口，笑道：「啊呀，忘了你受不住。」語氣裡卻是三分得意一分歉意。雖然捨不得殺，卻也該讓她吃點苦頭。

陳青見斷了的棍子令九娘吐了血，立刻收了三分力，如影隨形追上阮玉郎，擰腰下沉，似腳下打滑栽下牆頭。忽地平地雷起，一道暗影從他背後閃出，從下往上刺向阮玉郎雙腿。另一道暗影直刺高似胸前。

以一敵二！不退反攻！三人一呼一吸間已經幾個起落，換了幾十招。

九娘昏昏沉沉中覺得自己像個破麻袋被甩來甩去，模糊中看到大雨裡有個人離自己越來越近。

「阿妧——！」蓋不住的聲音越來越近。像是金明池水中，又像是粟米田裡，彷彿這世間只有那一個人在發聲。

九娘死命咬住自己的舌尖，一股腥甜，頓時清醒了一些。

六郎——！趙栩——！

九娘極力不去動彈自己靠著阮玉郎的左胳膊，右手緩緩抬起抽出半鬆半散的髮髻上的喜鵲登梅釵，緊緊握在手裡。

趙栩大喝一聲：「高似！看劍——！」他一劍直刺高似的咽喉。高似收掌急退。陳青一聽趙栩的招呼，立刻棄下高似，手中兩根斷棍只攻向阮玉郎。

阮玉郎冷哼一聲，正要提醒高似，左背一痛，有利器刺入！他箍住九娘纖腰的手一用力，就待一掌殺了她，轉念間卻按得更緊。

大雨中一絲血線轉瞬消失在阮玉郎玄色道袍上。

九娘沒想到阮玉郎竟然還不鬆手，她緊握釵子，卻再也刺不進半分。

陳青厲喝：「放手——！」手下更是凌厲。

阮玉郎見高似對著趙栩已連退十幾步，身上衣衫已破卻不還手，勃然大怒：「高似——！」卻將肩上九娘迎向陳青。

陳青立刻棄棍，右手抓住九娘後背。

阮玉郎手中劍毫無顧忌，一劍而下，竟要刺穿陳青的手掌和九娘後心。

陳青左手棍擊偏劍身，卻不得不鬆開九娘。

九娘奮力一拔，喜鵲登梅釵帶著血珠離了阮玉郎的後背，瞬間被大雨洗得乾乾淨淨。阮玉郎一聲悶哼，提氣疾退，從懷中掏出兩顆小球，擲向身後追來的陳青，喊了一聲：「走——！」

陳青正要擋，看見那球中心露出一小段麻繩，腳下頓時停住，手中棍改擋為輕挑：「小心！疾藜火球！」

牆下趕到的張子厚和大理寺胥吏趕緊躲開，蒺藜火球內有火藥，炸開來還有八枚有逆鬚的鐵蒺藜，最是霸道狠毒，平時只用於攻城守城，沒想到阮玉郎竟然改製成這麼小的暗器，還隨身攜帶著。

阮玉郎轉瞬已在十幾步開外。

趙栩不管不顧高似，騰身而起：「舅舅——追風槍！」

陳青氣沉丹田：「來——！」他雙手握住棍尾，側身斜斜舉了起來，卻是個捶丸揮棍的姿勢。

趙栩雙腳蹬在斷棍棍頭處，陳青立刻擰腰揮棍。趙栩如大砲中的石彈一樣，連人帶劍直射向阮玉郎背後。

一朵朱紅煙火從阮玉郎手中直衝暗黑天際，在半空中炸開來，如萬點星光。

會仙樓裡的鶯素一見煙火，立刻牽了趙元永匆匆下樓，將他交給樓下的兩個大漢：「快送大郎去北婆臺寺會合姑姑和婆婆！」她顧不得大雨，飛奔向會仙樓北側的汴河堤岸。

第二百一十五章

九天之上一道閃電墜下，將半空中的煙火劈成兩半。

阮玉郎冷笑一聲，左手一鬆。九娘整個人忽地下墜，來不及驚呼，鬆散的髮髻全散，濕漉漉長髮曳地，臉被牆頭的野草刮得生疼，手連連磕在牆頭被阮玉郎踩得粉碎的瓦片上，劃出好些傷，疼得手中釵子差點掉下去。阮玉郎單手扣住九娘腳踝倒吊在自己背後，直接把她當了自己的盾牌。

九娘想用釵子再刺向阮玉郎的腿，卻被甩得七葷八素，臉倒撞在他腿上。趙栩連人帶劍已在咫尺，空中煙火散落的星星點點映在他身上。

「右！」趙栩大喝一聲，劍尖微偏。

九娘眼冒金星，若沒有三年來苦練弓馬的積累，怕早已暈死過去，趙栩的聲音一入耳，她想也不想，立刻擰腰懸空做了個後橋倒捲，硬是往自己右邊蕩去，把阮玉郎大半個人露在了趙栩劍下。

一篷血雨飛出，阮玉郎身子一歪，九娘控制不住地往劍上撞了回去。

趙栩落在牆頭，腳尖一點，左手已抓住她的手，要把她從阮玉郎手中救回來。

阮玉郎冷哼一聲：「撒手！」他反手一劍，卻劈向九娘的腰。他右背傷勢不輕，這一劍已沒有了先前行雲流水的寫意，但他有恃無恐，不怕趙栩不鬆手。

趙栩立刻鬆開九娘的手，雄劍格上雌劍。

「小心背後！」九娘一個晃蕩，竭力大喊。她人隨即又被阮玉郎提了上去，腰腹撞在他肩頭，暈了過去。

趙栩全力前撲，手中劍穿過自己腋下，直往後刺。

他背上中了高似一掌，順勢掉下牆頭，強壓住翻騰的血氣，再次朝著在雨巷中往汴河邊飛奔的阮玉郎追去。

高似右臂中劍，暗歎一聲，身形一閃，躲開身後陳青的一棍，躍下牆頭。他只用了三成力，趙栩應該無妨。

鄰近汴河，巷子漸寬。因天色昏黑又突降大雨，加上京中民變紛亂，兩邊的正店、腳店和鋪子大多掩上了大門，只有昏黃的燈籠在屋簷下飄搖；只有零星趕回店裡住宿的旅人，撐著油紙傘，或披著蓑衣。見到這一連串的人飛奔而來，手中劍光閃閃，都嚇得趕緊避讓開。

一巷之隔，禁軍呼喝聲已傳來，衝向了隔巷的陳家。

大風大雨，汴河泛濤，岸邊一葉扁舟，纜繩早收，全靠一杆長篙子頂在河岸底下，才沒順流而下。那篙子在鶯素手中，彎成了弓形。

「郎君——！」鶯素高聲呼喊。

阮玉郎一躍而起，穩穩落在了船尾，把九娘往船艙中一丟：「走！」

鶯素立即收起竹篙，交給阮玉郎，穿過船身，往船頭去升帆。

小船顛簸著順流直下，被摔醒的九娘睜開眼，捏了捏死死被她攢在手中的釵子。

趙栩離岸飛身撲向船身，眼看就要落入河水之中，他左手甩出腰間軟鞭，鞭頭利刃噗地插入船身，人借力再度躍向船頭，手中劍直刺向鶯素。

阮玉郎躍上烏篷，手中竹篙幻出一片青影，蕩開了趙栩手中的劍，順勢擊向趙栩胸口。

高似返身，雙掌擊向身後陳青手中棍，卻只是虛招，借陳青棍上力道，騰身向後，空中兩個翻滾，落在趙栩身後，一伸手，已抓住趙栩後背，一掌劈在阮玉郎竹篙上，和趙栩雙雙落在船頭，卻不防趙栩唰的一劍竟刺向自己咽喉，高似立即後仰幾乎躺倒在船頭才避開趙栩致命一劍。

升帆的鶯素和船艙內渾身散架的九娘，眼睜睜看著船頭極速騰挪的三道人影，短劍、掌、長篙亂成一團。阮玉郎和趙栩招招狠厲，高似卻像個勸架的，既不允許阮玉郎的篙傷到趙栩，卻也不讓趙栩趁亂殺鶯素或是入船艙救九娘。

陳青追趕不及，沿著堤岸飛奔。「六郎——！」後面尾隨而來的眾人看著滾滾河水和跳入河中的阮小五呆了一呆，跟著陳青沿岸追向那扁舟。

船上帆吃了風，轉瞬已過了州橋，消失在煙雨汴河之中。

張子厚追到汴河邊，只餘起伏水面，他盯著河上雨霧，心裡火急火燎。

「沿著汴河一路查詢搜索！不論生死，拿住阮玉郎重賞！提供行蹤者賞錢百貫！」他厲聲吩咐道。

陳家門口的禁軍會合了剩餘的大理寺和開封府的人，將尚未離開的亂民一一抓住，魚貫押往開封府臨時設置在城北的牢獄，只是屋簷下趙檀的屍體和撫屍大哭的趙瓔珞，無人敢上前。

張子厚回到陳家所在的巷口，禁軍正押著亂民出來，又有廂軍們抬著門板，推著太平車，往巷子裡走去運送受傷的人。

一輛牛車緩緩停靠在巷口。車上跳下一人，喊了一聲：「張理少！」

張子厚一回頭，卻見到披著蓑衣的蘇昉。

蘇昉連著許多天沒有接到九娘的消息，一聽說民變就覺得事態嚴重，在家裡和蘇瞻商議了許久後，帶人去了孟家，再趕來陳家，卻在南門大街被堵了近一個時辰。直到禁軍抓走大批人疏通了道路才得以通行。他看見張子厚雙目赤紅，渾身濕透，心中一緊：「出事了嗎？」

張子厚帶著他往陳家走，聲音暗啞：「阮玉郎擄走了九娘。燕王殿下追上了船，船上還有高似。」

蘇昉大驚，一把揪住張子厚，低聲道：「誰去救他們了!?」他想起金明池時眾人只管趙栩的事，手上力道加了三分，低吼道：「趙栩機變無雙，說不定還有自保之力！可九娘呢？你快派人派所有的人手去找！去救她——！」

阮玉郎從前就對娘下過手，他毫無人性，絕不會因為婦孺而手下留情。

張子厚被拽得幾乎倒在蘇昉身上。他站穩腳抹了把臉，分不清滿臉的雨水裡有無淚水，微微抬頭才能看清楚比自己高了不少的蘇昉，心中酸楚難耐。

這是她的兒子！母子天性嗎？蘇昉他不知道孟妧就是王玞，可他也知道關心她擔憂她！這個孩子，差一點就是他的兒子！

張子厚看著這張酷似蘇瞻的面孔，心頭壓著的一把急火直衝上頭。

蘇昉一呆：「你鼻子流血了！」

張子厚點點頭，隨手抹了一把鼻子下頭：「沒事，你放心，我會救九娘！我定會救回她！你放心！」他伸手想拍一拍蘇昉的肩膀，抬起手又放了下去，轉身帶著人大步往陳家走去。

他錯過一回，錯得離譜，最後還護不住她，眼睜睜看著她芳魂離世。他在地獄裡已煎熬了二十年，絕不允許自己再錯過她一次！

還有趙栩所託，他不能負！

蘇昉看著他的背影，想起家中二嬸千叮萬囑的話，也帶著人大步跟了上去。

小船順風順水，帆鼓篙急，轉眼已到了相國寺橋。船上三人還在帶傷激戰。九娘留意著烏篷上頭阮玉郎的位置，慢慢移到船尾，側身瞄了一眼，見篤素手執長篙，正撐入河中。她轉念一想，又輕輕爬向船頭。

高似連聲大喊：「住手！你們都停下來！」

趙栩見到九娘半張臉已露出船艙，口中立即應道：「好——！」他手中劍一收，整個人靠向高似，對阮玉郎當胸戳來的竹篙不避不讓。

高似怒喝一聲：「阮玉郎——！」他身上的濕衣忽然鼓脹起來，一拳擊向竹篙。

趙栩眼看他這一拳出手，雨水不向外濺開，反而被他的拳頭吸了過去，立刻明白他先前一直未盡全力。他顧不得高似，全力前俯，貼著甲板衝向船艙。

竹篙頭粉碎，整根竹篙在大雨中發出硬生生被絞斷的嘎吱聲。阮玉郎一凜，高似竟然厲害到這種程度，他當即鬆手棄篙，先放棄殺趙栩，雙腳用力下沉，烏篷頂破。

趙栩緊緊握住九娘的手，右手劍和阮玉郎手中劍對擊不停，窄小船艙內火花四濺。剩餘的烏篷頂上刻上了一條條劍氣。大雨從阮玉郎踩碎的地方灌了下來。

忽然，整個烏篷頂被人一拳擊碎，高似衝了進來。

阮玉郎和趙栩手中劍擋開四射的木屑和竹篾碎屑。九娘眼前一黑，被趙栩和阮玉郎的寬袖交疊著蓋住頭臉，只聽到風聲雨聲和喘息聲。

袖子落下，九娘動彈不得。

小船猶自晃蕩前行，小小船艙全暴露在雨中。貼身站著的四人相隔極近。阮玉郎左手短劍橫在九娘頸中，右手越過九娘，捏住了趙栩的左肩頭，唇角微勾。趙栩你心有牽掛就好。

趙栩肩胛骨劇痛，有裂開的感覺，卻還握著九娘的手不放，右手劍刺在高似胸口，右手卻被高似一手抓住，劍再也刺不進去。他臉色鐵青，眼中的嘲諷之意卻比劍更鋒利。

高似的一掌壓在阮玉郎心房上，一手抓住趙栩的劍柄，神情悲哀又憤慨，他深深看向趙栩：

「你還要殺我!?」

阮玉郎看著趙栩和九娘緊緊握在一起的手，笑了起來：「高似，你還看不破？」

趙栩決然道：「高似！你救下阿妧，我就跟你走！」

高似眼睛一亮。

阮玉郎手中劍微微一偏，九娘咬著牙忍痛不發聲音，大雨中隱隱見到她頸中一線血痕。

「住手！」高似掌心吐力，阮玉郎一震，口中滲出血絲。

高似緊緊盯著阮玉郎：「你若要我助你，需依我這一次！你放了她，我今晚就帶六郎他們北上！」

阮玉郎知道他再加三分力，自己心脈即斷。他點點頭，看向趙栩。

趙栩點頭：「一言為定！」

「我喊三聲，你們兩人一起後退兩步！」高似沉聲道：「你們兩個，若再亂來，我就不再手下留情了。」

「一、二、三！退開！」高似喝道。

阮玉郎和趙栩同時收劍後退了兩步。

阮玉郎坐到船尾，執劍撐住甲板，一口血終於吐了出來。鶯素趕緊上前扶住他：「郎君！」

「過了東水門靠岸，去北婆臺寺。」阮玉郎低聲吩咐。

趙栩軟軟倒在船頭處，劇痛的左肩胛骨已動彈不得，他鬆開九娘的手，放下右手的劍，歪頭用下巴點了點自己的左肩，對九娘笑道：「疼得有些厲害，恐怕這邊不能給你靠了。」

九娘看著他的臉，一句話也說不出口，抬手拭去臉上淚水雨水，咬牙取過他手中的劍，將他涼衫後襬割下幾片，手雖然一直在發抖，還是極快地把他腰腹間的傷口包了兩圈。她不敢碰他肩胛骨，轉頭看向高似：「他這裡骨頭怕是碎了，你來給他瞧瞧！」

高似趕緊過來，在趙栩左肩摩挲了幾把：「沒事，沒碎。」

他突然意識到自己這輩子還是第一次碰到趙栩，不由得心潮起伏，又仔細檢查了一番，才靜靜退到趙栩身後，也不管自己身上被趙栩所傷的兩處傷口。他站在船頭，看著另一端的阮玉郎，又垂眸看著自己腳邊的兩個狼狽不堪的小兒女。

六郎待孟九，竟然如此不顧生死。孟九待六郎，也是同樣吧。在阮玉郎手裡還能毫無懼色還能傷到他，世間恐怕只有她一個了。

高似忽然想起王九娘，那個和陳素完全不一樣的女子，熾熱如陽光，卻在正當青春時消逝在蘇家後宅。這個孟九，倒有些像她。他這一生，心繫陳素，也真心仰慕敬重王玞那樣的奇女子，看到王玞之死，蘇瞻之悔，他才醒悟過來期許來生太過虛無，他要的就是今生此時！六郎現已經在他身邊了，高似突然一驚，趙栩是否知道了自己才是他的生父？他竟然不敢看趙栩的背影，大雨滂沱中，他不知所措，生出了從未有過的膽怯。

「真疼啊——！」腿邊傳來趙栩的聲音，卻不像疼得厲害的聲音，反而有幾分笑意。高似一愣。

九娘凝視著趙栩，眉睫在雨水中格外發亮。趙栩淋著大雨都覺得臉上一熱，卻不捨得轉開眼，輕聲道：「金明池，你頭一回叫我表哥那次，還記得嗎？」

誰要你幫我吹？還什麼吹呼呼！當年他還這麼想過。

他此刻就特別想，只要想到被阿妧吹呼呼，還真就不覺得疼了，只想笑。

九娘猛地靠近他，在他肩膀上吹了幾下呼呼，哽咽道：「表哥，我手疼的時候慈姑幫我吹個呼呼就不疼了。我幫你吹呼呼——」她為什麼會記得七年前的一句話？還是原本就一直都記得？

很多事，原來並不是忘記了，是沒有想起過不敢想起。

高似看著他們兩個旁若無人，一個哭一個笑，目光膠著在一起大雨裡連眼睛都不捨得眨一下，輕輕歎了口氣，又退後了一步。

「好一個癡心的小郎君，好一對同命鴛鴦啊。」阮玉郎在船尾站起身，走了過來，抬起雙手朝高似示意自己無動武的念頭。

他靠在風帆桅杆上，揚聲大笑道：「不過，趙栩，你可知道孟九娘不是孟九娘？」

第二百一十六章

趙栩笑著看了阮玉郎一眼：「關你屁事。」看到阮玉郎一僵，趙栩笑得更暢快，他懶洋洋地躺了下去，任由大雨瓢潑在自己身上，長長鬆了口氣。

阮玉郎靠著桅杆坐了下去，竟然看不出趙栩是知道還是不知道，再看九娘神色坦然，倒是高似正皺眉看著他。

有意思，這件事更有趣了，阮玉郎也笑了起來。

趙栩索性一伸左胳膊，把九娘的手握在掌心，冰冰冷，硬梆梆，他垂眸看見她手心裡的喜鵲登梅釵，大喜。手指沿著釵子滑了兩下，摸到九娘掌心被釵子壓出的凹印，忍不住輕輕順著那凹印撫了撫，又心疼又歡喜。

九娘掙了掙，見他眉頭蹙起，怕牽拉到他傷口，就由得他去了，以為他在自己手心寫什麼字約定什麼計，凝神辨別了一下，等發現什麼也沒有，臉騰地就紅了。

趙栩心底一樂，眉頭舒展開來，眼底含笑地看著她水淋淋的小臉。原來受傷還有這等好事！他這片刻間已經想了十幾種法子，卻都沒法帶著阿妧安然從高似和阮玉郎這當世兩大高手眼皮子底下脫身。但有高似這個護身盾在，他和阿妧暫時倒無性命之憂。

方才高似一拳一掌的威力，他看在眼底，看阮玉郎的樣子，心脈應該受了傷。趙栩暗自揣摩著怎麼再激怒阮玉郎對自己出手，好讓高似和阮玉郎能鬥起來。他手指輕動，在九娘掌心寫了個「高」字，寫了第二遍時，九娘微微點了點頭。

小船很快過了東水門。阮玉郎站起身對高似道：「先去我那裡歇息，夜裡我陪你入宮接人。」

高似點了點頭，蹲下身扶起趙栩，他一貫戒心很重，極少和人攀談交往，只低聲問了句：「可走得路？」

趙栩站起來，看他右臂傷口還在流血，忽然柔聲道：「我沒事，你的傷要不要緊？」

高似手一頓，放開了他，背過身走向船尾：「我——也沒事！」他高大的身影在大雨中挺了一挺。

阮玉郎盯著趙栩和九娘，冷聲道：「惺惺作態，別有用心，快走。」這個趙栩，狡詐多計，鑽營人心，留不得。

九娘轉頭看著他：「你怎麼死不了？」聲音卻也柔和動聽。

阮玉郎眯起眼冷哼了一聲：「你這小沒良心的，沒有我，你都不知道死了幾回了！」他朝九娘舉了舉寬袖，上頭滿是劃痕和小洞。方才高似衝進來，要不是自己遮住了她頭臉，這如花似玉的小臉早就劃花了。

九娘嗤笑道：「敢情是我求你救我的？你沒拿劍劈我沒拿我擋劍？」她抬了抬下巴，翻了個白眼，被趙栩牽著往船尾走去。既然趙栩定下了計策，他對高似懷柔，她就想辦法激怒阮玉郎，亂中方能求生。

阮玉郎跟在他二人身後，看著兩人緊緊握在一起的手，不怒反笑。他自籌謀天下以來，所識之人，無不對他俯首帖耳，就是高似這樣的人，相交數次就也心甘情願為他所用。只要他想，這世間還沒有他收不了的心，留不下的人。阮玉郎伸手拍了拍桅杆，抖落一帆的水，他甩了甩寬袖，昂然下了船。

立刻有人上了船，接過鶯素手中長篙，撐離岸邊。

水茫茫，斷雲遠，一葉扁舟輕帆捲，往東面隋堤煙柳而去。

一輛馬車早就候著，鶯素挑開車簾。車廂裡極寬大，蘭香幽幽。一旁的架子上，幾件乾衣早就備好，案几上放著幾色素點心。

趙栩伸手拎起一件淡雪青色的寬袖褙子，將九娘緊緊裹了，看向阮玉郎：「茶呢？可有熱的？」

阮玉郎脫下身上道袍，丟進車廂角落的一個大木桶中。鶯素取過旁邊的藥箱：「郎君，容奴為您包紮傷口。」

阮玉郎抬起眼：「你替客人們倒茶罷。」他唇角勾起，笑道：「九娘，我背上兩處傷都是拜你所賜，還不過來替我包紮？」說話間已解開身上中衣。

趙栩卻沒發火，哈哈笑道：「釵子是我送給她的，劍傷也是我刺的，我來。」

九娘眉一挑就要反唇相譏，卻聽阮玉郎柔聲道：「你好好聽話，今夜孟六娘就不會有事。」

高似身手按住了趙栩：「六郎，你胸腹間傷口不小，我先替你上藥吧。」他小心翼翼地，猶豫著要不要去脫趙栩身上濕乎乎皺巴巴的涼衫。

九娘反手握了握趙栩，將釵子塞入他手中：「好，我來。」她看向高似：「還請你照顧六郎。」

馬車行得不快，卻極罕見地異常平穩。鶯素替他們四人倒了熱茶，將藥箱打開。

阮玉郎胸前袒露出的肌膚泛著玉色，濕透的烏黑長髮披散其上，幾十條水痕順勢落入他腹間。九娘不去看他，跪坐到他身後，撈起他的長髮，絞出一灘水，落在鶯素舉起的乾帕子上。她把手中長髮繞了幾圈，結成一個髮髻。

鶯素遞給她一根紫竹簪，九娘接過來插入阮玉郎髮髻之中。

「這根釵子和你身上的褙子是一套。」阮玉郎閒閒地說道：「你向來喜愛這些淺顏色，這褙子的顏色叫紫花泡桐，四川可有這樹？在青神的時候你為何最愛飛鳳來花？」

高似和趙栩都猛然抬頭看向阮玉郎。

青神？飛鳳來花！高似只覺得被雷電劈了一下，指尖發麻。

趙栩皺起眉頭，阮玉郎知道榮國夫人魂靈跟著阿妧的事！他立刻想起了阮婆婆和趙元永。阮玉郎這是把阿妧全然當成了榮國夫人？他看向高似，若有所思。以阿妧的智謀，若能借榮國夫人的往事好好利用高似，激怒阮玉郎，他們勝算更大。

九娘神情自如，將阮玉郎身上半開的中衣除下，見他雪白背上卻刺了一隻猙獰的毒蛇，正朝著她吐著信子，倒嚇了一跳。她接過鶯素手中的濕帕子，去擦拭那兩處傷口，乾脆俐落地答道：「花非花，霧非霧。隨你怎麼說。你又不是念舊的人，裝成這般模樣又是為何？」

看這毒蛇的模樣，該是兒時就刺上去的，自然不可能是阮玉郎自己所刺，想到他幼時經歷，九娘手中又輕了幾分，手中帕子忍不住蓋住了那令人作嘔的文身。

阮玉郎似乎知道她在想什麼，淡然道：「被那文身嚇到了？那畜生最愛在小童身上刺繡，越是哭他就刺得越多，越是興奮，不免還要多行幾回那腌臢事，一個月裡總有三四個活生生被折磨死了。」一覺察到九娘手上一顫，他垂眸道：「若是不哭不求饒，不過是受一回罪，多挨幾鞭子。可惜我那時候太小，殺他的時候殺得太快了。阿玞，你當年殺王家的畜生，我還讚你來著，你可還記得？」

明知道阮玉郎也在行攻心之術，九娘替他敷上藥粉，還是忍不住輕輕歎息了一聲，想他雖是阮玉真所出，母子倆卻是元禧太子深愛之人，他作為大趙東宮唯一的孩子，自小深受寵愛，卻陰差陽錯落到那般境地。若是阿昉——九娘打了個寒顫，她想也不敢想，恐怕她也會像阮玉郎這般要覆滅世間毀滅一切。

高似忽然噌地站了起來，一頭撞在車頂，不可思議地喊道：「九娘——？九娘！阿玞妹子？」他震驚駭然，手上的傷藥抖落了趙栩滿懷。

高似稱榮國夫人為阿玞妹子!?趙栩留意到阮玉郎嘴角極細微地一抽。

九娘抬起頭和趙栩交換了個心照不宣的眼神，才看著高似歎道：「高大哥，阮玉郎使人砸了鹿家包子鋪，打傷了鹿娘子，你竟然不管？」她語氣驟變，帶著蒼涼和失望，一口川音。

那「大哥」兩個字聽起來好似「大鍋」，卻是以前在蘇家，她託高似買鱔魚包子時的戲稱。

趙栩見高似面上神情詭異至極，阮玉郎卻微微皺了皺眉，垂首摸了一把藥粉，敷在自己傷口上頭。

高似頹然跌坐，雙唇翕動，卻說不出話來。

「或者，我該稱你耶律大哥？」九娘替阮玉郎纏上紗布，換成汴京官話，淡然道：「你隱姓埋名，藏身在蘇家，我有哪裡對你不住？你要幫著阮玉郎，幫著王瓔害死我？」

高似急急搖頭道：「九娘！我沒有——當真沒有！你要信我！我怎麼會害你——！」

九娘側身將紗布打了結，看向阮玉郎：「那便是你了？你救我一回，殺我一回，如今又對我說那些話讓我可憐你，是何用意？」

阮玉郎看著她，笑道：「我自己救的人，從來不殺。你自己識人不清，引狼入室。若是怪我讓你好受些，我倒不在意。」

九娘接過小銀剪，將多餘的紗布剪了，抬頭看著阮玉郎：「那是太皇太后把我當成了你妹妹趙毓下了手？而你樂見其成，是因為我撞見了永安陵的床弩？」

阮玉郎略動了動背，懶懶地道：「你的病，的確是高氏所為。我令你的病小有反覆，不過是想略施懲戒，讓你改一改愛管閒事的壞毛病。只可惜晚詩、晚詞錯估了你的底子——」

九娘眼神澄清，嘴角微翹：「晚詩、晚詞的心倒是肉長的，一直待我甚好。你若推到她們身上能好受些，我也不在意。只是二房有什麼能耐往宮中告密？又怎會知道太皇太后的心頭刺？你當年來青神，取走那卷宗時，不就已經收買了二房？」

高似一驚，怔怔地出了神，細細回憶起往年事來。

阮玉郎眯起眼，女人太過聰明，真是麻煩啊。他眼風掃過趙栩，見那少年郎好像充耳不聞，正專心給自己包紮傷口，對趙栩的殺意更濃。

九娘嗤笑道：「阮玉郎，你還有敢做不敢認的時候？因為我爹爹心灰意冷不願再輔助你禍亂天下，你就想利用二房，好隨時對我爹娘略施懲戒。」她加重了略施懲戒四個字，柔聲道：「你固然命運多舛，卻喜歡天下人陪著你苦。你為何硬要把自己變成害了你的那一類人？你現在所為，和曹皇后，和那虐待你的人，又有什麼差別？」

阮玉郎抿唇凝視著九娘，沉聲道：「二房早就隨了我不假，告密卻不是我授意——」察覺自己語氣中帶了三分怒意，他不由得苦笑起來，他為何要解釋這個！他竟然想辯解什麼！

不知不覺間，竟然被她搶占了先機，帶歪了話題，弄不好高似還要被她帶偏了心。王玞，不愧是他曾經看中的女子。

阮玉郎忽然大笑起來：「阿玞，你真是聰慧。不過你要想激怒我卻是不能，不如等日後嫁了我，咱們床頭再好好算這筆糊塗帳，有怨報怨有仇報仇有恩報恩便是。」他看向趙栩：「待我和阿玞再續前緣，你當按輩分該叫她大伯娘才是。」

「是你侄媳婦，堂侄媳婦。」趙栩抬起頭，雙目如電：「榮國夫人早已入土為安，你若有心悔過，不如去眉州結廬守墳，也給你害死的那些人念念經。趙元永非你親生。我和阿妧有意替元禧太子留下血脈。我不殺你。」

阮玉郎臉上還帶著笑，袖中雙掌卻蓄勢待發。

趙栩斜睨著阮玉郎：「你半截身子已在土中，無父無母，無妻室無子女，圖謀天下幾十年還一事未成。要靠西夏梁氏，要仰仗榮國夫人舊識，要利用你生母，甚至不惜利用你自己。不過得了一些不義之財，殺了幾個信任你假面目的人，你害死的盡是無辜之人。你這樣不忠不孝不仁不義之人，我不殺你，天也會收你。」

阮玉郎笑意猶在，瞳孔收縮，藏在袖中的手掌青筋畢露，蓄力待發，看到高似微微拱起的身子和警惕防備的神情，他極力克制著，緩緩轉頭看了看九娘，按捺下了殺意。再抬起頭，像是聽到什麼最可笑的事，笑得眼淚都出來了。

「榮國夫人？你是說九娘？既然知道她那芯子就是榮國夫人，還想要娶她？這可是個奪人魂魄的妖精啊。」阮玉郎看向趙栩笑道。

趙栩看了眼放鬆下來的高似，暗呼可惜。他忽然看著九娘笑了開來，車廂中頓時熠熠生輝。

「你不懂，我趙六最愛妖精，巴不得她奪我魂魄占為己有永不放手。」趙栩笑道：「阿妧，你可要把我三魂七魄收收好。」

他轉向阮玉郎：「你是不是還想說什麼年紀、輩分？要知道開封府的官吏背後喚我祖宗，也有那怕我的喚我六殿閻羅。你看，我可不就得配她才行？你只認得她是王九娘，可我不管她是王九娘還是孟九娘，只認眼前她這個人。你想要我同她離心，不過白費力氣而已。」他揚眉輕笑道：「以前你贏，是因為我們太年輕，知道得太少。今後你輸，是因為你老了，知道得太多。」

高似看著趙栩，心中五味雜陳，不知作何反應才好。

九娘眼中澀澀，鼻子發酸，她對高似輕聲說道：「高似，有些錯，不見得要用更大的錯才能彌補。你可知道，阮玉郎利用你的往事，害得六郎的娘親險些喪生？難道你要親手害死她才肯甘休？你想一想蘇瞻這些年的日子——」

馬車毫無徵兆地停了下來，九娘往前一衝，被阮玉郎拉住。

「爹爹——！爹爹！」一個少年掀起了車簾，大驚失色：「你們怎麼——!?」

不知何時，雨已經停了，天色湛藍，碧空如洗，只有地面的積水顯示著風雨曾經肆虐過。

陳青帶著人沿著汴河一路向東南，不斷打聽。有人疑惑地提起見過小船烏篷全掀開來後，還有人在船頭說話，又有人指著隋堤楊柳的方向言之鑿鑿。

到了隋堤，那烏篷盡碎的小船靜靜泊在岸邊，船舷已經貼近水面，陳青一躍而上，踏入船艙，積水漫至小腿肚。他在船頭船尾仔細查看，在船頭甲板上發現了一個極不顯眼的「東」字。

「東？——東水門？」章叔夜抬頭問陳青。

「他們在東水門就下了船。」陳青喝道：「去東水門附近查探！快派人通知開封府和大理寺！」

一眾人回到東水門，大雨方停，岸邊車轍痕跡全無。陳青和章叔夜沿著東水門堤岸仔細搜索，堤岸上泥濘不堪，草亂葉散。

「郎君，這個可是？」章叔夜從一個水窪裡取出一片白色涼衫的下襬。陳青仔細一看，確認是趙栩今日所穿的那件，這一小片細長布料明顯是被劍割破的，卻不甚整齊，肯定不是阮玉郎、高似或六郎所為，八成是九娘下的手。

章叔夜也稍微舒了一口氣：「他二人應該暫時無恙。」

陳青吩咐道：「從此地，分東、西、南三路打聽，半個時辰內有無等在這裡、再往城外去的牛車或馬車！」那接應的人必定是得了阮玉郎煙火的通知。

「郎君——！郎君！」遠遠奔來兩個陳家的部曲。

陳青心裡咯噔一聲，面上不顯：「何事？」

兩個部曲行禮稟報道：「蘇家大郎來家，說要接郎君和娘子去他家住一段日子。」兩人對視了一眼道：「家裡大火十分古怪，方才潛火隊才用砂石壓滅了大火。後院燒毀得厲害，的確不好住人了。」

章叔夜拱手道：「郎君請先回去安置娘子，九娘被擄，叔夜護衛不周，責無旁貸，我留在這裡查探！」

陳青知道他武功不弱，膽大心也細，便又叮囑了他幾句。

陳家門口，趙瓔珞已經指著張子厚罵了許久，攔著大理寺的人不許他們搬動趙檀的屍體，看見陳青回來，立刻衝上去恨不得活撕了陳青。

一直毫無脾氣任由趙瓔珞胡鬧的張子厚，抬起眼打了個響指，四位大理寺的胥吏上前攔住了趙瓔珞。陳青漠然看了地上還睜著眼的趙檀一眼，大步進了家門。陳家大門轟然緊閉。

趙瓔珞哭著喊道：「陳青！你快把趙栩交出來給四哥賠命！」

張子厚看了看天色，站得更加筆直：「三公主罵微臣可以，阻擋微臣替魯王立案查案也可以，要繼續在這裡罵街也隨您，卻不能擾民傷民。此地近百位大理寺官吏和二十多位開封府衙役可以作證，魯王之死，和陳青無關。他是自己找來陳家門口的。」

趙瓔珞倒是真的傷心欲絕，原本說好只是受些傷好陷害趙栩，誰想到竟會喪命於此？因為陳家的事，死在陳家門口，還說是四哥他自找的？

「張子厚！你信口雌黃！趙栩一劍殺了四哥，是我親眼所見！」趙瓔珞哭得涕淚交加，聲音都啞了。她轉頭看向自己的侍衛：「讓你們去請宗正寺的人，人呢！去了這許久為何無人前來！」

張子厚冷笑道：「公主既然自認是人證，言之鑿鑿，為何一味阻撓大理寺辦案？難道是在等宮裡的什麼消息不成？如果是要等宗正寺的趙宗卿和李宗少，恐怕公主要失望了。」

趙瓔珞一愣，難道？

張子厚雙手攏進濕答答的袖子裡，悠然地道：「定王殿下這會兒應該正在和太后娘娘、二府相公殿審這兩位呢。收受賄賂，勾結阮玉郎，都是大罪啊。這趙宗卿也是郡王封號在身，為了嫁女兒，竟然收了阮玉郎二十萬貫，三公主您看，像您這樣醜一點，倒也能嫁給商戶人家，順帶著蔭及駙馬。可長得醜不算罪過，這世道，窮才是罪過啊。」

趙瓔珞才明白過來，不是她在拖住張子厚，反而是張子厚在等宮內塵埃落定。那麼趙棣他要做的事，會不會也被察覺了？趙瓔珞一個激靈，軟倒在趙檀身邊。

陳青進了後院，見蘇昉正陪著魏氏在樹下石凳上坐著說話。兩人見到他都站了起來，異口同聲地問道：「追到了沒有？」

陳青搖頭道：「叔夜還在追查，他們暫時應該無性命之憂，還留下了線索。」他握住魏氏的手：「別擔心，吉人自有天相，他們兩個都是智勇雙全的孩子，從小到大經歷了好幾次生死關頭都能化險為夷，可見有老天爺保佑著呢。」

魏氏捂住嘴，哽咽道：「阿妧！阿妧是為了救我才——！」

蘇昉默默低下了頭。他知道，無論娘親在天之靈還在不在，阿妧那樣的性子，總是會擋在魏氏前頭的。他想起逝去的阿昕，猛然心如刀絞起來，再也站不住，顧不得失禮，緩緩扶著石桌坐了下去。

第二百一十七章

城西的潛火兵們駕輕就熟地撤走救火的一應器具，不少人眉毛都燒焦了。

「這麼大的雨，還會起這麼大的火，真是怪事。」

「可不是，水都澆不滅，那層油見著沒？浮上水面，跟著水跑，嘩啦一下全燒起來了。祁老三他們那隊夠倒楣的，全燒傷了。」一個四十多的老潛火兵疲憊不堪地歎氣。

「咱們弟兄算走運的，看見沒？大門外頭那老槐樹給雷劈得烏麻黑。」另一個年輕的接口道：「這個月都第三回了吧？陳家走水，開封府的兄弟們夜裡都不敢睡覺，恨不得抱著鋪蓋睡在這牆角呢。」

人人都不禁長吁短歎起來，嘖嘖稱奇，卻沒人敢提陳元初和外頭的大事。那可不是他們這些小兵卒子能瞎說的事情。

大理寺的人也已離去，水積得快，退得慢，外頭太陽出來了，陳家門外的空地上還積水不淺，一片狼藉。沿街巷的街坊鄰里們大門都敞開著，有人往外舀水的，有人拖家帶口站在屋簷下抻著脖子往陳家看的，漸漸站滿了巷子兩邊，嗡嗡議論聲不絕，目送著潛火隊離去。

陳青扶著魏氏出了二門，蘇昉還在勸說：「嬸嬸懷有身孕，怎好去相國寺暫住？還是隨我去百家巷吧。我爹爹說了，蘇陳兩家已經是斷不開的親，如今他不在朝堂，沒什麼可顧忌的，還請千萬別客氣。我二嬸甚掛念嬸嬸，家裡都準備妥當了——」

陳青看了看一旁等候的幾十部曲和侍女僕婦們，對蘇昉道：「你爹爹，還有親家和親家母的好意，我夫妻心領了。只是實在不便。請他們放心，相國寺住持和我素來相熟，已經騰出了十幾間寮房，待家裡修繕好，就能搬回來了。」他和魏氏都不愛麻煩別人。如今六郎殺了趙檀，蘇瞻又剛剛罷相，實在不是合適的時機。

他拍了拍蘇昉的肩膀，露出一絲微笑：「寬之，放心。同你爹爹和二叔說，等太初回來，我們再一同上門拜訪。」

眾人出了府，牛車和馬都已經備好了。蘇昉看見魏氏身邊的侍女小心翼翼地捧著蘇昕的牌位，心裡更加難過，便堅持要送他們去相國寺。

魏氏看向不遠處的街坊鄰里。除了部曲們把箱籠置放到牛車後頭的聲音，街巷裡沿牆站滿了人，卻無人出聲。

「叛國賊——壞——！」忽地一個稚嫩的童聲喊道。最後一個「人」字卻被他爹爹捂住了嘴，沒喊出來。

陳家部曲們大怒，憤然轉頭，看向那發聲之處。砰地一聲，那家門匆匆關了起來。

那邊的人群也在看著他們，他們有人懷疑，有人憤怒，有人擔憂，有人懊惱，有人傷心，交頭接耳之間，不少人家的大門接二連三地關上了。

先前就在屋簷下的少年不肯回去，倔強地看著遠處那個高大的身影。他明年即可入伍，他做夢都想成為陳青那樣的人，想和他的兒子們一樣，縱馬馳騁，為國殺敵。可是，為什麼？為什麼！

魏氏緊握住陳青的手，歎息了一聲：「郎君莫生氣。」

陳青收回目光，搖搖頭，一躍上了馬，喝道：「走──。」

車隊慢慢地駛出街巷，這裡是他兄妹二人長大的地方，這些人曾經夾道歡迎過他和他的兒子們，曾經擠滿來看遠處元初、太初的小娘子們，也曾齊心維護過他的妻子。他又怎麼會生他們的氣。

「為什麼？──為什麼！」少年終於忍不住，衝著馬上的陳青大喊，聲音顫抖得厲害，不是害怕，不是憎恨，是無比的憤慨和委屈，是不願相信所有人認定的事。

陳青收了收韁繩，側目看向這個少年，他記得這個孩子，費老八那夜，這少年使出了渾身的力氣。

看到陳青勒馬停住，取下了腰側所佩的短劍，街坊不少人倒吸了一口涼氣。少年的爹爹從門後衝了出來，擋在他前頭，卻說不出話。少年一把將父親推開：「你要殺我嗎？我就想問為什麼！有沒有？死也要問！」

陳青將短劍擲到他懷裡：「送你。」

少年一呆，握住那劍，一低頭，劍鞘上兩個字「漢臣」觸目驚心。他握緊劍鞘，似乎心中被照亮了一角，眼淚似乎就要跳出眼眶，他翕了翕雙唇，猛地跑到馬邊上，仰起臉看著陳青，青澀的臉龐上發著光。

陳青凝視著他：「我陳家人，只殺外敵。」

車隊蹄聲不斷，漸漸遠去。少年忽地原地翻了幾個筋斗，欣喜若狂地喊著：「我知道，我就知道！沒有——！沒有——！」

他拔劍出鞘，朝著空中狠狠刺去，又扭頭看向街巷裡的鄰里，大喊道：「我就說那是西夏人的詭計！陳家是好人——陳青是英雄——英雄——英雄！」

他的喊聲在巷子裡傳來回聲，又有不少人家砰地關上了門。

「幼安——，快回家，別發瘋了，快回家。」少年的父親大聲呼喝道。

北婆臺寺雖然名字裡有個北，其實在開封城最東南，陳州門外。因開封府名寺大廟太多，北有開寶寺，城中相國寺，西有大佛寺，此地離繁臺的禹王大廟又近，所以一直香火不盛，清淨得很。

趙栩和九娘跟著阮玉郎、高似進了寺廟後頭的禪院，連僧人都沒遇到幾個。趙元永抿著唇，強忍著要問他們的念頭，不時看看他們。

院子裡幾棵大樹，被雨洗得翠綠，地上鋪的卻不是尋常的青磚或青石，而是細碎雪白的小石頭，格外敞亮。沿著廊下種著的幾處花叢，早已不見葉底花，院子裡一個大水缸中的睡蓮倒依舊盛放。頗有禪庭一雨後，蓮界萬花中的意味，只是不知方便理，何路才能出樊籠。

九娘看見兩個白髮蒼蒼的老婦人坐在廊下低著頭說話。聽到聲音，一個轉頭看了過來，卻是風華依舊醉人的阮姨奶奶阮眉娘。她不認得趙栩和高似，見到九娘，一怔後笑了起來：「嫂嫂，我孫女兒阿妧來看我們了。」說完就盯著趙栩上下打量。

阮婆婆卻微微抬起頭側耳細聽：「玉郎回來了？」

阮玉郎笑道：「是，還帶了幾個舊相識，您可還記得六郎？」他看了趙元永一眼，眨眨眼：「大郎上回受了許多罪，這次記得都還給他。」

趙元永咬了咬唇，看了九娘一眼，搖搖頭。

「孟氏九娘見過兩位老人家，姨奶奶安好，婆婆安好。」九娘上前道了萬福。

阮眉娘歎了口氣：「我一點也不好。你看，上次你在青玉堂見我，我連一根白髮都無，今日見了，我卻找不出一根烏髮了。」

九娘淡淡地看了阮玉郎一眼：「姨奶奶在怪你假死呢，你連自己人都要騙都要害，可有慚愧內疚過？」

阮玉郎一愣，轉而大笑起來：「九娘你還不死心？甚妙。姑姑，還請你和燕素帶她去沐浴換衣。她狡猾得很，要仔細看著她，莫給她跑了。」

阮眉娘站起身，眯起了眼。玉郎待九娘不一般，說話怎麼這麼親昵熟稔，她慢條斯理地招手：「隨我來。」

趙栩牽了九娘，笑著對阮玉郎說：「我不放心，我和阿妧一起去。」

趙元永驚呼了一聲，紅著臉瞪著趙栩和九娘。

「我不放心，我要守在外頭。」趙栩回頭看向高似：「不如你也一起來，我們說說話？」

阮玉郎冷哼一聲：「那便一起去就是。鶯素，你去準備。」現在他有點頭疼，高似著了魔一樣，真把趙栩當成了親生兒子，反而成了他眼前的爆竹，不看著不行。趙栩這廝利用起高似的舐犢之情倒沒一絲慚愧內疚，罵他時就一副振振有詞大義凜然的鬼樣子。王玞聰明兩世，怎會看上這廝的，簡直是──好色！以前迷戀蘇瞻，現在喜歡趙栩，就知道看臉……

阮玉郎把這兩個字釘死在九娘身上，意味深長地笑了笑，走到廊下阮婆婆跟前蹲下身子，輕輕握住她的手：「以後就讓九娘照顧你，你今晚多喝一碗湯可好？要是以後我同九娘有了孩子，還得麻煩你幫著照料呢。」

趙元永瞠目結舌，走了幾步，看到陰影裡父親的面容帶著一絲笑意，卻不像開玩笑的樣子，趕緊又轉頭去看九娘和趙栩。

趙栩心裡把阮玉郎千刀萬剮，卻只牽著九娘的手輕聲道：「他那麼可憐，便讓他做一做白日夢，騙騙老人家，興許心裡好受一些，你且不要在意。」

阮玉郎也不在意：「大郎，你來陪著婆婆。」口舌之利，任他逞上幾句，過了今夜，有沒有舌頭，就要看趙棣的兄弟之情有多深了。

一人高的大浴桶中熱氣騰騰，阮眉娘隔著竹簾半晌看不到九娘露出頭來，看看漏刻，已經洗了小半個時辰。她朝簾子邊的燕素點了點頭。燕素被阮玉郎先前一句「以主母之禮相待」驚得半天回不過神來，九娘不允許她進去相陪，她竟也沒敢進去。看見阮氏的暗示，趕緊側身福了一福：「娘子？娘子？奴進來服侍你了。」

嘩啦啦一陣水響，九娘從水中伸出頭來：「不用，我沒事。」說完鼻子一癢，連著打了好幾個噴嚏。

阮眉娘歎了口氣：「洗完就讓燕素伺候你出來，指頭都該起皺了。他們在外頭等你呢。」

話音未落，屋外傳來趙栩的聲音：「阿妧，你是不是受涼了？我讓他們已經熬了薑湯，放了許多赤糖，你出來趁熱喝上一碗。」

九娘被熏得紅彤彤的小臉更紅了，她揚聲道：「好的，多謝六哥。」

阮玉郎原本躺在院子裡的竹床上，由鶯素在熏頭髮，聽到兩人這般郎情妾意的，哼了一聲，懶懶地坐了起來，抽出紫竹簫，想了想，吹奏起來。

九娘驟聞簫聲，似曾相識，不由得靠在浴桶邊上聆聽了片刻，想起三年前的中秋，汴河邊上放水燈，也曾聽過此曲〈楚漢〉，趙栩和陳太初興致到處還在岸邊舞劍。如今真是四面楚歌，今夜宮中還不知怎麼天翻地覆呢。此處應該是阮玉郎經營了不少年的巢穴之一，四個人的沐浴，熱水、浴桶、一應物事，極快就都準備妥當，他在這裡的人手不會少，想逃出去很難，聽他的語氣，似乎要把自己留下來。想到廊下萎靡不振的阮婆婆，九娘再次沉入水底，瞬大了眼睛，除了自己處處瘀青的腿和水，什麼也沒有。

姨母，爹娘都已去了，阿玞也已死了。阿妧只能對不住您。

她振作起精神，伸出手拍了一下水面，從水中站了起來。

一曲方畢，阮眉娘面色古怪地出來，也不和阮玉郎說話，就順著廡廊走了。

燕素打開門：「郎君，娘子請郎君裡面說話。」

阮玉郎擱下紫竹簫，搖頭道：「這隻小狐狸，又動壞心思。」他站起身，對高似道：「無論趙栩現在說什麼，你總要等過了今夜入宮後再做決定。別忘了，能幫你把人安然接出來的只有我。」

高似點了點頭。

趙栩將手邊一碗薑湯遞給阮玉郎：「這個你帶進去。」

「你倒放心？」他接過薑湯，斜睨了趙栩一眼。

「不放心，」趙栩坦然道：「但既然是阿妧要同你說話，我守著就是。」

阮玉郎失笑道：「你這嘴還真甜。」

趙栩眨眨眼，對阿妧？必須的。對別人？不可能。

阮玉郎進了房，輕掩上門，卻不入內，斜斜靠著門，晃了晃手中的薑湯，看見自己瀲灩的眼神在碗中蕩漾，才抬眼朝竹簾後面西窗下的婀娜人影柔聲喚道：「小狐狸乖乖，你調虎離山入房來，不怕我一口吃了你？」

第二百一十八章

九娘推開西窗，太陽從廊下跳進來，在她新換的藕荷色芙蓉山茶梔子花紋樣的縐紗長裙上灑了三寸日光。她看著懸浮在空中的灰塵，側耳就能聽到外頭趙栩和高似說話的聲音。

趙栩見這邊窗子一開，便同高似走過來，隔窗對她點點頭，倚著廊柱站定了。

聽見阮玉郎推門進來，語帶調笑，九娘轉頭揚聲道：「你又算什麼老虎了？最多是隻老狐狸罷了。」

阮玉郎淺笑盈盈，掀開竹簾，把薑湯放到羅漢榻的案几上，自己側身坐到榻上，看了眼窗外趙栩的身影：「那正好，我是老狐狸，你是小狐狸。你我湊做一堆，生下一窩小小狐狸。」

九娘冷冷地道：「誰是小狐狸？你該和孫殿丞家才正好湊做一堆。」

阮玉郎側頭思忖了一下，大笑起來。高頭街的孫殿丞藥鋪專治狐臭，汴京城裡很是有名。她這是拐著彎罵自己呢。他張開雙臂，舉高了一嗅，招手道：「是可忍，孰不可忍，以後過日子，你要嫌棄我老，嫌棄我醜，我倆倒也能湊合著過下去。你嫌棄我臭卻很難相處下去，來，你聞聞我到底是香還是臭？」

九娘大眼眨巴了好幾下，這是那陰險狡詐心狠手辣的阮玉郎？似乎厚顏無恥該排在第一才是。

她搖頭道：「人老或貌醜，我倒不在意，可心歪了，骨血臭了，那血腥味卻是熏什麼香也改不了的。」

阮玉郎歎道：「你白活了兩世，還沒做回你自己？這儒家真是害人不淺。成日被這些大道理捆著，活得累不累？」他眯起眼看向西窗下短了幾分的日光，想起那個赤腳涉水穿越田野的少女，那個倔強狠戾無懼無畏的少女，下手殺人也不眨眼的她，竟然變成了循規蹈矩、孝順公婆、相夫教子的蘇家婦，老天從來都無眼，因果何時會有報？

九娘淡然道：「你以為的那個我，未必就是真正的我，也許只是我的一部分。而我每時每刻的一言一行，也都是我自己的一部分，有何真假虛實之分？你上臺唱戲時，難道沒有一分是真正的阮玉郎？那位青提夫人，若不是有你的魂在裡頭，何以能那般令人如癡如醉？」

「說得也有些道理，那麼，我可醉倒了阿玞你？」阮玉郎笑著轉回眼，伸了伸腿，挪了挪背後的引枕，靠得更舒服些，目光肆無忌憚地在九娘身上游走，見她秀髮鬆鬆繫了根髮帶，顯得小臉顏盛色茂，景曜光起。燕素她們平時穿的普通窄袖長裙，在她身上穠纖得衷，修短合度，卻和他印象裡修長削瘦，如秋菊的王玞相去甚遠。

阮玉郎目光掠過她胸口，在她細可一握的腰間轉了幾轉，心中一蕩，低吟道：「餘情悅其淑美兮，心振盪而不怡——」他倒也曾解過玉佩以要之。

九娘第一次被人當面稱讚自己的容色，見他目光灼灼似賊，神情滿是讚美卻不輕浮，索性上前幾步，端起薑湯，走到桌邊坐下，慢慢喝了起來。不知趙栩能不能說服高似今夜帶著他一起入宮。

只要阮玉郎不在，她就有幾分把握靠著阮婆婆和趙元永能逃離此地。薑湯溫熱，想到趙栩身陷這麼危險的境地，還處處想著自己，九娘眼睫輕顫，連著喝了好幾口。

阮玉郎微笑著端詳九娘，不為了令她折服，也不為了令趙栩生不如死。這世間美貌女子太多，聰明的卻少，有趣的就更少，敢殺人不眨眼的少之又少。要四者兼具，百萬人中也未必挑得出一個來。他平生不好女色，對美貌的女子尤其厭惡，最愛看她們痛不欲生深受折辱的淒慘模樣，看著眼前嬌花，真生出了要把她放在自己手心裡的念頭。

「我自從到了曹氏手裡，就再沒見過我生母阮氏。」阮玉郎柔聲道。

九娘放下碗，凝神看向他。兩人對戰，攻心為上，她心中暗自警惕。

阮玉郎笑道：「你若怕我，離我那麼遠，又怎麼說服我帶趙栩入宮，留你在這裡好趁機逃走？來，你盡力一試，看看能否打動我鐵石心腸。」

九娘一驚，不由得暗歎一聲，說阮玉郎是自己平生勁敵，實在是抬舉了她自己。若不是他和前世的自己有些夙緣，她哪裡能和他較勁。她起身走到羅漢榻邊側身坐了，果然聞到他身上傳來的暗香，似冷凝梅香又有點像清冽竹香，很好聞。

「臭不臭？」阮玉郎一肘撐在案几上，挑起一邊眉毛，側目看著她，神情多了三分孩子氣，似乎斤斤計較她方才的話，又帶著些小天真的炫耀，一人千面，精彩紛呈，看起來竟然和趙栩耍無賴的模樣十分相似，九娘忽地驚覺他二人面貌有七分相像。阮氏和陳氏這兩位後蜀皇室血脈，所繼承的美貌力量太過強大，算來陳青兄妹，元初和趙栩，阮玉郎，甚至大伯孟在，五官都頗為肖似，只因氣韻各自大不同，並不招搖。

九娘對著他這般神情，竟生不起厭惡之心。她眨眨眼失笑道：「你最香，你最美，可滿意了？」

阮玉郎秋波一送，低聲問：「我比不過趙栩嗎？」

九娘認真地點點頭：「比不過，我也比不過他。」又補了一句真心實意的讚美：「我從未見過比六郎更美的人。」

兩人相距不過一張案几，對視了一瞬，都笑了起來。旗鼓相當，誰也不輸。

西窗外廊下閒閒坐著的趙栩聽得清楚，轉頭朝著窗口得意地喊道：「阿妧，你這樣的大實話記得多說幾句，我聽著歡喜，連傷口都不疼了。」

九娘爽脆地應了一聲好。

高似覺得渾身起了雞皮疙瘩，那裡頭真的是王玞轉世？莫不是騙了他？這等肉麻噁心的話，他此生從未聽過。趙栩這般厚臉皮，可和陳素和自己絲毫不像。

趙栩卻開門見山道：「你若不想害死我娘，今夜需帶著我入宮才行。」

高似壓低聲音道：「你放心，我必定能救了你娘和阿予出來。你留在這裡等著我。」

趙栩忽然有些可憐這個最可恨之人，他搖頭道：「你不懂我娘。」

高似一呆。

阮玉郎伸手拎起案上青玉盤裡的一顆紅櫻桃給九娘：「阿玞你這麼有趣，讓我愛得很，說不定心一軟就依了你。寡人有疾，寡人好色，不妙不妙。來來來，你要怎麼亂我心？我看還是色誘更有用些。」

色誘阮玉郎？九娘差點笑出聲來。她接過櫻桃，含在嘴裡，臉頰上嘟起一塊。阮玉郎看著更覺有趣，伸出手指去點，九娘沉下臉，手中銀籤子連點。他避開銀籤子要再去戳那小鼓包，九娘早已用手遮住半邊臉，銀籤子刺得飛快，橫眉道：「我看你已經亂得厲害，還是趁早放我們走才對。」

阮玉郎收了手，托腮看著她，笑得如桃李盛開。

九娘轉開眼，色誘？究竟誰在色誘誰？真是見鬼。她低頭把櫻桃核吐在手中，放入一旁的白玉小碗裡，轉念問道：「對了，說起你娘，憑你的身手，想要見她並不難。瑤華宮在禁宮外頭，只有娘娘派人盯著。你為何不去見她？」

阮玉郎笑得更開心：「阿玞你不敢看我，顧左右而言他，可是有一點動心？索性好好留在我身邊算了。」

九娘側頭看著他似笑非笑：「你這般高深莫測，總該讓我知道你的過往，我才能夠知道你好在哪裡。」

阮玉郎搖頭道：「打動人心，要麼財帛美色，要麼官位權勢，實在不行，生還是死，人總懂得怎麼選。最要緊的是直接，切莫繞路。你看，我現在要的就是你心甘情願嫁給我，你若應承了，我便依你所求。你為何不選自己最厲害的本事，卻要繞遠路？你那套動之以情曉之以理，在孟家就不太管用，卻想用在我身上？豈不白費功夫？」

九娘搖頭道：「這種利誘或脅迫，只能一時有用罷了。你這幾年來屢屢遭挫，不就是因為算錯了西夏女刺客，算錯了孟嫻，算錯了六郎？就算是高似，也不是你全然能拿捏的。否則六郎先前就葬身汴河了。你既然對我提起你娘，不就是想我感同身受，因憐生愛？」威逼利誘對她自然無用，母子親情是她心裡最弱的那處，阮玉郎不難抓住這點。

阮玉郎漸漸收了笑容，點頭道：「你的姨母，我的表姑母，費盡力氣把我找著。我那時自然想見她。她卻不肯見我。」年歲久遠，他已經不記得那時自己是什麼心情了。

九娘一怔，她自己曾為人母，難以想像阮氏為何狠心至此。那時候的阮玉郎，如果見著生母，得到少許安慰，也不至於變成這樣的人。她打了個寒顫，若是阮玉真是有意為之呢？為了讓阮玉郎恨盡這世間人世間事——世間可會有這麼狠毒的娘親？

「後來她被棄於瑤華宮，」阮玉郎抬起眼：「說要見我，我便也不肯見她。她用卷宗、飛鳳玉璜和成宗遺詔三樣物事，換我救趙瑜一命。」他唇邊勾起一道諷刺的笑容。同樣是她生的，他就該命如草芥被棄之不管，而趙瑜就該是如珠似玉皇室貴冑？

九娘歎道：「你恨趙瑜？」

阮玉郎卻道：「我曾想過她在瑤華宮的日子，猜她應是怨天怨地怨趙璟，可傳來的消息，都說她在瑤華宮裡種菜洗衣、念經拜佛、看書寫字，毫無怨尤，皮囊老下去，風韻卻依舊，竟然還能利用我為趙瑜謀求生路。」他嗤笑道：「若論天下第一貪生怕死、愛慕虛榮、自私自利的女子，她當拔得頭籌。阿玞，這個你倒該學學她，才能活得長久些。」

九娘默然，在瑤華宮能活過三五年的女子，的確只有阮氏玉真一人。

「趙瑜為何會聽你的話毒殺先帝呢？」九娘蹙眉問道：「他那樣的人——」

窗下的趙栩凝神靜聽，高似看著他面容上浮現的一絲悲傷，轉開了眼。在六郎心中，趙瑔那樣的人都有一席之地，他是個記好不記壞的孩子，若他們在一起久了，六郎定然也會記得他的好的。

第二百一十九章

趙栩看著這處三面合圍的小院子，地面碎石磷磷，庭中綠樹葳蕤，想起爹爹，才離世沒多久，還未到大祥，已經像過了好幾年一樣。對趙瑜來說，死倒是種解脫。

高似見他忽然背過身起臉看往遠處天邊，想說什麼，卻不知道說什麼好。

趙栩吸了口氣，回身往窗內望了一眼，繼續和高似說話。

「人和獸，沒什麼兩樣。」阮玉郎淡然道：「姑母救了我，我便認她做娘親，改姓了阮。我救了趙瑜一命，他心裡就認了我，把我真當成了大哥。」他想了想，有些不滿：「你看，就是你最沒良心。我救你一命，又讓你多活一世，你竟處處同我作對，為了個趙六，現在還想算計我。」

九娘奇道：「你怎麼就能讓人多活一世了，你有通天之能鬼神之力？還弄這許多陰謀詭計作甚？為何不是蘇昉祭拜得多心誠則靈？」她不明白自己因何能重生，更不明白阮玉郎為何言之鑿鑿是他令自己重生的。

阮玉郎笑道：「你想耍賴不認我這大恩大德？那可不行，恩愛恩愛，無恩沒有愛。你可知道，如果沒有飛鳳玉璜，做多少法事都白搭。」

飛鳳玉璜？九娘一愣。窗外的趙栩和高似也停下爭論，屏息聆聽。

「你爹爹有大才，可不夠狠心也不夠細心，你才險些遭了殺身之禍。」阮玉郎搖頭道：「我既相中了你，派了一些人貼身護著你，留下玉璜給你，也算以防萬一。畢竟我看中的人，就是我的人了。」他看著九娘對著自己又翻了個白眼，忍不住將手裡的櫻桃砸在她額頭上：「還想不認帳？」

九娘低頭撿起櫻桃：「那玉璜究竟有什麼用處？」那時候的阮玉郎，應該還不到二十，若是知道玉璜這麼神奇，為何會留給她？

「我也只是一試，不想倒真成全了你。」阮玉郎歎道：「飛鳳玉璜是周天子昔日用來禮天地四方的六器之一。到了太祖手裡，為了配它，就另雕了雲龍玉璜。可惜無人知曉它的神通，一直被收藏供奉著。」

「大趙歷代帝王難道都不知道？」九娘奇道：「你又如何能知道那玉璜的神通？」她拿到飛鳳玉璜時已經不像年輕時那般有好奇探索求秘之心，因為是爹爹所賜的吉祥之物，她才當成玉佩使用，對阮玉郎的話，她將信將疑。

「你可知道風穴寺？」

九娘想了想：「是西京汝州那個有七祖塔的寺廟？」

阮玉郎道：「不錯，我在風穴寺待了一個月，意外所得就是這玉璜的用處。據記載，女子離世之時，若有玉璜在身邊，可暫存魂魄三年，遇到同月同日同時生的人魂魄離體，即可借屍還魂。」

他笑起來：「你看，我那生母，眼看著做皇后做太后沒了指望，就拿這歷代皇后信物來討好我，老天雖然不長眼，偶爾卻也會湊個巧。」

他見九娘出了神，拂袖在她面前晃了一下：「我也不貪全功，你自己福運也好。」他唇角微微勾起來：「我得了玉璜，自然找了些人試過，卻都沒成。」

九娘悚然一驚，打了個寒顫。這才是他的手段，如果不是試了無用，又怎麼會輕易就給了她。

阮玉郎眼波如水神情慵懶，一手撐在頷下，看著九娘笑：「也不知道哪裡不對。難不成記載的同月同日同時，不是說時辰，而是時刻？阿玞，現在你可信了？再想耍賴就沒意思了。等我取回來後還送給你，物歸原主可好？」

九娘猛然一震，她的心突突跳：「碎了！被太皇太后一怒之下砸碎了，那裡頭萬一存著魂魄怎麼辦？」

阮玉郎一轉念，想起那日死在小五手下的蘇家丫頭，便嘖嘖歎了聲可惜：「玉璜碎了，自然就魂飛魄散，走黃泉路，涉忘川水，喝孟婆湯，投胎轉世去了。」

九娘怔怔看著他，見他不像是玩笑話，心裡更是難受，卻不想在他面前示弱，強壓下心頭恨，雙手合十默默念了幾句經文。

高似先前在車裡被九娘嚇了一跳，到了寺裡仔細想想總覺得不對，哪有人像孟九娘那樣主動說出自己被鬼魂附體？此時聽到他二人談論的鬼神之說，並不太信，總覺得也許是孟九娘串通了蘇昉，裝成王玞魂魄附體的樣子，來對付阮玉郎和自己。而阮玉郎也可能是將計就計挾恩圖謀什麼。他沒想到阮玉郎這樣的梟雄，心裡頭也會裝著一個女子。高似感慨地看向趙栩，見他若有所思的樣子，猜不出他究竟在想什麼，他信還是不信？

阮玉郎見九娘眼眸緊閉，虔誠無比，失笑道：「你倒會臨時抱佛腳。」

九娘睜開眼，隨口問道：「你說玉璜的秘密是你意外所得，之後你才從你生母手裡拿到了玉璜。崇王做人質已是二十八年前的事了，在那之前，你也只有十幾歲，為何會去西京的風穴寺？」

阮玉郎見她如此敏銳，更是喜歡，他想了一想：「我年少時，極其厭惡佛道，路過寺廟和道觀，不免使點手段——」

「你劫掠霸占寺廟道觀!?」九娘瞪大眼，這個北婆臺寺恐怕也是被他早早占為己有了。她並非不通世故之人，佛寺道觀比起那正店茶樓，所經手的銀錢數字極大，且不引官府注意。如此阮玉郎不僅有錢用，更方便將聚斂來的錢財存放在這兩處。

阮玉郎挑眉傲然道：「有何不可？這天下原本就該是我的。」

見九娘側頭打量這間屋子，阮玉郎笑道：「你想得不錯，這裡早就是我的。只要你願意，以後也是你的。你喜歡寺廟，我就送幾個給你，你喜歡道觀，那建隆觀香火最鼎盛，若能討你歡心也算值得。」他那語氣，就如同送些胭脂水粉般隨意。

九娘聽他漏出了州西瓦子邊的建隆觀，立刻想到蔡佑所貪財物八成都藏匿在蔡相宅對面的建隆觀裡，難怪趙昪他們怎麼也查不到贓物。發現阮玉郎隨口道來，絲毫不怕趙栩知道，靈光一閃，她眼波流轉，對阮玉郎笑道：「你若誠心待我好，怎這麼吝嗇？這汴京城裡你經營了幾十年，哪行哪業哪條街巷沒有你的產業？既然說你的也是我的，不如早點都送給我。」

她揚起下巴，學著阮玉郎方才那樣托著腮，也挑了挑眉歎道：「我們做女子的，仰仗夫君，不如仰仗財物來得牢靠。你的終究是你的，一旦他日我紅顏老去或者惹得誰看不順眼，又來一個什麼姊姊妹妹的將我害了，那些就變成她的了，連我生的兒女都要喊她母親。只有上了自己嫁妝單子私庫單子心裡才踏實。還是說，你不過是嘴上哄哄我？」

阮玉郎冷不防九娘現學現賣，看著她三分幽怨三分撒嬌三分戲謔一分悽楚的模樣，心裡癢得厲害，很想將她摟在懷裡好生搓揉一番，卻按捺著往身後引枕上靠了靠，歪了頭笑：「了不得，阿玞你這招用出來，世間男子怕沒一個擋得住的。不過——」

他瞪大眼一本正經地道：「說到財帛呢，世上也沒哪個男子肯全交付給後宅的，男子手中沒了錢，就跟那龍沒了筋似的。若有人說全都給你，必定是騙你的，說不定你還要人財兩空。對了，連蘇瞻都往你嫁妝單子上和私庫裡添了不少東西，難不成我還不如他？」

九娘手指在案几上敲了幾敲，想到頸上懸著的那顆小牙，笑得更歡暢：「同他比有什麼意思，我早說你比不上六郎，美貌比不過他，這個更比不上他。」

趙栩在廊下大笑起來：「阿妧，我可真的人財兩空了。你切記收好我魂魄，顧念著我一些。」

高似見趙栩聽著裡面二人私語調笑毫不生氣，還這麼開心，更是不明白。

阮玉郎不以為然地搖頭：「趙栩那點東西，算得上什麼？怎好和我能給你的相比？」

九娘歎道：「他的財物自然比不上你，難得的是肯傾盡所有。你富足天下，卻只肯給我九牛一毛，你的確不好和他相比。不如這樣，你說要我心甘情願嫁給你，我要是應了，你就依我所求。此話可還算數？」

阮玉郎笑著點頭道：「自然。你這是應了？」

九娘也笑了：「那我應了你，你就放下這一切，今日就隨我去青神吧。」

阮玉郎一愣，搖頭道：「傻孩子，那卻不能，我雖中意你，卻要和天下同在手才有意思。」他唇邊浮起笑容：「你難不成信那些戲文之說，以為世間真有癡情兒郎為著心上人連江山都不要？」

他看向西窗：「還是趙栩這般騙過你？」

「六郎不曾這麼說過，我也不會這麼求他。我心悅他，自然盼著他壯志得酬。我同你，只是交換，一物換一物而已。既然是交換，我付出的是餘生年華，自然要換來配得上的物事。」九娘深深看入阮玉郎眼中：「又或者，你所謂的依我所求，原本就是你的打算？你明知高似不會帶六郎入宮涉險，就設法讓我們自己提出來要入宮，還故意刁難我們，趁機換些你想要的條件。若是高似被六郎說服了，你就扮作萬般無奈才答應。這樣一來，一旦六郎在宮中出了事就與你無關？還不影響你繼續利用高似？」

阮玉郎笑容一凝，意識到從他一句建隆觀開始就被九娘一步步繞了進去。若不是他真的動了一點心，怎會被她設計了。一念滅，一念生，阮玉郎併指成掌，一念生，一念瞬間又滅，袖中掌還是鬆了開來。

九娘卻厲聲問道：「你今夜原本就要帶六郎入宮，你要借趙棣和太皇太后之手殺他。你在騙高似，對不對？」

轟然一聲響，兩條人影相繼穿窗而入，轉瞬到了羅漢榻前。

阮玉郎一動不動，看看自己心頭的手掌，抬頭對高似苦笑道：「你不信我？」

又一條人影鬼魅般竄了進來，一劍刺向高似背後，卻是剛回來不久的阮小五。

高似反手一拳，擊中阮小五手中軟劍，劍身直朝阮小五臉上彈了回去。

趙栩拖起九娘往門外退去，一劍刺向如影隨形般追來的阮玉郎。

他剛退出門，見阮玉郎一把抓向九娘的手落了空，立即就停住了腳，目光陰森，來不及細想，立刻抱住九娘撲回門內。

噗噗噗，幾排短短的三停箭插在門外。

趙栩出了一身冷汗，把九娘扶起來：「可有受傷？」

九娘回頭一望，院子裡空蕩蕩，三面屋頂上卻都站著手持諸葛連弩面無表情的大漢，越想越後怕，見阮玉郎方才還對她懷柔嬉笑，談恩說情，卻即刻就痛下殺手，她越發肯定自己的推測。她看向趙栩，卻知道無論如何他都要進宮去，眼中刺痛得厲害。

第二百二十章

阮玉郎站在高似和阮小五的中間，恢復了平時的雲淡風輕：「高似你若信了那小狐狸，一掌殺了我就是。今夜就只你我二人入宮去，留他們兩個在此，明日你帶著你的人回女真，把這隻愛搗亂的小狐狸留給我即可。」

趙栩冷笑道：「這可由不得你。」

高似想到趙栩方才同自己所言，猶豫起來。

趙栩沉聲道：「你若食言不救九娘，不帶我入宮，只能帶著我的屍體走。」

高似歎息道：「你何必說這種話。你明知道——」他轉臉看向阮玉郎：「我答應了六郎，他若隨我北上，我擔保九娘安然無恙回到孟家。」

阮玉郎掃了九娘一眼，冷笑道：「好，明日你送她回孟家，以後再如何你不能插手。高似，你不聽我言，若趙栩出了事，誤了大局，你可不要後悔。」

聽到此話和九娘所言無異，高似一怔，看了看趙栩，見趙栩神情堅定如磐石，歎息了一聲苦笑道：「不會。」

阮玉郎眯起眼：「你可別死在趙栩手上。」他看著趙栩道：「你若敢對高似動手，可別怪我不憐香惜玉。」

高似一瞬不瞬地看著趙栩：「你今夜務必和我在一起。你若殺我，九娘便也性命不保。」

趙栩不動聲色地點了點頭：「我明白。既然都說定了，你們先出去罷，我要和九娘說話。」他看阮玉郎眯起眼，便對高似道：「今日一別，再難重逢。不知道以後還有沒有以後，別人不懂，你總歸懂的。」

高似心一軟，他拿九娘要脅趙栩，原本就有些慚愧，聽到趙栩語氣懇切又哀傷，戳中他自己心底痛處，一語不發，揮掌便將阮玉郎、阮小五往外逼。

阮玉郎心想這兩人都極為狡猾，湊在一起還不知道會弄出什麼事來。他看看高似，再看著日頭已落天色漸暗，忍耐著對趙栩和九娘冷哼了一聲：「一刻鐘。」拂袖帶著阮小五退了出去。

高似低聲道：「兩刻鐘。」他轉身將房門輕掩上，隔著門，對九娘拱了拱手。

九娘正失望地看著他。

「裡頭還有櫻桃沒有？」趙栩轉頭笑，轉身抬手替她打起竹簾，見簾子已經碎得不像樣垂墜著，乾脆用未受傷的右肩頂了開來，有幾根細竹絲在他臉上擦過，立刻就起了三四條細細的紅印。

九娘站在原地，看著毫不在意依舊笑眯眯的趙栩，心裡刺痛得厲害。她哽咽道：「還有，有許多，很甜。」她伸手想去輕撫他臉上那幾道紅印，見趙栩又驚又喜的神情，一個難為情，手便停在了半空中，虛指著：「刮著了，疼不疼？」

趙栩頭一低，趁機靠在她手上蹭了蹭，輕聲笑道：「疼，阿妧快給我呼一下。」
見他這個關頭還如此無賴，九娘想哭又想笑，長睫眨了兩下，淚珠掛在睫毛上搖搖欲墜。
趙栩輕輕歎了口氣：「那我同你呼一記好了。」他往九娘眼睫上呼地吹了一口氣，那顆淚吧嗒掉落在她眼瞼下頭。
「乖，不哭。」趙栩伸手牽住她：「來，給你看看我的本事，這個你肯定不會。」
兩人在榻上坐了，趙栩笑著從玉碗裡挑了個長梗櫻桃，放入口中，三兩下後，湊到九娘跟前，從口中卻取出那打了結的櫻桃梗給她看，得意地問：「這個你可會？」
九娘呆了一呆，搖頭道：「這個我也比不過你。」
趙栩眨眼道：「以後我教你，比打水漂容易得多。」他從懷裡掏出疊得整整齊齊的一疊白色布帶，放到九娘手中：「你安心留在這裡，等明早我親自送你回孟家。」
九娘警惕地看向西窗外，不見人影，口中卻說：「不好，你帶我一起進宮去，阮玉郎太過陰險，我怕他為難我六姐！」
她說話間略展開手中的布帶，五指寬，相接的地方打了結，還濕著，上頭不少地方帶著淺淺粉粉的紅色，是趙栩換下來的白涼衫。她心一揪，下船的時候，在趙栩的掩護下，她悄悄把替他包裹傷處時藏起的那一片衣襬掉落在一片水窪中，也不知道陳青、張子厚他們會不會留意到。趙栩趁著沐浴換衣時做了這個是要她——？
趙栩長長歎了口氣：「阿妧，宮中守備森嚴，難進更難出，你留在這裡，夜裡不如去陪阮婆婆說說話吧，她倒是真心牽掛榮國夫人的，不像阮玉郎口蜜腹劍。你不要恨她。」他右手卻指了指繡墩，對著房樑做了個甩的動作：「你可做得到？還有，方才阮玉郎那樣騙你，你可不能信他。」最後一句說得響了些。

九娘點了點頭，口中說道：「我做得到。我不恨她。」她雙手交叉上行，做了個上爬的動作：「你是不是擔心我？別擔心，我會去看她的。」

她所想的也是通過阮婆婆和趙元永尋求脫身之計，卻沒想到趙栩連物件也替她準備好了。只是為何要讓她爬到阮婆婆房屋的樑上躲起來？難道他吃准了夜間會有人來救她，怕混戰中誤傷了她，還是怕自己再被人劫持？

「你為何會這麼想？」九娘朝樑上指了指：「你不放心什麼？阮玉郎騙不到我，方才我們就差點死在弩箭下。他再怎麼演，我也不會信他。」這話卻不是說給門外的高似和阮玉郎聽的，阮玉郎再如何扮作情深款款，她總能一眼看穿他。

門外的阮玉郎側頭看了看門內，按捺不住胸中的濁氣，其實方才就算趙栩失了判斷的水準，把她帶出了門，他也有把握在她中箭前護住她。這一天，她在他手中於生死間來回晃悠了多少回，竟然一點也不知道感恩，還對著小情郎這麼情意綿綿。

阮玉郎一甩寬袖，走下臺階，走了幾步，又回頭坐到西窗廊下的美人靠上，側耳聽裡頭兩人說話。聽了幾句，他喚人送了紫竹簫過來，起身看看一院金暉，將簫湊到唇邊。

簫聲沉沉低起，嗚咽著如泣如訴。

高似聽裡面趙栩開始說午後陳家門口的事，便雙臂交叉，靠在門外的廊柱下，看著西廊下的阮玉郎，夕陽西下，在他身上灑潑落暉，一院子的白色細石似金砂般泛著光。

院牆後頭裊裊炊煙升起，風中有柴火燃燒的味道。不知為何，高似想起自己兒時的過往，說不盡的委屈憤怒，受不完的羞辱折磨。他睡在馬廄裡，後來睡到僕人房裡，跟奴隸一樣被使喚被鞭打，看著生母從貴女淪為女奴，經常被那個生了他的男人叫到宴席前炫耀，甚至被送到那些客人的房中。他沒有見過她哭，她赤著腳披著近乎透明的軟紗，昂著頭從外院回到後面。

他的第一張弓，是她陪的一個蕭家男子經不住她求，隨手送給了她。當時她說，阿似，你將來要殺死這家中所有的男子，殺死這些耶律的，姓蕭的狗東西。他拚命點頭。

還有我。她笑著說的。

他拚命搖頭，她眼中卻只有熊熊烈火。

阮玉郎比他可憐，他生母不要他。可他們所想的卻一樣。他要摧毀契丹，不是因為他生父的家族，而是因為他答應了母親。若不是契丹先起戰事，他母親不會遭難，若不是耶律一族糜爛無恥，他母子二人不會那麼慘。

而他自己，竟然也讓陳素母子三人苦了那麼多年，他顧忌太多，所以後悔也多。

「你殺了趙檀？」九娘聽趙栩說了大雨中的變故，嚇了一跳。

趙栩淡然道：「他和趙瓔珞勾結阮玉郎、田洗獻秦州，陷害元初，死一百次也不夠。」

九娘比了個五字：「今夜你要是回宮，會不會因此——？太皇太后雖說不喜趙檀，卻更加不喜歡你，只怕會借題發揮。」想到一生板正，卻因一己之恨越來越不可理喻的太皇太后，九娘擔心阮玉郎會把趙栩送到趙棣他們手上，趙棣必定會趁機慫恿太皇太后借此拿下趙栩，借此奪位。

趙栩點頭道：「該交待的都已經交待了。有高似在，」他伸手在旁邊的茶盞中點了點，在案几上寫了個「定」字：「有他在，我應該不難脫身。」

九娘思忖了片刻，吃不准趙栩在宮中準備了些什麼，也沾水在桌上寫了個「十五」，輕聲道：「小心腹背受敵。」她猜測了阮玉郎種種手段，除了趙棣，趙梣那邊也不能大意。殺人對阮玉郎而言，只是搬開擋路之物，毫無顧忌。

趙栩點頭道：「好。」他心裡再沉重，也暫時把一切抛開了，想著自己和阿妧心意相通，她那麼為自己著想，說不出的歡喜。

簫聲越來越低，越來越低，幾個迴旋後悄然而止。

阮玉郎看向高似：「曲有終，人要散，兩刻鐘已至。」

聽到敲門的聲音，趙栩看著九娘，輕聲道：「阿妧。」

九娘輕輕點了點頭，卻說不出話。

「阿妧？」

九娘用力點頭道：「嗯！我在。」

「阿妧！」趙栩笑道：「我就是多喊幾聲，你不用理我。」說完又連著輕喊了好幾聲阿妧。

見九娘淚眼迷離，趙栩探身拈起一顆櫻桃：「差點忘了，阮玉郎給你遞櫻桃，你需也吃了我這顆。」

九娘含了櫻桃，靠近他，指了指自己鼓起來的一邊臉頰。

趙栩哈哈大笑起來，伸手戳了戳，想起小時候的胖冬瓜大概只被他擰過臉上肥嘟嘟的嫩肉，他忍不住伸臂輕輕抱了抱九娘。

敲門聲又響了起來，還有高似的一聲咳嗽。

「有件事我不懂，明明你就在我面前，我還是會想你，比看不見的時候想得還厲害。」趙栩放開九娘，微笑著問：「你可明白？」

九娘仰頭看著他：「我不明白。」

「不明白也不要緊，」趙栩臉一紅：「你見不著我的時候，就想上我片刻好了。哪怕是壞事情，頭一回見你那次，踢過你綁過你那種也行——」

「我雖然不明白，」九娘含著淚笑道：「可也會常常想到你，想不起壞的，只想得到你的好。再怎麼騙自己，再怎麼想忘記，還是會想起。」

趙栩只覺得全身傷處一點都不疼了。兩人就這麼對視著，相顧無言，一個帶著笑，一個含著淚。

門開處，阮玉郎冷聲道：「走吧。」

第二百二十一章

大理寺設在宮內掖庭的詔獄，專審宮內不便為人所知的案子。夕陽已落，半邊天上的晚霞燒得如火如荼，遠處殿閣的琉璃瓦流光飛舞，煞是好看，可惜沒人有心思看風景。八個內侍搬了四盆冰送進窄小的公堂角落裡安置好，立刻躬身退了出去。

裡頭擠滿了人，個個公服都濕了又乾，乾了又濕。有面紅耳赤的，有滿面油光的，有驚疑不定的，也有心懷叵測的，都看著右側上首那個子不高，面目俊秀，神情陰鷙的男子，被張子厚眼風掃過的人，背上又出一層冷汗。

七歲的趙栩小臉緋紅，轉頭吩咐打扇的內侍：「用力，扇快些。」

簾子後頭的向太后用帕子在額頭上印了印汗：「好了，我和官家的話就撂在這裡，官家還未用膳，該回福寧殿去了。諸位相公們和皇叔翁、皇叔們，聽聽張理少的意思，你們集議著定論，再呈上來看吧。」

宗正寺卿和少卿今日午後突然被向太后、定王、二府定罪，如今在屋裡的是從西京、南京趕來的四位老親王。這幾位坐在椅中不停擦汗，看著依然悠哉的定王，心中連連叫苦不迭。幫著審宗正寺的官員和宗室，他們責無旁貸，可忽然被拖來摻和燕王殺魯王一事，是個什麼鬼!?眼看又要變天了，他們能做的就是嗯嗯啊啊哦哦而已。誰對誰錯誰上臺誰入獄，同他們也沒多大干係。

趙構巴不得早些離開，他端坐著朝張子厚道：「張卿，我六哥是大趙良臣宗室棟樑，四哥卻是宗室敗類品行不端。刑部要捉拿六哥歸案，不妥。」他挪了挪屁股，這話自己只聽了兩遍就複述得一字不差，娘娘應該高興得很。畢竟他從小也被趙檀欺負過，深深覺得娘娘說得極對。

「陛下，臣謹記在心。」張子厚躬身行禮。

朱相和御史臺的鄧宛都抿唇不語。刑部尚書只垂首當作沒聽見。

眾人恭送向太后和官家出去，趁機透透氣。

大雨過後的初夏黃昏，連空中氣息都帶著清甜。忙碌來往的大理寺胥吏們面色沉重。

張子厚告罪道：「下官身上朝服還是早間所著，又是日曬又是雨淋，如今汗味熏得諸位避而遠之，請容下官換一身衣裳。」

眾人一愣，不少人斜眼看著他退到廊下臨時豎起來的素屏後頭，心裡嘀咕著，畢竟是自己的地盤好辦事，這裡誰的衣裳不又濕又黏又臭哄哄？

張子厚脫下朝服，換上公服，接過屬下塞給他的紙條。

東水門，大雨中有馬車等候，行至陳州門附近一輛馬車變成三輛，分頭出城，往南往東往西各有一輛。章叔夜已派人分頭追蹤下去。

張子厚低聲吩咐：「讓陳青的人搜索陳州門附近周圍十里以內所有民宅商家，一門一戶都不可放過。阮玉郎絕對不可能離開京城，今夜他必然要在宮內發動的。」想到最近趙栩交給定王的那些產業文書卷宗，他加了一句：「尤其是寺廟道觀！」

他扭頭看向遠處琉璃瓦上一層暗紅霞影，一些小小黑點盤旋著往宮牆那邊下降了。

九娘，你在何處，殿下可還安好？

遠處傳來歸巢的群鴿聲聲鳴叫，令人心更難安。

張子厚出了素屏，見趙昪、謝相、朱相、刑部尚書和定王、鄧宛還在廊下說話，上前團團行了個禮：「恕子厚失禮了，請——。」

重回屋內，書吏們呈上整理好的供詞紀錄。張子厚翻了翻，讓人傳給二府幾位相公觀看。

「宗正寺的兩位已經供認不諱，他們午後本來會隨魯王前往陳家，待魯王受傷，即由他們出面要求大理寺和開封府拘捕燕王殿下。這些供詞足以證明這是魯王的陷害之計，為的是褫奪燕王的親王封號，甚至謀害他入獄。」

趙昪點頭道：「有這兩位的供詞，其實已可見魯王和阮玉郎相互勾結，應該先尋回燕王，問一問他非殺魯王不可的原因。」

朱相眼皮抬起來：「魯王即便有罪，但也是大趙親王。自有大理寺和宗正寺、大宗正司會審審問，交由陛下和兩宮太后定奪。這才是正理。豈可私刑定罪甚至就地殺人？《大趙刑統》可是明文嚴禁的。就算燕王合情合理，卻已經違法在先。難道這一國之法是擺設嗎？」

呂相長歎道：「朱相所言極是，如今不是燕王所為對或錯的問題，繩不撓曲，法不阿貴。燕王殺人不容置疑，至於是誤殺還是謀殺，這是大理寺的事，魯王當時並無利器在手，毫無威脅，殺人者，按律當斬。諸位難道忘記熙寧元年的登州阿芸案了嗎？她謀殺親夫已傷，當絞。先帝四下赦書，赦其絞刑，均被刑部駁回不遵，刑部諸位堅持赦書不壓律，委實可敬可佩啊。」

眾人都停下了爭論，不少人歎息起來，紛紛表示王子犯法當與庶民同罪。

張子厚揚聲道：「呂相提到登州阿芸案，和本案類比，很不妥。」

呂相冷笑道：「還請張理少指教一二。」

「阿芸案，乃婚配糾紛導致的謀殺已傷，又有『按問欲舉，自首』的事實。當年鬧到二府共議，依然議而不合，糾其根本，因為所爭執的並不是阿芸被迫嫁人，驚懼交加下於新婚夜殺夫之罪當不當絞，而是赦律之爭。」張子厚陰鷙的眼神看著呂相：「爭的是究竟以皇帝赦書為尊，還是二府所代表的律法為尊，實際上是我大趙皇權與相權之爭。」

窄室內一片死寂，人人心中都清楚明白，可從來無人敢說出口的話，被張子厚輕描淡寫地攤了開來，刑部兩位侍郎濡濕的小衣下起了雞皮疙瘩。

趙昪垂眸不語，百年來，二府人事變遷，除了太祖，還未有任何一位官家能對抗二府的，而這偏偏又是太祖的安排。成宗和先帝不知道增設裁撤了多少衙門，微妙的相互制衡，新黨舊黨之爭，始終離不開皇權和相權的此消彼長。對張子厚，雖然道不同，他是欽佩的。只可惜正如蘇瞻所說，新黨不過是官家用來集權專斷的工具，張子厚一貫支持官家壓過二府，卻看不到一旦決策者剛愎自用，走錯一步，傷國傷民之深難以挽回。這恰恰也是太祖英明無人可及之處，誰又能保證代代都出英主？守業需要的，恰恰是一個穩字。

張子厚眼風如刀掃過各位相公：「如今主少國疑，我等做臣子的更要謹慎才對。請問各位，阮玉郎與大趙，是敵還是友？」

趙昇朗聲道：「敵！大敵！阮玉郎國賊也，勾結西夏，私蓄兵馬重弩，先帝在位時他已是謀逆重犯。」

「既為國賊，人人得而誅之。魯王身為宗室親王，勾結國賊謀逆大趙，罪加一等。當時暴民在前，魯王蠱惑暴民進犯陳家私宅，燕王受傷後，暴民遭阻，隨後阮玉郎現身擄走陳府家眷。」張子厚聲音中透露出重重殺氣：「燕王殺魯王，擒拿阮賊，無功反而有罪，那前線將士遇到奸細是不是也不能殺？殺民與殺賊不可相提並論，殺賊與誅國賊亦不可相提並論，燕王此行當以軍法論。」

眾人目光看向定王和四位老親王。

定王拈了拈鬍子，沉聲道：「各位臣工，張理少所言極是。實不相瞞，阮玉郎多番謀害先帝，當年先帝煉丹中毒一事，也出自他的手筆。」他從袖中取出幾張文書，讓內侍送給眾人傳閱：「那兩個所謂的道家老祖，所在道觀，二十年前就是阮玉郎的產業，他雖然用了化名，卻有道觀的人證明畫像中的阮玉郎就是他們神龍見首不見尾的仙師。」

一片譁然聲起。謝相和朱相都一驚，煉丹一事，歷來忌諱被提起，就是先帝，昔日也是以修道為名義，一應煉丹所用物事，都由皇城司秘密送到延福宮。定王殿下連這樣的秘聞都不掩藏，看來為了保住燕王也已經完全不顧皇家體面了。

張子厚面無表情，冷冷接著道：「先帝中毒暈倒之時，阮玉郎暗藏兵馬重弩於鞏義永安陵，勾結西夏刺殺蘇瞻、陳青兩位文武棟樑，利用蔡佑控制海運、榷場牟取暴利。幸虧大趙國運昌盛，未能被他成事。這次他又利用吳王男扮女裝入宮認親，借高似離間先帝和燕王父子情，最終借崇王之手毒害了先帝。其人卑鄙陰險，為亡我大趙無所不用其極，所犯大案罄竹難書。諸位相公、親王，我所言可有一句不實？」

還不知道這些辛秘事的親王們和官吏們膽戰心驚，阮玉郎所犯罪行，別說這許多條，任何一條都是滅族大罪！

謝相和定王異口同聲道：「句句屬實。」

張子厚點頭道：「下官奏請，由大理寺接手田洗一案，刑部、御史臺若不放心，盡可前來旁聽。再請大宗正司和宗正寺擬廢趙瓔珞公主號，入大理寺獄待審，以審出線索擒拿阮玉郎。還有，開封府、三衙禁軍、皇城司應分頭追蹤阮玉郎蹤跡，以儘快救回燕王殿下。」

諸事議定，幾位相公返回都堂，會合兵部、戶部和樞密院官員們，集議調動利州路兵馬增援鳳翔一事。大理寺獄、刑部、宗正寺會審趙瓔珞。

張子厚站在廡廊下向趙昪拱手道：「三衙的事，還請趙相費心了。被阮玉郎擄走的孟家小娘子，是蘇和重嫡親的表外甥女，和蘇家大郎極為親睦。今日蘇大郎多番懇請下官盡力相救，奈何子厚出不了宮——」

趙昪拍了拍他的肩膀：「放心，和重兄也派人送了信進來。我這就去樞密院盯著。宮裡頭，還請張理少看著了。」他指了指隆佑殿的方位。蘇瞻讓他提醒張子厚要小心太皇太后生變，可今日一整天，太皇太后都沒露過臉，也沒讓人傳一句話。吳王午後就入宮侍疾，也一點聲音都沒有，似乎魯王之死，燕王失蹤，都和他們沒有關係一樣。

張子厚點頭道：「多謝提醒。」

看著趙昇寬厚的身影遠去，張子厚低聲問身邊人：「隆佑殿？」

「毫無動靜。」後面的人輕聲道：「孟都點檢還未回宮。殿前司的人都布置好了。」

定王疲乏地走到張子厚身邊：「形勢還不算太差。怎樣？外頭陳青有消息了嗎？」看到張子厚搖頭，定王挺直了腰板道：「我先回大宗正司，孟伯易也不在宮裡，你小心一點。」

九娘跟著燕素，穿過兩進院子，到了阮婆婆房裡。趙元永正在她膝蓋上敷藥泥。知道是九娘來了，阮婆婆神色鬆動了一些，歎了口氣，讓燕素搬了個繡墩放在床邊，安慰她道：「你放心，玉郎不會殺你的。多虧了你，我和大郎才能回轉來。」

九娘看趙元永敷好了藥泥，拿起了艾條，便接了過來：「大郎，讓我來吧。」

趙元永看了她幾眼：「你也會？」

九娘笑著將艾條靠近了阮婆婆膝蓋幾個穴道緩緩繞起了圈：「我小時候掉在金明池裡，我婆婆怕我受寒，請大夫調理了一年，看會了。」

趙元永奇道：「你怎麼會掉進金明池裡？那裡頭可深了！」

「被人從船上推下去的。」九娘看著阮婆婆的臉，這張臉依稀和前世的娘親有些重疊在一起，她目光更是柔和。

「啊!?——」趙元永驚呼了一聲。

九娘笑道：「這世上，許多人害人，就為了自己高興而已。」

趙元永的小背駝了下來，默默看著艾條上的星火不語。

室內的艾條香味彌漫，阮婆婆又有些昏昏欲睡，她自覺時日無多了，這幾天總常常夢見妹妹萃桐來找她，兩人可以說很久很久的話，她真不捨得醒來。迷迷糊糊中，耳邊忽然響起低低的歌聲。

彼汾沮洳，言采其莫。彼其之子，美無度。美無度，殊異乎公路。

彼汾一方，言采其桑。彼其之子，美如英。美如英，殊異乎公行。

彼汾一曲，言采其藚。彼其之子，美如玉。美如玉，殊異乎公族。

歌聲只有三句小調，來回重複，到了最後一個「族」字時，卻唱成了「主」，那句變成了「殊異乎公主」。本該是個小彎調越行越低的，卻變成了調皮的尾音，上揚著帶著笑意重複了一遍「殊異乎公主？」

阮婆婆的膝蓋猛然一抽，曲了起來。九娘飛快地舉起了艾條才沒有燙到她，她制止住要驚叫的趙元永，將艾條交給他，伸手扶住了阮婆婆，在她身後墊了兩個引枕。

「阿桐？——」阮婆婆喉嚨格格響了幾聲才吐出這兩個字。

除了她們兩姊妹，這世上再沒有人會這麼唱家鄉小調〈魏風．汾沮洳〉，是姑母郭皇后唱給她們聽的，帶著應州口音，因為喜愛她們，她調皮地將公族唱成公主，當年姑父聽了哈哈大笑說就把她們當成公主養。她長大了一些，知道這是姑母姑父定情的歌，是姑母唱給姑父的。後來，她和妹妹都會唱了。

剛救回玉郎的時候，他成夜成夜不睡覺，跟一隻小獸一樣，蜷縮在床上一聲不吭，有一點點聲響就立刻跳起來，掏出抱在懷裡的匕首。他的目光比匕首還寒光四射。她後來陪他睡覺時，就輕輕唱這首小調給他聽，告訴他這個笑話。他總是不說話，可小身體慢慢就放鬆下來，還能睡上一會兒。

幾十年了，她幾乎都忘記這首小調了。大郎從小就睡得安穩，不用哄。是不是阿桐來接她了？

「阿桐？是你來找阿姊了？」阮婆婆握住九娘的手，無神的眼中淌下淚來：「你莫走，我們好好說說話，你信阿姊的話，玉郎不會害你和王方的，更不會害阿玞。阿桐——？」

九娘凝視著她，終於將臉埋入她滿是皺紋的手掌中，哽咽著喊了聲：「姨母，我就是王玞，我是阿玞啊——！」

第二百二十二章

一旁的趙元永驚呼出聲，跳了起來，手上的艾條落在腿上，立刻燙壞了絲衫。他顧不得去撣，把艾條交給同樣驚駭莫名的燕素，想低頭探身問話，看到阮婆婆的臉，又強忍住了。

「阿玞？」阮婆婆的手抖動著，似乎想縮回來，又停住，手指顫巍巍地撫上九娘的臉頰：「你不是孟家的九娘嗎？」她另一隻手顫抖著小心翼翼地放在九娘腦後，

九娘察覺到她那麼小心，生怕碰了她就會碎似的，眼淚抑不住滾滾而落。阮婆婆只覺得指尖所觸，光滑細膩，一片濡濕，輕聲問道：「你——怎麼會是阿玞？」

「殊異乎公主？娘總唱這個哄阿玞睡。」九娘哽咽道：「因為那個飛鳳玉璜，阿玞才魂魄不散，我是孟家的阿妧，也是王家的阿玞。我記得清楚，娘親她左臂上有一道半月疤痕，是兒時碰碎了琉璃碗劃傷的。」

阮婆婆猛力把九娘摟進懷裡，九娘膝蓋撞在床榻上，也不覺得疼，她伸出雙臂，摟緊了這個蒼老的時日無多的老嫗。

「是阿桐！是阿桐！」阮婆婆淚中帶笑道：「她一定要用那個翠綠琉璃碗裝桑椹，還要自己捧著送給姑母，被門檻絆了一跤，撞在門上了，幸好小臉沒事，可手臂上留了疤，她太傻，哭了好些時

候，心疼那摔爛的桑椹——」阮婆婆鬆開九娘一些，臉上泛出紅光，喘著氣，緊張地問：「還有什麼？還有嗎？你再說幾件。」

九娘埋在她懷中，濃濃的老人味，聞起來有歲月沉澱的滄桑，也有說不出的熟悉親切：「我娘最會做醪糟，一定要用晉祠江米釀的才好吃，爹爹每年都讓人去成都買。我最愛吃娘做的雞蛋醪糟湯。我也會做醪糟——」

撫摸著九娘微微抽動的肩頭，阮婆婆微微仰著頭，笑道：「可不是，雞蛋醪糟湯是我們晉地常吃的，姑母經常給姑父做。姑父登基後，晉祠江米年年都要進上。我和你娘也最愛吃，總摸準時辰去福寧殿沾姑父的光。」

她想起那孩童天真時，歲月無憂愁，神情柔和又快活：「姑父也太小氣，我們才蹭吃了幾回，就抱怨起來。結果姑母逼著我們學做醪糟，說授人以魚不如授人以漁，還說我們姊妹從小在京中長大，不可忘記自己是代北郭氏的出身，不可忘記我們是晉地人。你倒也學會了，真好。還有嗎？阿玞，你多說一些。」

九娘心中酸澀又欣喜：「我娘還喜歡用韭菜花、麻葉調鹵汁拌她自己做的老豆腐，我家書院裡就能自己磨豆腐，這個我也會做！」

「姨母信了，你就是阿玞，你肯定是阿桐的女兒。」阮婆婆拍拍她：「你娘會的，你自然也都會。」

「爹爹說因為外翁不肯娘嫁去青神，才沒了來往。原來我還有一位姨母——」九娘喃喃道，心裡有個地方似乎被溫柔地撫平了：「姨母——姨母，您原來是我的姨母，原來我娘不姓童，姓郭。」

阮婆婆一顫，將她摟得更緊：「都怪姨母不好，連累了你爹娘！害得你娘隱姓埋名。阿玞，你怪姨母好了。我沒法子，姑母姑父待我們那麼好，還有兩位表哥，特別是二表哥，好吃好喝的，他總是讓給我們。可是大表哥瘋了，二表哥被毒死了。二表哥只有玉郎一個孩子，姨母沒法子——」

九娘仰起臉：「姨母，阿玞知道，阿玞不怪您。爹爹娘親也不會怪您。」

趙元永和燕素在一旁，看著這白髮與紅顏對泣，兩人都深覺詭異和恐慌。燕素垂首退出了房，被夜風一吹，想到郎君交待要以主母之禮待九娘，禁不住四周張望了一下，夜幕低垂中，廊下的風燈昏黃暗淡，不知還有沒有鬼神在側。她忐忑不安地接過一盞燈籠，提了往趙元永房中走去，要給大郎換一件衣衫。

趙元永跪到腳踏上，將阮婆婆膝蓋上的藥泥輕輕揭開，輕聲問九娘：「你既然是王家的表姑，應該幫著爹爹和我們才是，為什麼要幫六哥他們？」

阮婆婆歎息道：「大郎怎麼這樣對你姑姑說話呢？」

「明明是姊姊！不是姑姑——」趙元永取了溫熱好的濕帕子捂在阮婆婆膝蓋上頭，皺眉道：「你若要同我說什麼善惡因果報應，我是不信的。」

九娘握住阮婆婆的手，對趙元永道：「大郎，世間萬物，總有因果，只是人種下因的時候，不是為了那個果。若沒有因果，我又怎麼能既是孟九娘又是王九娘？若沒有幾十年前的因，你爹爹為何會變成這樣？若沒有你爹爹的因，你又從何而來？為何偏偏你是趙元永？」

趙元永畢竟還是個孩子，他聽著這番話覺得似是而非，卻說不出反駁的話語，只垂首抿唇搖頭不語。

九娘歎息道：「你不願意信善惡因果，是心裡頭已經有了善惡之念，你看著你爹爹所為，知道不對，卻不能改變他，所以才不願意信這些。」

趙元永手中一停，將帕子揭開來，取過乾帕子擦拭了，將阮婆婆的褲管放了下來，蓋上薄毯。

「其實元禧太子的仇早已經報了，仇人也都死了。他再胡作非為下去，陷害陳青、陳元初，要置六郎於死地，這些惡，又會開出什麼花結出什麼果？還有西夏屠殺了秦州的大趙軍民逾三萬人，三萬人！誰沒有父母兄弟兒女？那痛不欲生者，多達十萬有餘。」九娘聲音低沉下去：「姨母，如今西夏在攻鳳翔，難道要看著大趙被西夏鐵蹄踐踏，民眾被西夏人奴役，才算報了元禧太子的仇，報了阮家的仇，報了郭家的仇嗎？若是元禧太子還在，可會覺得高興？屆時鞏義的陵墓能不能安存，還是未知之數。」

趙元永倏地站起身，小臉通紅：「你煩死了，不要說了——！我不想聽，婆婆也不想聽，管你以前是誰，你現在就是要和爹爹作對，燕素——燕素——」

「大郎！」阮婆婆厲聲喝道。

「婆婆？我——」趙元永從未被她凶過，一怔之下眼圈就紅了。

阮婆婆吸了口氣，歎道：「好了，大郎你還小，你先出去，用些夜宵，早點睡。我和你姑姑有話要說。讓她們誰也都別進來。」

「婆婆！」趙元永胸脯起伏不定，狠狠瞪了九娘一眼，就算她說得都對，就算她說得有道理，他也不想聽不能聽！

房門輕輕闔上，阮婆婆側耳傾聽了片刻，歎息道：「我早就勸過玉郎了，可他不肯甘休，非要這天下不可。阿玞，你是不是想我幫你離開此地？」

九娘一震，她以情打動阮婆婆，自然是這個目的，但對這個前世唯一的親人，她是發自肺腑地孺慕著，被她一語道破，慚愧內疚立刻湧上心頭。

「姨母，阿玞對不住您。」九娘輕輕摟住她的胳膊：「我不只是阿玞，我還是孟妧。從小到大，六郎不知道救了我多少回，他待我極好，比元禧太子待您和娘親還好。我被人推下金明池，他那時才十歲，只當我是個胖表妹，就跟著跳下來救我，差點自己也丟了性命。我被西夏刺客追殺，他單槍匹馬來救我，受了許多傷。我被阮玉郎擄了，他跟到這裡，寧可入宮送死，也要保我明日能回家。我幫不上他什麼，可也不能連累他送了性命。姨母，你怪我嗎？」

阮婆婆怔了怔：「阿玞，你心悅燕王？」

九娘面上浮起笑容，輕聲道：「阿玞已逝，前塵已成舊事。阿妧心悅他，再無二意，不能同生，但求共死。」

「玉郎也救過你，他也會待你極好的。」阮婆婆低聲道：「今日他帶你回來，就很高興，我聽得出，他是真的要好好待你。」

九娘歎道：「六郎待我好，我當以性命報之。可我心悅他，卻不只是因為他待我好、他救了我。我也說不清楚為何會心悅他，甚至害怕過，躲過，生自己的氣，覺得於情於理都不可以——」

聽著她的聲音越來越輕，阮婆婆仔細盯著九娘，雖然看不見，卻好像看見了那個含羞又倔強的妹妹：「傻孩子，心悅一個人，哪裡會有什麼理由呢？又怎會需要理由呢？又有什麼不可以呢？阿玞，要知道兩情相悅，世間難有。就算我姑母姑父那麼恩愛，姑父還是有許多妃嬪。像你爹娘那樣生死不離忠貞不渝的，我再未聽聞過。」她想了想：「阿玞，你同你娘一個性子，她當年認準了你爹爹，也說不是因為你爹爹如何好，而是只要看見他就心生歡喜。」

想起阮玉郎先前跟自己說的話，阮婆婆歎息了一聲：「唉，只是可惜了玉郎。」

九娘仰起臉，看著她溫柔的神情，想像著少女時的娘親，不知道是怎麼喜歡上爹爹的。爹爹高大俊雅，娘親嬌小秀美，一家人在燈下其樂融融時，她經常能偷偷發現爹爹和娘親會時不時相視而笑。抱著前世的姨母，九娘心中酸甜無比，她輕聲問道：「姨母，你可願意幫我離開？」

阮婆婆抬手撫了撫她緞子一般的烏髮：「你放心，我同玉郎說，無論如何別害了六郎的性命。好了，你說，你要姨母怎麼幫你？」

牛車緩緩停在了小貨行最裡頭的杜金鉤家門口。

趙栩下了車，見路對面的石魚兒、銀孩兒、大鞋任家都早已打烊，鋪門緊閉，簷下燈籠都未亮。這裡白日鬧忙，夜裡卻沒什麼人路過，黑漆漆的，素日巡夜的軍士也不大來這裡。趙栩往小貨行東面看去，那邊是大貨行，大貨行的盡頭就是汴京聞名的白礬樓，遠遠能看見東邊夜空中亮了一片，雖然市井百姓早就出了國孝，卻不聞絲竹聲。

杜金鉤家的鋪門悄聲無息地挪了開來，阮玉郎當先帶著眾人入內。這是個五進的院子，過了三進的倉庫和夥計們住的偏房，後頭院子裡已經站了許多黑衣人，當先一個，正是阮小五。

阮玉郎進了廳中，停下腳，看了看漏刻，再過兩刻鐘，就是大內禁軍交班之時。

「拆吧。」他依舊身穿玄色寬袖道袍，翩翩如仙，帶著高似、趙栩各自落座。

阮小五揮了揮手，進來十餘個漢子，手持鎬鍬，動作敏捷輕巧，毫無鐵石碰撞之聲，轉眼將廳裡門口的十幾塊青石撬了開來，露出一塊木板。

趙栩負手走過去一看：「地道？」他略一思忖方位，皺眉道：「這是通向皇太子宮還是東宮六位的？」

阮玉郎撫掌笑道：「六郎果然不凡。你猜？」

趙栩想了想：「我猜是皇太子宮，出口靠近晨暉門？」晨暉門往北就是昔日東宮六位。

阮玉郎眯起眼：「正是。」

「這條地道是東宮六位走水那次以後修的？」趙栩在心中過了一遍歷代皇宮大修的事件。東宮六位走水，燒毀了半個大內，許多皇子那夜都瑟縮在宮牆下頭睡了半夜囫圇覺。

「不錯。」阮玉郎看著趙栩，這麼聰明的人真是可惜了。

趙栩笑道：「那麼這應該是一個只能出不能進的地道，你上次跟著趙棣入宮，是為了確認地道口所在位置？還要找到那個會為你開門之人，舊人，故人，忠心於你的人。」趙栩垂首看向木板掀起後黑乎乎的洞口，一股難聞的氣味。他掩鼻後退幾步，見阮小五投了幾個燃燒著的小球下去，洞口立刻散發出更怪異的味道。

阮玉郎默默看著趙栩，這麼聰明的人，活不長也是應該的。

趙栩圍著洞口轉了幾圈：「那人是誰呢？」宮內舊人，自然是能幫阮婆婆傳信之人，認識阮玉真，還能瞞過太皇太后的耳目。內諸司、入內內侍省、尚書內省、殿中省？

阮玉郎笑而不語。

趙栩也笑了起來：「你那夜只到過福寧殿和瑤華宮，所見之人不多，這人並不難猜。此時那出口恐怕正重兵把守強弩上匣，只等我送上門去，正好定一個勾結謀逆重犯，逼宮犯上之名。若能擊殺我於當場，趙棣立下大功，奪位做個皇帝倒也名正言順，只是你免不了又要來一次假死，改頭換面。」

看到阮玉郎有些僵住的笑容，趙栩對阮玉郎眨眨眼：「你雖然長得不如我，黏上三縷長鬚，倒也能扮個仙風道骨。你不如扮作道士，撈個國師做做，倒也方便左右趙棣那個蠢貨。對了，你為何至今無鬚？是自己剃了，還是長不出？又或者你喜歡扮作女子？」

阮玉郎笑意漸濃：「六郎好心計，你要逼我這時殺你，激高似出手。我偏不能讓你如願。高似你放心，稍後我頭一個出地道，你帶著六郎跟著我，若有伏兵，你先殺了我。」

高似面沉如水，不言不語。

趙栩撫掌大笑：「高似被擒後，你那宮中之人再偷偷放走他，你還能賣他一個救命之恩。高似自然更加死心塌地為你所用。」

阮玉郎悠閒地甩了一下寬袖：「此計甚妙，我記下了，你只管說下去。」

「剩下的事，淺顯易見，皆在你掌握之中。你不就是要和西夏、女真三分天下嘛。趙元永應該是你最後起事時捧出來的一個傀儡。」趙栩勾起唇角眯起桃花眼：「只是堂伯父啊，你看看，我都願意跟高似去上京了，你應該跟我合作才對。要不然，憑你手中的福建路、兩浙路、河北東路，想要從梁氏和完顏氏手裡奪回這大好河山，只怕有心無力，弄不好會把元禧太子從永安陵中氣得活過來。你說，我大趙二十三路餘下的十幾路，憑什麼會聽你的話，北上勤王？」

第二百二十三章

地道洞口的氣味漸漸消失，阮小五躬身行了一禮，提了一盞氣死風燈躍了下去。趙栩側耳，竟聽不出腳步聲。

阮玉郎眼角的細紋更深了一些，他笑道：「說那個太遠了些。不過六郎，趙璟要沒有你這個兒子，三年前早就死了。可笑的是，他竟然想要把江山交給你。若真交給你，趙家祖宗規矩就會全毀在你手裡。」

趙栩笑眯眯看著阮玉郎：「知我者，九娘也，現在多了半個您。這世間人呢，如果本分，就會守規矩；如果不本分又沒本事，就會被規矩壓死。」

阮玉郎眼睛一亮：「如果有本事呢？」他笑著看向高似。

趙栩也看向高似道：「如果有本事，會利用規矩；如果有本事又不安分，就會反抗規矩。」

阮玉郎眼睛更亮了些：「不錯，不過你我卻並非以上種種。」

趙栩傲然道：「天下規矩，當由我等執牛耳者來定！」

阮玉郎仰面大笑起來：「說得好！不錯，你我是這天下制定規矩之人，又有什麼規矩擋得住我們！」這一剎那，他的確想將趙栩收為己用。

高似見趙栩負手含笑而立，明明受制於自己和阮玉郎，卻依然機變萬千，姿態風流中有一股睥睨天下的氣勢，叫人目光落在他神祇般的面容上，完全挪不開眼。這樣的六郎！高似禁不住也露出了一絲笑意。

阮玉郎忽地長歎一聲：「我竟沒有六郎你這樣的兒子，可惜！可歎！可悲！看來你更肖似陳青，我拘泥於女子心智，倒是失策了。」

趙栩道：「你捨近求遠，扶持趙棣，這又是何苦？今日你我攜手，滅西夏，收復燕雲十六州，一統這萬里河山，馭億萬臣民，何不快哉？」

阮玉郎細細看著趙栩，搖搖頭：「我險些被你打動了。論狡詐毒辣，你不遜色於我，論厚顏無恥，你也不遑多讓。你也說了，我老了，你還年輕，被你熬個幾年，恐怕我就心力交瘁力竭而亡。何況我要和你合作，恐怕不好意思和你搶九娘——」

趙栩見他依然不肯放棄趙棣，心中一沉，看來阮玉郎對今夜宮中之事勢在必得。聽到這句，立刻斜睨他一眼，打了個哈哈：「說得好像你搶得走似的。論自知之明，你也不如我啊。」

阮玉郎轉頭看著他，一時氣急，半晌都想不起來還要說什麼。

「郎君，可以進了。」阮小五從地道中一躍而上。

翰林巷孟府，家廟裡燈火通明，香火味還沒散盡。

家廟老供奉錢婆婆將手中銅錢扔進竹篚中，捧起竹篚搖了五次。

「如何？」背對著她跪在蒲團上的梁老夫人問道。

「無。」聲音蒼老，平靜。

梁老夫人默然了片刻，自從九娘落入金明池死裡逃生後，這七年來，錢婆婆每次的答案都只有這一個字。她頹然道：「還請再看看阿嬋。」

銅錢碰撞聲再次響起。

「無恙。」聲音依然蒼老，平靜。

梁老夫人看著眼前一排排的牌位，最後目光落在孟二太爺的名字上。他會不會也在看著她？等她百年後，她的牌位離他會很近很近，同享子孫香火祭祀。

孟建的話似乎又在耳邊響起。她身子晃了晃，頭暈得厲害。一陣風捲進來，燭火晃得比她更厲害。梁老夫人怔怔盯著搖曳的燭火，蹣跚著站了起來。

院子裡的女使趕緊上來扶住老夫人。

「二郎呢？」

女使一愣：「九娘子出門後，二郎君也出了門，應該還沒回來。」

梁老夫人輕聲吩咐：「去請阿呂到翠微堂說話。」

呂氏到了翠微堂，行了禮，見杜氏和程氏都不在，擔憂地問：「娘，九娘可怎麼辦呢？家裡的護衛們連人影都追不上。」

「陳家有消息來嗎？」梁老夫人放下茶盞。

呂氏搖了搖頭：「就是夕食前來了一位管事，說大理寺和陳家會全力救回九娘，還說燕王殿下同她在一起，必無性命之憂。這孩子，怎麼就這麼多災多難呢，燕王以後會不會——唉！」

「是福不是禍，是禍躲不過。福禍都是命。」老夫人歎了口氣，看向呂氏：「仲然呢？去哪裡了？」

呂氏垂首道：「郎君說出去辦些事，恐怕要——明日才回來。」她想到孟建那些話，再想到夫君交待的話，心跳得飛快。

梁老夫人眼光掃過呂氏手中擰緊了的帕子，突然一拍案几：「他究竟去了何處！所為何事！」

呂氏嚇得一激靈，差點順著椅子跪了下去。她嫁進門這許多年，頭一回被這麼呵斥，顫巍巍站了起來，福了一福：「娘——您放心，是好事，郎君說待明日回來再細細稟報您，是光宗耀祖的大好事！」

梁老夫人眼前金星直冒，一股寒意從心底冒氣，沉聲問道：「他是不是入宮了？」

呂氏趕緊搖頭道：「是！不——也不是，是郎君起復了。」

梁老夫人拍在案几上的手此時才從麻木變得火辣辣的疼，她盯著呂氏：「起復是家裡大事也是好事，為何要瞞著？他回翰林學士院了？」

呂氏垂首道：「是，媳婦知道錯了。郎君昨日接到吏部文書，回翰林學士院仍做知制誥——」

「還有呢？」老夫人聽她語帶猶豫，追問道。

「還加封了宣和殿大學士。」呂氏出身書香門第，對朝政知之不多，雖然孟存一再交待邸報還未公開，不宜宣揚，架不住老夫人咄咄逼人，還是說了出來。心道這等榮寵之好事，對高堂有什麼可隱瞞的。

梁老夫人緊緊掐著案几邊緣，閉了閉眼睛。

宣和殿大學士，正三品，只有優寵近臣才能擔任，被敬稱為「大宣」。上一任大宣是首相蔡佑。像蘇瞻這樣的首相，按例罷相後應該擔觀文殿學士，因政績卓著兩宮體恤，才領了資政殿大學士的職，仍能隨時進宮，人人尊稱他一聲「大資」。可大宣，怎麼輪得到丁憂起復的孟存？今上才七歲，哪裡會有優寵近臣？

「阿呂，你可知他究竟去了何處？事關孟家生死存亡，你不能瞞我。」梁老夫人低聲問道。

呂氏委屈地急道：「娘！這是好事啊。太皇太后恩典有加，宣召郎君進宮面聖謝恩，還能見見阿嬋，您為何——？」

梁老夫人靜了一霎，忽地大聲喚了女使進來：「快！讓總管事立刻派人去相國寺送口信給陳青陳郎君，就說我家二郎君大喜，獲封宣和殿大學士，已進宮謝恩了。」

呂氏糊里糊塗，方才還厲聲呵斥，生死存亡，怎麼又要報喜了？

「娘？可要置辦席面？」呂氏輕聲問老夫人，白礬樓這種是約不上了，狀元樓的席面也使得。

梁老夫人卻繼續吩咐：「再送一份口信給百家巷蘇家的蘇郎君，想辦法給宮裡的大郎君也帶一份口信，告訴他二郎君奉太皇太后宣召入宮了！」

護衛們先前稟報說宮內殿前司人馬將皇城團團圍住了，如果伯易還在宮外，應該能找得到他。

大理寺和陳家的眾騎一路沿途細細搜索，都不曾找到九娘和趙栩，得了張子厚的口信後，才趕往北婆臺寺。陳青和章叔夜一馬當先，突見前頭火光沖天，兩人對視一眼，手中馬鞭急揮，衝了過去。

阮眉娘帶著趙元永，正在垂花門處指揮十幾個黑衣人救火。

「姑婆婆！婆婆還在裡面！還有她——」趙元永急得直跳腳，帶著哭腔喊道：「為何不讓他們都去救火？」他看向站在院牆上頭，將婆婆屋子團團圍住的幾十個黑衣人。

阮眉娘扭頭對鶯素燕素道：「故弄玄虛而已，進去查看婆婆如何了。」

趙元永一個箭步往裡衝，卻被燕素拉住：「大郎去不得，是奴的錯，奴去！」

阮眉娘揪住趙元永的胳膊：「別添亂！官兵即刻就到，我們得走了。」

「婆婆——婆婆！」趙元永死命反抗著不肯就範：「放開我，婆婆——！」

眨眼間，燕素背著阮婆婆從屋內衝了出來。鶯素高舉薄毯拍開兩邊火星，快步走到阮眉娘身前：「孟娘子不見了，東西窗都打開著，屋內只有婆婆在！」

趙元永摸著阮婆婆的臉和手：「婆婆，你沒事吧？」

阮婆婆歎道：「怎麼了？出什麼事了？你們為何慌慌張張的？」

阮眉娘看著阮婆婆一臉驚訝，柔聲問：「嫂嫂，阿妧呢？」

阮婆婆轉臉朝向她：「我同她說了會話，她剛剛還在的，說出去找大郎——大郎？」

阮眉娘皺起眉：「燕素，你帶一些人留下好好找一找。我帶他們先去大名府。若有官兵來了，你們避開吧。」她對燕素做了一個刎頸的手勢。

趙元永心怦怦跳，瞪大眼看著阮眉娘：「姑婆婆？——」這是要殺了九娘嗎？

阮眉娘已攙著阮婆婆朝後門走去：「走吧。此地不宜久留。」

阮婆婆回頭望了望：「那九娘呢？眉娘，那是你親生的孫女啊——」

阿玞，你可要平平安安的。

阮眉娘笑道：「嫂嫂放心，她啊，淘氣得很，燕素很快就能找到她的。」

九娘伏在屋樑上頭，借著垂掛的帳幔掩住自己大半個身子，能看見燕素帶著人進來背走了阮婆婆，又去而復返，手持利刃。她手心裡捏了把汗，阮玉郎不在，對她動了殺心的，只會是阮眉娘。

不遠處，傳來馬蹄疾馳的聲音，依稀還有呼喝聲：「大理寺查案！無關人等速速回避！」

燕素從窗外躍了進來，將阮婆婆床邊紙帳掀翻，一無所獲。

「燕娘——快走！是陳青來了！」門外有人大喝。

燕素急急忙忙中抬起頭，九娘嚇了一跳，屏住了呼吸。

弩箭聲嗖嗖作響，兵刃相接聲已近。燕素看著暗影層層的房樑上頭似有一團黑影，猶豫之間，又覺得九娘無論如何也爬不上去，聽見外頭已傳來慘呼聲，咬咬牙，穿窗而出。

九娘卻依然緊緊貼著房樑，雙腿死死勾住樑木。她聽見外頭連續不斷的慘呼和重物從院牆上墜地的聲音，忽然有一聲尖銳的女子痛呼傳來，又戛然而止，是燕素的聲音，似乎有人在問她什麼。

九娘默默盯著自己用力得發白的雙手，還是不敢出聲。

又隔了一刻鐘，外頭的火滅了，陳青的聲音清越璁瓏：「阿妧——阿妧——」

九娘眨了眨眼，不知是汗水還是淚水，從眼中掉落下去。

「我在這裡！我在這裡——！」她大聲喊了起來，才發現自己聲音在這屋裡都聽不太清楚。九娘趕緊慢慢撐起上半身，從懷裡把趙栩給她的布帶取了出來，她太著急，手臂又酸又麻，沒拿穩，布帶竟滑了下去。

門咣地被撞了開來。

「我在這裡！」九娘看見陳青和章叔夜，喊道：「快——快去宮裡！趙棣和阮玉郎要殺六郎！」

「阿妧，你別動！」陳青又驚又喜，外頭院子裡的火，看著就是給他們的信號。果不其然！

陳青一躍上了圓桌，雙腿輕點，一手撐在房樑上，一手抄起九娘，轉瞬落到地上。

九娘雙腿抽痛得厲害，章叔夜一把扶住了她，欽佩萬分：「小心。」

地道深處，並無霉味和濕意。趙栩抬起頭，見頂上也砌了青磚牆，兩側均有阮小五方才一路點亮的油燈。地道也夠高，高似比趙栩還要高一些，也無需駝背彎腰而行。地面清一色大塊青石，看來還可供車輛通行。

眾人行了一盞茶時分，就見前面一個半圓廳落，石梯層層向上，通向這地道的入口。高似雙袖微微鼓風，緊盯著阮玉郎：「六郎，跟著我。」

趙栩看著他的側影，袖中劍已滑至掌中，他相信以舅舅和張子厚的本事，不可能找不到北婆臺寺，還有阿妧，有榮國夫人護身，以她的智謀，無論如何都能想方設法得到阮婆婆的庇護。在阮玉郎和高似之間，他只能先殺高似。

阮玉郎轉頭看了趙栩一眼，笑著對高似說道：「你可得小心，別背後中劍魂斷大內。」他走上石梯，拔出九娘那柄短劍，倒轉劍柄，在木板上敲了九下。

很快，木板上頭也傳來九下聲音。

阮玉郎的劍柄又敲了三下。

木板嘎吱一聲，向上掀了開來。

（未完待續）

story 058

汴京春深 卷五 烽煙燃

作者 小麥｜**策劃暨編輯** 有方文化｜**總編輯** 余宜芳｜**主編** 李宜芬｜**特約編輯** 沈維君｜**編輯協力** 謝翠鈺｜**企劃** 鄭家謙｜**封面設計暨繪圖** 劉慧芬｜**內頁排版** 薛美惠｜**董事長** 趙政岷｜**出 版 者** 時報文化出版企業股份有限公司 **地址** 108019 台北市和平西路三段二四〇號七樓 發行專線—（02）23066842 讀者服務專線—0800231705（02）23047103 讀者服務傳真—（02）23046858 郵撥—一九三四四七二四時報文化出版公司 信箱—一〇八九九台北華江橋郵局第九九信箱 時報悅讀網 http://www.readingtimes.com.tw 法律顧問—理律法律事務所 陳長文律師、李念祖律師｜**印刷** 勁達印刷有限公司——初版一刷 2023 年 6 月 30 日｜**定價** 新台幣 360 元｜缺頁或破損的書，請寄回更換

時報文化出版公司成立於一九七五年，一九九九年股票上櫃公開發行，
二〇〇八年脫離中時集團非屬旺中，
以「尊重智慧與創意的文化事業」為信念。

有方文化

汴京春深 . 卷五 , 烽煙燃 / 小麥作 . -- 初版 . -- 臺北市 : 時報文化出版企業股份有限公司 , 2023.06

面； 公分 . -- (story ; 58)

ISBN 978-626-353-953-2（平裝）

857.7 112008390

ISBN：978-626-353-953-2
Printed in Taiwan